SEXE, MENSONGES ET PETITE ROBE NOIRE

DU MÊME AUTEUR
DANS LA COLLECTION RED DRESS INK

Sexe, Meurtres et Cappuccino (n° 36)
Crimes, passion et talons aiguilles (n° 48)
Séduction, meurtres et chocolat noir (n° 62)
Rupture et conséquences (n° 68)
Coups de foudre, crimes et rouge à lèvres (n° 75)

KYRA DAVIS

SEXE, MENSONGES ET PETITE ROBE NOIRE

RED DRESS INK®

Cet ouvrage a été publié en langue anglaise
sous le titre :
VOWS, VENDETTAS & A LITTLE BLACK DRESS

Traduction française de
F.M.J. WRIGHT

HARLEQUIN®
et Red Dress Ink® sont des marques déposées du Groupe Harlequin

Réalisation graphique couverture :
© VIRGINIE JACQUIOT

83-85, boulevard Vincent-Auriol, 75646 PARIS CEDEX 13
Tél. : 01 42 16 63 63
Service Lectrices — Tél. : 01 45 82 47 47
www.harlequin.fr
ISBN 978-2-2802-1893-1 — ISSN 1761-4007

Prologue

Dimanche 6 mai, 22 heures

Comme la plupart des gens, j'ai deux familles. Celle dont je suis issue, et le cercle d'amis que je me suis choisi. Quoi de plus normal… Vous ne devriez pas être surpris non plus d'apprendre que ma famille est un peu dingue, car c'est précisément ce que tout le monde pense de sa propre famille. Dire aux gens que sa famille est farfelue, c'est comme avouer qu'on est de mauvaise humeur au saut du lit. C'est tellement banal que cela ne vaut guère la peine d'en parler.

Donc, si votre famille est comme la mienne et que vous n'avez aucune envie de passer votre existence entourée de malades mentaux, il ne vous reste qu'une chose à faire : choisir des amis sains d'esprit.

Sauf que moi, j'ai emprunté une autre voie. Tous mes amis sont totalement cinglés. Pas au point de les faire interner, bien sûr, mais prétendre qu'ils sont dans la norme serait, disons, comique. Ceci étant, cela m'est totalement égal, car c'est la famille que j'ai choisie. Même s'il leur arrive de me faire tourner en bourrique, je les adore, eux et leur petit côté excentrique.

Jason Beck en est un parfait exemple. En ce moment même, il est à l'autre bout de la pièce où je me trouve. La lumière des néons fait briller ses cheveux humides, preuve qu'il est allé se baigner en début de soirée mais qu'il a dû regagner précipitamment la terre ferme. Son bouc pointe vers l'horrible moquette grise et sa peau blanche est plus pâle qu'à l'accoutumée. Je n'ai pas vraiment choisi Jason. C'est un des deux petits amis de ma copine Dena (oui, je sais ! Nous en reparlerons plus tard). Ce qui fait de Jason une sorte de demi-frère. Un demi-frère qui se trouve être également aspirant anarchiste-vampire-philosophe. Il n'arrive jamais à être les trois à la fois, car il n'est pas assez courageux pour défier ouvertement l'autorité si cela présente des risques, et il n'a pas réussi à passer au stade de suceur de sang, même s'il insiste sur le fait que les premiers romans d'Anne Rice ne sont pas des œuvres de fiction. Quant à ses vagues songeries, il faut être ivre ou shooté pour les qualifier de philosophiques. Malgré tout, c'est un mec… intéressant. Un de ces jours, la communauté des psy réussira peut-être à trouver une définition plus succincte et plus scientifique de Jason. Mais s'il a intégré ma nombreuse famille, c'est parce qu'il est de loin le fou le plus attachant que j'aie jamais rencontré. C'est d'ailleurs son bon cœur qui l'a fait venir ici ce soir.

Il y a aussi Marcus, mon coiffeur styliste. Lui, c'est fou ce que je peux l'aimer ! De tous mes amis, c'est sans doute le moins cinglé. Il est intelligent, talentueux, diablement drôle, et en plus il est hypercanon. Avec ses dents blanches étincelantes, sa peau douce couleur café et ses dreadlocks parfaitement entretenues…, je jure que s'il n'était pas gay, ça fait des années que je lui aurais sauté dessus ! Seulement voilà, il est gay, c'est certain. Il y a des années qu'il a dévoilé publiquement son homosexualité en sautant sur le premier char de la Gay Pride de San Francisco. Voilà pourquoi, au lieu de frictions sensuelles, je dois me contenter de soins revitalisants plus affectueux qu'autre chose. Depuis quelque temps, il me traite de « J-Lodad » car il pense que (grâce à mes ancêtres noirs et mes ancêtres juifs d'Europe de l'Est), je suis à mi-chemin entre Jennifer Lopez et Soledad O'Brien, l'animatrice télé. C'est une des raisons pour lesquelles je préfère m'en tenir aux massages platoniques de mon cuir chevelu : quand je me sens stressée ou tristounette, Marcus me fait rire.

Mais pas ce soir. Il me tourne le dos, avec à la main un exemplaire du magazine *People* qui doit dater de cinq mois, une des nombreuses revues périmées disposées çà et là dans la salle d'attente. Il ne le lit pas, bien sûr. Il a juste besoin d'avoir quelque chose à quoi se raccrocher en attendant d'être libéré de ses plus grandes peurs… ou d'en avoir la confirmation.

En revanche, Anatoly est totalement concentré sur moi. Anatoly, c'est… un grand mec aux cheveux noirs, un Russe. Mon amoureux, mon petit ami, l'instrument de la jalousie des dieux, et peut-être bien mon âme sœur. Il vit avec moi et nous sommes totalement dévoués l'un à l'autre… entre deux solides empoignades. Dans ces moments-là, il part en claquant la porte (quand ce n'est pas moi qui le flanque dehors), et nous savons alors tous deux que c'est bel et bien fini entre nous.

Sauf qu'entre Anatoly et Sophie, ce n'est jamais vraiment fini. Nous sommes incapables de rester longtemps éloignés, car selon ses propres termes, aucun de nous deux ne peut se proclamer propriétaire de l'autre. Malgré tout, aussi bizarre et paradoxal que ce soit, je lui appartiens et il m'appartient. Il est évident que vous ne pouvez pas être séparé bien longtemps de quelque chose qui vous appartient. Quelqu'un d'autre pourrait tenter de vous le voler…

Mais ce soir, personne n'oserait me le piquer. Ce soir, il me tient fermement par la main et il est penché vers moi afin que tout le monde sache qu'il est prêt à me rattraper si jamais je m'écroulais en sanglotant, ou à me retenir si jamais je me mettais en tête d'en découdre avec la mauvaise personne. On dirait qu'il n'a même pas remarqué le bourdonnement des néons, alors qu'en général, c'est le genre de bruit qui l'énerve. Il n'a même pas jeté un regard à la télé posée dans un coin de la pièce et branchée sur ESPN, une chaîne entièrement consacrée aux sports. Ce soir, une seule chose est à la hauteur de sa prévenance à mon égard et de sa tendresse : le besoin que j'ai de lui.

A ma gauche, droite sur sa chaise – sans doute la plus usagée de cette salle d'attente d'hôpital –, il y a Mary Ann. Mary Ann est jolie comme un cœur, franche, loyale, et fofolle plus encore. Avec un petit côté autiste. Son génie à elle, c'est de savoir transformer le visage le plus quelconque en celui de modèle digne de *Vogue*. Elle a été pendant des années l'esthéticienne préférée du rayon Lancôme des magasins Neiman Marcus, et à présent, elle gagne très bien sa vie en free-lance. Alors, quelle importance si elle croit que l'euthanasie est une façon originale de désigner les jeunes en Chine ? Cette fille est capable de faire disparaître un énorme bouton d'un seul coup de houppette. C'est une sorte de David Copperfield des boutons !

Et maintenant, elle possède une bague à la hauteur de son talent, un rubis en forme de cœur monté sur un anneau de platine. Elle lui a été offerte par l'homme qui, en cet instant précis, a le bras autour de ses épaules raides. Si ma relation avec Anatoly est orageuse, l'amour entre Mary Ann et Monty, lui, se situe en permanence autour de 25°, avec une faible brise et de très légères précipitations. Je ne l'envie pas souvent, car personnellement j'adore quand le temps est à l'orage. Mais il arrive que je me surprenne à me demander si vivre dans un climat affectif plus serein ne serait pas préférable…

Ce soir, Mary Ann n'était pas calme du tout. Il y a quelques heures, elle poussait même des hurlements.

Monty a tenté de l'apaiser, mais la seule qui ait le pouvoir de la mettre à l'aise, c'est Dena. Dena est la cousine de Mary Ann et, comme je l'ai indiqué précédemment, c'est aussi mon amie. Ma meilleure amie. Une petite Sicilienne très soupe au lait, à l'intelligence vive, et qui a un penchant pour les panoplies bondage. Difficile de trouver à San Francisco un hétéro mignon et disponible qui n'ait pas porté au moins une fois les menottes de Dena ! Vous me direz, c'est déjà difficile de trouver un hétéro mignon et disponible à San Francisco, alors ça ne prouve pas grand-chose.

Dena me comprend comme personne. Elle s'est battue pour moi au sens propre comme au sens figuré. Quand je suis tentée de m'apitoyer un peu trop sur mon sort, Dena est toujours là pour me donner un coup de pied aux fesses vite fait bien fait. Et lorsque je pique une colère, elle m'aide à reprendre mes esprits… ce qui n'est pas un mince exploit. Car mes rapports avec la logique sont plutôt tièdes, c'est le moins que l'on puisse dire. En échange, je comprends sans jamais la juger les vagabondages sexuels dont elle est si fière. Je connais sa force, et je connais tout de ses peurs. Rien chez Dena ne m'est étranger.

Depuis ce soir, je connais même la couleur de son sang. Il a exactement la teinte du rubis que Mary Ann porte à son doigt.

1

Dimanche 6 mai, 19 heures

En ouvrant la porte pour nous accueillir, Dena et moi, dans son appartement de Lake Street à San Francisco, Mary Ann s'est exclamée :

— Quand vous verrez le travail qu'il a fait, vous n'en croirez pas vos yeux !

Son regard brun foncé pétillait d'excitation.

Ni Dena ni moi ne savions que le « il » en question était Monty Sanchez, le brillant chef d'entreprise avec qui Mary Ann sortait depuis presque un an. Il fabriquait des jouets – plus particulièrement des robots – ainsi que des animaux en peluche dont personne n'avait vraiment besoin mais qui faisaient craquer tous les collectionneurs de gadgets. Comme ce bébé phoque qui ressemblait à un vrai à s'y méprendre, et qui était capable de reconnaître les visages et de danser la samba. Ce jouet avait d'ailleurs fait un véritable tabac.

Tandis que son regard descendait sur les mains de Mary Ann, Dena a soudain plissé les yeux.

— C'est quoi ce truc ? Pourquoi portes-tu des gants de soirée ?

— Parce que ce soir, je me sens dans la peau d'une princesse !

Mary Ann s'est empressée de nous faire entrer.

Dena et moi avons échangé des regards. Ma copine faisait semblant de réfléchir tout haut.

— Elle ne boit jamais seule… il est donc peu probable qu'elle soit ivre.

J'ai lancé :

— Elle est peut-être somnambule ? Nous ne devons pas la réveiller. Tu sais ce qu'on dit… les somnambules peuvent devenir violents, surtout s'ils sont déjà perturbés en temps normal !

Mary Ann nous a tiré la langue avant de partir d'un grand éclat de rire.

— Entrez et ôtez votre veste. Je vais tout vous raconter.

Nous avons suivi Mary Ann dans le salon. Aussitôt, Dena a poussé un cri de frayeur.

Près de la fenêtre se trouvait une orque géante. Une orque en peluche, naturellement. Mais si l'on se référait uniquement à sa taille, elle aurait damé le pion à n'importe quelle jeune orque, bien vivante celle-là. Ses yeux aux pupilles noires et ovales étaient rivés sur nous comme si elle quémandait un peu de compréhension.

— Vous ne comprenez pas ? Le lendemain de ma rencontre avec Monty sur la plage de San Diego, il m'a emmenée au SeaWorld pour notre premier vrai rendez-vous ! Il m'a acheté une Shamu pour me montrer combien cette journée avait compté pour lui ! Génial, non ?

Dena a répété, manifestement perplexe :

— Une Shamu ? Mary Ann, tu te rends compte ? Elle est aussi grosse que ma causeuse !

Mary Ann a répété le mot en serrant ses mains gantées l'une contre l'autre.

— Une causeuse. Mais oui, c'est génial… Regarde ! Elle peut aussi servir de canapé ! Tu vois ? On peut s'asseoir dessus !

Elle s'est laissée tomber sur son nouvel animal de compagnie. Shamu a à peine bougé sous son poids, mais Mary Ann ne devant pas dépasser les cinquante-cinq kilos, je doutais qu'elle ait même la force d'écraser un bébé chihuahua !

J'ai demandé, un peu sceptique :

— On est bien assis ? Ça ne doit pas être très confortable non plus. Quand je pense à ces dresseurs qui passent leur temps sur son dos !

Dena a pouffé.

— Alors voilà que tu veux enfourcher une orque, maintenant ?

— Ne sois pas vulgaire ! Cette orque est un des cadeaux les plus romantiques que Monty m'ait jamais faits ! Mais je me doutais que vous ne comprendriez pas. Pour vous, le comble du romantisme est un gode rose avec à son extrémité une colombe vibrante !

Dena a chassé cette idée d'un geste méprisant.

— Ne sois pas ridicule ! Ils n'en fabriquent pas avec des colombes. Tu confonds avec le lapin qui remue le bout de son nez… ou peut-être avec mon canard vibrant en caoutchouc, mais il n'y a rien au bout. Ce qui vibre, c'est *lui*, le canard ! Il suffit de le tenir et…

Mary Ann a avalé une grande goulée d'air (les dents serrées).

— Vous êtes complètement à côté de la plaque !

Dena m'a lancé un regard implorant, mais j'ai refusé d'intervenir. J'avais déjà publié dix polars dont *Fatalement vôtre*, qui figurait actuellement sur la liste des meilleures ventes du *New York Times*, et j'avais réussi à résoudre avant la police plus d'une d'énigme concernant des faits divers bien réels. Mais discuter de l'importance sur le plan affectif d'un mammifère marin géant en peluche, c'était au-delà de mes compétences.

Mary Ann a souri, prenant notre silence pour une victoire.

— Attendez, ce n'est pas tout !

— Ah bon ?

J'ai tenté de ne pas laisser ma voix trahir mon inquiétude.

— Oui. Hier, nous fêtions l'anniversaire de notre rencontre. Onze mois… Et pour fêter l'événement, Monty m'a fait un grand paquet-cadeau pour me rappeler tous les endroits merveilleux qu'il m'a fait découvrir la première semaine.

Dena a rajusté le col boule de son débardeur à capuche vert treillis et s'est laissée tomber sur le canapé fleuri en s'exclamant :

— Attends une minute ! Tu es déjà en train de nous parler d'anniversaire après onze mois ? Vous n'auriez pas pu attendre un mois de plus avant d'échanger des cadeaux ?

— Monty prétend que ça ferait trop intimiste.

Dena et moi avons marqué une pause, juste le temps d'intégrer ce qu'elle venait de dire.

J'ai hasardé :

— Tu veux dire conformiste ?

— Ce n'est pas ce que j'ai dit ?

Nous avons choisi d'agir avec tact en ne répondant pas à la question.

Mary Ann a haussé les épaules et a eu vite fait de retomber sur ses pieds.

— Vous voulez voir ce qu'il m'a encore offert ?

Dena l'a taquinée.

— Tu me donnes une seconde pour réfléchir ?

Mary Ann s'est dirigée vers le manteau de sa fausse cheminée. Elle a ramassé avec précaution une boule à neige que je n'avais jamais vue auparavant.

— Regardez-moi ça ! Ce sont deux flamants roses comme ceux que nous avons vus au Wild Animal Park ! Regardez comme ils penchent la tête l'un vers l'autre pour que leurs cous prennent la forme d'un cœur… C'est mignon, non ? Et en plus, c'est lui qui l'a fait graver et tout. Regardez !

Elle nous a montré du doigt la petite plaque sur le devant de la boule.

— M&M ! Pour Monty et Mary Ann ! Il dit que la vie avec moi est aussi douce que ces bonbons. C'est mignon, non ?

Nous en sommes restées sans voix. Puis Dena s'est tournée vers moi.

— Tu n'aurais pas un Tylenol ?

Mary Ann a donné une tape sur le bras de Dena, un poil trop fort pour que ce soit considéré comme un jeu.

— Oh, ça va ! Avoue quand même que c'est gentil ! Tu ne trouves pas ça gentil, Sophie ?

Je suis restée évasive.

— Eh bien, disons que c'est peu commun, c'est certain. Je veux dire… le fait de mettre des flamants roses dans une boule à neige. Mais… tu ne crois pas que des pingouins seraient plus appropriés ? Ceci dit, c'est juste une opinion, pas un jugement de valeur…

— Les pingouins ne pourraient pas former un cœur avec leurs cous !

— En un sens, peut-être que si…

— *Non ! C'est impossible !*

— Bon, d'accord.

Je me suis recalée dans mon siège tandis que Dena marmonnait quelques jurons entre ses dents.

Mais Mary Ann a continué…

— Et je suis sûre que les flamants roses adoreraient la neige si on leur donnait un jour l'occasion de jouer avec ! Les humains ne sont pas les seuls qui aiment mélanger les genres, vous savez !

J'ai hoché vivement la tête pour montrer que j'étais prête à lui accorder ce point. Naturellement, ce n'étaient pas les flamants qui me gênaient, malgré leur étrange pouvoir d'adaptation climatique. C'était l'inscription sur la plaque. Comment pouvait-on comparer une relation amoureuse avec la douceur des bonbons M&M'S ?

Si jamais Anatoly m'avait dit un truc de ce genre, je lui aurais flanqué un grand coup de brosse à dents sur la tête !

Dena s'est frotté l'arête du nez d'un air pensif tandis que Mary Ann reposait la boule à sa place pour gagner l'autre bout de la pièce. Mais cette fois, elle nous a montré une œuvre d'art moderne plutôt intéressante et de belle facture qu'elle avait suspendue au-dessus de sa bibliothèque. Le fond bleu faisait joliment ressortir le noir profond et les rayures blanches qui ornaient la toile.

Dena a repris aussitôt du poil de la bête. Elle a demandé à Mary Ann :

— C'est Monty qui t'a offert ça ? C'est vraiment chouette !

Mary Ann a jeté un coup d'œil attendri sur le tableau.

— N'est-ce pas ? Il a été peint par un orang-outang au zoo de San Diego !

Dena a ouvert la bouche, puis l'a refermée et s'est mise à se balancer doucement d'avant en arrière comme une malade mentale qui essaierait de se calmer.

J'ai tenté une question, pleine d'espoir.

— Et si je vous préparais de quoi boire un coup ? Quelque chose de fort.

Mary Ann a rétorqué :

— Dans une minute, c'est promis. Il faut d'abord que je vous montre ceci.

Elle a pris la direction de la table basse près du canapé et s'est emparée d'une boîte à trésor finement décorée. Elle était en porcelaine, aussi lisse et éclatante que le teint de Mary Ann. Sur le couvercle se tenait une figurine représentant la fée Clochette. Son visage délicat mais déterminé était tourné vers le ciel, et sa petite baguette magique était placée au-dessus de sa tête, comme si elle essayait d'ordonner aux étoiles de danser.

Dena a reconnu à contrecœur :

— C'est joli.

Mary Ann a hoché la tête d'un air grave.

— Ça vient de Lennox. J'étais à Disneyland lorsque j'ai compris que j'étais vraiment amoureuse de lui. La fée Clochette a survolé le château de la Belle au bois dormant, et un feu d'artifice a embrasé le ciel…

Sa voix s'est brisée. Elle a pris une longue inspiration en tremblant un peu.

— Il m'a embrassée, et ce que j'ai ressenti là, dans ses bras… cette expérience m'a ouvert les yeux sur un monde nouveau que je ne connaissais pas !

Dena m'a agrippée par la main et m'a serré fort le poignet. Puis elle m'a soufflé à l'oreille :

— Si ça continue, elle va nous pousser la chansonnette ! On dirait une scène de cauchemar venue tout droit de *Mama Mía* !

L'espace d'une seconde, Mary Ann l'a regardée d'un sale œil.

— Non, je n'ai pas l'intention de chanter. Mais c'était magique, la magie Disney. Et quoi que tu en penses, cette magie m'a ouvert les yeux. Elle m'a fait comprendre que j'avais à mes côtés un mec génial… pour me tenir la main. C'est un vrai conte de fées que je vis et tu en es témoin !

Dena a demandé :

— La version Disney ou celle des frères Grimm ?

Mary Ann lui a répliqué du tac au tac :

— Pourquoi faut-il que tu réagisses toujours comme ça ? Nous savons toutes les deux que Disney n'a jamais fait aucun film sur je ne sais quels frères Grimm. Et si tu fais allusion à *Frère des ours*, eh bien, ce film était tout sauf romantique !

Tandis qu'elles continuaient à se disputer, j'ai pris la boîte de Lennox. Dedans, il y avait la place pour un petit objet… éventuellement de grande valeur.

J'ai demandé prudemment à Mary Ann :

— Est-ce qu'il y avait quelque chose dans cette boîte, quand il te l'a donnée ?

Mary Ann, qui était en train de hurler après Dena, s'est arrêtée aussitôt… et a viré au rouge pivoine.

J'ai insisté.

— Est-ce pour ça que tu portes ces gants ?

Dena rougissait de plus en plus, et elle a ôté son gant droit, puis le gauche. Nous ne bougions pas d'un cil en fixant le gros rubis en forme de cœur monté sur un anneau de platine très sobre.

— Oh mon Dieu !

C'est tout ce que j'ai trouvé à dire.

Les yeux de Dena s'agrandissaient peu à peu, et son front s'est plissé sous le coup de la surprise. Elle a dit dans un souffle :

— Mary Ann, c'est bien ce à quoi je pense ?

Mary Ann s'est contentée de hocher la tête, les yeux toujours rivés sur sa bague.

— Mais tu ne le connais que depuis…

— Depuis presque un an.

Mary Ann a levé les yeux sur Dena. Sa colère s'est muée soudain en vulnérabilité poignante.

— Je suis profondément, totalement amoureuse de lui.

Dena s'est mordu les lèvres. De mon côté, je me suis surprise à retenir mon souffle en attendant une nouvelle réaction. Il faut savoir que Dena est propriétaire d'un sex-shop haut de gamme, et qu'elle entretient actuellement une liaison amoureuse avec deux mecs et une nana hippie prénommée Amelia. L'imaginer un seul instant capable d'approuver que sa cousine ait accepté un bijou en forme de cœur présenté dans une boîte à l'effigie de la fée Clochette était tout simplement grotesque. Seulement voilà, c'était aussi un passage obligé… Car pour Mary Ann, Dena était plus qu'une cousine. Elle était la grande sœur qu'elle n'avait jamais eue, et malgré tout ce qui les séparait, elle avait absolument besoin de sa bénédiction.

Dena a pris la main de Mary Ann et a approché le rubis de la lumière. Puis elle a incliné la pierre dans tous les sens et a fini par lâcher.

— C'est une pierre de bonne qualité. Sa couleur rouge est fantastique. Elle est d'origine birmane ?

Mary Ann a hoché de nouveau la tête.

— Elle fait plus d'un carat. Il l'a achetée chez Goldberry, dans Sacramento Street… tu sais, l'endroit conçu par l'ancienne petite amie de Bob Dylan avec qui il est resté un bon moment. J'étais sûre que tu apprécierais. Et que peut-être… tu pourrais être heureuse pour moi.

Dena a respiré à fond, puis elle a regardé Mary Ann droit dans les yeux.

— Dis-lui de ma part que si jamais il s'avise de te faire du mal, je lui fourrerai une pierre cinq fois plus grosse que celle-ci là où je pense ! D'accord ?

Une façon pour Dena de dire à sa cousine « Tu as mon feu vert. »

Mary Ann lui a sauté au cou et a éclaté en sanglots.

— Tu sais, je t'aime tellement !

Dès que Dena s'est détachée de sa cousine, j'ai donné un petit coup de coude à Mary Ann.

— Sache que moi aussi, je suis capable de le faire s'il te fait du mal… !

Mary Ann a éclaté de rire et m'a serrée dans ses bras.

— Comme si Monty pouvait faire du mal à quelqu'un ! Il est différent des autres mecs avec qui je suis sortie. Il est toujours si gentil, si prévenant… et jamais il ne lui viendrait à l'idée de me tromper. Jamais !

Dena a croisé les bras.

— Donc, d'après toi, il n'est pas comme Rick. Au fait, est-ce que cet enfoiré continue de t'appeler ?

Mary Ann a pressé sa main gauche contre sa poitrine et a regardé ailleurs. Voilà presque un an jour pour jour que Mary Ann a trouvé celui qui est maintenant son ex-petit ami, Rick Wilkes, dans les bras de Fawn, une fille dynamique qui porte bien son nom puisqu'elle est taxidermiste. Une découverte particulièrement tragique dans la mesure où elle a fichu en l'air non seulement la liaison de Mary Ann avec Rick, mais aussi son amour pour les musées d'histoire naturelle.

— Rick m'appelle de temps en temps. Il a même appelé le

soir où Monty m'a demandée en mariage. Vous vous rendez compte ? Il est persuadé que nous pouvons rester bons amis.

Elle a secoué la tête d'un air dégoûté.

— Monty n'a rien à voir avec Rick, et pas seulement parce qu'il est fidèle. Il voit le monde différemment. Il est tellement… enthousiaste, et optimiste ! A propos de tout. Avec lui, la vie est plus drôle et… avec lui je me sens si heureuse, Dena ! Et je suis ravie que vous vous réjouissiez toutes les deux pour moi. Je le savais… enfin, je pensais que vous le seriez… enfin, disons plutôt que je l'*espérais*. En fait, je ne savais pas trop à quoi m'attendre, car vous ne croyez ni l'une ni l'autre au mariage.

J'ai protesté, peut-être un poil trop fort.

— Ce n'est pas vrai. Je ne crois pas au mariage *pour moi*… Pas une deuxième fois.

Mary Ann m'a rafraîchi la mémoire.

— Mais il s'agissait de *Scott* ! Tandis que si tu épousais Anatoly…

— Tu parles sérieusement ? Il n'a même pas lâché son appartement ! Tu le savais, ça ? Il va jusqu'à refuser de le sous-louer à quelqu'un qui envisagerait d'y rester plus de six mois !

— Mais tu as dit qu'Anatoly ne dort pratiquement plus là-bas. Il reste toujours chez toi…

Je me suis presque mise à hurler :

— Et d'après lui, c'est ça qui compte ! En ce qui me concerne, je me fiche qu'il ait recours à des justifications idiotes en guise d'explication.

Dena a haussé un sourcil.

— Tu es en train de nous dire que tu t'es encore disputée avec lui aujourd'hui ?

J'ai fermé les yeux et je me suis efforcée de contrôler ma respiration. J'étais en train de m'égarer.

— Anatoly et moi, nous nous aimons et nous viendrons à bout de ces problèmes. Mais pour ce qui est du mariage…

ce n'est pas notre truc. Tu es différente, Mary Ann. Tu étais faite pour te marier, porter une robe d'enfer (si j'ose dire) et tout le tintouin. Dena, tu n'es pas d'accord avec moi ?

Dena a pris la fée Clochette dans sa main et a caressé du bout des doigts les courbes et les angles de la figurine, comme si elle cherchait une preuve de son pouvoir magique. Puis elle a dit lentement :

— Il m'a fallu trente-trois ans pour trouver la volonté de me limiter à deux hommes. Et encore, il y a des jours et des nuits – surtout des nuits – où je me demande si je serai capable de continuer sur cette voie sans faire entrer un nouveau mec dans notre petit groupe. Alors le mariage…

Elle a soupiré et lancé un regard dubitatif en direction de Shamu.

— J'ignore si je serai jamais capable de comprendre vraiment pourquoi tant de gens trouvent ça aussi génial ! Mais si c'est ce que tu veux…

Mary Ann a dit dans un souffle :

— Plus que tout.

— Eh bien, voilà au moins une chose que je peux fêter : une femme qui obtient ce qu'elle veut ! Surtout s'il s'agit de toi.

— Je t'ai déjà dit que tu étais la meilleure ?

Dena a souri.

— Pas une seule fois. Et maintenant, si on buvait un coup ?

Mary Ann s'est balancée sur la pointe des pieds comme si elle se préparait à sauter d'un plongeoir.

— J'ai une bouteille de champagne au frigo !

— Je m'en charge !

Je suis allée dans la cuisine et je n'ai pas mis bien longtemps à trouver la bouteille. Quelques minutes après, nous nous sommes retrouvées debout autour de Shamu, nos flûtes à champagne levées.

Dena s'est exclamée :

— Trinquons à Mary Ann. Puisse ton mariage te donner…

toute satisfaction sur le plan sexuel. Je suis sérieuse, Mary Ann. Ne deviens surtout pas comme ces tarées qui préfèrent regarder *Nouvelle Star* plutôt que jouer à l'orque avec leur mari.

Mary Ann a affirmé d'un ton solennel :

— J'essaierai.

Nous avons bu. Puis j'ai levé de nouveau mon verre.

— A mon tour ! Ce toast nous concerne toutes les trois. Je bois à trois femmes énergiques qui savent s'y prendre pour réaliser leurs rêves, aussi différents soient-ils.

Un large sourire a éclairé les visages de Dena et Mary Ann, et nos verres se sont entrechoqués en chœur.

Nous avons passé l'heure suivante à écouter dans quelles circonstances exactes Monty avait abordé la question. Nous nous sommes émerveillées d'apprendre qu'il avait pris la peine de prendre l'avion pour Palm Springs afin d'obtenir la bénédiction de son père. Et nous sommes parties d'un grand éclat de rire en imaginant la réaction du père en question, un col-bleu pragmatique, face à Monty en entendant ce dernier – selon toute probabilité – se lancer dans une description de son amour pour Mary Ann avec le panache d'un sommelier décrivant les senteurs florales d'un vin. Quelques jours plus tard, alors que Mary Ann était dans un hôtel, occupée à mettre un peu de blush sur le visage pâle d'une mariée, Monty avait utilisé la clé qu'elle lui avait donnée pour se glisser dans son appartement et déposer des cadeaux un peu partout, presque dans chaque pièce. Et lorsqu'elle était rentrée chez elle, il avait joué les guides, la conduisant d'un trésor farfelu à un autre plus saugrenu encore. Le dernier trésor était déposé dans sa chambre. Mary Ann s'est assise sur le bord du lit pour ouvrir le paquet et elle a découvert la figurine représentant la fée Clochette. Elle s'est appliquée à ôter délicatement le ruban adhésif du papier métallisé argent. Elle en avait presque oublié la présence de Monty qui s'était agenouillé près d'elle… jusqu'à ce qu'elle découvre le rubis, bien sûr. Elle s'est aperçue alors que Monty n'était pas vraiment à genoux, mais qu'il avait un genou en terre.

J'ai fini par m'éclipser pour aller aux toilettes. Pendant ce temps, Mary Ann a regagné sa chambre pour récupérer les revues de mariage qu'elle a déjà commencé à rassembler. Dena est restée dans le salon en espérant qu'une nouvelle coupe de champagne l'aide à rendre plus supportable la vision des longues robes blanches de mariée froufroutantes et des robes à ruché des demoiselles d'honneur.

Alors que j'étais en train de me laver les mains, j'ai entendu… un bruit. Un bruit métallique aigu suivi par un bruit de chute. Un bruit bien plus sourd que celui d'un livre qui tombe, et bien plus puissant que celui d'un verre qui se brise. Je n'avais aucune idée de ce que cela pouvait être, mais allez savoir pourquoi, le bruit de cette chute m'a terrorisée… à un point que vous ne pouvez imaginer.

J'ai ouvert la porte de la salle de bains au moment même où Mary Ann apparaissait dans l'entrée, tenant en équilibre dans ses bras une vingtaine de magazines. Elle m'a regardée d'un air interrogateur.

— Tu as entendu ?

J'ai hoché la tête en regardant du côté du salon. Et j'ai crié :

— Dena ? Tout va bien ?

Mary Ann et moi étions dans l'attente de la réponse, mais nous n'avons entendu que le bruit du chauffage qui se remettait en route.

Et soudain, tout a changé. C'était presque imperceptible, et je n'arrivais pas à mettre un nom dessus, mais d'une certaine manière, la consistance de l'air s'est modifiée. Il est devenu plus pesant et je me suis senti oppressée, saisie d'angoisse. Quelque chose ne tournait pas rond.

Mary Ann a laissé tomber ses revues et nous nous sommes précipitées, moi sur ses talons, jusqu'au salon.

Dena gisait par terre, une main agrippée au coin du tapis en armure nattée de Mary Ann.

Nous avons bondi toutes les deux auprès d'elle.

Mary Ann s'est écriée :

— Dena ? Dena, qu'est-il arrivé à ton dos ?

Mon regard a aussitôt repéré la petite tache rouge qui s'agrandissait sous l'omoplate de Dena. Du sang.

Dena nous a regardées à tour de rôle.

— Quoi ? Qu'y a-t-il ?

J'avais déjà vu ce genre de blessure. Pas là, pas dans le dos… mais ce qui était *sûr*, c'est que je l'avais déjà vu. Dans la poitrine d'un agresseur… juste après que je lui ai tiré dessus. J'ai regardé aussitôt vers la porte d'entrée. Elle était ouverte.

Tout en balayant la pièce du regard, j'ai chuchoté d'une voix rauque :

— Ne bougez pas !

Il n'y avait pas de lourdes tentures derrière lesquelles on pouvait se cacher. Mais il y avait la cuisine… Se pouvait-il qu'il soit encore dans la cuisine ?

Dena a murmuré à son tour :

— Je ne peux pas… je ne peux pas bouger. Mes jambes sont froides ! Sophie, dis-moi pourquoi ?

A ces mots, l'air est devenu plus pesant encore. Je me suis entendue émettre une sorte de cri étranglé, mais c'est tout ce dont j'étais capable. J'avais du mal à respirer. J'ai étouffé la panique qui me gagnait, et mes yeux ont fouillé la pièce à la recherche d'un objet qui pouvait servir d'arme. Il y avait un vase lourd, un coupe-papier, peut-être aussi le tisonnier près de la cheminée…

Mais à quoi pourrait bien servir chacun de ces objets face à une arme à feu ?

La meilleure façon de nous en tirer, c'était de composer le 911 en espérant une réponse rapide. Mary Ann n'avait pas de fixe, juste un portable.

Je me suis forcée à demander :

— Dena, où est ton BlackBerry ?

— Dans… dans mon sac.

Je me suis tournée vers Mary Ann.

— Et le tien ?

Son regard s'est posé sur son sac. Nos trois portables étaient chacun dans notre sac. Et les sacs étaient posés sur la chaise la plus proche de la cuisine.

Je me suis accroupie le plus bas possible et je me suis dirigée vers le tisonnier.

J'ai entendu Mary Ann dire à Dena :

— S'il te plaît, dis-moi ce qui s'est passé !

Je lui ai murmuré d'un ton sans réplique tout en prenant la direction de la cuisine :

— Fais pression sur la blessure. Et ne te lève pas.

Mary Ann a posé une question… ou peut-être s'est-elle contentée de gémir, je ne sais pas. Mes oreilles ne percevaient que le bourdonnement de ma propre peur.

D'un même élan, j'ai agrippé mon sac à main, je l'ai jeté en direction de Mary Ann et j'ai franchi d'un bond le coin qui séparait le salon de la cuisine en brandissant le tisonnier dans l'espoir d'assommer notre visiteur avant qu'il ait le temps d'appuyer sur la détente.

Mais la pièce était vide. Nous étions seules.

Le tireur s'était enfui.

Je me suis retournée. Mary Ann était en train de composer un numéro sur mon portable. Son teint clair était encore plus pâle que d'habitude.

Et la tache de sang continuait à s'élargir.

2

Dimanche 6 mai, 21 heures

Jamais je n'ai détesté la police autant que ce soir-là.

S'ils avaient des questions à nous poser, ce qui était logique, ils auraient dû le faire dans l'ambulance. Et ils n'auraient jamais dû me séparer de ma meilleure amie. Quant à Mary Ann, ses hurlements ont commencé moins d'une minute après qu'elle a obtenu le 911. Ils ont mis un temps à venir ! J'avais l'impression d'être dans un film avec pour unique bande-son les cris de Mary Ann…

Mais ce qui m'avait vraiment terrifiée, c'était le silence de Dena. Elle avait forcément mal. Le sang qui s'écoulait sous son omoplate en était la preuve. Mais après quelques mots à peine chuchotés trahissant sa panique, elle s'est enfermée dans un silence de mort, n'ouvrant la bouche que pour répondre aux questions pressantes des urgentistes.

Ensuite ils l'ont emmenée, et je suis restée là, à affronter les questions de la police auxquelles je n'avais aucune réponse. Et Mary Ann qui n'arrêtait pas de crier.

Il fallait absolument que je rejoigne Dena. Mais c'est Anatoly qui l'a fait le premier. Lorsqu'il a appelé pour faire la paix après notre dernière dispute en date, je lui ai raconté ce qui se passait. Il a voulu venir chez Mary Ann pour être à mes côtés pendant que je répondais à d'impossibles questions, mais j'ai préféré l'envoyer à l'hôpital pour qu'il dise aux médecins de remettre Dena sur pied.

Qu'ils fassent en sorte qu'elle puisse reparler.

Qu'ils redonnent un peu de chaleur à ses jambes.

Quand Anatoly m'a dit que toutes ces choses ne relevaient pas de sa compétence, je me suis mise à crier moi aussi. Il a aussitôt cessé de protester et s'est rendu à l'hôpital.

Ensuite, c'est Monty qui a appelé. Je n'entendais pas ce qu'il disait au téléphone, mais il a réussi Dieu sait comment à calmer un peu Mary Ann, laquelle est passée des cris aux sanglots étouffés.

Et la police a continué de poser des questions… A quel moment exactement avons-nous entendu le bruit sourd ? Y a-t-il eu des bruits de pas ? La porte était-elle fermée à clé avant l'arrivée de l'intrus, ou avions-nous oublié de la verrouiller ? Connaissons-nous quelqu'un qui puisse vouloir nuire à Dena ou à l'une d'entre nous ? Je n'avais pas de réponses à donner, j'avais déjà assez de mal comme ça à rassembler mes idées. En fait, je n'avais qu'une chose en tête : rejoindre mon amie.

Si j'en crois la pendule, la police ne nous a gardées qu'un peu plus d'une heure, mais je suis persuadée que, dans ce laps de temps, Dieu a réussi à faire tenir une année entière ! Quand j'ai enfin pris ma voiture avec Mary Ann à bord, j'ai dû déployer des trésors de volonté pour ne pas griller les feux rouges sur le chemin de l'USF Medical Center.

A notre arrivée, tout le monde était là. Anatoly avait appelé un à un les membres de ma famille d'adoption, à savoir… la famille de Dena. Son petit ami, Jason, venait juste de terminer ses trois longueurs de bassin à la piscine du JCC lorsqu'il a entendu le téléphone sonner près de sa serviette de bain. L'autre petit copain de Dena, Kim, traversait le Nicaragua en sac à dos avec Amelia. Impossible de prendre contact avec eux. En revanche, Marcus a été facile à joindre. Il était en route pour Napa, pour faire un court séjour en thalasso. Il était en train de chanter en duo avec Madonna lorsque Anatoly l'a replongé en plein chaos.

Personne n'a dit un mot lorsque Mary Ann et moi sommes entrées dans la salle d'attente. Anatoly s'est contenté de me regarder et de retirer lentement les mains des poches de sa veste de motard, et je suis tombée dans ses bras. Rien ne pouvait me réconforter, mais lui seul pouvait m'aider à tenir bon.

Il m'a dit à voix basse, avec ce léger accent russe qui m'apaisait plus que les mots :

— Elle est sur la table d'opération.

Du coin de l'œil, j'ai vu Marcus détourner le regard.

— Ils ont dit que la balle avait touché la partie osseuse de sa colonne vertébrale et qu'un fragment d'os avait pénétré dans la moelle épinière.

— Ce qui veut dire ?

L'éclairage au néon était trop puissant. Il attirait malgré moi mon attention sur les motifs de l'horrible moquette grise et sur les chaises rouges au revêtement bon marché. Cette fois, Mary Ann était assise à côté de Monty, qui lui embrassait les cheveux pendant qu'elle pleurait.

Anatoly m'a donné quelques explications.

— Ça veut dire que sa vie n'est pas en danger. C'est le chef du service de neurologie qui l'opère en personne, et nous sommes dans un des meilleurs hôpitaux de ce pays.

— Alors elle va s'en tirer ? Et elle retrouvera l'usage de ses jambes ?

Anatoly s'est presque imperceptiblement éloigné de moi. Il m'a fixée de son regard sombre, comme s'il essayait de me préparer à encaisser le choc d'une vérité dure à entendre. Puis il m'a dit lentement :

— Elle a de bonnes chances. Il y a tout lieu d'être optimiste.

J'ai répondu d'un ton agressif :

— Mais ce n'est pas certain…

— Sophie, rien n'est jamais sûr, dans la vie. C'est illusoire, comme la perfection.

Marcus a soudain porté la main à son ventre, laissant tomber son exemplaire du magazine *People* sur l'une des tables basses marron couvertes de poussière.

— Je crois bien que je vais vomir.

Et il a quitté précipitamment la pièce.

Jason a éclaté de rire. Un rire sinistre, un peu hystérique. Mary Ann s'est instinctivement rapprochée de Monty.

Jason s'est exclamé :

— Quand je pense que je me suis cru longtemps blasé et cynique ! Je pensais avoir percé à jour cet idéalisme bidon des classes moyennes. Je croyais comprendre la violence.

Nichée au creux des bras d'Anatoly, j'ai observé calmement Jason. Son jean était déchiré et l'on pouvait voir sur son T-shirt une image un peu kitsch, style affiche de film de série B des années 1930, avec ces mots imprimés en blanc et en caractères gras : « Assassin of Youth ». En caractères légèrement plus petits, l'explication de ce slogan qui visait les dangers de la marijuana (c'était pour Jason une sorte de pied de nez). Et pourtant, ces mots me hérissaient.

A présent, Jason ne riait plus. Il avait l'air effrayé, presque terrifié.

— Aujourd'hui, je sais que je me trompais, comme tous ces fichus banlieusards que je regardais avec condescendance. Je pensais… je croyais…

Mary Ann lui a demandé d'une voix rauque :

— Que croyais-tu ?

— Je ne croyais pas qu'une chose pareille pouvait arriver. J'étais convaincu que certaines choses n'arrivaient jamais. En fait, je ne suis pas du tout cynique, je suis juste d'une naïveté incroyable. Même là, maintenant, je ne peux pas accepter ce qui vient de se passer. Je suis totalement incapable de comprendre la violence !

Mary Ann s'est détachée de Monty et a tendu une main tremblante à Jason.

— Nous devrions prier.

Jason a lâché d'une voix étranglée :

— Je ne crois pas en Dieu.

Un court silence s'est installé tandis que chacun de nous faisait l'inventaire de ses croyances personnelles.

Anatoly a lâché :

— Moi, je crois en Dieu. Mais pas en l'intervention divine. J'ai vu souffrir beaucoup trop de gens bien pour y croire.

Jason lui a répondu d'une voix où perçait le désespoir, un désespoir dur à entendre, et dérangeant.

— Mais en attendant, je fais quoi ? Moi qui ai toujours pensé que mon athéisme était libérateur, vous parlez d'une connerie ! Qui prier, maintenant ? A qui dois-je m'en prendre ? Que suis-je censé faire ?

Anatoly a répondu d'un air pensif :

— Ce qu'il faut faire, c'est croire en Dena.

Monty s'est enfin décidé à se joindre à la conversation.

— Oui. Comme en la fée Clochette.

Jason a réagi à retardement.

— *Quoi ?*

Monty s'est redressé de toute sa hauteur. Il avait les cheveux noirs et le teint doré de son père mexicain, les traits délicats, presque aristocratiques de sa mère, une Québécoise, et l'énergie, l'optimisme incroyables qu'on ne pouvait cultiver qu'en Amérique.

Puis il a demandé :

— Vous vous souvenez tous de Peter Pan, n'est-ce pas ? La fée Clochette est revenue à la vie parce que ceux qui l'aimaient croyaient en elle.

Jason a lâché en serrant les dents :

— Dena n'a rien à voir avec une petite fée insipide et faible ! Dena est…

Monty a fini la phrase pour lui.

— Une battante. La fée Clochette a bu du poison pour protéger Peter Pan, et juste avant de s'écrouler, elle l'a traité d'âne parce qu'il ne prenait pas soin de lui. Ce n'est pas Dena, peut-être ?

Jason a hésité un instant avant de détourner les yeux.

— Je ne m'étais pas rendu compte à quel point Clochette était cool.

Monty a répondu d'un ton décidé :

— Eh bien si, elle l'est. Et Dena plus encore, et je crois *énormément* en elle. Alors…

Il a levé les mains et s'est mis à applaudir.

L'étreinte d'Anatoly s'est resserrée autour de ma taille dès qu'il m'a vue serrer les poings.

J'ai lancé :

— Ne me dis pas que tu applaudis parce que tu crois aux fées ! Alors qu'une équipe médicale est en train d'intervenir sur la colonne vertébrale de ma meilleure amie au bloc d'à côté !

Tout en continuant à applaudir, Jason s'est exclamé :

— Je crois que la magie de la pensée positive peut aider les gens. En tout cas, ça ne peut pas faire de mal.

Jason a secoué la tête comme un chien mouillé et il s'est dirigé vers l'autre bout de la pièce.

— C'est insensé !

Je me suis exclamée, en me détachant d'Anatoly :

— Absolument !

Jason a gémi.

— Si seulement j'étais un vampire, je pourrais lui offrir comme cadeau la vie éternelle.

J'ai fermé les yeux et j'ai compté jusqu'à dix. Dena n'aime pas les mecs normaux. Elle aime les mecs farfelus au grand cœur, comme Jason. Rien que pour elle, je dois résister à l'envie pressante de lui mettre un coup de tête !

Mary Ann a dit d'une voix douce, en prenant les mains de Monty pour les empêcher de trembler.

— Tu sais, moi aussi j'aime bien la fée Clochette. Mais pour l'instant, j'ai besoin de prier avec *quelqu'un*.

Monty a soupiré – un soupir qui ressemblait à une légère déception – et il a embrassé Mary Ann sur le front.

— Bien sûr que je vais prier avec toi, ma chérie. Mais avec la fée Clochette, c'est tellement moins compliqué qu'avec Dieu ! Il serait tellement plus facile d'invoquer son esprit que le Saint-Esprit.

J'ai pris place sur l'une des chaises inesthétiques.

— Je vais prier avec toi, Mary Ann.

Elle a murmuré, avec ses mots à elle, une supplique à Dieu, qui devenait de plus en plus pressante et insistante. Puis, lorsqu'elle n'a plus rien trouvé à dire, elle a chuchoté « Amen » et s'est laissée aller de tout son poids contre Monty.

— Il faudrait que j'appelle ses parents.

J'ai levé les yeux au plafond en essayant d'imaginer la scène. Les parents de Dena sont partis à la retraite dans l'Arizona il y a presque dix ans. Ils sont tous deux très actifs au sein de leur paroisse. La mère de Dena, Isa, était autrefois infirmière praticienne, mais à présent, elle fait le tour des divers lycées et collèges pour mener à bien sa croisade personnelle, à savoir prêcher l'abstinence sexuelle auprès des célibataires. Pour mémoire… sa fille Dena gère un sex-shop. Difficile de savoir si le besoin de Dena de jouer avec les bizarreries de la sexualité humaine est un acte de rébellion, ou si c'est la croisade des parents de Dena contre l'immoralité qui répond aux excentricités de leur fille. Quel que soit le cas de figure, cela explique le caractère orageux de leurs relations.

Mais Dena est quand même leur fille. Ils ont bien droit à un coup de fil.

Mary Ann a sorti son portable de son sac et l'a fixé un instant du regard.

— Je préfère sortir pour téléphoner. Je vais avoir besoin d'un peu d'air frais.

Monty a posé son manteau sur les épaules de Mary Ann en disant :

— Je viens avec toi.

Et il l'a accompagnée hors de la pièce.

Anatoly s'est assis près de moi.

— Sophie, tu peux me dire ce qui est arrivé, exactement ?

— Dieu sait si j'aimerais pouvoir le faire, mais je ne sais pas grand-chose. Tout allait bien. Nous étions toutes les trois en pleine forme. A un moment donné, Mary Ann est allée dans sa chambre quelques minutes pour prendre un truc, et moi, je suis allée aux toilettes. Il y a eu une sorte de bruit métallique aigu. Enfin, je crois. Je ne suis plus certaine de rien, c'est arrivé si vite ! Et puis, le bruit n'était pas très fort… et après, j'ai entendu Dena tomber…

J'ai secoué violemment la tête. A quoi bon me répéter ? J'en étais incapable. Chaque mot était telle une petite arête qui me griffait la gorge.

Anatoly m'a dit :

— Je sais, tu me l'as déjà dit au téléphone. Celui qui a tiré a dû utiliser un silencieux. Faut-il une clé pour pénétrer dans l'immeuble, ou seulement pour l'appartement ?

— Pour les deux… Mais il est possible que nous n'ayons pas fermé la porte de l'appartement à clé. Mary Ann était un peu distraite… Est-ce que je t'ai dit qu'elle vient de se fiancer avec Monty ?

C'était plutôt bête de ma part de lui annoncer une nouvelle aussi incongrue en pareil moment.

Anatoly a juste hoché la tête, comme pour me dire « Message bien reçu. » Puis il a posé sa main sur mon genou.

— Dena a été touchée dans le dos. J'en déduis donc qu'elle tournait le dos à la porte, d'accord ?

J'ai haussé les épaules. Ça faisait partie des milliers de choses que j'ignorais.

— La balle peut-elle avoir été tirée à travers une fenêtre ?

— J'aurais entendu un bruit de verre brisé.

— Une seule balle ne briserait pas une vitre. Elle ferait juste un trou dedans, et tu n'aurais sans doute pas entendu le bruit.

J'ai essayé de réfléchir. La police avait-elle vérifié l'état des fenêtres ? Les fenêtres qui donnent sur la rue ne pouvaient pas être ouvertes, la balle aurait donc forcément traversé la vitre. En plus, nous étions au troisième étage. Le tireur se serait donc trouvé dans l'immeuble d'en face.

Mais plus important encore, la porte d'entrée était ouverte lorsque j'avais trouvé Dena. Quelqu'un avait ouvert la porte, était entré dans le salon de Mary Ann et, d'une simple pression sur la détente, avait anéanti mon univers.

J'ai dit d'un ton sans appel :

— C'est venu de la porte. J'en suis sûre.

Jason s'est exclamé en balayant du regard les murs beiges sans fenêtres :

— Celui qui a fait cela ne s'en tirera pas comme ça. La police va arrêter ce fumier et le mettre en taule.

J'ai avalé une goulée d'air. Jason faisait bien plus confiance en la police que moi, ce qui était surprenant car c'était lui qui se revendiquait anarchiste.

Si Jason avait mis de l'ironie dans cette affirmation, il n'en montrait rien. Je l'ai regardé passer la main dans ses cheveux avant de l'essuyer sur son jean.

— Je vais chercher de l'eau. Quelqu'un d'autre en veut ?

Anatoly et moi avons fait signe que non. Jason a quitté la pièce et je me suis retrouvée seule avec Anatoly.

J'ai déplacé ma chaise pour pouvoir le regarder dans les yeux.

— Tu sais, je ne peux pas me contenter de rester le derrière sur une chaise en priant le ciel pour que la police traite cette affaire en priorité.

— Sophie, je vais faire ma petite enquête pour essayer de trouver des indices. Ceci dit, Jason a raison. Les flics mettront sans doute la main sur le coupable et ils l'arrêteront.

— Ça, ce n'est qu'une hypothèse. Et puis je veux mettre la main dessus la première. Je veux qu'il essaie de me blesser *moi*. Pour avoir une bonne excuse de le traiter comme il le mérite !

— Est-ce que tu te rends bien compte que tu ne peux pas traquer et abattre le coupable ?

J'ai attendu un peu avant de répondre.

J'ai tourné la tête pour porter un regard neuf sur la pièce. Pourquoi étions-nous les seuls ici, dans cette salle d'attente ? Dena était-elle la seule personne avec ses amis proches à avoir été blessée ce soir ?

Et soudain, la pièce m'a semblé moins vide. Ma colère emplissait tout l'espace. Elle suintait par tous les pores de ma peau, grimpait sur les murs. Son esprit de vengeance se mêlait au bourdonnement des néons. Ma colère avait pris possession de la pièce.

En fait, elle prenait bien trop de place pour laisser s'exprimer la logique d'Anatoly.

J'ai dit d'un ton sec :

— La prison ne suffit pas. Ce salaud a tiré sur Dena *dans le dos* ! Il aurait pu la tuer ! Ou gâcher sa vie à jamais !

— Sophie, as-tu déjà visité une prison de haute sécurité ? Ça pourrit la vie des gens à jamais. Et compte tenu de la gravité de son acte, le tireur ne va pas s'en tirer avec deux ans de prison. Même s'il s'agit de sa première condamnation, il peut s'attendre au minimum à dix ans.

J'ai répété à voix basse :

— Dix ans ?

Puis, comme mue par une force extérieure à moi, j'ai jailli de mon siège, les pieds bien campés sur la fine moquette grise.

— Tu trouves que dix ans c'est assez pour ce qu'il a fait ? Dix ans, ça passe comme ça…

J'ai claqué des doigts devant lui.

— J'ai terminé le lycée il y a dix ans, et j'ai l'impression que c'était hier !

— Sophie, ça date de plus de dix ans…

— La ferme ! Pour moi, ce sera toujours dix ans… Tu ne crois quand même pas me piéger en me faisant avouer l'âge que j'ai juste parce que je flippe à cause de ce qui est arrivé à ma copine !

— Je vois. Donc, si je suis ton raisonnement, dix ans sont en fait une éternité.

J'ai hésité, sentant pointer l'amorce d'un sourire au bord de mes lèvres.

— C'est ma meilleure amie, Anatoly.

Du coup, ma voix s'est remise à trembler.

— Je sais.

Il s'est levé et m'a pris le visage entre ses mains. Anatoly a de merveilleuses mains, larges, solides, un peu rugueuses. J'avais besoin de ces mains pour me soutenir. Je voulais les sentir aller et venir sur mon dos jusqu'à ce que mes frissons disparaissent.

Et je voulais que ces mains broient le crâne du tireur.

— Tu veux que je t'aide à trouver ce mec, c'est ça ?

J'ai hoché la tête.

— Très bien. Nous le trouverons ensemble. Et quand nous le tiendrons, j'enquêterai sur chaque moment de sa vie. Je m'assurerai que la police ait non seulement des preuves suffisantes pour l'inculper de ce crime, mais aussi de tous les autres crimes auxquels il a pu songer depuis qu'il a atteint l'âge adulte. Je donnerai au procureur tout ce dont il aura besoin pour boucler ce type le plus longtemps possible. Mais je n'irai pas plus loin, Sophie. Pas question de faire justice nous-mêmes !

— Mais tu m'aideras à découvrir le coupable et à l'attraper, d'accord ? Dis-moi que nous n'allons pas nous contenter de laisser faire la police...

— D'accord, mais je veux te l'entendre dire, Sophie.

— Dire quoi ?

— Tu le sais parfaitement.

J'ai pris un air détaché en baissant les yeux sur mes sandales de gladiateur.

— Non. Je ne vois pas du tout de quoi tu parles.

— Pas question de faire justice nous-mêmes, Sophie.

— C'est pourtant ce que Robin des Bois faisait, et tout le monde l'adore.

— Robin des Bois était un communiste.

— Pas dans la version Disney de l'histoire. Demande à Monty, il te le dira.

Anatoly a resserré la pression sur mes mains.

— Sophie, promets-moi au moins de ne tuer personne !

— Je promets de ne tuer personne... sauf si on tente de me tuer d'abord.

— Tout le monde essaie de te tuer.

— Ce n'est quand même pas de ma faute...

Anatoly a grommelé je ne sais quoi et m'a tourné le dos.

J'ai hésité un instant, puis j'ai posé la tête sur sa nuque en soupirant.

— Je ne ferai rien d'illégal... du moins rien qui puisse me valoir d'être jetée en prison plus de deux semaines.

Anatoly a recommencé à grogner, mais je ne me suis pas laissée démonter.

— Je sais très bien que si je me retrouve en prison, ça ne fera de bien à personne, surtout pas à Dena. Si tu me promets de m'aider à découvrir le coupable, eh bien, je te promets de... disons, de me comporter aussi bien que d'habitude.

Anatoly a fait volte-face.

— C'est plutôt vague.

— C'est le mieux que je puisse faire.

Il m'a dit d'un ton brusque :

— Sophie, tu dois absolument maîtriser ta colère.

J'ai ouvert la bouche pour répondre, mais au même moment, un couple entre deux âges est entré dans la pièce. Ils ont jeté un regard dans notre direction avant de prendre place dans un coin, à l'autre bout de la salle. Nous n'étions plus seuls.

Nous nous sommes rassis. J'ai fermé les yeux en passant les bras autour de ma poitrine. Anatoly avait raison, bien sûr. Il fallait absolument que je contrôle ma colère. Mais pas que je m'en débarrasse. J'avais besoin d'une agressivité maîtrisée pour m'aider à supporter cette journée jusqu'au lendemain. Pour évacuer le souvenir lancinant du silence de Dena.

3

Les hommes sont comme des pédoncules de roses. Les roses ont des tiges très longues, ce qui est très joli. Mais en définitive, la taille n'est pas ce qui compte le plus. L'important, c'est que la tige reste rigide suffisamment longtemps pour que votre fleur puisse s'épanouir totalement.

Fatalement vôtre

Cette nuit, j'ai rêvé de monstres. Avant que nous quittions l'hôpital, le médecin est venu nous dire que l'opération de Dena s'était apparemment bien passée. Qu'elle devrait pouvoir remarcher normalement. Et qu'en définitive, il est possible qu'elle n'ait même pas besoin de déambulateur ni d'attelles pour y parvenir. Il nous a donné beaucoup plus d'infos, mais je ne les ai même pas entendues. Tout ce que j'ai capté, c'était le manque de certitudes. Cette absence de certitudes est devenue presque palpable, générant une foule de visions horribles. Ces images se sont incrustées dans ma tête pour infester mon sommeil et mes rêves.

En plus, je n'ai pas été autorisée à voir Dena. Seuls les proches parents ont été admis dans sa chambre, les autres devant attendre les heures de visite de la journée.

Anatoly m'a serrée contre lui pendant toute la nuit, mais pour une fois, son étreinte n'avait rien de sexuel. Faire l'amour alors que Dena était dans l'incapacité de le faire aurait été une mauvaise action. C'est comme créer un groupe de rock la veille de la mort d'Elvis.

A présent, il fait jour. Mon chat, M. Katz, est roulé en boule à mes pieds. Anatoly dort encore, ce qui est compréhensible car il n'est qu'un peu plus de 8 heures du matin. Hier soir – ou plutôt aujourd'hui – nous ne sommes rentrés qu'aux environs de 3 heures. Il est trop tôt pour aller à l'hôpital. Pas question de prendre le risque de réveiller Dena. Alors que faire ? Je suis incapable de me rendormir, car les monstres risquent d'être plus nombreux encore.

Comme s'il avait conscience de mon mal-être, Anatoly commence à ouvrir les yeux et se glisse vers moi en marmonnant :

— Quelle heure est-il ?

— Trop tôt.

Anatoly se tourne pour jeter un coup d'œil au réveil, puis il marque une pause, comme s'il tentait de trouver une explication au fait que je suis réveillée à une heure aussi indue.

Je lui dis :

— Je me lève.

— Je vais te préparer ton petit déj !

Il repousse les couvertures, révélant sa quasi-nudité. En fait, il ne porte que des boxers Calvin Klein plutôt moulants. En temps normal, ça suffirait à libérer mes endorphines, mais pas ce matin.

— Je n'ai pas faim.

— Tu as toujours faim, surtout quand c'est moi qui me mets aux fourneaux.

— Aujourd'hui, c'est différent.

Tandis que M. Katz étire ses pattes et nous abandonne afin de chercher un coin plus tranquille pour dormir, nous restons quelques instants allongés sans parler. Ni lui ni moi ne souhaite être le premier à évoquer la tragédie d'hier qui m'a ôté l'envie de manger et de faire l'amour.

Anatoly soupire et me prend dans ses bras.

— Mieux vaut rester ici. La nuit a été courte.

Je souris en lui embrassant le menton. Puis je lui murmure à l'oreille avant de me libérer et de sauter sur mes pieds :

— Rendors-toi.

— Sophie…

— Non, je parle sérieusement. Reste ici. Moi, j'ai besoin de… réfléchir. De réfléchir en conduisant.

— Tu es sûre de ne pas pouvoir réfléchir au lit ?

Je vois au fond de ses yeux des petites stries rouges en zigzag dues à l'épuisement. On jurerait qu'il est shooté. Il paraît même vulnérable, ce qui ne lui ressemble guère.

Je me penche vers lui pour l'embrasser de nouveau, sur la bouche cette fois.

Ma langue se met à danser sur ses lèvres… Mmm, que c'est bon !

Lorsque je me décide à m'écarter du lit, je lui lance :

— Dors. Nous parlerons plus tard.

Anatoly reste muet tandis que j'enfile mon jean et un T-shirt et que j'applique sur mon visage une fine couche dorée de poudre minérale Bare Escentuals. Mais je sens son regard sur moi lorsque je quitte la pièce.

Dehors, les premiers rayons du soleil jettent sur le ciel une lueur rose pâle un peu étrange. Aucune trace de brouillard aujourd'hui, alors qu'il s'invite pratiquement tous les matins à San Francisco. Privé de son écran isolant, l'air est moins doux, ce qui semble déplacé pour un mois de mai.

Conduire sans avoir pris son café est presque aussi irresponsable que conduire en état d'ivresse. Ma première halte est donc pour le Starbucks. Le *barista* me reconnaît et, avant même que j'aie le temps de passer ma commande, il me prépare mon habituel *light mint mocha chip Frappuccino* avec une dose de crème Chantilly. Quand on a des gros problèmes, il faut toujours avoir recours à ses gourmandises antidéprime !

Je roule pendant plus d'une heure et je finis par me retrouver dans le quartier South of Market, à seulement quelques pâtés de maisons de chez O'Keefe, le pépiniériste et fleuriste où travaille Amelia. Naturellement, elle n'est pas là aujourd'hui. Kim et elle sont probablement en train de dormir dans un quelconque patelin du Nicaragua, pour récupérer de l'état d'euphorie dans lequel la marijuana a dû les plonger, et dans la plus parfaite ignorance de ce qui s'est passé ici, dans ce temple de la civilisation qu'est San Francisco, où le ciel nous est tombé sur la tête.

Mais Dena adore les bouquets qui sont préparés dans cette boutique… C'est quoi son préféré, déjà ? Je crois qu'on l'appelle l'Aphrodisiaque. A moins que ce ne soit le Plaisir d'O'Keefe ? De toute façon, ils sauront de quoi je parle.

Je trouve à me garer juste en face du magasin et je vérifie que j'ai un peu d'argent liquide avant d'entrer.

South of Market est un quartier très industriel, mais lorsqu'on entre chez O'Keefe, c'est comme si on pénétrait dans une jungle aménagée en espace vert. Du lierre et des fougères pendent du plafond, ce qui force tous les gens mesurant plus d'un mètre soixante-cinq à zigzaguer dans le magasin pour éviter de recevoir une feuille en pleine figure. Et puis il y a les seaux remplis de roses, les petites plantes en pot, les ficus et l'odeur de terre humide. Il y a tant de plaisirs pour les sens qui s'entremêlent qu'il me faut un moment pour noter ce qui cloche dans le tableau.

Ce qui cloche, c'est l'employée de service. Amelia. Une Amelia figée devant moi, à demi dissimulée par un imposant palmier de Madagascar dont les feuilles sont presque aussi sauvages et indisciplinées que la masse de boucles brunes qui tombent gracieusement sur ses épaules bronzées.

— Sophie…

Je m'empresse de franchir la distance qui nous sépare.

— Amelia ! Mais qu'est-ce que tu fais ici ?

Elle bredouille :

— Je… je travaille.

Elle me montre le petit arrosoir qu'elle tient à la main, comme pour prouver ses dires.

— Mais tu es censée être au Nicaragua !

— Oui… enfin, comment dire, euh… ça ne s'est pas fait.

— Vous avez annulé votre voyage, toi et Kim ?

— Oh non. Kim est là-bas. C'est juste que nous avons pensé… ou plus exactement il a décrété – … ou bien c'est moi, je ne sais plus – … que nous avons besoin de rester seuls parfois, pour nous retrouver.

— Attends un peu, je n'y comprends rien. Tu es en train de me dire qu'il a éprouvé le besoin de se retrouver ?

Amelia répond à côté.

— Kim, oui… on peut dire ça. Voyager seul peut ouvrir l'esprit sur ce qui est vraiment important. Ça peut aider à voir les choses différemment et… à apprécier davantage ce qu'on a.

— O.K., je comprends.

Je balaie la boutique du regard. Il y a un seau plein de lys d'une couleur pourpre si intense qu'elle vire presque au noir. J'aimerais bien en savoir un peu plus sur la décision soudaine de Kim de prendre l'avion en solo. Ce n'est pas que ça m'intéresse énormément, mais cela m'éviterait d'annoncer la nouvelle à Amelia.

Amelia me questionne à son tour.

— Tu es venue ici pour acheter des fleurs ?

Elle change l'arrosoir de main. Ses yeux sont encore plus rouges que ceux d'Anatoly ce matin.

Je dis d'une voix lente :

— Amelia, il s'est passé quelque chose d'affreux.

Amelia lève alors les yeux sur moi, l'air terrorisé.

— D'affreux ? Est-ce que la situation a empiré ?

— Empiré ? Mais de quoi parles-tu ?

Une petite ride barre le front d'Amelia.

— Je… je n'y comprends rien.

— Comme ça, nous sommes deux ! J'ignore totalement de quoi tu parles, mais ce que j'ai à te dire concerne Dena.

J'inspire un grand coup pour me donner du courage.

— Amelia, quelqu'un a tiré sur Dena hier soir.

L'espace d'un instant, Amelia me regarde d'un air vide, comme si son cerveau n'avait pas intégré la nouvelle.

— Je sais que c'est dur à encaisser, mais elle s'en sortira.

En disant ces mots, je sais à quel point ils sont peu convaincants. Quelle est la définition de « s'en sortir » ? Est-il suffisant que quelqu'un soit toujours *en vie* pour dire qu'il s'en est sorti ?

— Tu ne sais pas…

Amelia hésite au beau milieu de sa phrase, les yeux rivés sur l'arrosoir comme s'il pouvait l'aider à trouver la fin de sa phrase.

Je lui réponds d'une voix douce :

— Non, je ne sais pas grand-chose. Mais tu connais Dena, non ? Elle va tout mettre en œuvre pour guérir, et à la longue, elle finit toujours par obtenir ce qu'elle veut !

Amelia garde les yeux baissés, mais j'ai l'impression de l'avoir vue tressaillir.

— Dena n'a jamais eu à attendre pour obtenir ce qu'elle voulait…

Je lui décoche un timide sourire.

— Voilà, c'est ça ! Tu verras qu'elle sera de nouveau sur pied avant les prochaines grandes vacances et qu'elle pourra danser dans toutes les boîtes du coin !

Un gros camion passe devant la boutique, faisant légèrement vibrer le sol sous nos pieds. Amelia relève la tête et je vois ses yeux s'embuer de larmes.

Elle me demande :

— Qu'est-ce qui ne colle pas, chez moi ? C'est moi qui devrais être à l'hôpital ! C'est sûrement ma faute.

— Amelia, tu ignorais tout. Tu n'es pas voyante, que je sache !

Elle secoue violemment la tête, comme si le fait de ne pas savoir n'excusait rien.

— Je veux la voir. Je trouverai quelqu'un pour me remplacer. S'il te plaît, dis à Dena que je viendrai, d'accord ?

— Bien sûr... euh... en fait, j'étais venue pour lui prendre un bouquet. Je sais qu'elle adore celui avec les lys.

Amelia se tamponne les yeux. Elle me murmure en fixant du regard les lys d'un rouge profond :

— Excuse-moi de réagir comme ça.

— Amelia, voyons ! Tu viens d'apprendre qu'une de tes amies a reçu une balle. Dans ce genre de situation, personne ne peut rester cool.

— Tu as sans doute raison...

Elle respire un grand coup pour se calmer.

— Le bouquet auquel tu penses est celui que nous appelons Sens et Sensualité. Je viens d'en composer un qui est prêt à être livré. Tu peux le prendre pour Dena.

— Tu l'avais préparé pour quelqu'un d'autre ?

Amelia n'a pas l'air d'avoir entendu ma question. Elle se tamponne de nouveau les yeux et me fait signe de la suivre jusqu'au comptoir, au fond du magasin. Le bouquet est déjà prêt, à côté du tiroir-caisse.

Je dis à Amelia :

— J'ai l'impression que cette composition florale a du succès !

— Pas tant que ça. Il y a des mois que je n'avais pas eu l'occasion d'en préparer. Je veux dire, pour quelqu'un d'autre que Dena... enfin, à part aujourd'hui. Sinon, ça remonte à plusieurs mois...

— Ah bon ?

Le bouquet est magnifique et les courbes fermes des fleurs et des feuilles qui le composent justifient pleinement son nom.

Tout en exhumant mon portefeuille de mon sac, j'ajoute :

— Qui t'a commandé ces fleurs, aujourd'hui ?

Elle me rétorque d'un ton sec :

— C'est l'Inquisition ou quoi ?

Je recule d'un pas et je m'empresse de faire mentalement l'inventaire de chacun des mots que j'ai prononcés ces dernières minutes, dans l'espoir de trouver celui qui aurait pu lui déplaire.

Amelia appuie sa main sur son ventre, comme pour tenter de repousser le démon qui vient de me répondre à travers elle.

— Je crois que je suis un peu à cran. Je ne m'attendais pas à ça. Qui de nous aurait pu s'attendre à une chose pareille ?

Je jette un coup d'œil à ma montre.

— Il est presque 8 heures. Il faut que j'aille à l'hôpital… voir s'il y a du nouveau.

Amelia me tend le bouquet.

— Tiens, c'est pour moi ! Et tu diras bien à Dena que je vais venir, d'accord ?

— Oui, bien sûr. Elle s'en remettra, tu sais. Tout ira bien.

Je dépose les fleurs au creux de mon bras, comme la première dauphine d'un concours de beauté à qui l'on a remis un diadème un peu moins beau que celui de la gagnante. Et le sourire dont je gratifie Amelia est comme celui de la dauphine. Un peu forcé.

4

Mon ex-petit ami est un peu comme un bouton de fièvre. Il débarque toujours au mauvais moment, il est affreusement gênant et il faut un temps fou pour s'en débarrasser.

Fatalement vôtre

La personne qui se trouve dans le lit d'hôpital m'est totalement inconnue. Je m'attendais à trouver une Dena blessée, et voilà que je me retrouve avec une… une *gamine*, pas une femme. Faute de produits coiffants, ses épais cheveux noirs pendent négligemment autour de son visage. Elle ne porte pas de rouge à lèvres bordeaux, ni d'eye-liner appliqué avec un soin méticuleux. Sans l'aide de sa poudre compacte, elle ne peut dissimuler le bouton qui commence à se former en plein sur l'arête de son nez. Les seules choses qui n'ont pas changé, ce sont ses cils. Comme ils sont naturellement noirs, recourbés et épais, Dena n'a jamais jugé utile de les couvrir de mascara. Le résultat, c'est qu'à présent, sans la concurrence des autres produits de beauté qui coûtent une fortune, ce sont les cils qui ressortent le plus sur son visage. Des cils noirs et sexy de séductrice mis par erreur sur les yeux d'une gamine un peu nerveuse.

— Tu m'as apporté des fleurs.

Aucun signe de gratitude dans sa voix. Elle s'est contentée de prendre acte d'un fait.

Tout en disposant le bouquet à son chevet, je réponds :

— Elles viennent d'Amelia, en quelque sorte…

— Je croyais qu'elle était au Nicaragua.

— Non. Kim est parti, mais elle est restée.

J'ai oublié de demander un vase… mais c'est Amelia qui aurait dû y penser, non ? Ce n'est sûrement pas la première fois qu'elle fait une composition florale destinée à une chambre d'hôpital, quand même !

— Mes parents sont à San Francisco.

J'approche une chaise de bois de la tête du lit.

— Ah oui ? Alors ils sont déjà venus te voir ce matin ?

Dena secoue la tête.

— Je suppose qu'ils étaient là dès hier soir, mais j'étais dans les vapes. C'est Monty qui les héberge. Mary Ann aussi va rester chez lui quelque temps.

— Elle ne veut pas rester dans son appartement… Mon Dieu, mais bien sûr ! J'aurais dû lui proposer de s'installer chez moi.

Dena détourne le regard. Apparemment, elle a décidé de ne faire aucun commentaire.

J'effleure du bout des doigts les pétales duveteux d'une orchidée. J'ai des tas de questions, mais je ne suis pas du tout certaine de vouloir connaître les réponses.

Dena caresse la couverture posée sur ses jambes. Elle a les ongles vernis, le rouge « I'm Not Really A Waitress » de chez OPI.

Elle murmure :

— Je les sens de nouveau.

Je ne saisis pas tout de suite. C'est lorsque je note la façon de regarder ses jambes que je comprends.

— C'est vrai ? Mais c'est génial !

— Génial ? C'est génial que je puisse sentir une partie de mon corps ? Nous sommes tous censés pouvoir sentir nos jambes, non ? Nous sommes même censés pouvoir nous en servir ! Ce qui n'est pas mon cas. Peut-être qu'un jour, avec un peu de chance, je serai capable de faire le tour du pâté de maisons en moins de dix minutes !

Je m'écarte de l'orchidée.

— Ne dis pas ça !

Elle me lance à la figure :

— Ah non ? Ce matin, j'ai discuté avec mon médecin de déambulateur et d'attelles. Tu te rends compte, Sophie ? D'un Déambulateur et de foutues attelles !

On entend dans le couloir le rire haut perché des infirmières qui passent devant la porte. Dena fait la grimace, comme si leur gaieté était une insulte personnelle.

— Il m'a dit qu'avec un programme de rééducation intensif je pourrais peut-être arriver à marcher avec une canne, mais qu'il ne fallait pas mettre la barre trop haut et nourrir de faux espoirs. Pas question de m'attendre à pouvoir marcher aussi bien que ma grand-mère, tu comprends ? Mais pour qui je me prends ? Pour une femme de trente-deux ans en bonne santé et à qui on n'a pas ôté tout espoir en l'espace de cinq malheureuses secondes ? Est-ce vraiment moi ?

Tous les muscles de mon corps sont tendus. Je m'assieds au bord de la chaise.

— Tu n'as aucun besoin de faux espoirs pour la bonne raison que, dans ton cas, ce n'est pas une question d'espoir.

Mais Dena continue, comme si elle ne m'avait pas entendue.

— Mary Ann a passé la nuit ici, et Jason était encore près de moi il y a un peu moins d'une heure. Bon sang ! Ils essayaient tous les deux de me dorloter… Tout au long de cette fichue matinée ! Mais putain de merde, je n'ai besoin ni de compassion ni de câlins ! J'ai juste besoin d'aller bien, comme avant. Seulement voilà, c'est fichu d'avance…

Les tons pastel un peu passés de la chambre se brouillent. Je regarde mon amie droit dans les yeux.

— Ferme-la !

— Qu'est-ce que tu viens de dire ?

— Ferme-la !

Cette fois, j'ai haussé le ton. Je saute sur mes pieds, et mes bottes à talons martèlent le linoléum qui recouvre le sol.

— Tu es en rogne ? Très bien, super. Moi aussi. Mais pas question de capituler ! Tu n'as jamais capitulé devant personne. Tu es une battante, une dominatrice, bon sang !

Dena a un mouvement de recul. Sa tête laisse des marques sur sa taie d'oreiller en papier.

— Sophie…

— Je n'ai *pas fini de parler*. Ecoute, voilà comment ça va se passer. Toi et moi, nous allons canaliser toute cette colère. Nous allons trouver le mec qui t'a tiré dessus et le niquer en beauté. Ensuite, tu utiliseras ce qui te reste de colère pour accélérer ta guérison. Tu remarcheras sans l'aide de quoi que ce soit, juste pour vexer ton agresseur. Comme je te le disais, il ne s'agit pas d'avoir de faux espoirs, ce n'est pas le problème. Le problème, c'est de botter le cul du salopard qui t'a fait ça, de lui flanquer la trouille jusqu'à ce qu'il crie grâce ! Et ça, tu sais très bien le faire !

Tandis que je tente de contrôler ma respiration, Dena m'observe.

— Tu dis ça pour me remonter le moral ?

— Je n'en sais fichtrement rien. Tu ne crois pas que les discours d'encouragement sont censés avoir plus… de punch, non ?

Dena réussit à esquisser un vague sourire. Elle me dit, d'un ton plus doux cette fois :

— Tu as raison. Je tiens *absolument* à rester en colère.

Je me cale au fond de ma chaise. Je cligne des yeux jusqu'à ce que je distingue de nouveau les contours de la pièce.

— C'est génial, la colère. Où serions-nous si Susan B. Anthony ne s'était pas mise en pétard ? C'est même tout le pays qui doit son existence à l'accès de rage qui a saisi une poignée de Bostoniens de mauvais poil autour d'une tasse de thé.

— Ce n'est pas faux…

— Tu m'as déjà entendue dire des craques ?

— Oui, ça t'arrive.

On voit par la fenêtre une volée d'oiseaux. Dena les suit des yeux.

— Il y autre chose, Sophie. Mon médecin m'a dit… il m'a dit que côté sexe, ce serait… différent. Qu'après une blessure comme la mienne, certaines femmes ont raconté qu'elles n'étaient plus capables d'avoir des orgasmes. Il m'a dit que quelques-unes de ces femmes ont commencé à avoir mal en faisant l'amour.

Je sens mon moral tomber en chute libre. C'est pire que de perdre l'usage de ses jambes. C'est comme si on ôtait la vue à un astronome, comme si on coupait les mains d'un pianiste.

Dena m'agrippe le poignet.

— Sophie, promets-moi que tu n'as pas dit ça seulement pour me remotiver et que tu m'aideras à faire payer le mec qui m'a fait ça.

A cet instant précis, l'ex-petit ami de Mary Ann, Rick Wilkes, entre dans la chambre.

Il nous faut une fraction de seconde pour le reconnaître. Ses cheveux sont plus courts qu'à notre dernière rencontre, et il porte un costume qui a l'air beaucoup trop cérémonieux non seulement pour l'hôpital, mais pour cette ville en général. Mais ce qui me trouble le plus, c'est que la moitié inférieure de son visage est dissimulée derrière un bouquet de tulipes. Il a dû en apporter deux douzaines. Les fleurs sont agglutinées les unes contre les autres dans un petit vase, un peu n'importe comment.

Dena s'exclame d'un ton dédaigneux sans cacher son impatience :

— Qu'est-ce que tu fiches ici ?

— J'ai entendu parler de ce qui t'est arrivé.

Il baisse un peu les tulipes et accuse réception de ma présence d'un petit hochement de tête.

— Je me suis dit que j'allais passer et…

Il ne termine pas sa phrase. Il tend son bouquet pour prouver de quelle mission il est venu s'acquitter.

Dena dit d'un ton neutre :

— Tu n'es pas de la famille. Et nous ne sommes pas amis. Pourquoi t'es-tu cru obligé de m'apporter des fleurs ?

— Je ne me suis cru obligé de rien.

Rick pose son bouquet près du mien. Mes orchidées noires semblent plus sombres et tristounettes face à l'éclat de la fleur nationale des Pays-Bas.

— Et puis, nous sommes amis. J'ai même presque fait partie de la famille pendant un temps.

— Tu te fiches de moi, ou quoi ?

Dena tente de se soulever sur ses avant-bras, mais la douleur de sa blessure l'en empêche. Elle décide de mettre son lit médicalisé en position assise.

— Tu es venu pour te faire bien voir de ma cousine ?

— Ce n'est pas ce que j'ai dit !

— Tu en es capable !

Elle l'imite.

— « J'ai presque fait partie de la famille »… Il n'y a jamais rien eu de tout ça, petit morveux !

Rick porte délicatement la main à son nez comme s'il prenait l'insulte au sens propre.

Mais Dena n'en a pas terminé avec lui.

— Et te voilà ! Tu espères qu'en te pointant ici avec tes horribles fleurs, Mary Ann verra à quel point tu es sensible et attentionné et qu'elle te tombera dans les bras !

Il reprend son bouquet et le lui lance à la figure.

— Ce n'est pas vrai ! Et ces fleurs ne sont pas moches ! Ce sont des tulipes ! Tu adores les tulipes !

— Je déteste les tulipes !

Elle envoie valdinguer les fleurs et jette un regard furieux sur un pétale égaré qui atterrit doucement sur ses draps.

— C'est Mary Ann qui fait une fixette sur ces fleurs ! Mais c'est bien là où tu voulais en venir, non ?

Rick s'empresse de répondre.

— Nous étions en train de regarder la télé. J'ai entendu ce qui s'était passé, alors je me suis dit que je devais venir. Etre ici pour réconforter la cousine de Mary Ann.

Dena s'exclame :

— Tu as dit « nous » ?

— C'est exact… euh…

Il repose les fleurs sur la table de nuit et s'emploie à leur redonner forme avec beaucoup de conviction.

Dena ricane.

— Rick chéri, ne me laisse pas languir ! C'est qui, ce « nous » ?

Rick baisse les bras.

— Puisque tu tiens à le savoir, c'est Fawn qui était avec moi. Mais ça ne veut pas dire que… Nous étions juste en train de regarder la télé, c'est tout.

— Donc, tu n'es plus avec elle ?

Rien qu'au son de sa voix, il est évident qu'elle s'en fiche comme de l'an quarante.

— Si… il fallait bien que je vive ma vie. Mary Ann m'a annoncé qu'elle allait se marier mais… comment dire, si j'avais des raisons de croire qu'elle pourrait changer d'avis… Ce n'est pas le cas, j'imagine ?

Dena lui lance, au moment même où la porte s'ouvre de nouveau :

— Allez ouste… Dehors !

Cette fois, c'est une infirmière.

— Mademoiselle Lopiano, je dois faire quelques tests…

Dena lève la main pour demander à l'infirmière d'attendre, et elle se tourne vers Rick.

— Tu es encore là ?

Il répond, plein d'espoir :

— Je pourrais juste attendre dans un coin… jusqu'à ce qu'elle… je veux dire… que ta famille arrive.

Dena me lance un regard éloquent. Je saute sur mes pieds et je prends Rick par le bras.

— Viens, on s'en va.

Je lui fais franchir la porte et je le conduis jusqu'au bout du couloir. Alors que nous arrivons devant un distributeur automatique, il s'exclame :

— Bon. Alors je vais l'attendre ici.

— Mary Ann ? Sans blague ! Et que va-t-il se passer, d'après toi ?

Rick s'éloigne un peu et me dit en contemplant le plafond :

— Je sais que Dena et toi, vous me détestez. C'est votre droit, mais…

— Rick ! Quelqu'un a tiré sur Dena. Dans l'immédiat, je concentre toute ma haine sur le mec qui a appuyé sur la détente. Je n'ai pas assez de place dans mon cerveau pour te détester. Pas de place pour toi, un point c'est tout ! Et c'est pareil pour Dena et Mary Ann.

— Je veux juste lui parler.

— Pas aujourd'hui. Elle a déjà assez de problèmes comme ça.

Rick m'agrippe par le bras, beaucoup plus fort que je ne l'ai fait avec lui.

— Je ne suis pas un objet, un problème à résoudre pour Mary Ann. Je suis venu pour la consoler. Je la comprends, elle peut me parler.

Je détache un à un ses doigts de mon bras.

— Non, c'est impossible. C'est toi qui as rompu le lien très particulier qui te liait à Mary Ann en décidant de te farcir cette garce de taxidermiste, l'empailleuse de Bambi.

— Elle s'appelle Fawn.

— Peu importe. Tu deviens pénible, Rick. Accepte-le et vis ta vie.

Un éclair passe dans les yeux de Rick. Est-ce de la colère ou de la douleur ? Il se penche en avant, et pour la première fois, je prends conscience de sa taille. Il n'est pas très musclé, mais il doit mesurer plus d'un mètre quatre-vingt-cinq.

— Rick ? Tout va bien ?

Nous nous retournons d'un même élan. Une femme vêtue d'une robe fourreau d'un orange criard sort de l'ascenseur. L'éclat de sa tenue jure avec la couleur brun roux de ses cheveux, maintenus en l'air par une barrette en plastique bon marché.

Aussitôt, Rick recule. Jamais je n'ai vu un mec avoir l'air coupable à ce point. Il lâche :

— Tout va bien. Je ne m'attendais pas à…

Mais la femme l'interrompt en se tournant vers moi.

— Vous devez être une amie de Dena. Je m'appelle Fawn.

Elle me tend la main, mais je me contente de la regarder fixement. Comprenant ma réticence, elle s'empresse de retirer sa main et me dit d'une voix posée :

— Je suppose que vous êtes aussi une amie de Mary Ann. Nous n'avons aucune intention de vous causer des ennuis. Mais après avoir appris la nouvelle aux infos, Rick a pensé qu'il devait venir. Il connaissait Dena et il a toujours parlé d'elle en bien.

Je réponds froidement :

— Dena ne souhaite pas voir Rick. Quant à vous… eh bien, elle ne vous connaît même pas.

Fawn se dandine d'un pied sur l'autre.

— Très bien, je suis désolée. Nous partons…

Puis elle lève les yeux vers Rick.

— … à moins que je ne t'attende dans la voiture, si tu veux rester un peu ?

Elle attend les instructions sans rien dire.

Je dis sèchement :

— Il est inutile que Rick fasse le pied de grue ici. Vous pouvez partir tous les deux.

Rick croise les bras. L'espace d'un instant, on dirait qu'il va se mettre à taper du pied pour protester. Mais il se contente de hocher la tête en direction de Fawn et de se diriger à grands pas vers l'ascenseur. Elle lui emboîte le pas, mais elle a beaucoup de mal à le suivre. Fawn se retourne vers moi en articulant le mot « désolée », tandis que Rick appuie d'un doigt rageur sur le bouton d'appel de l'ascenseur. Elle ne proteste pas lorsqu'il la pousse dans la cabine dès l'ouverture des portes.

Ça ne se passait pas du tout comme ça lorsque Rick était avec Mary Ann. Il l'adorait. Un jour, après avoir bu un verre de whisky de trop, Rick lui a dit qu'elle possédait son âme. Mais les hommes ont toujours fait des déclarations d'un romantisme échevelé à Mary Ann. Le mois dernier, par exemple, Monty a jeté des pétales de roses à ses pieds en affirmant qu'elle était sa reine de cœur. Anatoly ne fait pas ce genre de choses, Dieu merci.

A peine dix secondes plus tard, le bip de l'ascenseur retentit de nouveau. Cette fois, c'est ma sœur, Leah, qui sort de la cabine en tenant dans ses bras ce qui pourrait bien être la plus grosse corbeille de cadeaux que j'aie jamais vue. Leah est obligée de se tordre le cou pour regarder par-dessus le large ruban pourpre et blanc. En me voyant, elle fait un savant mouvement de sourcils de haut en bas et de bas en haut. Une façon très personnelle de dire bonjour, une sorte de « signe du visage » qui remplace l'habituel signe de la main.

Dès qu'elle arrive à ma hauteur, elle s'exclame :

— Je crois que je viens de voir Rick Wilkes sortir de l'ascenseur au moment où j'y entrais.

Je soupire.

— Tu as bien vu. Quel abruti, celui-là!

— Nous étions chez lui l'an dernier pour la soirée surprise

en l'honneur de Mary Ann. A l'époque, tu avais plutôt l'air de l'apprécier.

— C'était avant d'apprendre qu'il la trompait.

— C'est vrai, tiens, je l'avais oublié.

Leah ajoute, d'une voix qui laisse entendre qu'elle n'a aucune envie de faire appel à ses souvenirs :

— C'est Anatoly qui m'a dit que je te trouverais ici. Tu as apporté quoi, comme cadeau ? Pas des produits de thalasso, j'espère !

— Non, je lui ai apporté des fleurs. Mais j'ai oublié le vase…

Je m'efforce de compter le nombre incroyable de produits dans la corbeille.

— Ça m'aurait étonnée, c'est ta spécialité ! Il n'y a pas que ça, d'ailleurs. Il a fallu que je passe par Anatoly pour savoir ce qui était arrivé. Pourtant, ce matin-là, j'écoutais Mornings on Two en préparant mon petit déjeuner. Ils ont bien dit qu'on avait tiré un coup de feu sur quelqu'un dans le quartier de Lake Street, mais ils n'ont dévoilé aucun nom, et il ne m'est pas venu une seconde à l'esprit que je pouvais connaître la victime ! Pourquoi ne m'as-tu pas appelée, Sophie ?

— Tu n'aimes pas Dena…

Elle rectifie.

— Je la *désapprouve*. C'est très différent.

— Tu crois ?

— Absolument. En toute franchise, je peux dire que Dena est la seule fille dévergondée qu'il m'ait été donné d'apprécier.

C'est une boutade censée détendre l'atmosphère, mais les yeux de Leah trahissent son inquiétude. Même ses récentes injections de Botox ne peuvent dissimuler son désarroi.

— Ecoute, en ce moment même, Dena est en train de se faire examiner. Si nous descendions boire un petit café noir à la cafétéria ?

Leah me répond d'un air distrait :

— Je ne consomme jamais rien dans les cafétérias d'hôpital.

Il n'y a pas de salle d'attente dans le coin où l'on puisse discuter tranquillement ?

Un petit frisson parcourt ma colonne vertébrale. Je me remémore la nuit dernière, quand nous étions assis dans cette affreuse pièce en attendant d'avoir des nouvelles de Dena.

— Il y a un Starbucks à quelques pâtés de maisons d'ici.

Leah soupire.

— Ne compte pas sur moi pour me coltiner cette corbeille jusqu'au Starbucks. Dans quelle chambre est Dena ?

— Celle-là. Mais…

Leah se dirige vers la chambre et frappe à la porte avec le pied. L'infirmière lui ouvre et, au bout d'un moment, elle laisse Leah entrer. J'hésite avant d'approcher moi-même de la porte, mais Leah sort de la pièce avant que j'aie le temps de faire quoi que ce soit.

Elle me dit d'une voix un peu moins assurée que la minute d'avant :

— L'infirmière va l'aider à faire sa toilette. Et après, Dena a rendez-vous avec un kiné.

Elle regarde ses mains.

— Si on allait faire une balade ? Il faut qu'on parle.

Dès que nous nous retrouvons dehors, je note qu'une légère brise s'est levée. Lorsque nous empruntons le trottoir de Parnassus Avenue, j'ai un mal fou à empêcher mes cheveux de masquer mes yeux. Ceux de Leah en revanche restent très disciplinés. Il faut dire qu'elle les maintient en place avec je ne sais quel produit miracle.

Je lui demande :

— Où est mon neveu préféré ?

Normal que Jack – un bambin de quatre ans – soit mon préféré, vu qu'il est mon seul et unique neveu ! Je l'aimerais plus encore s'il arrêtait d'essayer de tuer mon chat.

— Il est à sa séance de jeu du matin. Je dois aller le chercher dans une heure.

— Ça te fait une pause, c'est bien.

Leah s'arrête et se tourne vers moi.

— Tu vas bien ?

— Ce n'est pas sur moi qu'on a tiré.

— Ça aurait pu.

Elle se penche vers moi pour ôter de mes cheveux une petite feuille qui y avait trouvé refuge en douce.

— Tu étais tout près, Sophie. Juste dans la pièce d'à côté !

— J'aurais aussi bien pu être dans une autre ville. Je n'ai même pas vu celui qui a tiré le coup de feu.

Leah hésite, puis semble se dire que ma réponse tient la route. Elle se remet à marcher. Un chauffeur de camion passe près de nous en nous balançant une vanne grivoise, mais nous ne prenons même pas la peine de tourner la tête.

Leah s'exclame :

— D'ici, on pourrait aller jusque chez toi à pied.

— Oui, mais ça ne m'emballe pas, vu que nos deux voitures sont garées dans le parking de l'hôpital.

Leah hoche la tête et reprend son rythme de croisière, me forçant à la suivre. Quelques minutes s'écoulent avant qu'elle reprenne la parole.

— Si je te disais que je sais peut-être qui a fait le coup ?

C'est à mon tour de stopper net.

— *Quoi ?*

Elle me dit rapidement :

— Je n'en suis pas certaine, c'est juste une possibilité. Plutôt improbable, en fait.

— Leah, si tu m'en disais plus ?

Elle hésite, puis pointe le doigt vers le Starbucks, de l'autre côté de la rue.

— Finalement, je ne suis pas contre un petit café.

5

On dit que l'enfer est pavé de bonnes intentions. Si c'est vrai, je n'ai aucun souci à me faire, car en général mes intentions à moi laissent plutôt à désirer.

Fatalement vôtre

Leah refuse d'en dire plus avant que nous soyons assises face à face à une table de coin. Je la laisse faire, car je doute que ses infos soient très utiles.

Bien que les tables voisines soient inoccupées, Leah prend quand même le temps de regarder par-dessus son épaule à deux reprises. Puis elle se penche vers moi pour révéler son secret.

— Tu te souviens de cet horrible groupuscule de manifestants devant la boutique de Dena, il y a quelques années ? Ils se présentaient comme les Défenseurs de la Morale contre la Pornographie en Amérique.

— Tu veux parler du DMPA ? Ils ont fait deux manifs. Et ils vont sûrement remettre ça une fois par an. Dena trouve ça génial… Chaque fois qu'ils se pointent devant la boutique, elle rameute tous ses clients pour leur faire bénéficier d'une remise qu'elle a baptisée « La Colère de Dieu ». Quinze pour cent de rabais sur chacun des articles du magasin jugés suffisamment provocateur pour rendre dingue un piquet de grève antiporno.

— En d'autres termes, sur tout le magasin !

— Exactement. C'est le jour de l'année où elle fait le plus de chiffre.

Leah sourit.

— Difficile de ne pas admirer son ingéniosité. Enfin bref! La femme qui a fondé le DMPA s'appelle Chrissie Powell. Elle est membre, comme moi, du comité de collecte de fonds de l'orchestre symphonique. Elle n'est sympa qu'avec les gens qu'elle a besoin d'impressionner. Une sale bonne femme. Si je te disais qu'elle n'a même pas voulu de mes services pour organiser son mariage! Elle m'a carrément dit qu'elle n'était pas certaine que je sois qualifiée pour superviser un événement de cette importance… Moi qui ai organisé des fêtes d'entreprise de cinq cents personnes! J'ai même organisé les *bar mitzvahs* des enfants de certaines des familles les plus respectables de cette ville! M. et Mme Jenkins parlent encore de la fête organisée par mes soins pour leurs vingt-cinq ans de mariage…

— Leah!

Elle commence à m'énerver. Je lui fais signe de continuer. Elle ne s'en émeut pas plus que ça.

— Bon. Chrissie a prétendu que l'objectif du DMPA était de combattre la pornographie. Mais c'est du pipeau.

— Vraiment?

— Difficile de la croire. C'est peut-être ce que pensent quelques membres de son mouvement, mais Chrissie avait *une* bonne raison de fonder le DMPA : harceler Dena.

Un des *baristas* qui sont derrière le comptoir met en marche son mixer, et le gémissement grinçant de l'appareil éreinte les notes mélodieuses de Paul Simon qui sortent des enceintes.

— Pourquoi quelqu'un constituerait-il un groupe dans le seul but de nuire à une personne? Ce serait différent si Dena s'était lancée dans la politique… Et puis, Dena ne fait pas vraiment de la pornographie. Elle se contente de vendre de la lingerie sexy, des sex-toys, quelques bouquins coquins et deux ou trois vidéos pour adultes. Est-ce si choquant ?

Leah incline la tête.

— Tu n'as pas l'air de te rendre compte que la littérature érotique et les vidéos pour adultes sont la définition même de la pornographie !

— Bon, d'accord. Mais ce n'est pas elle qui fabrique les vidéos. Elle se contente de les vendre.

— Je vois. Donc, si on se contente de vendre de la cocaïne sans faire pousser d'arbres à coca, est-on vraiment revendeur de drogue ?

— Ça t'ennuierait d'arrêter de pinailler ? D'ailleurs, le problème n'est pas lié à ce qu'elle vend dans sa boutique. Chrissie essaie de se venger de Dena parce qu'il y a environ deux ans, Dena a couché avec Tim, le mari de Chrissie.

J'ai failli en laisser tomber ma tasse en plastique.

— Quoi ? Dena savait que ce mec était marié ?

— Il ne l'était pas. Pas à l'époque. Ils étaient juste fiancés. Quant à savoir si Dena le savait ou non, les paris sont ouverts… encore que je ne vois pas comment elle l'aurait su. Un fiancé ne porte pas de bague, et je vois mal Dena poser des tas de questions à un homme avant de l'inviter dans son lit.

— Tu es injuste.

— Pas du tout. Mais si ça peut t'aider à te sentir mieux, disons qu'elle lui a effectivement demandé s'il était libre ou pas. Dans ce cas, quelles sont les chances qu'il lui ait dit la vérité ?

— O.K., tu marques un point. Mais… tu viens bien de me dire que ça s'est passé avant leur mariage, non ?

Un couple s'installe à la table d'à côté, et je pousse ma chaise le plus près possible de Leah pour que nous puissions poursuivre cette conversation à voix basse.

— Si Chrissie savait que son fiancé s'amusait à droite à gauche, pourquoi l'avoir épousé ?

— Apparemment, elle ignorait tout de ce que Tim faisait.

Elle l'a appris après son mariage. Dieu seul sait comment elle a eu vent de l'histoire. Si elle m'avait choisie *moi* pour organiser la cérémonie, j'aurais pu l'alerter sur ce point. Je repère toujours les hommes infidèles.

— Leah, tu as été toi-même mariée à l'un d'eux et tu n'as pas trouvé le moindre indice jusqu'à ce qu'il t'annonce qu'il te quittait pour une jeunette de vingt-deux ans !

Elle me répond du tac au tac :

— C'est justement ce qui m'a ouvert les yeux. Maintenant, je repère les hommes infidèles à plus d'un kilomètre. Naturellement, je n'ai jamais été dans un rayon d'un kilomètre de Tim. Je ne l'ai même jamais rencontré. Mais si l'on m'avait donné l'occasion d'organiser ce mariage, j'aurais lu en lui comme dans un livre, et alors…

— Et alors ils n'auraient pas eu de mariage à organiser.

Je suis un peu à cran. Quand j'entends Leah reprocher à une autre femme d'avoir épousé un homme infidèle, c'est comme si j'entendais Lindsay Lohan se plaindre des fous du volant !

Leah hausse les épaules.

— Possible, mais d'un autre côté, ils auraient peut-être réussi à résoudre leur problème. Je te signale que maintenant qu'elle sait tout, elle ne l'a pas quitté pour autant.

— Malgré tout, elle en veut toujours à Dena.

Leah remet en place le col copieusement amidonné de sa chemise en lin bleu pâle.

— Oui. C'est compréhensible, non ?

— Comment ça ? Ce n'est pas Dena qui a été infidèle, que je sache ! C'est Tim.

— Oui, mais Chrissie n'a pas épousé Dena. En rejetant toute la faute sur Dena, elle n'a pas à se préoccuper de trouver un bon conseiller conjugal ou un avocat spécialisé dans les divorces. Le fait de concentrer toute sa rancune sur Dena l'aide à sauver les bons sentiments qu'elle nourrit envers Tim. Franchement, Sophie, c'est le b.a.-ba de la psychologie.

— Je sais ! Mais il n'y a pas au monde un seul manuel de psychologie pour prétendre que reporter la faute sur autrui est une bonne façon de s'en sortir…

— Bon, très bien. Mais tu ne vas pas me dire que tu ne l'as jamais fait, franchement ? Tu n'as jamais accusé ton ex-mari d'être la source de tous tes problèmes ?

Je réponds aussi sec :

— C'est différent !

— Ah oui ? Et pourquoi donc ?

— Parce que… parce qu'il est la proie idéale. Les ex-maris ont été mis sur cette terre pour être accusés de tous les maux. C'est comme ça.

Leah hausse le sourcil.

— Ah bon ? C'est pendant tes cours de psychologie qu'on t'a appris ça ?

Je proteste juste pour la forme.

— Oh, ça va !

Je bois une gorgée de café et je reprends mon interrogatoire.

— Au fait, comment as-tu appris tout ça ?

— Il y a deux ans, un mois environ avant qu'elle ne fonde le DMPA, Chrissie m'a coincée à la fin d'une réunion du conseil d'administration. Elle m'a dit qu'elle faisait des recherches sur Dena Lopiano, et qu'en naviguant sur Google, elle était tombée sur une photo où je me tenais à côté d'elle. Elle voulait savoir si j'étais bien consciente du fait que la femme qu'elle prenait pour mon amie était en réalité une briseuse de ménages.

— Et tu lui as dit quoi ?

Elle hausse les épaules.

— Que Dena n'était pas du tout comme ça. Qu'elle était juste un peu dévergondée, mais rien de plus.

— Leah !

— Tu ne vas quand même pas prétendre le contraire…

— On peut être de mœurs légères sans être une croqueuse d'hommes pour autant.

— Dans quel dictionnaire as-tu pêché ça ?

J'agrippe le bord de la table, mais je m'empresse de retirer ma main en découvrant un vieux chewing-gum durci collé dessous.

— Alors là, c'est le pompon ! Tu as des lingettes antibactériennes sur toi ?

J'examine mes doigts avec dégoût. Sans un mot, Leah sort de son sac ce que je lui ai demandé. C'est ça qui est dingue, chez les mères de famille : elles sont toujours prêtes à affronter les trucs les plus répugnants.

Leah me dit, les yeux ostensiblement rivés sur la lingette usagée.

— J'attends que tu te débarrasses de ça.

Je lui fais la grimace, puis je me lève et je pars consciencieusement en quête d'une poubelle. Lorsque je reviens, je constate que Leah a posé son iPhone sur la table.

— Je veux entendre la suite.

Le visage de Leah s'éclaire. Elle est manifestement heureuse d'être autorisée à colporter des ragots.

— Après cette confrontation à propos de la photo, Chrissie m'a dit avoir appris récemment que Tim et Dena avaient eu un rendez-vous galant. Je lui ai affirmé que cette histoire n'avait pas dû aller bien loin, dans la mesure où Dena, avant de se lancer dans ses petits arrangements à trois, n'était jamais restée avec un homme plus longtemps qu'un cycle lunaire. Mais Chrissie n'en est pas restée là, et elle a fondé le DMPA.

— D'accord. Mais Dena est restée fidèle à sa relation amoureuse à trois depuis, voyons… à peu près un an et demi maintenant. Quoi qu'il ait pu se passer entre Dena et Tim, c'est bel et bien terminé. Tu ne crois pas que Chrissie devrait passer l'éponge ?

— C'est ce qu'on pourrait penser, en effet. Seulement voilà, le temps n'a pas guéri sa blessure. Mais alors *pas du tout* ! Apparemment, cette blessure est pour elle un vrai cancer.

— Que veux-tu dire ?

— Chrissie s'est mise à surenchérir.

Leah s'empare de son iPhone et y entre des données avant de poursuivre son récit.

— La semaine dernière, elle a mis en ligne un article sur un site Web conservateur, *Le Journal vertueux*. Tu sais que je n'ai rien contre les magazines conservateurs puisque j'ai voté Républicain toute ma vie. Mais ce site-là est… encore plus à droite que Rush Limbaugh !

— Je n'aurais jamais cru ça possible.

— C'est pourtant vrai.

Leah continue de tapoter amoureusement sur son iPhone.

— Figure-toi que Chrissie m'a même envoyé le lien avec l'article qu'elle a écrit pour eux. Ça y est, j'y suis ! Tiens, jette un coup d'œil !

Elle me tend son portable. L'article s'affiche sur l'écran. Je commence à le parcourir, mais les mots sont comme du vitriol, et je me décourage vite.

— Mon Dieu… !

— Je t'ai bien dit que c'était une affreuse bonne femme.

Mais je n'écoute déjà plus Leah.

Mlle Lopiano et ses amis colporteurs de pornographie ont une ambition dans la vie : faire de l'obscénité un élément majeur du mode de vie à l'américaine. Elle l'assume pleinement, et c'est une véritable plaie sur le plan social. Une maladie dont nous devons à tout prix essayer de nous préserver.

J'arrête ma lecture et je fixe Leah des yeux.

— Elle dit carrément à ses lecteurs que le monde serait plus vivable sans Dena !

— C'est bien là le problème.

— Et tu dis qu'elle a écrit ça il y a seulement une semaine ?

— Et hier, on a tiré sur Dena.

— Oh, mon Dieu !

Leah avale une gorgée de thé.

— Pour être honnête, j'ai beaucoup de mal à imaginer Chrissie en train de tuer quelqu'un. Elle préfère la violence des mots à la violence physique. Ce n'est donc probablement pas elle qui a fait ça. Mais tu devrais attirer l'attention de la police sur cet article, juste au cas où. Je m'en chargerais bien, mais j'ai pensé que tu voudrais avoir l'honneur de le faire.

— Tu parles ! Dis plutôt que tu n'as pas envie qu'on te soupçonne de faire un rapport aux flics sur un membre du conseil d'administration.

Leah proteste :

— Tu es injuste !

Mais un vague sentiment de culpabilité transparaît dans sa voix.

— Je veux parler à cette femme.

Leah s'étrangle avec son thé.

— Quoi ? Mais pourquoi ? Tu n'as qu'à aller voir la police ! C'est leur boulot de lui poser des questions, pas le nôtre.

— La police va tout foutre en l'air.

— Mais pourquoi dis-tu ça ? C'est leur travail ! Lorsqu'ils vont à l'école de police, ils suivent une formation axée sur deux points : interroger les suspects et leur tirer dessus.

— Et aussi les arrêter, rechercher des indices sur les scènes de crime et…

Leah balaie mon objection de la main.

— Oui, bien sûr. Mais je suis certaine que tout cela n'est rien comparé au temps qu'ils passent dans les salles d'interrogatoire et au stand de tir. Laisse-les prendre l'affaire en main. Tout ce que tu as à faire, c'est rester au chevet de ta copine et lui apporter de temps en temps une composition florale… avec un vase, bien entendu. Comment as-tu pu oublier…

— Leah, je ne peux pas confier ce boulot à quelqu'un d'autre. Dena est plus qu'une amie, et cette garce a peut-être tenté de la tuer. Si elle ne s'en est pas chargée elle-même, elle a probablement incité quelqu'un d'autre à le faire !

Leah plisse les yeux.

— Ecoute, nous ne savons même pas si elle est réellement coupable. Je dirais qu'il y a au moins quatre-vingt-dix pour cent de chances qu'elle n'ait rien à voir avec ce qui est arrivé à Dena.

— Quatre-vingt-dix pour cent… ?

Leah réfléchit un moment.

— Bon, d'accord. C'est peut-être plus près de quatre-vingt-cinq… voire quatre-vingt-deux… Oui, c'est ça ! A mon avis, il y a quatre-vingt-deux pour cent de chances que Chrissie n'ait pas tenté de tuer quelqu'un cette semaine.

J'insiste.

— Mais si elle l'a fait, je trouverai la preuve qui permettra de l'inculper, et ensuite…

— Et ensuite ?

Je serre les lèvres. J'ignore ce qui se passera après. La vérité, c'est que je veux… ou plus exactement, j'ai besoin de voir cette Chrissie. J'ai besoin de la regarder dans les yeux pour tenter d'y lire le mal. Ce mal qui transpire dans son article. Ce n'est pas très cohérent, mais je m'en fiche.

— J'ai besoin de lui parler. Il faut que tu m'aides à la rencontrer.

Leah croise les mains sur ses genoux.

— Pourquoi ferais-je une chose pareille ?

— Parce que…

Je me creuse la cervelle pour trouver le moyen de finir ma phrase. Quelle promesse serait suffisamment alléchante pour qu'elle en oublie à la fois son bon sens et sa prudence ? Peut-être de garder son fils quand elle veut sortir ! Non, pas ça. Je suis désespérée, mais pas maso. D'autant que Leah ne me demande plus de jouer les baby-sitters depuis la fois où j'ai laissé mon neveu piquer son rouge à lèvres et se barbouiller la figure avec. Je jette un coup d'œil par la fenêtre et j'aperçois une femme qui marche à pas rapides sur le trottoir avec un sac fourre-tout rouge rubis. Rubis… comme la bague de Mary Ann.

Je souris.

— … parce que, si tu acceptes, je convaincrai Mary Ann de te choisir pour organiser son mariage.

Leah entrouvre les lèvres et sa bouche forme un *o* de surprise dès qu'elle intègre la nouvelle.

— Mary Ann *se marie…* ?

— Oui.

— Mais je croyais que son petit ami était gay !

— Tiens, et pourquoi ça ?

— Nous parlons bien de Monty, non ? L'inventeur du bébé phoque qui danse la samba ?

J'hésite.

— D'accord, je vois ce qui a pu te faire croire qu'il était gay. Mais en fait, il est totalement hétéro.

— Tu es sûre ?

— Affirmatif !

— Et ils vont vraiment se marier ?

— Oui, et ce sera géant !

Leah donne un grand coup de poing sur la table.

— Mais alors, il est évident que c'est moi qui organiserai ce mariage ! Tu n'auras même pas à la convaincre, ça va de soi.

— Rien n'est jamais certain. Il faut savoir que Mary Ann mettra tout en œuvre pour avoir un vrai mariage de conte de fées ! La totale. Elle va faire en sorte que tout soit parfait et elle n'a sûrement pas envie de confier cette responsabilité à des amateurs !

— A des *quoi* ? Sophie, j'ai l'impression que tu n'as pas bien saisi ce que je t'ai dit sur les *bar mitzvah* ! Dieu merci, Leon Panetta était présent et il a affirmé que tout était fabuleux. Tu entends, Sophie ? *Fa-bu-leux* ! Et tu veux savoir combien de fois Leon Panetta a répété le mot ?

— Je sais que tu es compétente, Leah. Mais on ne t'a encore

jamais demandé d'organiser un mariage. Ça ne figure pas sur ton CV, et Mary Ann ne te connaît pas plus que ça, alors…

— Mais elle te connaît, toi. Si tu lui dis que je ferai du bon boulot, elle te croira !

Je me fends d'un sourire un peu trop appuyé.

— C'est vrai. A condition que je lui en parle.

Leah ouvre de grands yeux horrifiés.

— Tu es diabolique.

— Non. Juste un peu retorse.

Leah tapote du bout des ongles la table en simili bois.

— Tu lui diras de faire appel à moi si j'organise une rencontre entre Chrissie et toi, c'est bien ça ?

— Je ne peux pas lui dire de faire appel à toi. C'est son mariage et, en fin de compte, c'est elle qui décide. Mais je peux lui faire une suggestion… en insistant un peu. Comme tu l'as souligné toi-même, mon avis pèse lourd pour Mary Ann.

Leah pianote de plus belle sur la table. Puis elle finit par lâcher :

— Très bien. Je vais l'appeler. Je pourrai peut-être même la convaincre de te rencontrer d'ici un ou deux jours. Comme ça, nous en aurons fini avec ces horribles manigances. Je suis certaine que maman gardera Jack chez elle le temps qu'il faudra pour que je prenne tout ça en main.

Tandis que Leah compose un numéro sur son portable, je souris intérieurement. Des tas de choses me posent problème chez ma sœur, mais il en est une que j'apprécie beaucoup : son efficacité.

6

J'aime fréquenter des gens cachottiers et immoraux. Leurs défauts constituent le complément parfait de mon complexe de supériorité.

Fatalement vôtre

Il faut en tout et pour tout cinq minutes à Leah pour appeler Chrissie et lui faire accepter sa proposition. Elle lui dit que je voudrais rejoindre le comité de collecte de fonds de l'orchestre, et espère qu'après m'avoir rencontrée, Chrissie acceptera d'aider Leah à persuader les autres membres du comité de m'accepter. La couverture est un peu mince, mais Chrissie accepte aussitôt. Nous devons nous présenter chez elle demain à 16 heures pour discuter de la pertinence de ma démarche.

En d'autres termes, c'est trop beau pour être vrai. Tandis que nous reprenons le chemin de l'hôpital, j'analyse mentalement toutes les nouvelles infos. Pourquoi Chrissie aurait-elle écrit cet article deux ans après le prétendu délit de Dena ? Après tout, Tim n'a pas plaqué Chrissie après son aventure avec Dena. Il l'a même épousée. Il est possible que Leah se trompe et que le DMPA ait été créé dans le seul but de combattre la pornographie sous toutes ses formes. Dans son article, Chrissie fait d'ailleurs des commentaires désobligeants sur plusieurs boîtes de strip-tease de San Francisco et sur quelques magazines pour adultes à diffusion nationale.

Mais Dena est la seule personne dont le nom soit mentionné. Et ce qu'elle a dit d'elle…

Leah interrompt mes réflexions en bougonnant.

— Je n'aurai pas le temps d'aller voir Dena ce matin. Il faut que je récupère Jack.

— Tu es sûre que maman le prendra avec elle demain ?

Même si je meurs d'envie que Leah me présente à cette Chrissie, je n'ai aucune envie que mon neveu se retrouve chez un individu potentiellement psychotique. Je suis persuadée que la plupart des bouquins sur l'éducation des enfants ne verraient pas ça d'un très bon œil.

— En fait, elle m'a déjà proposé de le garder, mais je le laisse souvent chez sa nounou pendant que je bosse, et je regrette de ne pas lui consacrer plus de temps.

Elle jette un coup d'œil sur sa montre.

— Ça devrait aller. Je passe te prendre chez toi demain à 15 h 30. Ne me fais pas attendre.

— Toujours prête !

Leah me lance un regard du style « Ça commence à bien faire ! »

— Dis à Dena que j'essaierai de revenir demain. Et surtout, va lui acheter un magazine ou je ne sais quoi. Elle ne va quand même pas passer ses journées à regarder des jeux télévisés et des feuilletons à l'eau de rose.

Je souris intérieurement. Leah tourne les talons et se dirige vers le parking. Le problème avec ma sœur, c'est qu'elle est à la fois totalement égocentrique et incroyablement attentionnée. Je sais que c'est impossible, mais Leah se débrouille comme un chef pour gérer tout ça.

Je retourne à l'hôpital. J'ai des tas de choses à faire, mais je compte y passer la journée. Je n'ai qu'une envie, être auprès de Dena. Ne pas oublier qu'elle est en vie.

La journée se passe à la vitesse de l'escargot. Marcus fait une visite éclair à Dena, mais apparemment, l'hôpital le rend un peu nerveux. Mary Ann et Jason sont constamment présents au chevet de ma copine, et Monty passe prendre les parents de Dena pour qu'ils voient leur fille. Les parents ne disent pas grand-chose. Son père reste planté là, debout derrière sa femme, à distance respectueuse. La mère pose à sa fille quelques questions brèves pour savoir comment elle va. Dommage qu'elle ne lui manifeste pas un peu plus de tendresse, mais la chaleur humaine n'est pas son fort. Quant à son père, il ne fait que rester dans l'ombre de sa femme. Curieusement, les parents de Dena suivent le schéma relationnel maître-esclave qu'il arrive à Dena d'adopter avec ses partenaires de chambre. Cette pensée me trouble un peu, et je décide de ne pas m'appesantir dessus.

Lorsqu'ils quittent les lieux, Mary Ann les accompagne en promettant d'être de retour dans moins d'une demi-heure. Il ne reste donc plus dans la chambre de Dena que Jason et moi. Dena s'absorbe avec humeur dans la contemplation du plafond. Quant à Jason, il fixe la porte battante marron qu'Isa, la mère de Dena, vient d'emprunter pour sortir.

Il demande :

— Qu'est-ce qu'il lui prend ?

Dena hausse les épaules.

— Elle est en rogne.

Je demande, incrédule :

— Mais pourquoi ? Elle est furieuse parce qu'on t'a tiré dessus ?

Dena s'empare de la télécommande du téléviseur et se met à la tripoter nerveusement.

— Pas vraiment. Pour ma mère, être en rogne n'est pas une humeur passagère mais un état d'esprit permanent.

Jason pousse un grand soupir de soulagement.

— Ah d'accord ! Je me disais qu'elle ne m'aimait peut-être pas.

Dena répond sèchement :

— Ce n'est pas toi qu'elle n'aime pas.

Je souris en prenant place sur la chaise qui se trouve au chevet de Dena. Je sais qu'Isa ne m'aime pas. D'abord, parce que je suis juive et que l'enfer me guette. Ce n'est jamais facile d'avoir une relation positive avec quelqu'un qui est persuadé que vous irez tout droit en enfer. Et puis je la soupçonne d'avoir quelques conceptions racistes… encore qu'elle ne m'ait jamais rien dit ouvertement. Ce qui est bizarre, c'est qu'elle a toujours l'air d'être surprise que je parle un anglais grammaticalement correct et que je n'aie pas d'amis en prison pour me filer des tuyaux.

Dena me lance un regard perçant.

— Je ne parlais pas de toi non plus. La seule personne pour qui elle éprouve réellement de l'antipathie dans cette pièce, c'est moi.

J'avale ma salive. Que répondre à ça ? Le mieux est sans doute de ne faire aucun commentaire.

Je lui demande :

— Elle va toujours à l'église trois fois par semaine ?

— Oui, mais dans sa dernière lettre, elle m'a dit qu'elle allait encore changer de paroisse. Elle a du mal à trouver une assemblée de fidèles qui soit suffisamment intolérante à ses yeux !

Dena allume la télé et commence à zapper. Elle va si vite qu'on ne sait même pas quel programme il y a sur chaque chaîne.

Jason se rapproche de la fenêtre en ricanant.

— Toutes les religions sont des institutions fondées sur l'intolérance. Elles ne comprennent pas qu'on puisse adopter un autre style de vie que le leur. Elles n'arrêtent pas de nous vendre leur salade sur le ciel et l'enfer et sont incapables de vivre dans le présent. C'est pourtant ça l'important, ce putain de présent.

Dena répète la fin de la phrase, et finit par arrêter son choix sur la chaîne CNN.

— C'est peut-être ça, le problème de ma mère. Elle n'aime rien, dans la vie. Pas même s'envoyer en l'air.

Je ne peux m'empêcher de rire.

— Dena, inutile de parler de ta mère en termes aussi crus !

— Mais c'est vrai, quoi ! Je suis persuadée que si elle est ancrée à ce point dans la religion, c'est que ça lui donne une bonne raison de militer contre les relations sexuelles passagères ou qui n'ont pas comme unique but de procréer. La vérité, c'est que ma mère n'aime pas le sexe parce qu'on ne peut guère garder un contrôle total de soi quand on nage en pleine extase. Et ce que maman déteste par-dessus tout, c'est perdre le contrôle d'elle-même.

Jason tourne le dos à la fenêtre. Sa silhouette se découpe sur fond de ciel gris-bleu, le ciel de San Francisco.

— Tu parles sérieusement ? L'extase, ce n'est pas son truc ?

Elle lève les yeux sur Wolf Blitzer, plisse le nez d'un air dégoûté, et passe à la rubrique Infos du jour.

— Non, pas du tout. Elle a passé sa vie à me répéter que je dois être capable de garder le contrôle total de moi-même en permanence. Elle n'arrive pas à comprendre pourquoi j'ai laissé tomber sa façon de voir en optant pour une vie « de bâton de chaise ».

— Mais tu n'as pas…

Je m'interromps aussitôt. La vérité, c'est que personne ne se contrôle aussi bien que Dena lorsqu'elle fait l'amour. C'est elle qui impose ses conditions. Elle qui choisit les positions, les jeux éventuels, attacher ou non son partenaire aux barreaux du lit… Elle ne s'en rend pas vraiment compte, mais Dena a totalement intégré les leçons de vie de sa mère. Ceci dit, j'ai le sentiment que si je le lui fais remarquer, là maintenant, ça risque de mal passer.

De toute façon, Dena ne fait pas attention à moi. Elle a le regard rivé sur ses jambes.

— Une vie de bâton de chaise… Je me demande si je pourrai jamais continuer sur ma lancée.

Jason éclate de rire.

— Fais-moi confiance, mon chou. Tu es un vrai pur-sang, et ni rien ni personne n'arrivera jamais à te dompter.

Mais il n'arrive même pas à lui arracher un sourire. Elle est toujours absorbée dans la contemplation de ses jambes, et son regard… Mon Dieu, jamais je ne l'ai vue aussi triste ! J'ai envie de la prendre dans mes bras, de jeter des trucs en l'air, de brandir le poing et de pester contre le ciel qui permit cette injustice.

Dena lève les yeux vers moi, et derrière la tristesse, brille une lueur de colère.

— Le mec qui a fait ça… il faut le trouver. Je crois que je serai incapable de continuer à vivre si le coupable s'en sort impunément.

Je lui réponds d'une voix douce :

— Le tireur ne s'en sortira pas comme ça, je te le promets.

Elle m'observe un long moment, puis hoche la tête avant de se replonger dans les infos du jour.

Le temps de garer ma voiture dans mon allée, le ciel s'est obscurci. L'air est frais et humide. J'aime son contact, ça me donne la sensation d'être en prise avec le réel, de me sentir chez moi.

Anatoly est dans la cuisine, en train de déballer ses courses. M. Katz est assis par terre et l'observe, l'air affamé. Dès qu'il m'aperçoit, Anatoly se fige, une baguette à la main.

— Comment va Dena ?

Je hausse les épaules. J'ai renoncé à essayer de répondre à cette question.

— Tu pourrais peut-être faire un saut à l'hôpital.

— J'y ai pensé, mais je me suis dit qu'elle serait submergée de visiteurs. J'irai la voir quand elle n'aura pas l'impression de jouer les hôtesses d'accueil depuis son lit d'hôpital.

— Bien vu !

Il reste un instant silencieux, puis pose la baguette d'un geste brusque sur la table, le refuge de la cuisine.

— Je vais te préparer un sandwich.

Rien qu'au ton de sa voix, je comprends qu'une réponse du style « Je n'ai pas faim » n'a aucune chance d'être acceptée. D'un bond, je m'assieds sur la table de travail en marbre pendant qu'Anatoly sort les ingrédients qu'il vient tout juste de ranger : du brie, des gousses d'ail et un bol rempli de ce qui ressemble à des tranches de tomate marinant dans de l'huile et des épices.

Il pose les tomates près de moi.

— Attends un peu ! Quand as-tu préparé ça ?

— J'avais un peu de temps libre en milieu de journée, alors je me suis fixé un objectif.

Il s'approche de moi et m'embrasse longuement, langoureusement sur la bouche avant de reprendre son poste au beau milieu de la cuisine où il a posé tous les autres ingrédients.

Puis il me lance d'un air détaché, en jetant quelques gousses d'ail dans une poêle :

— L'ail sera cuit en une demi-heure.

Voilà pourquoi je me sens bien quand le ciel est couvert. J'ai un petit ami qui fait macérer des tomates quand il s'ennuie. Rien de tel pour redonner un peu de soleil à la vie.

Anatoly interrompt ma rêverie silencieuse.

— Ils ont raconté ce qui s'est passé, aux infos. C'est suffisamment racoleur pour qu'ils en parlent en boucle.

Voilà que les nuages noirs s'annoncent chez moi. Je soupire en changeant de position.

— Sous quel angle présentent-ils les faits ? Quelque chose comme : « Dans le quartier de Lake Street, une femme a reçu un coup de feu d'un agresseur inconnu alors qu'elle célébrait les fiançailles de sa cousine » ?

— Oui. Et ils ont fini par lâcher le nom de Dena il y a deux ou trois heures. D'après moi, ça signifie que Mary Ann a réussi à contacter les parents de Dena, non ?

— Exact. Ils sont ici. Ceci dit, je connais Dena. Je ne pense pas un seul instant qu'elle ait envie de devenir la coqueluche de San Francisco sous prétexte qu'elle a été agressée !

M. Katz tourne autour des jambes d'Anatoly. Il sait qu'on est en train de préparer à manger. Mais de là à avoir des envies de brie, je trouve ça plutôt anormal pour un chat.

Anatoly sort une bouteille d'eau gazeuse du frigo et me verse un verre.

— Aujourd'hui, j'ai discuté avec les autres locataires de l'immeuble de Mary Ann.

— Ah oui ?

— Ils m'ont tous affirmé catégoriquement que, la nuit dernière, ils n'ont ouvert la porte de l'immeuble à personne.

J'avale quelques gorgées d'eau en laissant les bulles jouer sur ma langue.

— D'accord. Donc l'agresseur possédait la clé de l'immeuble, ou du moins il y avait accès.

— Peut-être. Ou bien ce sont les locataires qui m'ont menti pour éviter les ennuis.

Il verse un filet d'huile olive extra-vierge sur une partie des gousses d'ail avant d'ajouter :

— Il n'y a aucune caméra de sécurité pour prouver quoi que ce soit. Et des tas de personnes âgées vivent dans cet immeuble. Beaucoup d'entre elles commencent à avoir des problèmes d'audition. Elles ont très bien pu ne pas entendre quelqu'un monter ou descendre l'escalier en courant.

— Si je comprends bien, tu as passé ta journée à interroger les locataires et tu n'as pas l'ombre d'un début d'information…

— J'ai quand même appris que tout le monde adore Mary Ann.

Il met l'ail au four et claque la porte.

— Je pense que Mary Ann est la benjamine de l'immeuble. Pas mal de gens m'ont dit qu'elle était pour eux comme un rayon de soleil. Je doute vraiment que l'agresseur loge dans cet immeuble.

— Bon, c'est toujours ça. Tu as appris que Dena n'a pas été victime d'une mamie qui a tiré avec une arme à silencieux. J'imagine que c'est un progrès dans notre enquête…

— Il faut bien commencer quelque part, Sophie. Et c'est généralement une bonne idée de commencer par la zone la plus proche de l'endroit où le crime a été commis.

— Je sais, mais… Bon sang ! Je veux que ce mec paie pour ce qu'il a fait ! Pas n'importe qui, l'agresseur ! Aujourd'hui, j'ai discuté avec Dena, et elle m'a dit…

Le portable d'Anatoly se met à sonner. Il est posé près des tomates, je m'en empare pour voir le numéro qui s'affiche.

— C'est l'indicatif régional 212. Qui peut bien t'appeler de New York ?

Anatoly s'empresse de traverser la cuisine pour me prendre le téléphone des mains. Il jette un coup d'œil sur le numéro et ignore l'appel.

— C'était qui ?

— Juste une ancienne cliente.

— Une ancienne cliente ?

M. Katz a les yeux rivés sur le four. Je l'imagine en train de sauter dans le four pour attaquer une gousse d'ail couverte d'huile ! Ce serait sûrement le premier chat à réussir cet exploit… mais quelle fin horrible !

— Oui, c'est de l'histoire ancienne. Elle essaie de me confier du boulot, mais ça ne m'intéresse pas.

Je dresse l'oreille.

— C'est qui, « elle » ? Ce n'est quand même pas cette bimbo de Mandy ?

— Non, ce n'est pas elle. Et quand bien même, je ne vois pas où serait le problème.

— Elle s'est immiscée entre nous.

— C'était une cliente, Sophie.

Je rétorque aussi sec :

— C'était la Miss Mois d'août de *Playboy*, Anatoly ! Et pourquoi t'avoir appelé à 2 heures du matin ? Est-ce que ça faisait partie de votre contrat ? Tu n'étais quand même pas obligé de tenir vos réunions de travail sur son bateau ! Et rien ne l'obligeait à se pavaner en arborant des hauts de Bikini qui auraient pu faire office de voiles, avec ses bonnets de bimbo 95 triple D... ! On aurait dit deux bouées en silicone...

— J'ai cessé de travailler pour elle il y a six mois. Et je ne l'ai jamais touchée.

— Mais tu en mourais d'envie ! Je suis même prête à parier que tu as reluqué ses photos dans *Playboy*.

— Simple curiosité. Je suis un mec, Sophie.

— Si par « mec » tu entends « pauvre type », je suis entièrement d'accord avec toi.

— Je suis en train de te préparer un sandwich tomates-brie ! Les pauvres types sont incapables de faire ça.

— Bon, très bien. Disons que tu es génial la plupart du temps. Mais il y a des moments où tu es un petit peu pervers.

— Un petit peu ?

Je lève la main en écartant le pouce et l'index pour lui montrer ce que j'entends par là. Puis j'écarte encore les doigts d'un ou deux centimètres.

Il sourit.

— Pourquoi se quereller pour des choses qui n'en valent pas la peine ? Elle ne m'intéressait vraiment pas. Non seulement elle ressemblait à une poupée en plastique, mais elle en avait aussi le QI.

Il s'approche de moi et se fraye un chemin entre mes cuisses.

— Je préfère les femmes moins… artificielles.

Je ne peux m'empêcher de rire. Je caresse son biceps du bout des doigts.

— Tu vas vraiment m'aider à trouver l'agresseur de Dena ?

— Bien sûr.

Il repousse mes cheveux derrière mes oreilles et m'embrasse sur le nez avant de retourner à ses fourneaux.

— Je connais quelqu'un dans les services de police qui pourrait me fournir un peu plus d'infos que celles qui ont été dévoilées à la presse. Demain matin, je dois bosser un peu pour l'avocat qui m'a engagé pour enquêter sur un accident du travail, mais je devrais me libérer en fin d'après-midi. J'ai pris mes dispositions pour dîner demain en début de soirée avec mon informateur, juste après le changement d'équipe. Surtout, ne fais pas de bêtise en attendant.

— Je ne vois pas ce que tu veux dire.

— Bien sûr que si. Si tu découvres quelque chose, tu dois m'en parler. Et si tu penses avoir identifié un suspect, surtout évite de l'affronter. Laisse-moi ce soin, à moi ou à la police.

Je marmonne du bout des lèvres :

— D'accord, je vois. C'est plus logique comme ça.

Il m'est arrivé récemment de harceler Anatoly pour qu'il m'en dise plus sur son enfance, mais peut-être que s'il me disait tout, la vérité ne serait pas à la hauteur de mes espérances, qui sait ? Je viens de lire un article qui prétend que les couples mariés les plus heureux sont constitués d'individus qui ont un art consommé du déni. Peut-être qu'en ne parlant pas à Anatoly de mes projets d'avoir une petite discussion avec Chrissie, c'est ma façon à moi de l'aider à garder toutes ses précieuses illusions sur sa vie avec moi.

Il sort un long couteau à lame crantée et se met à couper la baguette en disant :

— Il faut que nous dressions une liste de suspects potentiels.

Je fais la grimace. Il faut que je lui en parle. Comment puis-je lui demander de m'aider à trouver l'agresseur de Dena si je ne lui dis pas tout ce que je sais ? Je vais lui faire comprendre que rencontrer Chrissie est une bonne idée… et si je suis incapable de le faire, je le laisserai croire qu'il m'a convaincue que ma méthode était mauvaise. Ce qui ne m'empêchera pas de la rencontrer de toute façon. Comme ça, je pourrai au moins dire que j'ai essayé de jouer franc-jeu. C'est l'intention qui compte, non ?

— Anatoly ? Euh… comme je te le disais, j'ai discuté avec Leah et…

Voilà son portable qui se remet à sonner. Cette fois, il est dans sa poche, et il le sort juste le temps pour refuser l'appel pour la deuxième fois.

— Bon, sérieusement. C'était qui ?

— Je te l'ai déjà dit.

Il ouvre le frigo d'un geste brusque et en sort un peu de mayonnaise.

Je lui rappelle que lorsqu'il vivait à New York, il a travaillé comme détective privé dans une compagnie d'assurances. C'est une des rares choses sur l'Anatoly des années pré-Sophie que je sois capable de lui rappeler. C'est comme s'il m'avait donné un aperçu de sa vie d'avant, mais en n'incluant que les passages numérotés en chiffres romains et en laissant de côté tout ce qui pouvait figurer en chiffres arabes ou avec des lettres…

— Je n'ai pas travaillé pour elle quand j'étais à New York. Ce numéro, c'est juste son numéro de portable.

Il prend quelques cuillerées à soupe de mayonnaise qu'il dépose dans un petit bol avant de se tourner de nouveau vers le frigo. Cette fois, il en sort quelques feuilles fraîches de basilic. Décidément, ce sandwich est bien compliqué à faire !

— Donc, tu as bien travaillé pour elle à San Francisco.

— Sophie, si un client ne me donne pas l'autorisation

formelle de discuter de son cas avec des tiers, il m'est impossible d'en parler. C'est confidentiel, même si je ne travaille plus pour lui.

— Donc, tu ne peux même pas me dire si tu as travaillé pour elle à San Francisco.

— Non. Impossible.

— Je vois.

M. Katz finit par abandonner le four. Il me rejoint d'un bond sur la table de travail. Je l'écarte gentiment des tomates en pleine macération.

Anatoly me dit :

— Nous devons rester concentrés. Essayer de trouver qui pouvait avoir Dena dans le collimateur. Je vais tirer les vers du nez de mon contact, puis nous comparerons nos infos. Tu comptes encore passer la journée de demain à l'hôpital, ou tu as d'autres projets ?

— Je vais voir Leah, mais à part ça, je n'ai rien en vue.

Qu'il aille se faire voir ! Mes projets aussi sont confidentiels.

7

Je ne suis jamais jalouse… sauf si une quelconque garce tente de me piquer subrepticement l'objet de toutes mes attentions.

Fatalement vôtre

Je rattrape mon retard de sommeil de la veille en allant me coucher à une heure raisonnable et en faisant la grasse matinée. Et l'après-midi est déjà bien entamé lorsque je me rends à l'hôpital. Je fonce tout droit à la boutique cadeaux. L'employé m'a dit que le nouveau numéro de *Rolling Stone* était sorti et j'ai entendu dire qu'on parlait de Johnny Depp. Or il se trouve que Johnny Depp fait partie des très rares acteurs en vogue que Dena apprécie.

Mais pas question d'entrer dans la boutique pour l'instant, car j'aperçois Amelia et Jason à dix pas de l'entrée du magasin. Je prends soudain conscience qu'Amelia n'est pas venue voir Dena hier comme elle l'avait promis. Elle tient une petite boîte d'amandes grillées contre sa poitrine, le visage levé vers l'un des deux hommes qu'elle partage avec Dena.

Je m'approche d'eux discrètement.

Amelia gémit :

— Je n'en pouvais plus. Je me suis sentie blessée et jalouse, et…

Jason rétorque d'une voix de stentor :

— Jalouse ? Dena se retrouve dans un fauteuil roulant, et

tu ne viens pas la voir sous prétexte que tu es jalouse ? C'est vraiment petit !

A l'intérieur de la boutique, la caissière a déjà la main sur son téléphone, prête à appeler quelqu'un au cas où la dispute dégénère.

Amelia proteste.

— Ça ne fait même pas quarante-huit heures ! Moins de deux jours !

— Peut-être. Mais pendant au moins six heures, nous ne savions même pas si elle allait s'en sortir ! Elle aurait pu mourir sur la table d'opération et toi, tu n'as même pas fait l'effort de te ressaisir pour répondre à ton portable !

Amelia secoue violemment la tête, faisant voltiger ses longs cheveux bouclés dans son dos. Elle dit d'une petite voix plaintive :

— Il me fallait le temps digérer tout ça. J'étais déjà déboussolée quand j'ai reçu ton e-mail.

Mais Jason enfonce le clou.

— C'est vraiment mesquin ! Et l'amour libre, qu'est-ce que tu en fais ? Toi l'adepte du mouvement hippie et de toutes ces âneries pseudo-bouddhistes avec lesquelles tu n'arrêtes pas de nous prendre la tête ? J'ai l'impression de ne plus savoir qui tu es, et je ne suis pas certain d'avoir *envie* de le savoir !

Amelia laisse échapper un petit cri. Elle fourre les amandes dans les mains de Jason et part en courant. Elle me frôle au passage, mais je ne suis pas sûre du tout qu'elle m'ait reconnue. Elle n'a dû entrevoir qu'une vague silhouette.

Je la regarde s'éloigner. Puis je fais signe à Jason.

— Jason, c'est quoi, tout ce cirque ?

Avec ses cheveux plaqués en arrière par une sorte de gel et son bouc en pointe soigneusement entretenu, Jason a des airs de diablotin sans cornes.

Il me répond d'une voix étranglée par l'émotion :

— Elle était là depuis le début…

— Où ça ? Dans ce magasin ?

Jason cligne des yeux, puis regarde la boutique de cadeaux comme s'il avait oublié sa présence.

Il s'exclame, bouillant de colère :

— Quand je pense qu'elle n'est jamais partie pour le Nicaragua, qu'elle est restée tout ce temps ici ! Ici à San Francisco, cette fichue nuit où quelqu'un a tiré sur Dena !

— Oui, je sais. Hier matin, j'ai fait un saut chez O'Keefe, et elle était là. C'est moi qui lui ai dit ce qui était arrivé à Dena.

Jason fait un pas en arrière et donne un coup de pied contre le mur gris clair.

— C'est elle qui t'a dit ça ?

— Qui m'a dit quoi ? Jason, sérieusement, dis-moi ce qu'il se passe !

Il fouille dans son blouson de l'armée et en sort un BlackBerry qu'il agite en l'air comme si c'était le drapeau américain.

— Cette nuit-là, je lui ai envoyé des e-mails ! Et des textos, j'ai aussi laissé un message sur son répondeur. J'ai fait tout ça en espérant qu'elle puisse en lire au moins un là-bas, au Nicaragua ! Je savais que si elle recevait ces messages, elle en parlerait à Kim, et qu'ils reviendraient aussitôt par le premier avion. Amelia adore Dena.

Il met une bonne dose d'ironie dans sa dernière phrase. Il agrippe son BlackBerry si fort que le bout de ses doigts vire au blanc. J'essaie de reconstituer le puzzle.

— Tu es furieux parce qu'elle n'a pas répondu à tes e-mails ?

— Je suis furieux qu'elle n'ait pas bougé ses fesses pour aller voir Dena à l'hôpital ! Je me fiche de savoir si elle était défoncée ou pas. D'ailleurs, la marijuana aurait dû l'aider à être plus lucide sur ce qui était en train de se passer !

— Plus lucide ? Jason, tu plaisantes, j'espère ? Ou alors c'est que tu as la mémoire courte, au point d'en oublier ce qui se passe quand on fume la moquette !

Jason insiste.

— Ça a un effet apaisant ! Nous, nous étions là en train de flipper, et si Amelia n'était pas que l'ombre d'elle-même, elle nous aurait rejoints pour apaiser nos craintes, avec son air d'ange et sa sérénité de fumeuse d'herbe ! Mais elle n'est même pas venue. Je ne savais même pas qu'elle était restée dans ce fichu pays ! Nous sommes censés vivre ensemble, tous les trois, et quand la vie de Dena est en jeu, la voilà qui se met aux abonnés absents !

— Elle était peut-être en état de choc, non ?

— Tu parles ! Elle a elle-même reconnu que si tu n'étais pas venu chez O'Keefe hier, elle aurait probablement attendu quelques jours de plus avant de nous contacter ! Franchement, on va où ? Elle est jalouse !

— Jalouse de quoi ? Elle aurait voulu être à la place de Dena ?

— Elle pense que Kim et moi aimons Dena plus qu'elle. Qu'elle est juste là pour jouer la nana de service quand Dena n'est pas là !

Je ne réponds pas. J'ai toujours soupçonné un truc de ce genre, mais rien à faire, je n'ai jamais compris comment Amelia a pu accepter cette situation.

Si Jason éprouve la moindre compassion devant la détresse d'Amelia, il cache bien son jeu.

Il tapote sa jambe avec le sachet d'amandes.

— Il faut que j'apporte ça à Dena. Elle adore les amandes, et les trucs qu'ils ont essayé de lui donner à manger ce matin étaient infâmes.

— C'est Amelia qui lui a acheté ces amandes ?

Jason confirme par un grognement.

— C'est plutôt gentil de sa part, non ?

— Elle n'avait aucune intention de passer à l'hôpital aujourd'hui, Sophie. Et les amandes ne remplacent pas une visite.

Il se dirige vers l'ascenseur sans même attendre ma réponse. J'envisage un instant de retourner avec lui au chevet de Dena, mais je change rapidement d'avis. Dena est assez grande pour gérer toute seule son problème avec Jason.

En sortant de l'hôpital, une bouffée de vent froid m'assaille. Je vois un mur de brouillard épais qui arrive de l'océan, mais en cet instant précis, le ciel au-dessus de ma tête a toujours un ton bleu pâle. Les pouces glissés dans les passants de mon jean, je laisse mon regard errer sur les gens qui arpentent le trottoir. C'est alors que j'aperçois Amelia, assise près de l'arrêt de bus le plus proche, le dos voûté.

Comme il n'y a pas de banc, elle s'est contentée du rebord du trottoir. Son chemisier arc-en-ciel teint façon hippie pend dans le caniveau. Je m'approche et je m'assieds près d'elle sans rien dire, en attendant qu'elle prenne conscience de ma présence, ce qu'elle finit par faire. Elle repousse alors ses épaisses boucles dans son dos pour que je la voie de profil. Car si Amelia fait partie de ces rares femmes qui ne se maquillent jamais et qui n'en ont généralement aucun besoin, elle a aujourd'hui le visage rouge et bouffi.

Elle murmure :

— J'avais juste besoin d'y voir plus clair.

Je hoche la tête.

— Je comprends.

Elle se tourne vers moi.

— C'est vrai ?

— Naturellement. Je ne sais pas comment tout ça est arrivé. Et je me demande si je parviendrai jamais à y comprendre quelque chose.

Amelia pose sa main sur mon genou. L'expression de son visage passe du chagrin au désespoir.

— Tu sais que j'aime Dena, n'est-ce pas ? C'est vraiment une belle personne. J'aime son énergie, son aura est absolument stupéfiante. Kim lui-même, qui verse pourtant beaucoup moins dans le mysticisme que moi, sait que Dena a une aura extraordinaire.

Son visage s'assombrit et elle se détourne de nouveau.

— Il prétend qu'elle est bleu saphir. Mais pour moi, elle est pourpre.

— Pardon ?

— Dena a une aura pourpre. Le pourpre est la couleur des gens de sang royal, et Dena est une reine. C'est du moins ce qu'elle est pour Kim et Jason.

— Et toi, dans tout ça ?

Un gros camion s'approche. Je tourne le dos à la rue pour éviter le tuyau d'échappement. Lorsque je reprends ma position, Amelia se cache le visage dans les mains. Elle reste une bonne minute sans bouger, bien que le camion soit déjà à plusieurs pâtés de maisons d'ici.

Elle me dit d'une voix étouffée :

— Je pense que ça fait de moi la princesse consort. Je suis leur putain.

Je respire un grand coup.

Au bout d'un moment, Amelia laisse tomber ses mains sur ses genoux.

— Je pensais ne jamais utiliser ce mot. Je ne crois pas que l'amour doive se faire exclusivement dans le cadre d'une union approuvée par l'Etat. Le sexe peut être une merveilleuse façon de s'exprimer. Par exemple, avec un garçon qu'on rencontre chez Whole Foods, qui a de très beaux yeux et une passion pour les produits bio. Si à ce moment précis on est attirée par lui, si on a envie d'être avec lui… eh bien, pourquoi se l'interdire ? Le fait qu'une femme soit désintéressée dans ses amours ne fait pas d'elle une femme facile, mais une femme généreuse.

Je me mords les lèvres pour ne rien dire. Voilà pourquoi Amelia et moi ne pourrons jamais être véritablement complices. C'est une chic fille, mais sa grande théorie sur l'amour me fait penser aux divagations d'une nymphomane bercée d'illusions. Dena aussi est nymphomane, mais au moins elle assume. Elle n'essaie pas de justifier ses faiblesses par une philosophie hippie totalement dépassée. J'essaie de trouver une façon polie de m'éclipser, mais Amelia n'en a pas fini avec moi.

— J'étais presque contre cette idée de relation à quatre. Je ne voyais pas pourquoi je devais me limiter à deux hommes, et je sais que Dena partage mon opinion.

Je lui réponds, en jetant un coup d'œil sur ma montre :

— Je pense que Dena aime plus la stabilité qu'elle ne veut bien le dire.

Amelia baisse les yeux sur ses pieds chaussés de Birkenstock. Ses orteils ont chacun une couleur différente.

— C'est vrai. Etre avec des tas de mecs différents ne fait pas d'une fille une prostituée, mais coucher avec des mecs qui vous utilisent juste pour passer le temps tout en guettant une chance de se retrouver dans le lit de la reine…

Amelia ramène ses genoux contre sa poitrine et murmure :

— J'ai dit à Kim que je l'aimais. Je ne réclamais pas la monogamie, je n'avais même pas besoin qu'il me dise la même chose. L'amour est une chose merveilleuse même s'il n'est pas partagé, mais…

Je saute sur l'occasion.

— Mais… ?

Si seulement elle pouvait admettre que ses théories sont fumeuses, ça m'éviterait de devoir le lui dire.

— Mais j'ai entendu Kim le dire à Dena. Et Jason lui a dit la même chose. En revanche, aucun des deux ne m'a parlé comme ça. Et comme Kim n'arrivait pas à me le dire alors que nous nous apprêtions tous deux à partir seuls pour le Nicaragua…

Elle prend une longue inspiration et se lance.

— … eh bien, c'est moi qui lui ai avoué mon amour. Et il m'a dit merci !

— Aïe !

— Oui, mais quand j'y repense, il a été franc avec moi.

Kim et Jason sont amoureux de Dena, mais pas de moi. Qu'est-ce qui cloche, chez *moi* ?

Le vent se lève de nouveau, et la jupe d'Amelia vole dans le caniveau.

— Mais rien du tout ! Ce qui ne colle pas, c'est votre type de relation. Tu n'es pas obligée de t'en contenter. Couche avec le mec de chez Whole Foods si tu en as envie, lui ou un autre. Essaie de trouver un mec qui a vraiment un faible pour toi. La monogamie n'a rien d'égoïste, Amelia. C'est juste… normal.

— Mais je refuse d'être normale !

— Tu préfères ta situation actuelle ?

Un sourire triste effleure ses lèvres. Elle fixe son regard sur les véhicules qui passent dans la rue. Il n'y en a pas des masses, juste une voiture ou un scooter de temps en temps. Quant aux piétons, ils nous ignorent totalement, et nous le leur rendons bien.

Amelia murmure :

— J'ai voulu aller à l'hôpital dès que j'ai reçu l'e-mail. Pour être avec Dena. Mais cette fichue jalousie… je ne pouvais pas lui imposer ça. Je ne pouvais pas faire entrer dans l'hôpital toute cette énergie négative pendant qu'elle était sur la table d'opération ! La jalousie… est un poison, Sophie.

Je l'observe un instant sans parler. A l'exception de leurs idées larges sur le sexe, Amelia et Dena n'ont rien en commun. Amelia possède une innocence que Dena n'a jamais eue, même quand elle était gamine. Et alors que Dena continue d'être l'une des femmes les plus fortes que je connaisse, Amelia est faible. C'est triste à dire, mais ça n'en est pas moins vrai. Si on les compare à des plantes, je dirais que Dena est un cactus en fleur : belle et imposante à la fois, unique et difficile à approcher. Amelia, elle, est un coquelicot. Vive et intrépide, mais si on ne se conduit pas avec elle comme il faut, elle s'effondre. En général, je n'aime pas les gens faibles, mais là, je suis émue et j'ai envie de prendre soin d'elle. Je voudrais que cette femme excentrique, capable de voir l'aura pourpre des autres et de se peindre les orteils de différentes couleurs, ne s'étiole pas, mais qu'elle s'épanouisse.

Je pousse un soupir en tapant du pied sur le trottoir.

— Lorsque j'étais à l'école, j'ai suivi des cours d'astronomie. Ça me passionnait vraiment. J'étais convaincue que toutes les configurations d'étoiles étaient comparables aux relations humaines. Tiens, un exemple : sais-tu ce qu'est un amas ouvert d'étoiles ?

Elle hoche la tête.

— Ce sont des étoiles qui sont groupées au départ, mais qui se déploient ensuite pour finir par être totalement indépendantes. Mais je ne vois pas le rapport avec ma relation… Ah si, je vois ! Jason, Kim, Dena et moi… nous formons un amas ouvert ?

Je confirme.

Un bébé pleure parmi les piétons qui passent derrière nous. Amelia se tourne discrètement vers l'endroit d'où vient le bruit, puis recentre son attention sur moi.

— Mais ce n'est pas la meilleure métaphore qui soit. Dena, Kim et Jason sont toujours groupés, alors que, moi, je ne suis qu'une étoile à la traîne derrière eux. Il est possible que je n'aie jamais fait partie de cet amas ouvert, d'ailleurs. Je suis juste une étoile avec laquelle ils se sont amusés en chemin avant de poursuivre leur voyage à travers l'univers.

Elle lève les yeux vers le ciel qui s'obscurcit.

— Je me sens seule, Sophie. Je l'ai probablement toujours été. C'est juste que… je ne m'en étais pas encore rendu compte. Mes… mes illusions perdues me manquent.

— Kim, Jason et Dena ne resteront pas éternellement un amas ouvert d'étoiles. Je ne suis même pas certaine qu'ils croient en cette idée de permanence. Et pour ce qui concerne l'amour que Kim porte à Dena, eh bien sache que Kim est absent depuis des jours et qu'il n'a même pas appelé pour prendre de ses nouvelles ! Est-ce que quelqu'un sait seulement où il est ?

— Il n'a pas d'itinéraire précis et il a décidé d'oublier pour un temps la technologie. Il veut vivre une expérience authentique au Nicaragua.

— Vivre une expérience authentique au Nicaragua n'empêche pas d'utiliser d'authentiques téléphones nicaraguayens ! Ce pays n'est pas à l'âge de pierre, que je sache. Et ce n'est pas la Corée du Nord non plus. Il a le droit de passer un coup de fil à l'étranger.

Amelia me lance d'un ton assuré :

— Il appellera Dena avant la fin de son voyage. En revanche, il ne m'appellera pas, moi. D'ailleurs, il est possible qu'il ne m'appelle plus jamais.

— Amelia…

— Non, ne dis rien. Tout va bien. J'ai juste besoin de rentrer chez moi pour me rouler un joint et méditer un peu sur tout ça.

Elle regarde de nouveau par terre et me gratifie d'un sourire timide.

— Disons que c'est de l'assistance médicale par la marijuana. J'en ai besoin pour dissiper un peu la douleur.

Le bus arrive peu de temps après. Amelia me quitte pour pouvoir tomber dans les bras de son herbe thérapeutique. J'ai la sensation que j'aurais dû lui parler différemment. Il me vient même à l'idée de remettre la main sur Jason pour le convaincre de passer la voir. Mais ce serait de sa part une démarche mensongère, et par conséquent totalement inutile. Et puis, j'ai tellement d'autres choses à faire. Il faut que j'arrive à me convaincre qu'Amelia trouvera un moyen de sortir de cette mauvaise passe. En espérant qu'elle ne fume pas plus d'un joint par jour.

8

On résout les conflits par la parole, et non par la violence. Donner un coup de poing dans la figure de son adversaire ne résout rien… oui, mais quel pied !

Fatalement vôtre

Cet après-midi-là, je ne parviens pas à aller retrouver Dena dans sa chambre, même si j'ai pris la peine de lui téléphoner avant. Comme Jason est auprès d'elle, il me semble plus judicieux de les laisser seuls un moment… si tant est qu'on puisse rester en tête à tête bien longtemps dans une chambre d'hôpital ! De toute façon, je veux me préparer mentalement à ma prochaine rencontre avec Chrissie.

Je passe aussi un coup de fil à Anatoly. Il n'a pas beaucoup de temps pour parler, car il file un homme au dos corseté dans l'espoir de le voir improviser une série d'acrobaties, lui ôtant toute chance de toucher une indemnité pour accident du travail. Mais lorsque je lui parle de la situation délicate dans laquelle Amelia se trouve, il semble intéressé. Je dirais même qu'il m'écoute attentivement. En général, il ne s'intéresse pas du tout aux tribulations amoureuses de mes copines, mais cette fois, il me bombarde de questions. Pas spécialement sur Amelia, d'ailleurs, mais sur tout ce qui se passe en général. Je trouve cela plutôt étrange.

Mais après tout, la vie actuelle n'est-elle pas pleine d'étrangetés ? Alors autant ne pas perdre trop de temps à réfléchir.

Leah vient me chercher chez moi à 15 h 30 pile. Elle fait très femme d'affaires avec son haut de soie à jabot sans manches et sa jupe crayon noire. Elle a soigneusement relevé ses cheveux en queue-de-cheval. Elle jette un coup d'œil dédaigneux à mon jean et au motif géométrique de mon débardeur. Je l'ignore et prends place sur le siège passager en bouclant ma ceinture. Je ne vais quand même pas m'habiller comme une de ces toutes puissantes mères d'association de parents d'élèves branchées mode, juste pour impressionner la femme que je soupçonne d'avoir tiré dans le dos de ma meilleure amie.

Il nous faut très exactement vingt minutes pour arriver devant la maison de Chrissie, dans Presidio Heights. C'est la plus petite du pâté de maisons. En d'autres termes, elle a dû coûter à sa propriétaire trois millions au lieu des quatre à six millions que ses voisins ont dû débourser.

Alors que je m'apprête à sortir de la voiture, Leah m'agrippe par l'épaule pour me prodiguer ses derniers conseils.

— N'oublie pas que nous sommes venues ici pour une mission d'information. *Evite* de la provoquer inutilement.

— Qui ça, moi ?

— Sophie, je parle sérieusement ! Et reste constamment sur le qui-vive. Si elle pense que tu vaux la peine qu'elle te consacre du temps, elle se montrera très aimable. Dans le cas contraire, elle se conduira comme… je cherche le mot… Tu te souviens de cette affreuse sorcière dans *Le Lion, la Sorcière blanche et l'Armoire magique* ?

— Oui.

— Eh bien, Chrissie est un peu comme ça. Elle est charmante quand cela peut lui être utile, et totalement horrible le reste du temps.

Je regarde Leah.

— Tu fais bien allusion à ce personnage satanique de la série *Le Monde de Narnia* ?

— Oui, il y a de ça.

— Bon, très bien. J'essaierai d'être aimable… avec l'acolyte de Satan.

Leah me lance un regard d'avertissement, et nous sortons toutes deux de la voiture pour nous approcher de la maison. Chrissie nous ouvre la porte quelques secondes après notre coup de sonnette.

Elle n'est pas du tout comme je l'avais imaginée. Je croyais rencontrer une femme dominatrice, méprisant tous ceux qui osaient la contredire, telle une dame catéchiste qui aurait un faible pour les châtiments corporels. Mais la femme qui me fait face est beaucoup plus délicate. Elle a dix bons centimètres de moins que moi et une silhouette de gamine famélique. Ses cheveux, qui oscillent entre le blond et le blanc, sont d'une finesse à faire peur. Son manque de consistance pourrait la faire passer pour un être vulnérable et faible si elle n'avait ce visage… Ses pommettes saillantes, son regard bleu perçant et ses lèvres roses et charnues donnent une impression de force qui n'a aucune commune mesure avec sa taille.

Elle nous invite à entrer dans son salon.

— Vous devez être Sophie… Voulez-vous boire quelque chose ?

Je repère un mug géant rempli de café au lait posé sur une petite corbeille en rotin qui fait office de desserte.

Je lui demande :

— Vous en avez préparé un pot entier ?

Comme je n'ai pris que deux tasses de café aujourd'hui, ce qui est loin de ma dose quotidienne, je suis plus que partante !

Elle me dit avec un petit sourire :

— Absolument. Vous le prenez comment ?

Je réponds d'un air désinvolte :

— Avec lait et sucre.

Le salon de Chrissie pourrait faire office de vitrine pour architecte d'intérieur. Le petit canapé blanc est en parfaite harmonie avec le petit fauteuil blanc et la petite ottomane neigeuse. Des coussins rayés rouge corail apportent la touche de couleur qui s'impose et sont parfaitement assortis à la composition florale qui trône sur la table basse en acajou.

Il n'y a pas un seul grain de poussière. On jurerait que personne n'habite ici.

— Je n'ai pas de lait, mais j'ai de la crème.

— Ce sera parfait.

Elle fait un geste vers la tasse déjà en place.

— Très bien. Personnellement, j'ajoute toujours une larme de whisky. Vous en voulez aussi ?

Surprise, j'hésite un instant. Cette fille est si minuscule… j'aurais juré qu'une demi-canette de bière légère aurait raison d'elle.

— Je… euh… je n'avais pas vraiment prévu de boire de l'alcool.

— Pourquoi ? Vous conduisez ?

C'est Leah qui répond en s'installant confortablement dans le fauteuil.

— Non. C'est moi.

— Donc c'est *Leah* qui ne doit pas boire.

Chrissie me fixe des yeux, guettant ma réponse.

— Bon, d'accord. Je prendrai un peu de whisky dans mon café.

C'est étrange. Chrissie est peut-être la Sorcière blanche, mais au lieu de me proposer une friandise pour me faire craquer, elle joue les tentatrices avec du whisky, boisson bien plus dangereuse.

Leah s'empresse de dire :

— Je me contenterai d'un peu d'eau.

Chrissie hoche la tête et va chercher nos consommations.

Je m'assieds avec précaution sur le canapé. Je ne suis pas

du tout certaine que mon jean soit assez propre pour ces coussins blancs…

Leah me chuchote :

— N'oublie surtout pas d'y aller doucement ! Si jamais tu lâches que je t'ai fait venir ici en usant d'un prétexte…

Chrissie réintègre le salon. Elle me tend ma tasse de café agrémenté de whisky, et donne à Leah son verre d'eau.

— Leah m'a dit que vous souhaiteriez faire partie du comité de collecte de fonds pour l'orchestre.

— Oui. J'adore cet orchestre.

Je goûte mon café du bout des lèvres. C'est fort, et pas à cause du café.

Chrissie s'assied à l'autre bout du canapé.

— Vraiment ? J'ai vérifié les archives de nos donateurs, hier soir. Depuis que Leah a rejoint le comité il y a six ans, vous avez fait royalement don d'un total de trois cent soixante-neuf dollars. Ce qui fait à peu près soixante-deux dollars par an. On ne peut pas dire que vous fassiez partie de nos plus grands donateurs.

— C'est que… j'ai commis la faute de donner davantage à des causes plus modestes comme… euh… le Fonds de protection de la nature ou des programmes en faveur des écoliers des quartiers déshérités.

— Oui, mais… à quoi bon se préoccuper des quartiers déshérités s'il n'y a pas d'orchestre pour les habitants des quartiers plus favorisés ?

L'espace d'un instant, on n'entend que le gazouillis d'un oiseau derrière la fenêtre.

Chrissie explique, le sourire aux lèvres :

— Je plaisantais…

Tandis que Leah part d'un petit rire gêné, je bredouille :

— Ah oui… mais bien sûr ! Je m'en doutais.

— Je suis très pince-sans-rire, ajoute-t-elle.

— Oui, ça aussi je l'avais compris.

Je bois une nouvelle gorgée de café. C'est vrai que c'est fort, mais je sens que dès que j'aurai quitté cette maison, j'aurai envie de remettre ça.

— Je me suis dit que si vous ne faisiez que de petits dons, c'était peut-être parce que vous aviez des problèmes financiers.

— Non, je vis très bien. J'écris des romans policiers. Le dernier qui est sorti s'appelle *Fatalement vôtre*, et j'ai terminé mon onzième livre il y a quelques semaines. Mais il ne sortira que dans un an.

Leah intervient.

— *Fatalement vôtre* figure sur la liste des meilleures ventes du *New York Times*. Je crois que j'en ai encore un exemplaire dans ma voiture. Sophie te le dédicacera, si tu veux…

— Non, merci. Je ne lis pas ce genre de guimauve.

Chrissie me sourit d'un air serein comme si de rien n'était, alors qu'elle vient ni plus ni moins de me lancer une insulte en pleine figure.

Puis elle ajoute :

— Sophie, avez-vous vraiment envie de passer l'heure qui suit à faire semblant de vous intéresser à cet orchestre ? Ne pensez-vous pas qu'il serait préférable de parler franchement, toutes les deux ?

Leah s'empresse d'intervenir.

— J'ignore où tu veux en venir, mais l'intérêt que Sophie porte à cet orchestre est parfaitement sincère, je t'assure !

Chrissie lui lance d'un ton brusque :

— Vous êtes venues pour me parler de Dena Lopiano. Pour me demander si c'est moi qui ai tiré sur votre amie.

Leah répond d'une voix blanche :

— Chrissie, jamais je ne ferais…

Mais cette dernière balaie ses protestations d'un geste.

— Epargne-moi ça. Il suffit de lire le journal pour savoir que Sophie adore se prendre pour un détective. Tu as dû lui dire à un moment ou à un autre ce que je pense de Dena.

Elle a eu des soupçons et t'a mis la pression pour l'amener à me rencontrer, pour pouvoir se lancer dans une nouvelle enquête sur un meurtre. Mais je dois te poser une question, Leah… Me crois-tu coupable ?

Leah s'écrie :

— Ne sois pas ridicule ! J'ai dit à Sophie qu'il y avait quatre-vingt-trois pour cent de chances que tu sois innocente !

Dans son élan, un peu d'eau s'échappe de son verre.

Je grommelle :

— En fait, tu m'as dit quatre-vingt-deux.

Aussitôt, Chrissie se tourne vers moi.

— Et vous ? Je suppose que vous me donnez plus de dix-huit pour cent de chances d'être la coupable ?

Je ne réponds pas, mais je serre si fort ma tasse que mes paumes me font mal. Puis je demande d'une voix sourde qui a tout du grognement :

— Quand l'avez-vous découvert ? Quand avez-vous su qu'on avait tiré sur Dena ?

— Hier matin. C'est la police qui me l'a dit.

Très troublée, Leah demande :

— La police ?

— Oui. Apparemment, on me soupçonne à cause du petit article que j'ai écrit.

Je lui lance à la figure :

— Vous avez quand même insinué que c'était tout juste si Dena avait le droit de vivre !

— Non. J'ai dit qu'elle n'avait pas le droit de choisir ce style de vie. Qu'elle bafouait délibérément ce qui reste de décence dans cette ville régie par le vice et qu'il fallait l'empêcher de continuer.

Mon nœud à l'estomac se resserre et la colère m'envahit.

— Et comment ? Avec des *balles* ?

— Par la prière. Et par une manifestation le cas échéant.

La semaine prochaine, le DMPA va se réunir une nouvelle fois devant sa boutique.

Je pose mon verre sur sa table basse. Avec un peu de chance, il laissera une marque sur le bois…

— Etes-vous bien consciente de vivre à San Francisco ? Tous les ans, nous organisons une parade au cours de laquelle les hommes portent des jambières en cuir, d'autres qui ne portent en tout et pour tout que des suspensoirs pour descendre Market Street derrière un groupe de lesbiennes hurlantes juchées sur des Harley, les seins nus. C'est la seule ville des Etats-Unis où les strip-teaseurs sont syndiqués. Et vous croyez qu'une poignée de gens zélés pourra mettre un frein à l'industrie de la pornographie ? Autant essayer de refroidir un Jacuzzi avec un glaçon !

Chrissie hausse les épaules.

— C'est bien un petit homme nommé David qui a vaincu Goliath, non ?

— Nous ne parlons pas de Plaisirs coupables, et vous le savez bien. Le problème, c'est Dena et votre mari.

Chrissie jette un regard rapide en direction de Leah, qui ne décolle pas les yeux de son verre d'eau. Elle se retourne alors vers moi en soupirant.

— Vous avez raison. Mais essayez de comprendre.

Elle marque un temps d'arrêt comme pour réfléchir à ce qu'elle va dire. Puis elle finit par lâcher :

— Dena… met mon mariage en péril. Je ne cherche qu'à protéger ce qui est à moi.

— D'accord, je comprends. Mais il faut savoir que Dena ne coucherait jamais sciemment avec un type marié. Je suis certaine que Tim ne lui a jamais parlé de vous !

Leah se met à tousser comme pour me mettre en garde. Le fait est que je ne fais pas grand-chose pour me faire apprécier.

Chrissie reconnaît les faits sans grande conviction.

— Vous avez peut-être raison, mais qu'est-ce que ça change ?

Si mon mari a envie d'elle, elle constitue une menace, qu'elle le sache ou pas. Et je suis sûre que son petit magasin ajoute à son charme… D'un autre côté, il est clair que cette boutique peut sauver mon mariage.

Je dresse l'oreille.

— Je ne vous suis pas.

— Savez-vous que le père de Tim est un prédicateur ? C'est comme ça que j'ai rencontré mon mari. J'étais membre de l'église du révérend Powell et il m'a présentée à son fils, Tim. Le révérend Powell a tendance à focaliser ses sermons sur la façon d'éviter la tentation et sur la condamnation du péché. Il nous met fréquemment en garde contre les gens qui s'engagent sur de mauvaises voies. Ce n'est pas le genre d'homme à verser dans le lyrisme en parlant du pardon, comme beaucoup de pasteurs le font de nos jours. Pour lui, vous êtes un pécheur égaré ou pas.

— En d'autres termes, il voit le monde en noir et blanc.

— Si vous voulez. Et si le père de Tim savait que son fils avait commis des actes immoraux avec une femme qui donne dans la pornographie, il le renierait sur-le-champ. Il est également probable qu'il interdirait à la mère de Tim de voir son fils. Tim ne pourrait jamais survivre à ça. Il estime que son père traite mal sa femme et il est persuadé d'être le seul réconfort de sa mère.

Leah murmure :

— C'est vraiment très triste !

— C'est surtout incroyablement ridicule. Mais c'est ce qu'il pense. Et maintenant, grâce à moi, toute l'assemblée des fidèles connaît le petit magasin de Dena. Le révérend Powell en a même parlé dans certains de ses sermons. Si Tim décidait de me quitter pour Dena, tout ce que j'aurais à faire pour me venger serait de mentionner son nom à son père. Vous imaginez un peu le topo ? Tim fréquenter une femme contre laquelle son père a pris position !

Elle ajoute avec un petit sourire entendu :

— Mais encore une fois, le problème ne se pose sans doute plus…

— Que veux-tu dire ? demande Leah.

— Eh bien, dans quelle mesure une femme peut-elle rester désirable si elle n'est même pas capable de marcher ?

J'ignore comment j'ai réussi à passer aussi vite de l'autre côté du canapé. Je me rappelle vaguement avoir agrippé Chrissie par son corsage pour l'obliger à se lever. Je me souviens de ce petit sourire satisfait sur son visage, de sa façon de hausser les sourcils comme pour me défier de la frapper. Leah aussi s'est déplacée à la vitesse de l'éclair pour m'arrêter dans mon élan. Elle me retient par les poignets pour m'éloigner de Chrissie qui roucoule :

— Ce que vous pouvez être sensible !

A présent, j'ai repris le contrôle de moi-même. Enfin, tout juste.

— C'est vous qui avez fait ça !

Leah en reste bouche bée, mais elle se poste suffisamment près de moi pour m'agripper de nouveau si nécessaire.

Chrissie demande en feignant l'innocence :

— Mais de quoi parlez-vous, au juste ?

— Vous le savez bien, espèce de misérable garce ! C'est vous qui avez tiré sur Dena, je le sais ! Et il est évident que la police le sait. Elle va vous mettre les menottes et vous traîner en prison, vous et le sac d'os qui vous sert de popotin !

— Ne soyez pas stupide. Je ne suis pas du genre à tirer sur quelqu'un, pas même sur Dena. Mais…

Chrissie fait deux pas vers moi. Nous nous retrouvons à moins d'un mètre l'une de l'autre.

— … je vous mentirais en disant que je suis désolée que quelqu'un d'autre l'ait fait.

C'est drôle, mais je n'avais encore jamais donné de coup de poing. Je ne sais pas à quoi je m'attendais, mais certainement pas à ce que le contact entre le petit visage doux et délicat de Chrissie et mes articulations soit aussi rude. Je ne m'attendais pas non plus à ce qu'elle s'affale sur sa table basse avec un bruit sourd, ni à ce que sa joue vire au rouge vif et qu'une goutte de sang apparaisse au coin de sa bouche.

Aussitôt après, je sens de nouveau les mains de Leah sur moi. Elle me traîne vers la porte en me houspillant et en maudissant Chrissie. Mais personne ne l'écoute. Chrissie lève ses yeux bleu acier vers moi et murmure :

— Et qui va aller en prison, maintenant ?

9

Quelle est la différence entre une fillette déguisée en princesse qui joue « à faire semblant » et une femme adulte habillée en princesse qui veut épouser son prince charmant ? Vingt mille dollars !

Fatalement vôtre

Nous réintégrons la voiture et prenons le chemin du retour. J'ai le front collé à la vitre. Tandis que Leah descend la rue à toute allure, les petites boutiques semblent se fondre les unes aux autres. Tous les immeubles ont des tons pastel, de la couleur pêche à la couleur crème en passant par le jaune pâle… Comme si les urbanistes avaient choisi exprès cette palette de couleurs pour faire passer ce message tacite : n'hésitez pas à vous promener dans nos rues ! Ici, le monde est un espace joyeux et qui n'a rien d'intimidant !

C'est étrange que les couleurs puissent mentir à ce point.

En prenant un virage en épingle à cheveux pour s'engager dans Franklin Street, Leah me dit :

— Je n'ai frappé qu'une seule personne dans ma vie, mais en ce moment, j'envisage sérieusement de recommencer.

Je lui réponds d'une voix triste :

— Je sais. Chrissie serait capable de rendre fou de rage un moine tibétain.

Elle me rétorque aussi sec :

— Ce n'est pas *Chrissie* que j'ai envie de frapper. Tu m'as fait du chantage pour t'emmener chez elle, et voilà que je me retrouve complice d'une agression !

— Primo, je n'ai fait aucun chantage. Je t'ai juste graissé la patte. Secundo, je vois mal Chrissie porter plainte.

Enfin, j'espère ! Je me mordille nerveusement la lèvre tandis que Leah passe à l'orange. Elle manque de peu un piéton imprudent qui traversait la rue en dehors des clous.

— Mais bien sûr que si ! Cette femme est plus vindicative qu'une déesse grecque !

— Eh bien, je n'aurai qu'à dire que c'était de la légitime défense.

— Qui va te croire ? Tu n'as pas l'ombre d'un bleu !

— Leah, j'aurai bien plus que de simples ecchymoses si tu ne ralentis pas. J'espère que tu as vu que le feu allait passer au rouge ?

Leah plisse les yeux et écrase la pédale d'accélérateur, incitant quelques piétons à méditer sur la fragilité de la vie.

Je lui dis d'un ton sec :

— Leah… nous ne sommes pas en cavale !

— Qu'est-ce que tu en sais ? Il se peut que la police soit déjà à nos trousses.

— A *mes* trousses. C'est moi qui ai frappé Chrissie. Toi, tu as tenté de me retenir. Tu n'as aucune raison de t'inquiéter.

Mais apparemment, Leah ne m'a pas entendue.

— Je voudrais bien savoir ce que tu essayais de faire. J'ai cru que tu voulais lui tirer les vers du nez, l'amener à dire quelque chose de compromettant.

— C'est bien ce qu'elle a fait ! Elle a dit qu'elle était contente que Dena ait reçu une balle !

— Oui, mais elle a dit aussi que ce n'est pas elle qui avait tiré. Tu étais ravie qu'on exécute Saddam Hussein, mais ce n'est pas toi qui l'as pendu, que je sache. Je suis sûre et certaine que Jennifer Aniston rêve de tuer Angelina, mais fait-elle le tour des armureries pour autant ? *Non !*

Je regarde par la vitre. Je déteste que Leah puisse avoir raison. Et malheureusement, elle n'en a pas fini avec moi.

— Tu veux que je te dise ? Chrissie s'est montrée odieuse, mais elle n'en est pas moins une femme bien élevée et d'un goût exquis. Les gens odieux mais néanmoins cultivés et élégants ne réagissent pas quand on leur donne un coup de poing dans la figure ! Il faut savoir les manipuler. Ce n'est quand même pas difficile à comprendre ! Et maintenant, nous ne pouvons même pas foncer tout droit au commissariat avec le peu qu'elle a lâché ! Parce que la seule qui ait fait quelque chose d'illégal aujourd'hui, c'est toi !

Je continue de mâchouiller ma lèvre en réfléchissant à la situation. J'aimerais bien regretter ce que j'ai fait, car la violence n'est jamais une bonne réponse. Mais j'avoue que dans ce cas précis, ça m'a fait un bien fou ! Je sais parfaitement que je pourrais avoir à regretter les conséquences de mes actes dans un avenir très proche, mais pour le moment, disons que je suis assez satisfaite de mon coup de poing.

Leah amorce un virage pour emprunter Van Ness Avenue, ce qui l'oblige à ralentir. Personne n'emprunte cette rue à toute allure. Les cars de police et les ambulances s'y essaient tout le temps, mais c'est comme faire du jogging dans une forêt tropicale. On a vite fait de se prendre une branche en pleine figure.

Prise soudain de soupçons, je demande à Leah :

— Où m'emmènes-tu ? Ce n'est pas le chemin de la maison.

— Je ne t'emmène pas chez toi ! La police pourrait t'attendre…

Pour une fois, elle rate le feu orange et pile dès qu'il passe au rouge.

— Attends une minute ! Qu'est-ce que tu me racontes ?

Je change de position sur mon siège pour me retrouver face à elle et non pas au mec de vingt années et des poussières qui fait la manche avec une pancarte à la main sur laquelle on peut lire « Je suis un ancien combattant du Vietnam et sans domicile fixe ».

— Leah, je dois absolument rentrer chez moi ! J'ai des responsabilités ! *J'ai un chat à nourrir !*

— Et moi, j'ai un enfant ! As-tu seulement pensé à ça en frappant Chrissie ? As-tu réfléchi aux conséquences de ton geste sur ma famille ?

— Tu me demandes si je me suis posé des questions avant de mettre mon poing dans la figure de cette garce ? Si je me suis dit que ça pouvait nuire à ta famille alors que, je te le rappelle, cette salope n'a *rien à voir* avec toi et ton fils ? Franchement, Leah, je suis au regret de te répondre non.

— Je ne peux pas aller en prison.

— Leah ! Tu n'iras *pas* en prison. Tu n'as rien fait. C'est moi ! Moi, moi, *moi* !

— C'est vrai. Tu ne penses qu'à toi, comme toujours.

— Seigneur… !

Je reporte mon attention sur l'ancien combattant de vingt ans qui a, de toute évidence, une meilleure compréhension de la réalité que ma sœur.

Mon téléphone sonne, et le nom de Marcus apparaît sur l'écran. Je décroche, ravie de cette diversion.

— Quoi de neuf ?

— Euh… voyons voir. Je suis avec la belle et charmante Mary Ann, et nous venons juste de déposer à l'aéroport les parents de Dena. Ils sont affreusement antipathiques !

Rien qu'au son de sa voix, il semble plus fatigué que jamais.

— Tu as reconduit ses parents à l'aéroport ? Ils ne restent pas ?

J'entends en bruit de fond Mary Ann dire quelque chose, mais pas assez fort pour que je puisse comprendre.

— C'est une longue histoire, mais pour faire court, la réponse est non. Ils repartent pour l'Arizona.

— Quoi ? Mais comment peuvent-ils faire une chose pareille ! Dena a besoin d'eux !

— Ma chérie, permets-moi de ne pas être de ton avis. Dena a besoin de compassion et d'humanité, mais sa mère n'a aucune compassion. Et le jury est toujours en train de délibérer avant de se prononcer sur « l'humanité » de cette femme… Si Joan Crawford et l'abominable homme des neiges ont eu un enfant naturel caché, il s'agissait sûrement d'Isa.

— Que s'est-il passé exactement ?

Marcus soupire.

— Je préférerais que nous soyons face à face pour en parler. Mary Ann et moi sommes sur le chemin du retour pour noyer nos souvenirs dans l'alcool. Mais les vertus thérapeutiques de l'alcool ne sont pas du tout les mêmes si mon alcoolique de service préférée n'est pas à mes côtés pour boire un coup.

— C'est de moi que tu parles ? L'alcoolique de service ?

— Mon cœur, tu déformes mes propos. J'ai dit que tu étais mon alcoolique de service *préférée*. Alors, tu viens ?

— Je suis avec Leah.

— Eh bien, venez toutes les deux ! Leah est tellement plus agréable une fois que j'ai descendu plusieurs cocktails !

— Tu veux dire après qu'*elle* a bu plusieurs cocktails.

— Non. Ce n'est pas ce que j'ai dit.

Je souris intérieurement.

— Bon, d'accord. On part tout de suite.

Je raccroche au moment même où le feu passe de l'orange au rouge. Nous nous retrouvons bloquées au beau milieu du carrefour, avec une file de voitures immobilisées devant nous.

Je me tourne vers Leah.

— Tu as de la chance, je viens de trouver une planque !

Je dessine des guillemets avec les doigts autour des deux derniers mots.

— C'est Marcus qui nous invite à le rejoindre.

Tandis qu'autour de nous, des voitures font des manœuvres

pas possibles tout en jouant du Klaxon et en hurlant des obscénités, Leah me lance :

— Je note que tu ne lui as pas parlé de Chrissie.

— Il vaut mieux en parler en face.

J'ajoute *in petto* « comme ça, ils n'auront plus qu'une chose en tête, lui taper dessus, eux aussi ». Et quand j'en aurai terminé, Chrissie sera la femme la plus méprisée de cette ville. Mais naturellement, ce n'est pas suffisant. Je ne serai pas satisfaite tant qu'elle ne sera pas transférée dans une prison de haute sécurité, avec pour coloc une fille surnommée la Grosse Bertha !

Lorsque nous sonnons à la porte de Marcus, en haut de Polk Street, il a déjà un verre à la main. Pour être précise, un verre à liqueur rempli d'un liquide qui a l'air dangereusement inoffensif. Il nous fait entrer sans dire un mot. Dès que nous pénétrons dans le salon puissamment éclairé, Mary Ann nous accueille avec un sourire timide. Elle agrippe son verre de vin des deux mains. Si jamais elle le serre un poil plus fort, le verre va exploser !

— Mary Ann… ça va ?

— Euh… je crois que je commence à comprendre pourquoi les gens cherchent le réconfort dans l'alcool.

Elle dit ça avec un calme olympien. C'est à peine si je l'entends.

J'hésite sur la conduite à suivre. Je croyais que l'idée de noyer ses problèmes dans l'alcool venait entièrement de Marcus. Depuis que je connais Mary Ann – cela remonte à pas mal d'années –, je ne l'ai jamais entendue prononcer les mots « j'ai besoin d'un verre ». En ce qui me concerne, je le dis presque tous les jours, mais moi, c'est moi ! Si Mary Ann éprouve l'envie de boire de l'alcool, c'est que la visite des parents de Dena au chevet de leur fille a dû être pire que je ne l'avais imaginé.

Leah regarde le verre, puis elle lève les yeux sur Mary Ann.

— Tu te sens bien ?

— Ça ira… enfin je crois.

Et elle avale une gorgée de vin.

— Je suis contente que vous soyez venues. J'ai besoin d'être entourée. Monty travaille, et si je dois rester seule à ruminer mes pensées, je crois que je serais capable de finir par hurler.

Là-dessus, la voilà qui se met à pouffer. Difficile de ne pas déceler derrière ce rire une touche d'hystérie.

Leah soupire et s'assied près d'elle. Le canapé de cuir noir de Marcus se plisse légèrement sous son poids.

— Je m'inquiète tellement pour Dena.

Mary Ann baisse les yeux et s'absorbe dans la contemplation de son vin. Elle murmure :

— Si vous aviez entendu sa mère. Elle a dit à Dena que c'était la volonté de Dieu…

J'en reste bouche bée.

— Quoi ? Le fait qu'on lui ait tiré dessus ? Mais quel genre de Dieu sa mère prie-t-elle ?

— Elle a dit que Dieu a voulu empêcher Dena d'être perverse. Qu'il a envoyé son agresseur pour… pour l'*humilier*. Sophie, tu te rends compte ! Elle lui a vraiment dit ça !

La gorge serrée, je sens le dégoût s'emparer de moi.

Les yeux rivés sur les nœuds de son plancher de bois de pin, Marcus ajoute :

— Mon hypothèse sur le yeti et Joan Crawford était peut-être un peu trop banale. Isa serait plutôt l'équivalent humain du hamster.

— Du hamster ? Mais quel rapport avec un hamster ?

C'est Leah qui me donne l'explication.

— Il arrive que les hamsters mangent leurs petits. Un jour, j'ai acheté à Jack sans le savoir un hamster femelle qui attendait des petits. Eh bien, peu de temps après leur naissance, elle les a mangés.

Marcus confirme d'un hochement de tête, comme si le

côté cannibale des hamsters de compagnie était bien connu. En ce qui me concerne, j'ai toujours des doutes. Jack est mon neveu, je l'adore. Mais les animaux n'ont pas ce genre d'obligation. En fait, tous les animaux qui ont le cerveau de la taille d'un… disons d'un hamster seraient terrifiés par Jack. Il ressemble à la méchante petite fille qui martyrise les poissons dans *Le Monde de Nemo*. Peut-être que la maman hamster essayait juste de sauver ses petits d'un destin pire que la mort.

Mary Ann revient à la charge, ignorant totalement nos métaphores sur les rongeurs.

— J'ai grandi avec Dena et ses parents. Nous ne vivions pas sous le même toit, mais Isa est la cousine de mon père… et ils étaient la seule famille que nous ayons ici à San Francisco, et même sur toute la côte Ouest ! Je sais qu'Isa a toujours eu tendance à… porter des jugements hâtifs sur les gens, mais là, elle dépasse les bornes ! Dena est quand même sa fille !

Marcus confirme d'un nouveau hochement de tête. Et cette fois, il porte son verre à ses lèvres et en boit le contenu cul sec, mais avec élégance.

— Je crois que je vais avoir besoin d'un nouveau verre. Y a-t-il d'autres amateurs ?

Je demande :

— C'est quoi ?

— De la vodka et du schnaps à la menthe. Le nom officiel est Absolut Disaster, ce qui me paraît étonnamment approprié à la situation.

Il nous tourne le dos et se dirige vers la cuisine en disant :

— Je rapporte un verre pour tout le monde, O.K. ?

Leah lui crie de loin « Pas pour moi », mais Marcus a déjà quitté la pièce. Je doute qu'il l'ait entendue. Le silence s'abat sur nous. Nous nous plongeons dans des abîmes de réflexion sur les mères indignes, qu'elles soient femmes ou hamsters. Une petite araignée grimpe vers le haut du mur, juste derrière la tête de Leah, et je me demande si elle aussi envisage de détruire ce qu'elle est censée protéger. Comment se fait-il que les parents de Dena n'essaient même pas de rechercher l'agresseur de leur fille comme je le fais, moi ? Cet après-midi, ils auraient dû être là-bas avec moi. Ils auraient dû maintenir Chrissie au sol pendant que je lui flanquais une raclée ! Ils sont censés être en colère contre le tireur, pas contre leur fille blessée !

Rien que de penser à Chrissie, j'ai la moutarde qui me monte au nez. Je m'écarte des autres pour regarder par la fenêtre les immeubles résidentiels du trottoir d'en face. Je sais qui a tiré sur Dena, mais je ne sais pas quoi faire. Comme la police la soupçonne déjà, il me suffit sans doute de rester assise et de les laisser faire leur travail. C'est ce qu'Anatoly me conseillerait. Mais j'en suis incapable ! Comment voulez-vous que je reste là, plantée à ne rien faire dans l'appartement de Marcus ?

J'entends Leah demander :

— Comment Dena a-t-elle pris cela ?

Mary Ann soupire.

— Pas très bien. Elle a l'air… déprimée.

Marcus intervient.

— C'est exactement ce que je pense.

Il réintègre la pièce avec un plateau chargé de verres à liqueur. Il le dépose sur la table basse devant Mary Ann et Leah, mais aucune des deux ne tend la main pour se servir. En revanche, Marcus et moi nous empressons de boire un verre.

Tout en redéposant sur le plateau son verre déjà vide, Marcus s'exclame :

— Je suis allé deux fois à l'hôpital, aujourd'hui. Dena m'a dit qu'elle ne souffrait pas trop. C'était plutôt une bonne nouvelle, mais elle n'avait pas du tout l'air heureuse pour autant. Ensuite, cet insupportable Jason est arrivé, mais c'est tout juste si elle lui a souri.

— Jason est passé la voir ? Est-ce qu'il lui a apporté un paquet d'amandes ?

— Oui. Comment le sais-tu ?

— Une intuition…

Marcus me regarde d'un drôle d'air mais n'insiste pas.

— Il s'est montré très prévenant. Il lui a même massé les pieds… avec un préservatif.

— Quoi ?

— Il a enfilé une capote Magnum extra-large à son pied, et il l'a massée avec.

Leah ferme les yeux, refusant d'imaginer la scène.

— J'ai trouvé ça charmant. J'ai même proposé de sortir et de monter la garde devant la porte pour que Jason puisse lui faire le grand jeu façon *Grey's Anatomy.* Mais tu sais ce qu'elle m'a dit ?

— Je t'écoute…

— Elle m'a dit, je cite : « Je ne suis pas d'humeur ! » Notre Dena a dit ça !

Leah s'exclame :

— Réfléchis un peu, Marcus. Cette femme vient de recevoir une balle ! Il est évident qu'elle n'a pas envie de… faire ce genre de choses.

Mary Ann croise et décroise les jambes.

— Je sais qu'une personne normale n'aurait sans doute pas très envie de ça juste après avoir été agressée. Mais… comment dire… Dena n'a jamais été normale et… je ne sais pas, mais j'ai du mal à l'imaginer refuser ce genre de proposition. Elle ne l'avait encore jamais fait. Vous vous souvenez du jour où nous sommes allés voir Leah à l'hôpital, quand elle a accouché de Jack ? Dena nous a faussé compagnie, et une heure plus tard, nous l'avons retrouvée dans la chapelle de l'hôpital avec un aide-soignant !

J'éclate de rire.

— Ah oui… Sa première expérience spirituelle dans une église.

— Et la fois où elle s'est envoyée en l'air avec ce mec déguisé en Frankenstein dans la maison hantée, à la fête du comté !

Marcus se laisse tomber sur l'accoudoir de son canapé en cuir, les yeux brillants à la seule évocation de ce souvenir.

Je leur dis :

— Vous savez ce qu'on dit de Frankenstein…

Leah demande prudemment :

— Quoi ?

— On dit qu'il est… très bien monté. Ou qu'il a toute la panoplie…

Mary Ann tapote nerveusement du bout des pieds sur le parquet de Marcus.

— Bon, si on parlait d'autre chose que des avantages de Frankenstein ? J'essayais simplement de vous dire que si Dena ne se sent pas d'humeur… eh bien, ça me fait peur rien que d'y penser !

Marcus répond sèchement :

— Mon chou, on peut dire que la coiffure de Kate Gosselin fait peur, ça oui. Mais Dena qui refuse les plaisirs du sexe, c'est totalement terrifiant ! Je suis resté là-bas une heure, et c'est à peine si elle nous a adressé la parole, à Jason et à moi. Elle était là, allongée tranquillement sur son lit, à regarder des jeux télévisés sur cet horrible petit téléviseur installé en hauteur dans un coin de la chambre !

Leah se tourne vers moi.

— Si je comprends bien, tu n'es pas allée à la boutique cadeaux de l'hôpital ?

Je proteste.

— Bien sûr que si ! Je… attends. En fait, non, je n'ai pas dû y aller. Mais j'avais l'intention de le faire ! J'ai été distraite par Jason et…

Leah me lance un regard méprisant. Je baisse aussitôt la tête.

— C'est ma faute. J'aurais dû lui prendre ses magazines.

Mais Marcus n'est pas de cet avis.

— Je ne pense pas que des magazines auraient changé quoi que ce soit. C'était affreux !

Leah dit d'un air songeur :

— Elle a besoin de motivation, de se battre pour quelque chose.

Marcus lui demande d'un ton ironique :

— Marcher, ce n'est pas une motivation peut-être ?

Mary Ann chasse du revers de la main une larme naissante.

— Vous savez quoi ? Je n'en peux plus de parler de tout ça. On pourrait peut-être changer de sujet ? Peu importe quoi, juste autre chose l'espace de quelques minutes. D'accord ?

Le silence s'abat de nouveau sur le salon. Les seuls bruits qui nous parviennent sont ceux de la rue, quatre étages plus bas. De quoi d'autre pourrait-on parler ? Dena a tellement accaparé mes pensées, ces derniers temps ! J'en ai oublié qu'il pouvait y avoir d'autres choses dignes d'intérêt.

Leah s'éclaircit la gorge, l'air déterminé.

— Alors, Mary Ann, Sophie m'a dit que tu allais te marier ?

Un timide sourire se peint sur les lèvres de Mary Ann, apparemment sans qu'elle s'en rende compte. Elle lève la main pour que Leah puisse contempler sa bague.

— Monty m'a demandée en mariage samedi.

Son sourire vacille, sans doute à la seule pensée de tout ce qui s'est passé depuis samedi.

Leah insiste.

— Vous avez fixé la date du mariage ?

— Non. Nous avons envisagé de rester fiancés un certain temps… peut-être un an, ou un an et demi. Nous voulons prendre le temps de faire les choses bien, sans nous presser.

Leah approuve.

— Super ! Ceci dit, il faut penser à l'organisation du mariage dès maintenant.

— Je ne vois vraiment pas comment je pourrais y réfléchir avec tout ce qui est en train de se passer.

— Tu dis n'importe quoi ! Au contraire, c'est le moment idéal ! Tu as besoin dès maintenant d'apporter un peu de positif dans ta vie. Quelque chose de drôle et d'excitant à quoi te raccrocher pour t'aider à supporter tout ça. Dena en a besoin aussi, d'ailleurs. Ne la laisse pas s'installer dans la dépression. Implique-la dans les préparatifs de la fête !

Le sourire de Mary Ann s'amplifie de seconde en seconde.

— Elle sera première demoiselle d'honneur.

Leah est ravie.

— Vous voyez ? Les mariages rendent tout le monde heureux. Bon, alors la première chose à faire, c'est choisir l'endroit où tu veux te marier.

Je m'empresse de dire :

— Leah est vraiment très douée pour ça. Tous ses clients l'adorent.

— Euh, oui, je sais.

Mary Ann commence à se sentir mal à l'aise.

Mais Leah ne s'arrête plus. Elle rayonne.

— Treasure Island est un endroit merveilleux. Tu peux prononcer tes vœux de mariage avec le ciel de San Francisco en toile de fond. Il se trouve que je connais la femme chargée de la réservation des hôtels de Treasure Island. Si tu me confies la coordination de ton mariage, je peux t'assurer une cérémonie d'enfer.

— Si tu lui confies cette charge, tu n'auras plus à t'occuper de rien. Pas de stress !

J'ai l'air enthousiaste, mais ce qu'elle vient de dire n'est pas forcément vrai. Personnellement, chaque fois que j'ai affaire à ma sœur, je m'en sors avec un niveau de stress particulièrement élevé. Seulement voilà, j'ai promis de la brancher sur Mary Ann si elle organisait l'entrevue avec Chrissie, et je respecte toujours mes engagements.

Mary Ann fait courir son doigt sur son verre.

— Euh… c'est vraiment gentil de ta part, Leah, mais Monty et moi avons quelque chose d'autre en tête.

— Pas de problème ! Il te suffit de me dire le genre de mariage que tu veux, et je me charge de tout.

— Oui… je sais, mais en fait…

Mary Ann reste un long moment sans répondre, le temps de respirer un bon coup. Puis elle se lance.

— Bon, surtout ne vous fichez pas de moi ! Alors voilà : Monty et moi avons très envie de nous marier à Disneyland.

Pendant une trentaine de secondes, le silence s'abat sur la pièce, troublé seulement par un léger bruit. C'est Leah qui grince des dents.

Marcus répète le mot « Disneyland » jusqu'à en faire un mot d'au moins cinq syllabes !

— Nous nous marierons dans le parc. J'arriverai dans le carrosse de Cendrillon, et Monty se déguisera en prince charmant. Bien sûr, nous engagerons quelques-uns des acteurs du parc Disney qui seront déguisés en valets de pied. C'est l'un d'eux qui se chargera de l'alliance. Oh… et nous envisageons aussi d'avoir Mickey et Minnie pour mener la danse pendant la réception. Monty voulait même qu'ils fassent partie du cortège, mais je me suis dit que c'était peut-être pousser le bouchon un peu loin. Qu'en pensez-vous ?

Leah ne grince plus des dents. Sa bouche, comme la mienne d'ailleurs, est grande ouverte, la mâchoire pendante. Quant à Marcus, il s'enfonce lentement dans son fauteuil de cuir et il a les yeux rivés sur Mary Ann. Il s'exclame, deux octaves plus bas que sa voix habituelle :

— Je dis que c'est la chose la plus fabuleuse que j'aie jamais entendue. Tu vas mettre la honte au Gay Day de Disney !

Leah tend la main vers son verre et descend le contenu d'un trait.

Je dis d'une voix hésitante :

— Eh bien… je pense que ce sera…

Je me tourne vers Marcus.

— J'ai besoin d'un adjectif…

— Le mot que tu cherches est « fabuleux » ! Oui, c'est fabuleux ! Sophie, c'est tellement mieux que le jour où tu as été mariée par cette imitatrice d'Elvis, à Las Vegas…

Je me dandine d'un pied sur l'autre.

— Tu as raison, c'est nettement mieux, même si j'étais ivre, ce soir-là ! Le problème, c'est que Dena, ta première demoiselle d'honneur, risque d'être… comment dire… un peu moins motivée que nous pour descendre l'allée jusqu'à l'autel si c'est Mickey Mouse qui est le témoin. Il serait peut-être préférable de laisser les personnages de Disney en dehors du cortège.

Marcus m'interrompt.

— Je ne suis pas du tout d'accord. Mary Ann, tu devrais porter des oreilles de souris sur ton voile. Pour mettre une petite touche kitsch à tout ça !

Mary Ann répond, l'air pensif :

— Non, Sophie a peut-être raison. Naturellement, je rêve d'avoir la fée Clochette à mon mariage. A la fin de la cérémonie, elle pourrait nous lancer de la poussière de fée pour nous porter chance.

Marcus s'écrie :

— Parfait ! Il faudrait même que tout le monde jette de la poussière de fée ! Ça pourrait remplacer le riz !

Je tente d'intervenir :

— Marcus…

Mary Ann me demande :

— Tu penses que ça aussi serait de trop ?

Marcus balaie l'argument d'un geste méprisant.

— Qu'est-ce qu'elle en sait ? Sa réception à elle a eu lieu au Denny's !

— Mais pas du tout ! J'ai dîné au Denny's après le mariage ! Je n'avais organisé aucune fête.

Marcus jette un regard éloquent vers Mary Ann.

— Tu vois ce que je veux dire ?

Leah lève son verre.

— Est-ce que je pourrais avoir le même ?

Je lui fais remarquer que c'est elle qui conduit.

Marcus se met à cribler Mary Ann de toutes sortes de questions. Il veut savoir si elle descendra l'allée au son de la *Marche nuptiale* ou de *It's a Small World*. Il veut savoir si la fée Clochette sera la seule fée présente ou si elle amènera sa nouvelle bande de copains originaires de tous les continents. Il veut savoir s'il peut amener un couple d'amis et s'ils peuvent venir en travestis. Quelle *drag queen* n'a pas rêvé au moins une fois dans sa vie de se déguiser en princesse Disney ?

Pendant ce temps, je ne peux m'empêcher de penser que tout ça est absurde. D'accord, un mariage à Disneyland me semblerait absurde même dans les meilleures conditions, mais on ne peut pas dire que ce soit le cas. Dena sera en fauteuil roulant pour Dieu sait combien de temps. La personne qui a tiré sur Dena est probablement bien au chaud chez elle, avec une serviette remplie de glaçons appliquée sur son œil, et il y a une faible, très faible possibilité pour que je sois accusée de coups et blessures. Je comprends que Mary Ann ait envie de parler d'autre chose, et je voudrais bien l'aider à ma manière en trouvant un autre sujet de conversation, mais j'en suis tout simplement incapable.

— Je crois savoir qui a tiré sur Dena.

Marcus et Mary Ann se taisent aussitôt.

— Elle s'appelle Chrissie Powell…

Je parle à toute allure et les mots se heurtent les uns aux autres sans la moindre inflexion dans ma voix.

— C'est la fondatrice du DMPA. Dena a couché avec le mari de Chrissie, Tim, peu de temps avant leur mariage, et Chrissie ne s'en est jamais remise. Apparemment, elle croit que Dena et Tim ont toujours une liaison alors que c'est terminé depuis belle lurette. Chrissie a écrit des articles sur Dena qui ont été distribués sur les sites Web de tous les pères-la-pudeur, de vrais fanatiques. Dans son dernier article, elle laisse entendre que le monde serait plus vivable sans Dena, et en ce moment même, la police l'interroge sur le coup de feu dont Dena a été victime. Alors aujourd'hui, je suis allée chez Chrissie et je lui ai flanqué mon poing dans la figure.

Mary Ann se tasse dans son siège. Quant à Marcus, il me fixe du regard et se penche en avant pour descendre d'un trait l'Absolut Disaster auquel Mary Ann n'a pas touché.

Leah s'exclame d'un ton railleur :

— Je suis témoin. Sophie a levé le bras et lui a flanqué un coup de poing ! Chrissie a atterri sur la table basse. Nous devrons nous estimer heureux si elle ne souffre pas d'une commotion cérébrale !

Une voiture passe devant l'immeuble avec un radio-lecteur de CD à fond la caisse. Le rythme lancinant de la batterie résonne dans ma tête. Mary Ann lève timidement la main, comme si elle souhaitait qu'on l'invite à prendre la parole. Elle demande timidement :

— C'est mal, si je lui souhaite une commotion cérébrale ? En plus, je regrette presque que Sophie ne lui ait pas cassé le bras dans la foulée… C'est mal ?

C'est Marcus qui répond.

— Non. A sa place, je lui aurais peut-être cassé les jambes en plus ! Cette nana mérite de souffrir le martyre…

Leah proteste.

— Nous ne savons même pas si c'est elle qui a tiré !

— Qui veux-tu que ce soit ? Dena n'est pas du genre à se faire beaucoup d'ennemis.

Le portable de Marcus sonne, mais il ne prend même pas la peine de s'en emparer pour voir qui l'appelle. Sa main tremble un peu en jouant avec son verre vide.

— Dena a passé sa vie à aider les gens à prendre du plaisir.

Je sais bien que tout le monde n'a pas forcément besoin de ses anneaux péniens conçus pour prolonger l'érection, mais ceux qui n'aiment pas faire la fête comme une star du porno peuvent facilement éviter la gêne en faisant leurs courses ailleurs…

— Mais tous ces hommes qu'elle a plaqués…

Marcus coupe la parole à Leah, définitivement cette fois.

— Les hommes de sa vie, même s'ils finissent toujours par être congédiés, rentrent toujours heureux. Même ceux qui sont renvoyés *manu militari* savent qu'ils le méritent, et la plupart d'entre eux lui sont reconnaissants de sa sévérité. La moitié d'entre eux finissent par la supplier de leur donner la fessée. Mais cette grincheuse de Chrissie est particulièrement remontée contre Dena. Et pourquoi ? Parce qu'elle est incapable de tenir son mari volage en laisse. L'ironie du sort veut que ce soit son mari qui passe pour un salaud alors que c'est elle, cette garce, qui devrait être muselée !

Mary Ann demande :

— Alors, qu'est-ce qu'on fait ? Comment s'assurer qu'elle ira en prison pour son crime ?

Leah dit d'un ton sans appel :

— Rien. Vous avez entendu Sophie, la police l'a déjà convoquée pour l'interroger. Ils ne vont pas la quitter d'une semelle, et s'ils obtiennent ne serait-ce que l'ombre d'une preuve, ils feront une perquisition chez elle. Inutile de jouer les Sophie…

J'interviens.

— Jouer les Sophie ? Je ne comprends pas.

Mary Ann lève la main pour reprendre la parole.

— Je sais ce qu'elle veut dire ! Jouer les Sophie, c'est quand on fait quelque chose de vraiment dingue, comme entrer par effraction chez un mec soupçonné d'être un tueur en série et l'affronter sans arme !

Marcus sourit. La haine qu'il vomissait quelques minutes auparavant est à présent enfouie sous son espiègle et insatiable sens de l'humour.

— Exact ! Jouer les Sophie, c'est tout à fait ça.

10

Celle qui a dit qu'une liaison ne pouvait se bâtir exclusivement sur le sexe n'a pas dû sortir avec des mecs dignes de ce nom.

Fatalement vôtre

Après ça, nous avons continué à boire. A l'exception de Leah qui a passé son temps à noyer le seul verre d'alcool qu'elle avait pris avec l'équivalent d'une carafe d'eau. Pour ma part, j'ai réussi au prix d'un gros effort à respecter le souhait de Mary Ann de ne pas évoquer ce qui est arrivé à Dena. Nous avons parlé de tout et de rien en tentant désespérément de nous rappeler que les futilités du quotidien étaient plus réelles que jamais. La violence n'a pas réussi à tout changer. Nous avons essayé de parler du mariage, ce qui a mis Leah en rogne. Lorsque Mary Ann nous a confié qu'elle souhaitait organiser avant la cérémonie un thé avec les gens du cortège ainsi qu'Alice et le Chapelier toqué, Leah s'est levée et s'est pris les pieds dans le tapis de Marcus, envoyant bouler « accidentellement » son verre vide à l'autre bout de la pièce. A cet instant précis, nous avons décidé qu'un changement de sujet s'imposait.

Mais ne pas parler de certaines choses ne signifie pas qu'on n'y pense plus. Le temps de rentrer chez moi, je suis épuisée par mes efforts pour essayer d'oublier la douleur. Leah et moi restons un moment assises dans sa voiture, le temps de nous imprégner du calme de la rue. Aucun flic ne fait le guet dans mon allée, ce qui n'est pas à proprement parler une énorme surprise.

Leah brise le silence.

— Ce n'est pas parce que la police n'est pas là maintenant qu'elle ne viendra pas plus tard.

Je lui réponds en étouffant un bâillement :

— Mmm, ça m'étonnerait.

Leah s'agrippe au volant pour mieux scruter le ciel.

— Si la police prend contact avec toi à propos de ce qui s'est passé chez Chrissie, tu m'en parleras ? Je veux m'assurer que nos deux versions concordent.

— C'est quoi, ta version ?

Elle hausse les épaules.

— Chrissie a essayé de te frapper, alors tu as esquivé le coup puis tu l'as frappée avant qu'elle ait le temps de s'en prendre de nouveau à toi.

— Tu m'as dit toi-même que plaider la légitime défense n'était pas crédible.

— Oui, mais j'y ai réfléchi depuis. Si la police la soupçonne vraiment de tentative de meurtre, ils la croiront plus volontiers capable de tout.

— Tu crois vraiment que je dois les laisser envisager le pire au sujet de Chrissie ?

Leah se tourne vers moi. La lumière du réverbère n'éclaire qu'une partie de son visage.

Elle me dit d'une voix douce :

— Moi aussi je me fais du souci pour Dena, tu sais. Et je t'aime. Si le fait de dire un pieux mensonge – un tout petit mensonge – à la police peut nous aider à venger Dena et à t'épargner… eh bien, je pense être capable de vivre avec.

Je souris et je me penche vers elle pour lui prendre les mains.

— Moi aussi je t'aime, Leah.

Gênée, elle se tortille sur son siège et reporte son attention sur la rue.

— Tu sais, dans la Londres de l'époque victorienne, les valets de pied n'étaient pas chargés d'apporter les alliances.

— Comment ça ?

Elle hausse les épaules, exaspérée.

— Ce que j'essaie de te dire, c'est que c'étaient des domestiques ! Les gens de l'époque victorienne ne demandaient pas à leurs serviteurs de faire partie de la noce !

— Bon, je crois que je vais rentrer chez moi.

— Tu sais bien que Disneyland possède ses propres organisateurs de mariage. Ils se chargent de tout ! Même si Mary Ann avait recours à mes services, je n'aurais strictement rien à faire !

— Bonne nuit, Leah.

Je sors de la voiture avant qu'elle puisse ajouter quoi que ce soit.

Lorsque je pousse la porte d'entrée, je trouve Anatoly sur le canapé. J'ai envie de grimper sur ses genoux et de me lover sur lui comme un chat… plus exactement comme M. Katz, qui a déjà investi les genoux d'Anatoly comme si c'était sa propriété privée ! En fait, mes deux hommes (l'humain et le félin) sont en train de regarder la télé où les personnages de *Lost* tentent de s'échapper d'une île maudite, puis d'y revenir et de s'en échapper de nouveau.

Anatoly lève les yeux vers moi et me sourit.

— Tu reviens de chez Leah ?

— Non, nous étions chez Marcus. Mary Ann était là, elle aussi.

Anatoly tapote sur le siège près de lui, celui laissé vacant par M. Katz. Je me laisse tomber à son côté, et je pose ma tête sur son épaule.

Anatoly me dit :

— Aujourd'hui, je suis allé voir Dena.

Je me blottis un peu plus contre lui.

— C'est vrai ? Je te remercie. Cela représente beaucoup

pour moi. Est-ce que tu l'as vue avant ou après la visite de ses parents qui a tourné au fiasco ?

— Je l'ignore, elle ne m'a pas parlé de ses parents. J'y suis allé pour voir comment elle se portait. Et aussi pour lui parler de sa liaison avec Amelia.

Je lève la tête.

— Pourquoi lui parler de ça ?

— Sophie, d'après ce que tu m'as dit, Amelia a un bon mobile pour le meurtre. Et compte tenu des rapports particuliers qui existent entre les deux femmes, elle a pu avoir accès à l'un des doubles des clés de l'appartement de Mary Ann.

J'accuse le coup. C'est vrai que Dena possède deux jeux de clés de l'appartement de Mary Ann, mais… ça me paraît impossible.

Je repose ma tête sur l'épaule d'Anatoly.

— Crois-moi, ce n'est pas Amelia qui a tiré sur Dena. Si tu la connaissais, tu saurais qu'elle n'a ni le courage ni… l'obsession de se lancer dans un truc de ce genre. C'est une pacifiste. Une gentille pacifiste qui fume de l'herbe.

— Tu ne devrais peut-être pas écarter cette possibilité sans approfondir un peu les recherches. La police non plus, d'ailleurs.

Je dresse de nouveau l'oreille.

— La police ? Tu ne vas pas quand même pas faire part de tes soupçons à la police !

— Sophie, plus ils ont d'informations, plus leur enquête sera efficace.

— *Non*, Anatoly ! Tu ne peux pas faire ça !

Du coup, voilà M. Katz qui dresse la tête à son tour. Il a l'air de ne pas apprécier du tout. Il faut dire qu'il ne supporte pas d'être dérangé par le bruit quand il fait la sieste.

Tout en s'empressant de le caresser pour l'aider à se détendre, Anatoly me lance :

— D'après toi, elle n'a aucune raison de s'inquiéter. Elle est innocente, c'est ça ?

— Elle est en effet incapable de tirer sur des gens. En revanche, consommer à l'occasion des champignons bizarres et faire pousser des plantes pour les fumer, alors là pas de problème, je plaide coupable pour elle ! Si la police se met à fouiner partout, elle se fera avoir à tous les coups ! Si je te dis qu'elle n'a pas tiré sur Dena, il va falloir te contenter de ma parole, d'accord ? Et maintenant, si on avançait un peu ?

— Dena pense qu'Amelia s'est sentie rejetée…

— As-tu dit à Dena que, d'après toi, c'était Amelia la coupable ?

— Non. J'étais juste en quête d'infos. Mais alors que je partais, je suis tombé sur Jason, et il m'a dit qu'Amelia n'avait pas d'alibi. Lorsque Jason lui a demandé où elle se trouvait cette nuit-là, elle lui a répondu qu'elle était seule chez elle. C'est pour ça qu'il était si furieux qu'elle n'ait pas appelé. Elle a reçu ses messages, et rien ne l'empêchait d'accourir à l'hôpital. Mais elle n'est passée qu'*après* que tu as découvert qu'elle n'était pas au Nicaragua.

— Bon, d'accord. Mais je n'ai quand même pas été obligée de la traquer pour la retrouver. Elle était à son boulot, Anatoly. Si vraiment elle faisait tout pour se cacher, tu parles d'une planque !

— Elle n'avait pas besoin de se cacher, Sophie. Les seules personnes qui essayaient de la retrouver pensaient qu'elle se trouvait au Nicaragua. Les seules personnes qui auraient pu vérifier si elle était ou pas sur son lieu de travail, ce sont les flics. Et s'ils ne l'ont pas fait, c'est que jusqu'à présent personne n'a pris conscience qu'elle avait un mobile.

— Elle n'avait aucune raison de tirer sur Dena !

— Sophie, elle n'est peut-être pas passée à l'acte, mais elle a bien un mobile.

Anatoly m'appelle toujours par mon prénom lorsqu'il perd

patience à cause de moi, ce qui – quelle coïncidence – se produit généralement lorsque *lui* me fait perdre patience ! Le seul qui a l'air zen, c'est M. Katz. Il préfère ignorer la polémique tant qu'Anatoly continue à le caresser. Ce chat est terriblement opportuniste. Ceci dit, j'ai moi-même beaucoup de mal à me concentrer sur une conversation lorsque Anatoly pose ses mains sur moi, alors je ne vois pas ce qui m'autorise à juger mon chat…

Je tape du pied sur mon parquet de chêne en comptant mentalement jusqu'à dix avant de reprendre la parole.

— Laisse passer un peu de temps. Disons, une semaine. Si d'ici là, nous réunissons d'autres preuves contre Amelia, ou si la police ne trouve pas de suspect plus convaincant, tu pourras leur parler de tes soupçons la concernant. Je te demande juste de patienter un peu.

Anatoly s'accorde un temps de réflexion. Il fixe l'écran de télé où, apparemment, les choses évoluent. Nous avons quitté l'île et nous nous retrouvons dans un McDonald qui fait la promotion d'un nouveau jouet thématique sur le cinéma en l'offrant avec chaque Happy Meal servi.

Anatoly lâche enfin :

— Va pour une semaine !

Je me détends aussitôt et je repose ma tête sur son épaule. Sachant que la police a déjà un suspect plus convaincant, je me dis qu'il n'y a plus de problème.

Comme si de rien n'était, Anatoly approche sa main de mes jambes et se met à caresser l'intérieur de ma cuisse.

— J'ai discuté avec mon contact chez les flics.

— Mmm ?

Je garde les yeux fermés. C'est fou ce que je suis fatiguée.

— Pour l'instant, la police concentre principalement son attention sur Chrissie Powell.

Du coup, je me réveille.

— Tu… tu es au courant pour Chrissie ?

— C'est mon contact qui m'a filé le tuyau. Elle a écrit un article…

— Je sais, je l'ai lu.

Anatoly sourit.

— Je vois ! C'est pour ça que tu m'as dit d'attendre que la police trouve un suspect plus convaincant avant de leur parler d'Amelia. Tu t'es dit que c'était déjà le cas.

— C'est la vérité, non ?

— On la soupçonne, en effet. Mais le fait qu'elle fasse une suspecte plus convaincante qu'un autre ou pas reste à prouver. La police ne croit pas qu'elle ait une clé pour accéder à l'immeuble de Mary Ann, mais elle a très bien pu sonner à l'Interphone, et quelqu'un lui aura ouvert.

— Mais les articles…

Il me coupe la parole.

— Il est clair que ces articles plus les manifs qu'elle a organisées font d'elle une coupable idéale. D'autant que selon ses propres dires, elle était toute seule chez elle le soir où l'on a tiré sur Dena. Elle n'a donc pas d'alibi. Mais son mari est lui aussi soupçonné.

— Vraiment ?

— Oui, et ce n'est pas tout. Depuis quelques heures, la police se trouve dans une situation délicate, car Chrissie joue à la fois le rôle de suspecte et de victime.

Je baisse les yeux sur mon poing droit.

— Victime ? Mais victime de quoi ?

— Son mari l'a frappée cet après-midi.

— Quoi ?

Anatoly hoche la tête.

— Elle a un bleu sur le visage. Et apparemment, elle est tombée sur la table basse lorsqu'il l'a frappée, ce qui lui a causé d'autres bobos. Elle est allée trouver les flics une heure environ après les faits, apparemment choquée. Quand elle a vu qu'on arrêtait son mari, elle a tenté de se rétracter en disant qu'il ne l'avait pas frappée exprès, que c'était juste un ridicule, un absurde accident. Mais la police sait très bien que quatre-vingts pour cent environ des victimes de violences conjugales ont cette réaction, et les charges contre Tim Powell demeurent. Quel gâchis !

— Et merde !

— Oui, je sais.

— Non, tu ne sais rien.

Je me lève et je commence à arpenter la pièce.

— Euh… quelle serait ta réaction si je te disais que j'ai rendu visite à Chrissie aujourd'hui ?

— Tu as *quoi* ?

— Tu as bien entendu. Nous avons discuté… nous nous sommes même un peu disputées, et de fil en aiguille… eh bien, enfin tu sais comment ça finit.

— Si tu t'expliquais un peu plus clairement…

Le silence s'installe, des poutres cintrées du plafond jusqu'au parquet de bois dur.

J'y vais en douceur.

— Anatoly…

— C'est toi qui l'as frappée, c'est ça ?

Je m'assieds sur le bord du canapé, prête à plaider ma cause.

— Je n'ai pas frappé fort. Disons plutôt que… je l'ai poussée.

— Tu l'as poussée ?

Je détourne les yeux.

— C'est ça. Je l'ai poussée… avec mon poing.

— Sophie, ça suffit !

Anatoly tape violemment du poing sur l'accoudoir du canapé. Paniqué, M. Katz fait un bond en l'air.

— Anatoly, si seulement tu avais entendu ce qu'elle a dit sur Dena !

— Nous sommes dans un pays libre, que je sache ! Elle a le droit de dire ce qui lui passe par la tête ! Est-ce que tu réalises à quel point tu compliques les choses ?

M. Katz lève la tête et jette un drôle de regard à Anatoly. Puis il émet une sorte de petit grognement et se roule en boule à mes pieds. Ça fait quand même plaisir de voir qu'au moins un des deux mâles est de mon côté.

Je dis lentement, comme si mes problèmes de communication avec Anatoly étaient dus à une barrière de langage :

— Un coup de poing ne complique rien. Ce qui l'est, c'est que Chrissie ait accusé son mari, un mari adultère qui l'a trompée avec Dena ! Et ça, ce n'est pas ma faute.

Je claque des doigts et je saute sur mes pieds, ce qui a pour effet de perturber mon supporter à quatre pattes.

— Tu ne vois pas ce qu'elle a fait ? Elle a prouvé qu'elle était prête à faire n'importe quoi pour se venger ! Dès que la police découvrira qu'elle porte de fausses accusations sur Tim, elle saura où la trouver ! Elle n'a fait que renforcer les charges qui pèsent contre elle !

— Elle a accusé à tort l'homme de sa vie d'un délit. Est-ce que cela fait d'elle une meurtrière ?

— Vu les circonstances, peut-être.

— Dans ce cas, tu es toi-même une meurtrière.

J'accuse le coup et je regarde ailleurs. Inutile de me rafraîchir la mémoire, je sais de quoi il parle. Un jour, il a été victime d'un coup monté… par mes soins.

Je réponds prudemment.

— C'était il y a longtemps. Nous ne sortions pas encore ensemble, à l'époque.

— Donc, accuser quelqu'un d'un crime si on ne connaît pas vraiment la personne ne pose aucun problème ?

Il se lève, et M. Katz s'empresse de le rejoindre. Super ! Maintenant, ils sont deux contre moi.

— Tu es injuste ! Je t'ai pris pour un meurtrier !

— Tu prends tous les gens pour des meurtriers.

— C'est que beaucoup le sont ! S'il y a quelqu'un qui a le droit d'être parano, c'est bien moi !

— Si tu souffrais d'hallucinations paranoïaques, je comprendrais. Mais tu n'es pas parano, tu es juste sujette à des troubles délirants. Dès qu'un crime est commis, tu accuses systématiquement la mauvaise personne d'en être l'auteur. Tu m'as même accusé, moi, d'avoir assassiné quelqu'un dans un parc !

Barbie. C'est la fille qui est morte dans ce parc il y a un peu moins de cinq ans. Quand je broie du noir, j'ai encore la vision de ces coups de couteau, et des insectes qui commençaient déjà à s'insinuer dans les multiples plaies que le tueur avait préparées pour eux. Ce jour-là, ses cheveux ressemblaient aux miens, et c'est le type qui me harcelait – moi et non elle – qui l'avait assassinée. Et puis au fil des ans, il y a eu d'autres corps ensanglantés. Je suis restée quelquefois des mois, voire des années, sans voir un pistolet ou un cadavre, et puis tout à coup, la violence surgissait de nouveau comme un hideux bouton de fièvre, et tous ceux qui m'approchaient couraient le risque d'être d'infectés.

Et voilà qu'aujourd'hui, c'est Dena qui est contaminée. On a tiré sur elle alors que j'étais dans la pièce à côté. Dans ma tête, une petite voix fielleuse me chuchote « Et si ce n'était pas Dena qui était visée ? Si c'était quelqu'un d'autre ? Toi, par exemple ? »

Anatoly me dit d'un ton brusque :

— Sophie, tu m'écoutes ?

— Euh, oui ?

— Parmi les gens que tu es amenée à rencontrer, certains peuvent être des meurtriers, mais la majorité d'entre eux ne le sont pas. Alors mieux vaut ne pas flanquer de coup de poing sans savoir exactement qui est qui !

— Mais j'en suis *sûre* ! Tu as lu l'article, non ? Si seulement tu l'avais entendue…

— Les mots ne sont pas des balles.

— Bon, d'accord. Que me suggères-tu de faire, alors ? Difficile de revenir sur mon coup de poing !

Au moment où Anatoly ouvre la bouche pour me répondre, son portable sonne. Il le sort de sa poche et regarde l'écran. Puis il me dit d'un air nonchalant :

— C'est un client.

— Quel client ? Ah c'est vrai… tu n'as pas le droit de le dire… C'est une des nombreuses zones de ta vie que je ne suis pas autorisée à connaître.

Anatoly me lance un regard menaçant.

— Essaie de ne pas faire de bêtise pendant que je prends la communication.

— Je ne sais pas, on verra bien. Je peux toujours tenter le coup.

Mais Anatoly a déjà le téléphone collé à son oreille et il commence à grimper l'escalier.

Je jette un œil sur M. Katz qui est en train de malaxer mon coussin préféré. L'espace d'un instant, je reste là, fascinée par les bouts de fil accrochés à ses griffes, laissant derrière eux des morceaux de tissu effilochés.

Je grommelle entre mes dents « Essaie de ne pas faire de bêtise… » Quelle bêtise Anatoly pourrait-il me soupçonner de faire pendant ses dix minutes de conversation téléphonique ?

J'extrais mon portable de mon sac à main, et j'appelle Chrissie. Elle ne décroche qu'après la quatrième sonnerie.

Je me contente de lui dire :

— Vous l'avez piégé.

— Ah, c'est vous ? Je me demandais si vous alliez m'appeler.

— Comment pouvez-vous accuser votre propre mari à ma place ?

— Vous auriez préféré que je vous accuse, vous ?

Je me dirige vers la cheminée pour contempler les cendres, le regard assassin.

— Absolument ! C'est toujours mieux que d'envoyer un innocent en prison !

Silence radio au bout du fil.

— Chrissie, vous êtes toujours là ?

Elle me dit d'une voix un peu plus aimable :

— Oui. Désolée.

— Vous êtes désolée ?

Je me tourne vers M. Katz. Sa queue en frétille de stupéfaction.

— Oui… pour vous. Je suis désolée de vous avoir impliquée dans cette affaire. Je n'ai rien contre vous. Vous êtes bouleversée pour votre amie, c'est compréhensible, mais… mais vous ne voyez donc pas ce qu'elle m'a fait ? Elle est en train de briser ma vie.

— Elle a juste couché une fois ou deux avec votre mari avant votre mariage. Ce n'est pas ce que j'appelle briser la vie de quelqu'un !

— Vous faites semblant de ne pas comprendre ou quoi ? Tim continue à me tromper ! Ce n'est pas fini !

— Bien sûr que si ! Depuis plus d'un an, Dena ne sort qu'avec Kim ou Jason.

— Kim ou Jason ? Mon Dieu ! Dena serait-elle impliquée dans un genre de triolisme bisexuel ?

— Juste pour info, Kim est un mec. L'autre fille de leur relation poly-amoureuse, c'est Amelia. Mais Dena ne couche pas avec elle… Attendez ! Pourquoi est-ce que je vous raconte tout cela ? L'important, c'est que votre mari ne fait pas partie des hommes avec qui Dena a des relations sexuelles, d'accord ? Je suis certaine qu'elle n'a même pas revu Tim depuis qu'il vous a épousée !

Chrissie me dit d'une voix très calme :

— Je les ai vus, Sophie. J'ai vu mon mari entrer dans cette boutique. Je les ai vus par la fenêtre.

M. Katz enfonce de nouveau ses griffes dans mon coussin.

Cette fois, j'aperçois un minuscule morceau de rembourrage sortir par un nouveau trou. J'en ai la nausée.

— C'était quand ? Récemment ?

— Le mois dernier.

J'insiste.

— Vous avez dû mal interpréter ce que vous avez vu ! Il y a moins de deux ans, mon petit ami, Anatoly, m'a surprise dans les bras de mon ex-mari, mais ce n'était pas du tout ce qu'il croyait ! J'étais juste en train de chercher le meilleur angle pour lui flanquer un coup de genou où je pense !

Nouveau silence radio du côté de Chrissie. Qui s'éternise, cette fois. Je ferme les yeux, les doigts sur les tempes.

— Je me demande vraiment pourquoi je vous ai raconté tout ça…

— Vous avez raison, car je m'en fiche royalement. J'ai vu Tim entrer dans cette infâme boutique, il n'a aucune excuse. Lorsque je l'ai confronté, il a eu le culot de se mettre en colère contre moi ! Il a piqué une crise sous prétexte que je le suivais, et m'a accusée de harceler Dena. Pauvre Dena. Ce sont ses propres mots ! « Pauvre Dena ! » Comme si c'était elle qui méritait de la compassion !

— Donc, vous avez appelé les flics pour leur dire que c'était lui qui vous avait frappée ? Votre façon d'évacuer la colère, j'imagine ?

Chrissie laisse échapper un petit rire.

— Vous comptez me donner un cours sur la gestion de la colère ? Super ! C'est… très drôle.

— Bien, parfait. Si vous me cherchez, vous allez me trouver. Et si vous ne réglez pas cette affaire, je viendrai vous montrer jusqu'où mon sale caractère peut me mener !

— Je ne vois pas pourquoi je devrais régler cette histoire. C'est vous qui avez commencé. Si vous tenez tant à ce que justice soit faite, vous pouvez appeler la police pour dire que c'est vous qui m'avez agressée. Allez-y, chiche !

— Chrissie…

Mais elle raccroche avant que je puisse terminer ma phrase. Je suis à deux doigts de jeter mon portable à l'autre bout de la pièce.

Lorsque je lève la tête, Anatoly est là, en bas des marches. Il me dit tout net, sans même prendre la peine de présenter son affirmation comme une question :

— Tu viens encore de menacer Chrissie.

— Elle veut que j'appelle les flics pour leur dire la vérité.

— C'est vraiment déraisonnable de sa part.

— Oh, ferme-là ! Tu sais quoi ? Je vais les appeler là, maintenant. Et surtout, n'essaie pas de m'arrêter.

D'un geste, Anatoly me fait comprendre de m'exécuter. Puis il s'exclame :

— Prête-moi ta carte bancaire avant, que je puisse payer ta caution.

Tout en jetant sur lui un regard assassin, je pianote sur les touches de mon portable.

On me passe trois numéros de poste différents avant de me mettre en contact avec un inspecteur susceptible de m'aider.

L'homme me dit d'une voix grave qui m'est terriblement familière :

— Miss Katz…

— Inspecteur Lorenzo ?

Alors là, ça ne m'arrange pas du tout. J'ai déjà eu affaire à l'inspecteur Lorenzo, et je peux affirmer sans me tromper qu'il me déteste. Sans doute parce que j'ai réussi à lui raconter des bobards chaque fois ou presque que j'ai eu un entretien avec lui. Et on peut dire que j'en ai eu, des entretiens avec lui ! Tout ça parce que j'ai été impliquée sans le vouloir dans plusieurs affaires sur lesquelles la police enquêtait. Bon, c'est vrai, mon implication dans ces histoires n'a pas toujours été involontaire, mais ça partait d'une bonne intention, et j'avais de très bonnes raisons de ne pas lui dire la vérité. Mais Lorenzo n'a pas eu l'air d'apprécier.

D'un ton qui indique clairement qu'il n'a aucune intention de m'aider en quoi que ce soit, il me demande :

— En quoi puis-je vous aider ?

— Je... euh, je crois savoir que vous avez arrêté un homme du nom de Tim Powell pour violences conjugales ?

— En quoi cela vous concerne-t-il ?

— Eh bien, voilà... Tim n'a pas frappé sa femme. C'était moi.

— Je vois.

J'attends qu'il continue, mais je n'entends que des bruits de fond classiques dans un commissariat de police : des sirènes, des conversations entre hommes, des sonneries de téléphone, et même quelques hurlements. Mais Lorenzo reste muet.

— Inspecteur Lorenzo, vous comprenez ce que je vous dis ?

— Oui.

— Eh bien, j'attends vos commentaires...

— Pourquoi ?

— *Pourquoi ?* Mais parce que je viens d'avouer un crime, voilà pourquoi !

— Oui, j'ai entendu. Le problème, c'est que Tim a avoué, lui aussi, et de vous deux, c'est le seul à n'avoir encore jamais fait de déclaration mensongère à la police.

— Attendez, vous parlez sérieusement ? Pourquoi voulez-vous que j'avoue un crime que je n'ai pas commis ?

— Quand faut-il vous croire, Miss Katz ?

— Inspecteur, vous avez arrêté un innocent...

Il me dit d'un ton moqueur :

— Vous ne répondez pas ? Ma question était très sérieuse ! Que s'est-il passé pour que vous agissiez de la sorte ? Il doit bien exister un médicament pour vous rendre un peu plus raisonnable.

— Vous ne comprenez pas...

— Sachez qu'à partir de maintenant, vous devez faire très attention à ce que vous allez dire. Jusqu'à présent, vous n'avez pas été accusée d'ingérence dans une enquête en cours. Mais si vous recommencez à faire de faux aveux, ou si vous essayez de vous mêler des affaires de la police, j'envoie immédiatement chez vous un car de flics avec ordre à mes agents de vous ramener ici menottes aux poignets. C'est compris ?

— Mais… je…

Je tente vainement de trouver la parade face à la tournure que viennent de prendre les événements. Si je m'attendais à ça !

Je finis par marmonner :

— Je ne sais pas quoi dire.

— Voilà qui nous change un peu de vos élucubrations. Bonne nuit, Miss Katz.

Fin de la conversation. J'en reste baba.

Anatoly s'exclame :

— Ils ne t'ont pas crue !

Sa voix s'est adoucie, mais il évite de me regarder. Face à la baie vitrée, il scrute l'obscurité.

— Tim a avoué. Pourquoi a-t-il fait ça ?

— Par masochisme, peut-être…

— Et moi, qu'est-ce que je dois faire ?

Anatoly hausse les épaules, le regard toujours scotché à la fenêtre.

— Tu as fait tout ce qui était en ton pouvoir. Tu as dit la vérité à la police, ce n'est pas ta faute s'ils ne te croient pas. Ce n'est pas non plus ta faute si Tim a avoué ! Ça n'a sans doute aucune importance. Les flics enquêtent à la fois sur Tim et Chrissie. Si c'est l'un d'eux qui a tiré sur Dena, ils finiront par le démasquer et ils les inculperont de tentative de meurtre. Ce coup de poing n'aura plus aucune importance. Je te conseille donc de dormir un peu et de ne plus frapper personne.

— Je vais essayer.

Anatoly me lance un regard appuyé. Je précise ma pensée.

— De dormir ! Je vais essayer de dormir un peu. Et rassure-toi, je ne frapperai personne.

Anatoly continue de me regarder fixement. Je commence à me sentir mal à l'aise.

— Quoi ? Qu'est-ce qu'il y a ?

— J'aimerais croire que tu ne recommenceras pas à agir comme tu l'as fait et que tu mèneras cette enquête avec moi, et pas dans mon dos. Mais j'ai beaucoup de mal à te faire confiance sur ce point. J'ignore si je parviendrai à rester ici à ne rien faire pendant que tu joueras avec ta vie de façon imprévisible, comme toujours !

— Cette fois, ça suffit. J'en ai ras la casquette ! Ma meilleure amie est à l'hôpital, alors je me suis mise en colère et j'ai agi sans réfléchir. Ne me dis pas que toi, tu n'as jamais agi sur un coup de tête, franchement ? Tu penses vraiment que je vais gober que tu n'as jamais laissé tes émotions guider tes faits et gestes ?

Anatoly me fixe un moment. Il n'a pas l'air en colère, pas résigné non plus. Je suis incapable de lire en lui. Quand ça l'arrange, Anatoly prend le visage impénétrable du joueur de poker. Il le fait d'ailleurs un peu trop souvent, à mon gré.

Je lui dis d'une voix qui tremble malgré moi (je déteste ça !) :

— Tu me connais. Quand ce genre de chose arrive, je… je dois agir. Je suis comme ça, tu le sais.

Anatoly reste silencieux. Il se contente de me tourner le dos pour prendre sa veste sur le canapé, et il s'en va.

J'en reste bouche bée. Dites-moi que ce n'est pas vrai ! Je regarde mes mains. Elles tremblent si fort que je dois les serrer sur mon ventre pour les en empêcher. Anatoly a-t-il décidé de réintégrer son appartement ? Il m'a dit qu'il le gardait à cause de nos nombreuses disputes, au terme desquelles je menaçais de le jeter dehors. Mais le souvenir que j'ai de ces disputes est différent. Je lui ai dit plusieurs fois des phrases du genre « Si c'est vraiment ce que tu as l'intention de faire, pourquoi ne rentres-tu pas chez toi ? » Ce n'est pas du tout la même chose que « Je veux que tu partes. »

A mes yeux, son appartement représente la part de lui-même qu'il refuse de partager avec moi. Et ces derniers temps, cette part de lui-même a pris des proportions énormes.

Mais là maintenant, je n'ai plus rien de lui ! Il est parti en me laissant seule avec mon chat. Non mais, quel salaud ! Je vais le tuer !

Je marmonne à voix haute :

— Tu es lâche !

Puis je fais un pas en avant, je mets mes mains en coupe autour de ma bouche, et bien qu'Anatoly soit sans doute hors de portée de voix, je hurle :

— Espèce de lâche ! Femmelette !

Dieu, que ça fait du bien ! Je crie de nouveau :

— Tu n'es qu'un gros trouillard !

La porte s'ouvre violemment, et Anatoly réintègre mon appartement. Avant que j'aie le temps de lui demander ce qui se passe, il me fait un croc-en-jambe puis se laisse tomber à terre pour me rattraper juste avant que je heurte le sol. Il me tient d'une main, et soutient son poids de l'autre. Un genre de pompe, mais avec un seul bras.

— C'est bien toi qui voulais me voir agir sur un coup de tête ?

Je me mets à rigoler. C'est plus fort que moi. Ce n'est pas un fou rire, c'est le genre de rire qui s'empare de tout votre corps, à vous en faire mal au ventre.

Je réussis à articuler :

— Et dire que les gens me prennent pour une folle !

La bouche d'Anatoly esquisse un de ses petits sourires en coin terriblement sexy. Puis d'un coup, son visage redevient sérieux et il me dépose par terre pour pouvoir se maintenir en l'air en utilisant ses deux bras.

— Oui, je te connais, Sophie. Mais s'il te plaît, ne me

demande pas de rester assis à ne rien faire pendant que tu mets ta vie en danger, parce que, moi, je ne suis pas comme ça.

Je dis calmement :

— D'accord. Si je comprends bien, tu es en train de me signifier que je ne dois plus pénétrer dans la maison de meurtriers en puissance ?

— Si tu peux l'éviter, oui.

Je respire un bon coup.

— Je t'assure que je vais essayer.

Il me fait les gros yeux.

— Que vais-je faire de toi ?

— J'ai bien quelques idées en tête…

Son petit sourire en coin réapparaît fugitivement. Il fléchit légèrement les bras en position de demi-pompe, de sorte que nos corps ne sont plus séparés que de quelques centimètres.

Sa bouche s'approche de mon cou. Il me demande d'un ton taquin :

— Tu vas te tenir tranquille ?

J'éclate de rire.

— Ça m'étonnerait.

Lorsqu'il s'appuie de tout son poids sur moi, je frissonne un peu. Je sens ses mains sur ma taille, puis sur mes seins.

— Tu sais, quand je t'ai traité de trouillard… c'était une insulte, pas une proposition !

— Si tu le dis…

A présent, il me mordille l'oreille.

Je lui demande, l'air moqueur :

— Tu pourrais quand même me demander si je suis d'humeur à ça !

Il me répond, en approchant sa bouche de mon cou :

— Pourquoi demander ? Je le vois à la façon dont tu respires. Tu as l'air d'avoir du mal à reprendre ton souffle.

— C'est peut-être parce que tu m'as fait tomber…

— Je vois. Ce n'est donc pas parce que tu savourais d'avance ce que je vais faire maintenant ?

D'un coup sec, il plaque mes bras au-dessus de ma tête et les bloque d'une main tandis que sa main libre descend vers mon ventre, puis… plus bas.

— Non, je ne l'avais pas du tout prévu. Et il y a une autre chose que je n'avais pas prévue !

— Ah oui ?

La bouche d'Anatoly a réussi à se frayer un chemin jusqu'au creux de mon épaule.

— Je ne m'attendais pas spécialement à ce que tu ôtes mon corsage pour glisser ta main sous mon soutien-gorge. Si tu le faisais, je ne saurais vraiment pas quoi faire.

— Et maintenant, tu ne saurais toujours pas quoi faire ?

Je prends un air timide.

— C'est ce que j'ai dit, mais je ne suis pas très fiable, tu le sais. Pourquoi ne pas essayer ?

Tandis qu'il arrache mon corsage, je sens une bouffée de désir irrépressible m'envahir… mais aussi un sentiment aigu de culpabilité. Dena est à l'hôpital, et je suis en train de faire des galipettes avec mon beau Russe adoré !

Anatoly fait courir ses doigts le long de ma cage thoracique et autour de mon soutien-gorge. J'entends presque Dena me murmurer à l'oreille : vas-y, laisse tes scrupules de côté et trouve ta délivrance dans l'extase de l'amour !

Les doigts d'Anatoly s'activent sous mon corsage. L'espace d'un instant, j'ai l'impression de voir Dena sous les traits d'un diablotin, là sur mon épaule. Un diablotin qui lève le pouce par deux fois en guise d'approbation. Mais lorsque Anatoly libère mes poignets pour pouvoir défaire mon jean tout en caressant ma poitrine, j'oublie totalement Dena. Impossible de me focaliser sur autre chose que ce qu'Anatoly me fait en ce moment. Je suis en feu. Je gémis doucement lorsque je sens ses doigts s'insinuer en moi.

Et tout à coup, le monde ne me semble plus si terrible que ça.

C'est dingue, non ?

11

Si vous vous mariez devant un juge, et que plus tard votre mari trahit ses promesses de mariage, peut-il être poursuivi pour parjure ?

Fatalement vôtre

Le lendemain matin, nous ne nous éternisons pas au lit, mais nous nous donnons rendez-vous le soir même au Yoshi pour l'*happy hour*. Nous avons déjà des billets pour assister à un concert de jazz plus tard dans la soirée. Bien que beaucoup de choses se soient passées depuis que nous avons concocté ce programme, nous tombons d'accord pour dire qu'un médecin ne nous aurait probablement pas prescrit autre chose s'il voulait nous faire oublier un peu tous nos soucis.

Je n'aurai sans doute pas la possibilité de discuter avec Anatoly cet après-midi. Lui doit travailler, quant à moi… eh bien, il faut que je réfléchisse. Anatoly m'a dit que j'avais fait tout ce que je pouvais pour aider ce pauvre Tim, accusé à tort d'un crime, mais en réalité, ce n'est pas tout à fait exact. J'ai fait tout ce qu'on pouvait *raisonnablement* attendre de moi, mais pourrai-je adopter une conduite raisonnable en pleine crise ?

La vérité, c'est que je peux faire bien plus. Aller par exemple au tribunal où sera décidée la mise en liberté sous caution de Tim. Je pourrais aussi lui parler. Et même payer sa caution, et je le ferai… sauf s'il dit quelque chose qui mette en doute ma première impression de Chrissie.

Chrissie est suffisamment diabolique pour tuer quelqu'un, mais elle m'a dit quelque chose qui m'a chiffonné hier soir, au téléphone. Elle est vraiment persuadée que Dena et Tim sont toujours ensemble, or *je sais* que c'est faux. Dena m'a dit qu'elle ne couchait qu'avec Jason et Kim, alors je la crois. Il n'y aura jamais personne d'autre tant qu'elle ne m'affirmera pas le contraire. Je ne serais pas du tout surprise qu'elle me l'annonce un de ces jours, mais une chose est sûre : elle ne fait pas de coups en douce, ce n'est pas du tout son genre.

Les suppositions de Chrissie sont donc la conséquence soit d'une forme extrême de paranoïa, soit de l'attitude de Tim qui lui aurait donné l'impression qu'il cachait quelque chose. Mais pourquoi ferait-il une chose pareille ? Pour faire busquer sa femme ? Ça, c'est plausible. Il doit être impossible de passer plus de quelques minutes avec Chrissie sans avoir envie de la mettre en rogne. Mais son mari ne peut pas s'en aller après ! Il doit rester auprès d'elle et gérer les conséquences de ses actes, qui sont forcément terribles. Ça n'en vaut sans doute pas la peine.

Il est également possible que Tim n'ait pas inventé l'eau chaude. Il est peut-être persuadé que quelque chose se passe entre Dena et lui alors qu'il n'en est rien. Et si c'était un obsédé ? Ces gens-là n'attirent que les ennuis. Ils ont tendance à faire du mal à ceux qu'ils aiment le plus. Ils vont parfois jusqu'à les tuer.

Je dois donc savoir quel genre de type est Tim. Est-ce un innocent que je dois faire sortir de prison en payant sa caution ? Ou bien un type psychotique qu'il vaut mieux laisser derrière les barreaux le plus longtemps possible ?

Me voilà donc partie pour l'audience de mise en liberté sous caution. Qui sait ce que je découvrirai…

Au cinéma, les tribunaux sont toujours présentés comme des lieux empreints d'une certaine majesté. Le bois est toujours parfaitement poli, le juge apparaît comme un véritable souverain, et la salle est toujours silencieuse, à l'exception de quelques murmures d'impatience ou d'excitation qui se font entendre çà et là, et que l'on fait immédiatement cesser d'un coup de marteau autoritaire.

Mais ici, nous ne sommes pas au cinéma. C'est la salle d'audience qui décidera du montant de la caution de Tim Powell. Je prends place au milieu pour mieux voir. Ici, tout est bien réel, et dans la réalité, les salles d'audience, ça n'a rien de drôle !

Sauf si vous êtes un touriste à qui on fait visiter le bâtiment de la Cour suprême, bien sûr. Mais quand vous devez vous défendre, quand votre avenir est entre les mains d'une seule personne qui n'a aucune idée de qui vous êtes et de ce que vous êtes vraiment capable de faire… eh bien, lorsque vous vous retrouvez dans cette situation, la salle d'audience n'a rien de grandiose. C'est un endroit sombre et lugubre. On ressent la peur et le sentiment de culpabilité des plaignants qui attendent leur tour d'être jugés et privés, peut-être, de leur dignité. Et si jamais vous faites partie des rares personnes qui sont innocentes, la salle d'audience vous semble plus effrayante encore que l'enfer.

C'est sûrement ce que Tim doit penser en s'asseyant près de son avocat, attendant que Son Honneur s'adresse à lui. Un homme innocent qui demande à l'homme en toge noire de décider du prix à payer pour recouvrer sa liberté… il n'existe rien de pire !

Tandis que le ministère public débite les raisons qui rendraient Tim susceptible de prendre la fuite, j'ai une envie folle de jouer les actrices dans une tragédie de prétoire. Je me vois déjà interrompre les débats en disant « Votre Honneur, cet homme est innocent, et si vous me permettez de venir à la barre maintenant, je vous le prouverai ! » Je dois faire appel à tout mon sang-froid pour lutter contre cette impulsion.

Le jeune procureur est toujours en train de parler, et la nuque de Tim commence à briller. Ses cheveux bruns coupés court et jusqu'ici d'apparence très soignée commencent, eux aussi, à changer d'aspect sous l'effet de la transpiration. Je vois sa main se contracter nerveusement, mais il résiste à l'envie de chercher un Kleenex dans sa poche pour s'éponger le front. Peut-être pense-t-il que cela attirerait l'attention sur ce que tout le monde ici présent peut constater : il est nerveux et il a l'air coupable.

Le procureur s'arrête enfin de parler. Il a l'air sacrément content de lui. Comparé à lui, l'avocat de Tim est étonnamment bref dans son exposé des faits. Il fait aussi une meilleure plaidoirie, et apparemment, le juge n'hésite pas une seconde : la caution est fixée à quatre mille dollars.

Soulagé, Tim s'affaisse sur son siège et se tourne légèrement de côté, ce qui me permet de voir son profil pour la première fois. Je suis surprise. Vu de dos, il me semblait vulnérable, voire faible. Mais il a le visage bien dessiné, des sourcils épais, des yeux brun foncé, le nez juste un peu trop grand pour son visage. Il a l'air d'un intellectuel méditerranéen, et bien qu'il ne soit absolument pas mon type, je comprends l'attirance qu'il exerce sur Dena. Elle aime les hommes d'une beauté hors du commun, ceux qui ont apparemment des choses à raconter.

Lorsque l'huissier le fait sortir, je garde la tête baissée. Comment faire pour l'approcher ? Et que lui dire ? Dois-je m'avancer vers lui et dire « Bonjour, c'est moi qui ai frappé votre femme. J'aimerais beaucoup que vous me laissiez vous inviter à déjeuner un de ces jours… » Ou encore : « Vous savez, j'apprécie vraiment que vous ayez assumé la responsabilité de mon crime. Accepteriez-vous que je vous offre un Frappuccino pour vous remercier ? »

Non, mieux vaut que je m'abstienne. J'entends les portes de la salle d'audience s'ouvrir et se refermer tandis que d'autres plaignants, avocats et greffiers vont et viennent.

Soudain, j'éprouve une envie folle de sortir. Je ne peux

rester une seconde de plus dans cette salle. Ni dans ce palais de justice. J'ai commis une énorme erreur en venant ici sur un coup de tête. Je m'empresse de me lever, de marcher sur les pieds de ceux qui sont assis entre moi et l'allée, et je quitte enfin la salle, puis le bâtiment. Je reste là, sur les marches du palais, à respirer l'air frais tout en essayant de refouler mon sentiment de culpabilité. J'ai avoué, d'accord ? Tout ça n'est donc pas ma faute !

Mon portable sonne. Je le sors de la poche de ma veste, mais le numéro affiché ne me dit rien.

— Allô ?

Une femme passe près de moi en traînant derrière elle ses deux gosses. Le plus jeune me tire la langue.

— Sophie ? C'est Dena. Je me suis levée.

Je rejoins le côté de l'escalier d'un pas chancelant.

— Tu es en train de me dire que tu t'es levée, c'est bien ça ?

Elle s'empresse d'ajouter :

— Oui, mais juste quelques secondes. Puis ils m'ont mis cette énorme ceinture autour de la taille pour me tenir au-dessus de cette espèce de tapis roulant… C'est assez bizarre, encore qu'avec quelques modifications mineures, on pourrait en faire un petit jeu SM pas mal du tout…

— Ça, tu pourras m'en parler plus tard. Donc… tu as réussi à *te lever* ?

— Oui. Je pourrai remarcher.

Je me laisse tomber sur une marche. Un homme en costume noir manque me marcher dessus et se met à jurer dans une langue étrangère que je ne connais pas.

Je dis calmement :

— Dena, répète-moi ça !

— Il est encore un peu tôt pour sauter de joie. J'aurai peut-être besoin d'un déambulateur.

— Mais pas d'attelles ?

— Non, pas d'attelles.

Je fonds en larmes. Maintenant, les gens qui passent à côté de moi me regardent avec compassion. Ils doivent s'imaginer que mon mari ou un ami vient d'être condamné à une peine de prison, ou un truc de ce genre. Loin d'eux l'idée que je suis en train de vivre un des plus grands bonheurs de ma vie.

Dena ajoute :

— Sophie, écoute-moi. Je ne me fais pas trop d'illusions, sur ce coup-là. Un déambulateur, ce n'est pas vraiment sexy ! Ma vie est aussi merdique qu'avant !

Je lui réponds entre deux sanglots :

— Je sais. Mais c'est quand même mieux qu'hier ! Penses-y ! Tu n'as qu'à te dire que… ta vie est un peu moins nulle ! C'est quand même plus cool, non ?

Bref silence au bout de la ligne. Puis Dena me dit :

— Tu n'as pas dû dormir beaucoup ces temps-ci, je me trompe ?

J'essuie mes larmes.

— Non. Loin de là.

— Et tu n'as pris que deux tasses de café jusqu'ici ?

— Une seule… il y a deux heures.

— Bon sang, Sophie, tu es accro ou pas ? Va te chercher une autre tasse de café, et ramène-toi ici aussitôt après. J'ai quelque chose à te dire.

Je lui demande en reniflant :

— C'est plus énorme que ce que tu viens de m'annoncer ?

Une femme passe près de moi en dévalant les marches. Elle est petite, et son grand chapeau aux bords tombants m'empêche de voir la couleur de ses cheveux. Mais si j'en juge par la couleur de sa peau, je dirais que c'est une blonde. J'ai comme la vague impression de la connaître. Je l'observe attentivement jusqu'à ce qu'elle disparaisse au bout de la rue.

— Pas plus énorme, non. Mais plus compliqué.

J'essuie une dernière larme.

— D'accord. Tu as eu beaucoup de visiteurs, aujourd'hui ?

— Pas mal, oui. Depuis quelque temps, Jason vit pratiquement à l'hôpital, et j'ai eu la visite de Mary Ann. Marcus est venu tôt ce matin, mais il n'a pas pu rester longtemps car il devait partir au boulot.

Elle s'arrête un quart de seconde avant d'ajouter :

— Naturellement, mes parents ne sont pas venus.

Ma gorge se serre.

— On m'a dit qu'ils étaient repartis dans l'Arizona.

— Exact.

Nouvelle pause.

— Tu crois qu'il y a beaucoup de parents qui détestent leurs enfants ?

— Dena…

— Non sérieusement, ça m'intéresse. On entend des histoires de parents responsables de la mort de leur gamin par cruauté ou par négligence. Mais ces cas-là ne constituent probablement que la partie émergée de l'iceberg… On ne nous parle jamais des parents qui éprouvent de la haine pour leurs gosses sans jamais lever la main sur eux ! Tu sais, ceux qui se contentent de tuer l'âme de leur enfant. Les miens, par exemple.

— Tes parents n'ont pas tué ton âme.

— Non, mais ce n'est pas faute d'essayer…

J'en ai des frissons dans le dos.

— Dena, je suis persuadée qu'ils t'aiment. Le problème, c'est qu'ils ne savent pas comment…

Elle m'interrompt sèchement.

— Bon, d'accord. Si on parlait d'autre chose, maintenant ? Devine qui m'a appelée aujourd'hui !

Je soupire. Quand Dena décide qu'un débat est clos, inutile d'insister. Il est impossible de la faire changer d'avis.

Je demande d'une voix lasse :

— C'est qui ?

— Rick.

— Je vois. Il va quand même falloir qu'il finisse par comprendre…

Un type a encore failli me marcher dessus. Je me remets debout à regret avant qu'on recommence à me prendre pour un paillasson.

— C'est le cas, aussi étonnant que ça puisse paraître. Il m'a appelée pour me dire qu'il savait qu'il s'était planté avec Mary Ann, et qu'il ne pourrait jamais se le pardonner. Qu'il s'inquiétait vraiment pour ma santé et qu'il priait pour que je guérisse vite.

— Ah oui ? Et tu lui as dit quoi ?

— Hein ? Oh, juste d'aller se faire voir.

— Je suis sûre qu'il apprécie la constance de ton discours… Oh, mon Dieu !

Tim Powell. Il est en train de descendre lentement les marches. Pas de menottes, pas d'huissier. Il est seul. Quelqu'un d'autre a payé sa caution avant que je puisse le faire !

— Dena, il faut que je te laisse.

— O.K., mais tu passes me voir, d'accord ?

— Oui, c'est promis. D'ici à environ une heure.

Je raccroche et je cours après Tim.

— S'il vous plaît, excusez-moi ! Vous êtes bien Tim Powell ?

Il se retourne pour me faire face. Dans la lumière éblouissante du soleil, il paraît plus vieux que dans la salle d'audience. Ses pattes d'oie sont plus marquées et l'on aperçoit çà et là quelques mèches de cheveux blancs dans sa chevelure brune.

Il me demande :

— Puis-je vous aider ?

Sa voix est enrouée, comme s'il avait passé toute la soirée d'hier à hurler.

— Oui… Enfin, c'est plutôt moi qui suis venue pour vous aider. J'avais prévu de payer votre caution.

Et aussi de ne pas la payer, mais mieux vaut oublier cette éventualité.

Tim incline la tête.

— Mais… je vous connais ?

— Eh bien, en fait non, mais… enfin, c'est assez compliqué. Voilà… euh… je sais que ce n'est pas vous qui avez fait du mal à Chrissie.

Les yeux de Tim s'embuent et il lève la tête vers le ciel gris bleu.

— C'est faux. Je lui ai fait énormément de mal.

— Je vois à quoi vous faites allusion… Vous l'avez trompée alors que vous étiez fiancés, c'est ça ? C'est vrai que vous vous êtes comporté comme un vrai salaud. Le genre de truc qu'on regrette toute sa vie. Mais je sais que vous ne l'avez pas frappée.

Aussitôt, le regard de Tim se reporte sur moi.

— Mais qui êtes-vous donc ?

La gorge nouée, je lui tends la main.

— Mon nom est Sophie Katz, et c'est moi qui ai flanqué un coup de poing dans la figure de votre femme.

Il baisse les yeux sur ma main.

— Pourquoi avez-vous fait ça ?

Il n'a pas l'air en colère, juste curieux.

Le vent plaque mes cheveux sur mon visage, et je les remets en place d'un geste brusque.

— Si je vous dis que c'était un cas de légitime défense parce qu'elle avait essayé de m'agresser, vous me croirez ?

— Non, pas vraiment. Chrissie n'attaque pas les gens, elle préfère leur faire honte, les humilier.

— Exact. En fait, euh… Bon d'accord ! Je suis une amie de Dena.

L'expression du visage de Tim change instantanément. Il passe de la perplexité à… en fait j'ai du mal à définir les émotions qu'il peut ressentir. De l'inquiétude ? De l'excitation ? De la peur ? Peut-être un peu des trois. Il prend ma main entre les siennes.

— Est-ce qu'elle va bien ? S'il vous plaît, dites-moi que oui. S'il vous plaît…

Génial ! Toujours la même question… Quand serai-je capable d'y répondre correctement ? Je décide de m'approcher au plus près de la réalité.

— Sa vie est un peu moins nulle aujourd'hui qu'elle ne l'était hier.

Ça ne le rassure pas pour autant. Il ouvre et ferme la bouche plusieurs fois comme pour prononcer des mots dont il ne connaît même pas la signification. Puis il tourne les talons et se remet à descendre les marches.

Je cours derrière lui pour le rattraper. Puis je descends la rue à son côté, en calquant mon pas sur le sien.

— Tim, écoutez-moi ! Je sais que rien ne vous pousse vraiment à me parler, mais je veux que vous sachiez que j'ai tenté de dire la vérité à la police. Je leur ai dit que c'était moi qui avais frappé Chrissie, mais ils ne m'ont pas crue parce que vous aviez déjà avoué. Pourquoi avoir fait ça ?

Il me répond d'une voix étranglée :

— Parce que je l'ai frappée.

— Bien sûr que non ! Enfin… je ne crois pas. Vous ne l'auriez pas frappée après moi, des fois ?

— Non. Avant.

— Vous parlez sérieusement ? Combien de temps avant ?

— Un mois et demi.

Cette fois, c'est à mon tour d'agripper Tim. Je lui prends le bras pour le forcer à s'arrêter et à me regarder.

— Tim, expliquez-vous !

Une ambulance nous dépasse, toutes sirènes hurlantes. Tim se prend le front entre les mains comme si ce bruit provoquait chez lui une douleur physique.

— Je ne voulais pas… ou peut-être que si, d'ailleurs. Mais je n'avais pas prévu que ça tournerait aussi mal.

— Donc… vous l'avez frappée gentiment ?

— Non ! Ou bien oui ! C'est difficile à expliquer. Elle a accepté de me pardonner si je lui promettais de ne jamais remettre les pieds dans la boutique de Dena. C'était ça, l'accord entre nous. Si je cessais de fréquenter la boutique de Dena, Chrissie ne porterait pas plainte à la police. Mais vous savez quoi ? Je n'ai pas respecté le marché que nous avions conclu. Alors elle a trouvé quelqu'un pour la frapper et pour mettre ça sur mon dos. Que voulez-vous que je dise ? Je l'ai *vraiment* frappée, même si c'était bien avant ! Comment se justifier après ça ?

— Euh… difficile de faire pire…

— Exactement ! En plus, la voilà qui revient sur sa déclaration, maintenant. Elle m'a dit qu'elle me pardonnait une nouvelle fois. Mais ça n'arrange pas beaucoup les choses, car dans les affaires de violences conjugales, les flics s'attendent à ce que les épouses se rétractent avant le procès !

Le souvenir de la femme blonde avec son chapeau à larges bords me revient à la mémoire comme un flash.

— Elle a assisté à l'audience, n'est-ce pas ?

Il hoche la tête.

— C'est elle qui m'a permis de sortir en payant la caution.

Mon regard se perd sur les voitures qui passent dans la rue.

— Seigneur ! Vous êtes de vraies publicités ambulantes contre le mariage, tous les deux !

— Pas du tout ! Nous sommes un vrai couple… enfin, nous pourrions l'être. C'est juste que nous n'avons pas encore réussi à trouver le mode d'emploi pour que ça fonctionne. Nous avons nos bizarreries…

— Je vois.

La circulation s'est ralentie et les gens klaxonnent à qui mieux mieux, presque en harmonie. Cet homme vient d'avouer qu'il battait sa femme. D'accord, je l'ai frappée moi aussi, mais comme je ne suis pas mariée avec elle, ça n'a rien à voir. D'un autre côté, la jalousie de sa femme a atteint de tels sommets qu'elle a constitué un groupe de gens pour l'aider à exprimer ses griefs par porte-voix et banderoles interposés. Dans mon monde à moi, ce ne sont pas des bizarreries. Ils appartiennent plutôt à la catégorie des délits et de la folie meurtrière.

Je risque un commentaire.

— Il est clair que Chrissie a le droit d'être en colère. Mais vous, vous êtes aussi en droit de vous demander si cette colère justifie qu'elle vous jette en prison et qu'elle tire une balle dans le dos de votre ex-maîtresse… Personnellement, j'aurais tendance à répondre oui à la première hypothèse, mais certainement pas à la seconde.

Il me répond d'un ton assuré auquel j'étais loin de m'attendre dans sa bouche :

— Ce n'est pas elle qui a tiré sur Dena.

— D'après ce que je sais, elle n'a pas d'alibi.

— Ça ne veut pas dire qu'elle soit coupable. Elle est restée toute la nuit à la maison.

Il hésite, puis fait un pas de plus vers moi.

— Je pourrais la voir ?

— Dena ? Je l'ignore, mais franchement Tim, vous ne trouvez pas que vous lui avez causé assez d'ennuis comme ça ?

— C'est justement pour ça que j'ai besoin de la voir ! S'il vous plaît… je tiens à lui présenter mes excuses.

Comme je ne réponds pas, il recule d'un pas.

— Vous ne pouvez pas m'empêcher de le faire, vous savez. Il me suffit de me rendre à l'hôpital et de demander quel est son numéro de chambre. Ils me le donneront, ou au pire, ils l'appelleront et elle leur dira de me laisser entrer. Ce n'est pas à vous de décider !

— Dans ce cas, pourquoi me l'avoir demandé ?

— Bonne question.

Il s'éloigne de moi et lève la main pour héler un taxi. Naturellement, ça ne marche pas, car il n'y a aucun taxi dans le coin. Frustré, il baisse le bras et se dirige vers l'arrêt de l'autobus situé au bout du pâté de maisons.

Je le suis.

— Tim, laissez tomber !

— Je veux la voir.

Il y a un monde fou à l'arrêt du bus. Quelques personnes jettent un coup d'œil vers nous lorsque Tim commence à hausser le ton.

— Je ferai peut-être un saut chez moi d'abord, mais je la verrai avant la fin de la journée.

Un bus arrive. Tim fait un pas en avant, prêt à monter le premier. Mais le bus est déjà archicomplet, et le conducteur ne prend même pas la peine de ralentir.

Même si Tim ne s'arrête pas chez lui, il est clair qu'il va lui falloir plus d'une heure pour arriver à l'hôpital. Il me lance un regard furibond en reculant du trottoir, comme s'il me défiait de me moquer de lui. Mais je n'ai pas de temps à perdre avec ça. Il faut que je fonce voir Dena pour lui dire que son passé s'apprête à la rattraper dans sa chambre d'hôpital.

12

Dans le monde de la physique, les contraires s'attirent. Et dans la plupart des comédies romantiques, c'est ce qui arrive aussi aux gens. Malheureusement, ces comédies oublient de nous rappeler, et c'est un tort, que cette attraction peut finir très mal. En champignon atomique, par exemple.

Fatalement vôtre

Lorsque j'arrive dans la chambre de Dena, Amelia est déjà là. Elle est assise à son chevet, penchée en avant pour lui parler, faisant voler sa crinière bouclée sur ses épaules. Elle s'arrête dès qu'elle me voit et me décoche un sourire. Elle semble plus équilibrée que la dernière fois que je l'ai vue. Dena aussi, d'ailleurs. Elle s'est maquillée, et son lit est incliné en position assise ou presque. Du bout des doigts, elle caresse d'un air distrait les draps qui lui arrivent à la taille, et je note qu'elle s'est débrouillée pour que sa chemise de nuit d'hôpital soit en grande partie coincée sous elle. Le résultat, c'est que l'on voit ses formes. Elle n'est plus engoncée dans une tenue en papier bon marché.

Dans sa chambre… eh bien, il doit y avoir au bas mot douze corbeilles de cadeaux, celle de Leah étant de loin la plus innocente. La plupart des autres sont remplies de jouets sexuels et de lingerie. Il y a pléthore de littérature érotique, plus quelques magazines SM que je n'ai jamais vus avant ou que je n'ai pas envie de revoir.

Dena me demande avec un sourire un peu amer :

— Tu crois que tous les gens qui m'ont envoyé ces trucs envoient aussi des paniers remplis de gâteaux aux chefs pâtissiers ?

Tout en faisant le tour de son nouveau butin, je réponds :

— Peut-être. Je me demandais s'il y a là-dedans des choses que tu ne connaissais pas. Est-ce que tu les vends déjà tous dans ta boutique ?

— Je les connaissais tous sauf un, et c'est Amelia qui vient de me l'apporter.

Elle tend la main vers la table de nuit et s'empare d'un rouleau de corde.

C'est Amelia qui me donne l'explication.

— C'est une corde de *bondage*. Personnellement, le *bondage* n'est pas vraiment mon truc car je n'aime pas être freinée dans mes élans naturels quand je fais l'amour, mais je sais qu'il arrive à Dena d'en utiliser.

— D'accord, mais… Dena, euh… essaierais-tu de me dire que Plaisirs coupables ne vend pas ce genre de corde ?

— Pas celui-là.

Elle essaie de prendre l'air enthousiaste, mais sa façon de regarder la corde me donne une impression de… comment dire ? Ce n'est pas du dégoût. Peut-être du regret.

Serviable, Amelia ajoute :

— Cette corde est fabriquée avec du chanvre. C'est beaucoup mieux pour l'environnement.

— Ça alors ! Le *bondage* bon pour la planète… c'est génial !

Tout en reposant la corde avec précaution sur la table de nuit, Dena me dit :

— J'ignore si je pourrai encore attacher beaucoup d'hommes… Je ne me sens pas très sexy, depuis quelques jours.

Le sourire d'Amelia disparaît. Elle se détourne un peu de

Dena, et son regard s'arrête sur un panier cadeaux rempli d'huile d'olive extra-vierge et de gâteaux aux formes suggestives.

Elle dit calmement à Dena :

— Tu seras toujours sexy, Dena. Les hommes auront toujours, toujours envie de toi.

Un bref battement de paupières, et elle s'extrait de son siège.

— Tu veux sans doute rester seule avec Sophie quelques instants. Je m'en vais.

Dena lui dit d'un ton sévère :

— Amelia…

Amelia se fige sur place, le regard toujours rivé sur les gâteaux.

— Tu veux savoir pourquoi les hommes me désirent ? Parce que je leur dis carrément que je vaux la peine d'être désirée. Je sais ce que je vaux et je refuse de faire ce qui ne me plaît pas. Il n'y a aucun truc là-dedans, il ne s'agit absolument pas d'une technique de séduction.

— Donc, tu veux dire que…

Amelia n'achève pas sa phrase, attendant que Dena s'en charge à sa place.

— … qu'il faut avoir un minimum de confiance en soi. Si tu dis à un mec ce que tu vaux et qu'il ne le voit pas, pas la peine de perdre ton temps.

Amelia demande :

— Et notre amitié ? Est-ce une perte de temps ?

Dena sourit.

— Une fille qui m'offre une corde de *bondage* aura toujours une place dans mon cœur. Il n'y a pas un homme sur cette terre que je ne partagerais pas avec toi. Mais tu dois y trouver ton compte. Sinon, à quoi bon ?

Un tic nerveux apparaît au coin des lèvres d'Amelia. Elle presse légèrement la main de Dena.

— Je suis vraiment contente que tu te sentes mieux. N'oublie pas de continuer à penser à des choses positives et apaisantes.

Dena se raidit presque imperceptiblement.

— D'accord. Et merci pour… la corde et la visite.

Amelia hoche de nouveau la tête et me serre brièvement dans ses bras pour me dire au revoir. Puis elle quitte la pièce.

J'enjambe les paniers cadeaux et je m'installe sur la chaise laissée vide par Amelia.

— Alors comme ça, tu as réussi à te lever pendant ta séance de rééducation ?

Dena soupire.

— C'était dingue. Disons que j'ai pu supporter le poids de mon corps pendant… quatre secondes, je crois. Et puis après, c'est comme je te l'ai dit. Nous avons fait des tas d'exercices avec tout ce matériel branché. On aurait dit que je me préparais pour un concours de triathlon ! C'est vraiment dur, bon sang ! Pourquoi tant d'efforts, juste pour pouvoir bouger mes jambes, Sophie ?

Je note dans sa voix comme une pointe de supplication. Cela me terrifie. Ce n'est pas du tout son genre.

J'essaie de lui prendre la main, mais elle la retire aussitôt et regarde fixement par la fenêtre.

Elle murmure :

— Ils disent que je devrais pouvoir partir dans deux ou trois jours.

— Tu rentres chez toi ?

— Ce n'est pas ce que j'ai dit. J'ai dit que je quittais l'hôpital. Mais je ne peux pas rentrer chez moi, ce n'est pas accessible aux fauteuils roulants.

Elle a dit la fin de la phrase comme s'il s'agissait de gros mots.

— On ne peut pas faire en sorte que ça le devienne ?

Dena éclate de rire.

— Chez moi ? Sophie, réfléchis un peu. J'habite sur une colline qui est pratiquement à angle droit avec la route. Il y a sept marches rien que pour arriver à ma porte d'entrée. Toutes les pièces sont bourrées d'arêtes vives et…

Dena prend une longue inspiration.

— … j'ai la trouille.

— Tu as la trouille ?

— Quelqu'un m'a tiré dessus, Sophie. Je suis ici, sur ce lit d'hôpital, à me vanter d'avoir tenu quatre secondes sur mes jambes, mais je suis toujours incapable de marcher, et c'est à cause de ce qu'on m'a fait. Alors maintenant… je… je ne me sens plus en sécurité.

Elle tourne brusquement la tête vers moi.

— Si jamais tu racontes à quelqu'un que j'ai la trouille, je te pourchasserai pour te tuer.

— Dena, enfin ! Pourquoi veux-tu que j'en parle ?

Elle a un léger sourire, puis elle se retourne vers la fenêtre.

Je lui dis tout doucement :

— D'autant que… moi aussi, j'ai la trouille.

— Tu parles !

— Non, c'est sérieux. Toi et moi, nous l'avons échappé belle plus d'une fois, et nous nous en sommes toujours sorties sans une égratignure. Je commençais à croire que nous étions invincibles.

— Mais nous ne le sommes pas !

— Oui, maintenant, je le sais. C'est flippant de ne pas être invincible !

Je m'accoude à une pile de romans de Susie Bright.

— Alors qu'est-ce qu'on fait ?

— Eh bien, si tu te sentais mieux, tu me dirais d'encaisser sans broncher.

Dena tapote sur les bords de son oreiller.

— Oui, ça me ressemble assez. Sophie, je t'ai demandé de passer parce que je vais avoir besoin de rester un certain temps chez quelqu'un. Et j'espérais qu'Anatoly et toi seriez partants pour accueillir une invitée handicapée.

Je marque une pause.

— Utilise-t-on le mot *handicapée* sur les ordis, de nos jours ? J'étais persuadée que…

— Surtout ne commence pas avec ça !

— D'accord. Je vais le dire autrement : j'adorerais que tu viennes chez nous, et je sais qu'Anatoly sera du même avis. Tu peux rester jusqu'à ce que tu sois de nouveau sur pied.

— Sans jeu de mots ?

— Aucun jeu de mots. Il faut prendre ça... au pied de la lettre. Tu finiras par être de nouveau sur tes pieds !

J'approche ma chaise un peu plus près de son lit. Ça fait un drôle de bruit.

— En attendant, nous travaillerons ensemble pour découvrir qui a fait ça, et nous ferons en sorte qu'elle ait la trouille de nous.

— Et après, nous nous sentirons de nouveau invincibles ?

— Possible.

Dena reste un moment sans parler. Puis elle fronce lentement les sourcils, faisant apparaître les rides délicates de son front.

— Tu as bien dit « nous ferons en sorte qu'elle ait la trouille de nous » ? Qu'est-ce qui te fait penser que la personne qui m'a tiré dessus est une *femme* ?

— Bon... d'accord. Il faut que je te parle de Chrissie et de Tim Powell.

Dena part d'un petit rire amer.

— Pourquoi veux-tu en savoir plus sur Adam et Eve ?

— Adam et Eve ?

— Oui. Lui est Eve, et elle est Adam. Elle n'arrête pas de lui dire d'arrêter de manger des pommes cueillies sur l'arbre, mais il continue de se servir en se fichant pas mal des conséquences. Le problème, c'est qu'elle me voit dans le rôle du serpent.

Je hausse le sourcil.

— Et alors ? Ne me dis pas que tu te vois dans le rôle d'un ange !

Dena éclate de rire, mais sans aigreur cette fois.

— Non. Je ne suis ni ange ni démon. En fait, je n'ai pas

grand-chose à voir avec cette histoire. Je n'attire pas Tim sur le chemin de la tentation, mais je n'essaie pas non plus de le chasser du jardin. Il continue de venir dans ma boutique. J'accepte de lui parler et de lui signaler les dernières nouveautés en vente. Il lui arrive d'ailleurs d'en acheter, mais la plupart du temps, il se contente de traîner dans le coin en laissant croire que sa vie est un peu plus dangereuse qu'elle ne l'est.

— Il n'essaie même pas de te draguer ?

— Ça lui arrive. Mais c'est un homme marié, maintenant. Et même s'il ne l'était pas, ça ne m'intéresse pas. J'ai couché avec lui trois ou quatre fois au grand maximum, je ne me rappelle même plus le nombre exact. Tu en déduis quoi ?

Pas grand-chose. Si Dena se souvenait de toutes les fois où elle a fait l'amour, c'est comme si moi je me souvenais de toutes les fois où je suis allée chez l'épicier ! Il arrive un moment où l'on mélange un peu tout.

— Nous n'avons jamais eu de véritable rendez-vous galant. C'est un petit bonhomme étrange, immature et qui vit un conflit intérieur.

— Mais alors, pourquoi t'être branchée sur lui ?

— Je l'ai rencontré dans un bar, et il m'a montré tous les trucs bizarres qu'il pouvait faire avec sa langue. Alors je me suis dit que je pourrais passer un bon moment, voilà tout. Ce mec a une langue extrêmement agile.

Je fixe le plafond beige pâle.

— Quand tu as couché avec lui, tu savais qu'il était fiancé ?

— Je n'en avais aucune idée. Je suppose que Chrissie est persuadée du contraire, sinon, sa petite bande de copines frigides cesserait de manifester devant mon magasin. Ceci dit, je ne m'en plains pas. Tu sais que leurs manifs ont boosté mes ventes…

— Tu ne m'as jamais dit que le différend qui oppose le DMPA et Plaisirs coupables était la conséquence d'une vengeance personnelle.

— Je l'ai découvert il y a seulement quelques semaines. C'est Tim qui a involontairement vendu la mèche la dernière fois qu'il a mis les pieds dans ma boutique. Il n'est pas très futé. Mais pourquoi ces questions sur…

Elle s'interrompt et se démène comme un beau diable pour changer de position afin de se retrouver face à moi.

— C'était elle ?

— Je ne sais pas… c'est possible. Ça pourrait être lui.

Dena secoue la tête.

— Non. Il n'oserait jamais.

— Comment peux-tu en être si sûre ?

— Sophie, je lui ai bandé les yeux avant de lui donner la fessée avec une raquette de ping-pong…

— Et alors ?

— Je t'explique. L'intérêt de ces jeux sexuels, c'est qu'ils t'apprennent quelles sont les limites à ne pas dépasser avec ton partenaire. Et lorsqu'on sait jusqu'où un mec peut aller dans un lit, on sait jusqu'où il peut aller dans la vie en général. Tim franchit parfois la ligne jaune, mais il sait se maîtriser. Alors que Chrissie… cette garce est tellement frustrée sur le plan sexuel que c'est un miracle si elle ne se met pas à tirer sur les gens.

A peine Dena a-t-elle prononcé cette phrase que l'expression de son visage change. Elle fait un effort pour se hisser sur son avant-bras.

— Tu as entendu ? J'ai plaisanté avec ça !

— J'ai vu, oui.

— C'est un progrès, non ?

— Je ne sais pas… tu te sens mieux ?

— Je ne suis pas sûre… je ne crois pas.

Elle se laisse retomber.

— Mais… j'ai quand même blagué avec ça.

Je souris, résistant au besoin impérieux de lui caresser les cheveux. Elle est tout ébouriffée, avec des épis un peu partout. Mais en un sens, ça lui donne l'air plus enjoué, moins blessé.

— Tim m'a dit qu'il avait frappé Chrissie.

Dena me regarde d'un drôle d'air.

— Des conneries !

— C'est lui qui me l'a dit. Chrissie elle-même a raconté à la police qu'il l'avait frappée. Il vient d'être libéré sous caution.

Dena demande d'un air sceptique :

— On l'a arrêté pour violences conjugales ? Est-ce qu'elle a des bleus ?

— Euh... quelques-uns. Mais je sais qu'ils ne viennent pas de lui.

C'est mon tour de m'absorber dans la contemplation des gâteaux aux formes suggestives...

— Qu'en sais-tu ? Tu lui as donné la fessée, toi aussi ?

— Non, mais... bon, d'accord.

Je respire un grand coup, et je me lance.

— J'ai découvert qu'elle avait une dent contre toi et je me suis dit que c'était peut-être elle qui t'avait tiré dessus, alors je suis allée la voir et elle m'a dit des trucs horribles sur toi et je suis devenue folle de rage, alors je lui ai donné un coup de poing et elle est tombée, et maintenant elle prétend que c'est Tim qui l'a frappée et la police l'a crue parce qu'il a avoué, et s'il a avoué c'est parce qu'il l'a vraiment frappée il y a un mois, alors, maintenant, on n'y comprend plus rien.

Je m'arrête, juste le temps de reprendre mon souffle.

— A propos, les flics soupçonnent aussi Chrissie, et ils ont dû la mettre sous surveillance.

Dena me regarde un quart de seconde d'un air effaré.

— Tu l'as cognée très fort ?

— Plutôt, oui.

— Parfait.

A cet instant, la porte s'ouvre. C'est Tim. Un Tim en sueur et exubérant.

Il s'exclame :

— Je t'ai enfin trouvée ! La fille à la robe en cachemire avait raison. C'est bien ta chambre !

Je garde les yeux fermés. Amelia… J'aurais dû l'avertir, lui dire de ne pas donner le numéro de chambre de Dena à des mecs en sueur et à la langue agile.

Le regard de Tim se pose sur tous les paniers cadeaux, et ses joues déjà roses virent carrément au rouge. Puis il relève lentement la tête pour regarder Dena.

— Tu… tu es superbe.

— N'essaie pas de me flatter, Tim.

Il insiste.

— Mais c'est vrai !

Il attrape la chaise près de la fenêtre, écarte du pied les paniers cadeaux et finit par poser sa chaise de l'autre côté du lit.

— Tu as toujours été extrêmement belle, mais après avoir survécu à tout ça… on te prendrait pour une de ces filles hypersexy du film *X-men* ! Tu es… tu es…

Je viens à sa rescousse.

— Invincible… ?

— C'est ça. Invincible.

Dena répond d'un ton sec :

— Je ne suis pas invincible. Et je ne suis pas non plus une fille hypersexy. Je suis une *femme* hypersexy. Répète après moi, Tim. Une femme hypersexy.

Il répète consciencieusement.

— « Une femme hypersexy ».

— C'est mieux.

Dena semble plus apaisée. Tim approche sa chaise un peu plus près.

— Comment te sens-tu ?

— En rogne.

La gorge sèche, il tend la main vers le bord des draps de coton bon marché. Puis il demande, presque avec espoir :

— Tu as envie de passer tes nerfs sur quelqu'un ?

Il se rapproche encore un peu, comme pour m'empêcher d'entendre leur conversation.

— Ça m'est égal de te servir de bouc émissaire, si tu en as besoin. Je peux même porter un bâillon boule. Je n'en ai encore jamais porté.

— Tu te fiches de moi ? Pas question que je te mette un bâillon boule dans la bouche, pauvre imbécile ! Je veux que tu parles !

Le rouge du visage de Tim monte d'un cran.

Dena demande :

— Est-ce que c'est elle qui m'a fait ça ?

— Chrissie ? Non, certainement pas.

Il a l'air surpris, mais il ne lui a pas fallu jouer aux devinettes pour comprendre immédiatement à qui Dena faisait allusion.

— Et pourquoi pas ? Parce qu'elle est bien trop gentille pour ça ? Je te rappelle qu'elle t'a accusé de violences conjugales !

Tim lève la tête, soudain très intéressé par l'écran de télé qui trône en hauteur dans un coin de la pièce. Sa réaction serait plus crédible si la télévision était allumée…

Il dit lentement :

— En un sens, elle m'a piégé… mais pas vraiment.

— Je sais. Sophie m'a dit qu'il t'était arrivé de la frapper. Excuse-moi, mais j'ai beaucoup de mal à te croire !

Il se décide enfin à quitter l'écran noir des yeux.

— C'est pourtant vrai. Mais je ne l'ai pas fait exprès ! Je me suis laissé emporter…

Il se penche de nouveau en avant. Je ne peux que constater qu'il a le haut du crâne légèrement dégarni.

— Ce jour-là, elle s'était décidée à me laisser expérimenter quelques trucs. Tu te souviens des tuyaux que tu m'as donnés pour l'attirer vers des pratiques sexuelles moins conventionnelles ! Eh bien, ça a presque marché !

— Presque ?

— Je l'ai convaincue de dire des trucs cochons au lit. Bien entendu, elle a refusé de dire certains mots comme *pénis* et *baiser*, mais j'ai réussi à lui faire hurler des trucs du genre « J'adore ton gros bazar ! » ou « Vas-y, montre-moi ce que tu sais faire ! »

Dena le regarde d'un air attristé.

— Ta vie n'est pas très gaie, à ce que je vois.

Mais Tim insiste.

— Il y avait quand même du progrès ! Et ensuite, elle a même été d'accord pour faire des jeux de rôle. Elle a commencé par jouer la femme au foyer débordée, et moi le garçon chargé de l'entretien de la piscine. Parfois, je jouais l'homme à tout faire. Comme ça marchait bien, je me suis dit qu'il fallait placer la barre plus haut en inversant les vrais rôles !

Dena est tout ouïes.

— Mais encore ?

— Alors voilà. Je lui ai proposé de jouer à la soubrette sexy et au méchant patron. Le méchant patron devait donner des ordres à la soubrette qui n'était pas du genre à se laisser faire et qui devait ruer dans les brancards. Naturellement, sous son apparence décontractée, la soubrette devait être un peu coquine et ce ne devait être qu'un simulacre de bagarre. Juste une gifle ou deux. Je lui ai dit aussi qu'on se déguiserait, la totale quoi !

Dena hoche la tête.

— O.K., pour l'instant, je te suis. Et ça lui a posé un problème ?

— Pas tout de suite. C'est quand je suis sorti de la salle de bains habillé en soubrette. Elle a dû imaginer que la soubrette, c'était son rôle à elle.

Dena se mord les lèvres pour tenter de retenir un sourire.

— Il est très important de briefer sa partenaire avant de se travestir dans sa chambre. Ce n'est pas quelque chose qu'on impose de but en blanc.

— Je n'avais pas l'impression de lui imposer quoi que ce soit ! Chaque fois que nous faisions des jeux de rôle, je jouais toujours les secouristes ! Pourquoi a-t-elle pensé ce jour-là que ce serait différent ?

— Tim, sais-tu quelle est la différence entre l'homme à tout faire et la soubrette ? L'homme à tout faire est… disons équipé, et la soubrette joue les masseuses. Tu vois ce que je veux dire ?

Tim répond, l'air sombre :

— Je crois, oui.

— Et puis, quel est le rapport avec les accusations de violence conjugale ?

— Bon, je continue. Alors elle a commencé à hurler, et moi j'étais à fond dans mon rôle, comme un acteur de l'Actor Studio, alors j'ai supposé que c'était la même chose pour elle. J'ai cru que le patron hurlait après la soubrette, alors je l'ai giflée… J'ai dû frapper un peu trop fort car elle s'est mise à tanguer, puis elle s'est pris les pieds dans mon sac de gym que j'avais laissé au milieu de la pièce. Elle ne s'est pas fait de bleus ou quoi que ce soit, mais elle s'est foulé la cheville… Dena, c'était affreux. Je me sentais vraiment coupable. Le pire, c'est qu'elle a dit qu'elle allait appeler la police !

— Parce que tu l'avais giflée.

Tim hoche la tête. Il a l'air malheureux.

— Elle avait le téléphone dans la main et elle m'a dit qu'elle allait les appeler. Je me suis dit que je n'aurais même pas le temps d'ôter ma panoplie de soubrette avant leur arrivée, et que même si j'arrivais à m'en débarrasser, je me retrouverais nu ou en caleçon, et qu'ils m'emmèneraient aussitôt au poste. Elle m'a dit qu'elle en parlerait à tous mes amis et à mes collègues… C'était censé être juste un jeu ! Je n'avais aucune intention de lui faire du mal !

Dena réagit.

— Apparemment, c'est une méchante.

— Absolument !

Je serre aussitôt les dents pour ne pas être tentée d'ajouter quoi que ce soit. Si je veux tirer les vers du nez de Tim concernant Chrissie, mieux vaut sans doute laisser Dena parler. C'est à elle qu'il fait confiance, pas à moi.

Dena s'adresse à lui comme si elle parlait à un enfant (et je me rends compte qu'elle a sans doute de bonnes raisons pour ça).

— Chrissie a répété à plusieurs reprises qu'elle songeait à se venger. Après ce que tu viens de raconter, j'imagine qu'elle ne m'en veut pas seulement pour avoir gagné tes faveurs. Il est possible qu'elle m'accuse à tort de t'avoir poussé à te travestir. J'ai raison ?

— Il est possible qu'elle en ait parlé, oui.

— Tim, ta femme m'a tiré une balle dans le dos.

— Non, tu n'y es pas. Elle en serait incapable.

— Et pourquoi donc ?

— Elle tire comme un pied. C'est d'ailleurs pour elle un sujet sensible car elle est originaire du Texas. Quand on pense qu'elle est membre de la NRA ! Mais…

Il secoue la tête tristement.

— … elle ne sera jamais Annie Oakley. Vous connaissez ces parcs d'attractions où l'on est censé tirer avec un pistolet à eau dans la bouche d'un clown ? Eh bien, elle, elle rate toujours la bouche. Il est même rare qu'elle atteigne le clown. Et il lui est arrivé au moins une fois d'asperger par erreur le type qui tenait la baraque ! Il était pourtant loin du clown… Je crois d'ailleurs que c'est pour ça qu'elle ne fréquente plus les parcs d'attractions. Elle y a trop de mauvais souvenirs de clowns secs.

Dena et moi échangeons un regard. Dena soupire et lui tapote la main pour le rassurer.

— Tim, disons juste que la personne qui m'a tiré dessus voulait me tuer.

— D'accord. Partons de cette hypothèse.

— Tu ne crois pas que cette personne aurait visé la tête ?

— Oui. Maintenant que tu le dis, ça me paraît évident, en effet.

Il pose sa main sur la jambe de Dena et pousse un grand soupir.

— Je suis tellement content que ça n'ait pas été le cas, Dena. Mon Dieu, si jamais tu étais morte, je… je…

Dena sourit d'un air détaché.

— Tu aurais fini par trouver quelqu'un d'autre sur qui fantasmer. Mais ce que tu n'as pas l'air de comprendre, c'est que la personne qui m'a tiré dessus peut très bien avoir visé ma tête et raté son coup. Peut-être que il ou elle tire comme un pied.

— Je sais que Chrissie peut être cruelle, mais je te jure que ce n'est pas elle.

Je décide que le temps est venu pour moi d'intervenir.

— Tim, Chrissie avait un mobile, et aussi l'occasion d'agir, apparemment. Je continue à penser qu'il y a de fortes chances pour que votre femme soit la coupable.

Tim secoue la tête.

— Elle est incapable de prononcer le mot *pénis*. Et de me flanquer une gifle même quand c'est moi qui lui demande de le faire. Et quand on joue à ces petits jeux coquins avec quelqu'un…

Dena finit la phrase pour lui :

— … on sait ce qu'il ou elle est capable de faire ou pas. Je sais, c'est moi qui te l'ai appris.

Elle pousse un soupir. Tim acquiesce.

— C'est vrai. Dena, je ferais n'importe quoi pour t'aider. Ce qui est arrivé est… horrible, et le mot est faible ! Quand je l'ai appris, j'ai vomi cinq fois d'affilée. Tu peux demander à Chrissie… en fait, non. Ce n'est peut-être pas une bonne idée. Elle n'a pas apprécié ce que j'ai fait ni ce qui t'est arrivé.

Je lance :

— Quand elle m'en a parlé, elle avait plutôt l'air joyeux.

— Peut-être, mais c'est sa façon de réagir. Lorsque des choses comme celle-là se produisent, elle essaie de faire bonne figure pour pouvoir vivre avec, mais il lui faut une journée pour y arriver. Lorsque les flics sont venus pour nous poser des questions et qu'ils nous ont dit ce qui s'était passé… elle est restée très calme devant eux. Mais dès que nous nous sommes retrouvés seuls, elle a craqué. Il en faut beaucoup pour la faire craquer, mais là, elle l'a fait.

Dena réagit.

— Pourquoi ? Parce qu'elle s'inquiétait pour moi ? C'est un peu difficile à croire, non ?

— Elle s'est dit que le ou la coupable avait réussi à faire de toi une martyre. Et que si tu mourais ou si tu étais grièvement blessée, tout le monde te prendrait pour une fille bien, une « gentille » qui avait besoin qu'on s'occupe d'elle. Elle s'est dit… elle s'est dit que…

Sa voix se brise. Il se lève et se détourne légèrement de Dena.

— Elle s'est dit quoi, Tim ?

— Que ça t'inciterait peut-être à te ranger un peu. Et que tu finirais par vouloir rester avec moi… et pas seulement en tant que maîtresse, mais pour que je prenne soin de toi et… qui sait, que je finisse par t'épouser. Elle s'est dit que j'avais enfin une motivation suffisante pour la quitter.

Il se tourne de nouveau vers Dena.

— Naturellement, elle ignore que c'est faux, que tu ne voudras plus jamais de moi, quelles que soient les circonstances. J'ai raison, n'est-ce pas ? Tu en as assez de moi.

— Tim, nous n'avons rien en commun. Nous nous sommes rencontrés dans un bar, tu m'as montré comment tu pouvais jongler avec ta langue, alors je me suis dit que ça pouvait être intéressant de passer deux ou trois nuits avec toi. Il n'y a jamais rien eu de plus entre nous. On ne peut pas bâtir de liaison durable sur des effets de langue !

Tim dit d'un air nostalgique :

— On a quand même passé des nuits sympa, non ? Tu te souviens de notre dernier rendez-vous ? Tu m'as fait lécher tes cuissardes en cuir verni à talons aiguilles…

Ce souvenir arrache un sourire à Dena.

— Ah oui… On peut dire que tu les as fait reluire, celles-là !

— Je suis capable de recommencer si tu le veux.

Le visage de Dena se durcit. Elle baisse les yeux sur ses jambes.

— Je crois que, pour moi, le temps des talons aiguilles est révolu.

Soudain inquiet, Tim demande :

— Ne me dis pas que tu vas rester pour toujours dans un fauteuil roulant ? Tu remarcheras ?

Dena dit d'une voix triste :

— Avec une canne, si j'ai de la chance.

Tim vire de nouveau au rouge pivoine, puis il regarde fixement le plancher avant d'ajouter :

— Une canne… ? Mais c'est terriblement sexy !

13

Les choses ne sont pas toujours ce que l'on croit. Un exemple ? Les gens me disent souvent que j'ai l'air d'une personne calme et du genre contemplatif alors qu'en réalité, je suis simplement à l'ouest.

Fatalement vôtre

Tim s'en va peu de temps après cette petite incursion dans le passé avec l'épisode des bottes. Je pars une minute ou deux après lui. Si Dena doit séjourner chez moi, il faut que je prépare sa venue comme il se doit. Je vais louer une douche portable accessible aux fauteuils roulants pour la salle de bains du rez-de-chaussée. Il faudra aussi que j'installe une rampe pour les quelques marches de l'entrée de la maison.

Mais tandis que l'ascenseur descend jusqu'au niveau zéro, je n'arrête pas de penser à la peur que Dena ressent. Au lycée, Mary Ann a été frappée par un mec avec qui elle avait eu le malheur de sortir. Ça ne s'est produit qu'une fois, mais lorsque Dena l'a appris, elle est devenue folle de rage. Elle a traqué le mec en question et lui a cassé le nez. Quelques personnes, dont moi, ont été témoins de la scène, mais comme chacun de nous estimait qu'il l'avait mérité, personne ne l'a dénoncée. Plus tard, ces témoins parlaient encore du courage qu'il avait fallu à ma copine pour défier physiquement un homme presque deux fois plus grand qu'elle.

Mais moi, je savais que ce qui l'avait motivée, c'était la peur.

La peur que quelqu'un puisse faire vraiment du mal à ceux qu'elle aime. Si elle a détesté ce mec, c'est aussi parce qu'il l'avait forcée à affronter sa peur pour la première fois. Je me souviens encore de son regard plein de haine lorsqu'elle l'a vu saigner et sautiller sur place sous l'effet de la douleur. Elle a ce même regard aujourd'hui en contemplant ses jambes.

Je sors de l'ascenseur et je quitte l'hôpital. Dena n'est pas la seule à vivre des moments difficiles… je pense notamment à Amelia. Les problèmes relationnels, c'est vraiment idiot. Je repense à ma conversation avec Anatoly. Je sais au plus profond de moi qu'Amelia ne ferait jamais de mal à Dena.

Je m'écarte de l'entrée principale au moment où une bande d'ados entre en trombe dans l'hôpital avant de se ruer dans l'escalier. Je sors mon portable de mon sac et j'appelle Anatoly.

Je tombe sur le répondeur, mais c'est toujours mieux que rien.

Tout en chassant une mouche de ma veste, je laisse un message :

« Salut, c'est moi ! Je suis tombée sur Amelia il y a quelques minutes. Anatoly, je suis sûre à cent pour cent qu'elle est incapable de tirer sur quelqu'un. Surtout Dena. Elle tient vraiment à elle, alors… »

J'inspire longuement.

« Peux-tu me faire confiance sur ce coup-là ? Ça m'arrangerait beaucoup. »

Je fais la grimace en m'écoutant parler. Je suis en train de plaider auprès de son répondeur ! Pathétique, non ?

Je poursuis :

« Bref, je t'appelle surtout pour te dire que lorsque Dena quittera l'hôpital d'ici quelques jours, elle viendra habiter chez nous quelque temps. »

Je m'empresse d'ajouter :

« Voilà. Parfait… à plus ! »

C'est fou ce que je peux être gentille, aujourd'hui.

— Sophie ! Tu arrives ou tu pars ?

Je lève les yeux. C'est Mary Ann qui s'apprête à pénétrer dans le hall de l'hôpital.

Je lui réponds avec un sourire, comme pour m'excuser :

— Je m'en vais. J'ai tout un tas de trucs à faire. Les médecins disent que Dena pourra partir dans quelques jours, et elle m'a demandé de rester chez moi quelque temps, alors…

Je stoppe net en voyant Mary Ann changer de tête.

Une main sur la poitrine, elle me dit :

— Elle t'a demandé… de rester chez toi ? Je croyais… je veux dire, je savais qu'elle devait rester chez quelqu'un pour un temps, mais…

Elle me tourne le dos et s'éloigne de quelques pas.

— Mary Ann, ne va pas croire qu'elle ait choisi entre toi et moi. C'est juste que tu habites un deux-pièces, et ce n'est pas très commode.

Mary Ann répond doucement :

— J'ai décidé de laisser tomber mon appart. Je vais m'installer chez mon futur mari, un cinq-pièces de Forest Hill. J'en ai parlé à Dena ce matin. Je lui ai dit qu'elle pouvait rester chez nous à sa sortie d'hôpital.

— Ah oui ?

Sympa ! Dena aurait quand même pu me faire passer l'info.

Mary Ann se retourne et tente de sourire.

— Pas de problème. Si elle veut rester chez toi, il faut respecter son choix.

— Tu montes la voir ?

Mary Ann lève les yeux, comme si elle était capable de voir à travers les murs et jusque dans la chambre de Dena.

— J'allais le faire, mais…

Son regard redescend.

— Une balade, ça te dit ?

— Dans le quartier ?

— Par exemple, oui… ou peut-être dans un endroit plus calme.

— Un parc ?

— Un parc… ? Ah je vois, tu parles du Buena Vista Park ! J'avais oublié qu'il était tout près d'ici et ce n'est qu'à quelques pâtés de maisons de chez toi… Ce serait sympa, ça fait un bail que je n'y suis pas allée.

En fait, je ne pensais pas du tout au Buena Vista Park. C'est tout près d'ici, en effet, mais ça fait une éternité que je n'ai pas fait de rando dans ce parc. Il faut dire que sa végétation est très dense et que c'est un endroit très retiré… un peu trop pour mon goût. Les gens vont là-bas pour se retrouver en tête à tête, parfois dans le cadre de liaisons clandestines. La dernière fois que j'y ai mis les pieds, je suis tombée sur un homme nu et adipeux qui se faisait faire une gâterie par une femme vêtue en tout et pour tout d'un corset rose fuchsia ! Ça explique sans doute que je sois restée plusieurs mois sans y retourner. Alors qu'en fait, ça aurait pu m'arriver dans n'importe quel parc de San Francisco !

Tout en sortant ses clés de son sac à main, Mary Ann me demande :

— On se retrouve à l'entrée, sur la terrasse panoramique ?

— Pourquoi ? On prend chacune notre voiture ?

Elle hausse les épaules.

— C'est parce que c'est tout près de chez toi et que tu t'apprêtais à rentrer. Je ne vois pas l'intérêt de m'emmener au parc, puis de revenir ici et d'aller chez toi *après* ! Un peu compliqué, non ?

— Un peu.

Ce que j'aimerais lui dire, c'est que j'ai des tas de trucs à faire. Je dois préparer l'arrivée de Dena chez moi, et comme je n'ai encore jamais acheté de matériel pour rendre la maison accessible à un fauteuil roulant, je suppose que je vais perdre pas mal de temps à faire des recherches. Mais comment dire ça à Mary Ann là maintenant, alors que la raison de tous ces préparatifs, c'est justement ce qui la contrarie ?

Je lui dis avec un sourire qui, je l'espère, reflète suffisamment d'enthousiasme :

— Rendez-vous à l'entrée.

Je décide de retourner chez moi en voiture, puis d'aller au parc à pied, ce qui m'évitera de chercher une place de parking. Cela devrait obliger Mary Ann à m'attendre quelques minutes, ce qui est peut-être une bonne chose. Avec un peu de chance, elle finira par trouver une bonne raison, quelque chose qui ne sonne pas comme une insulte pour expliquer l'affront de Dena…

Lorsque j'arrive au parc, Mary Ann m'attend sur le trottoir. Elle est en train d'envoyer un texto, à Monty je suppose ! Dès qu'elle me voit, elle glisse son téléphone dans son sac, et nous nous mettons à escalader les sentiers pour éviter les marches d'escalier et les chemins les plus fréquentés.

Je lui demande :

— Tout va bien avec Monty ?

— Très bien. Il vient de m'envoyer un texto, avec quelques idées pour le mariage.

Elle soupire en enjambant une racine qui dépasse de la terre.

— Il veut aussi savoir si Dena a accepté notre proposition… d'emménager temporairement chez nous. Il sait à quel point c'est important pour moi.

— Tu sais, Dena ne connaît pas très bien Monty. Et comme elle traverse une très mauvaise passe, elle pourrait se sentir gênée de partager tout ça avec lui.

— Je comprends. Tu penses donc que si j'étais seule avec elle, elle accepterait ?

Je m'empresse de regarder ailleurs. Dena aime Mary Ann comme une sœur, aucun doute là-dessus. Mais elle n'aimerait probablement pas être sa colocataire, et je la comprends. J'ai beau adorer ma sœur, j'aimerais encore mieux m'installer en Sibérie que vivre avec elle !

Mary Ann ne me demande pas pourquoi je reste muette. Elle le sait. Nous continuons à marcher quelques minutes sans rien dire ou presque. Autour de nous, les arbres se dressent haut vers le ciel et l'on entend le bruit des animaux qui peuplent les épais fourrés… encore qu'il y ait toujours le risque que ce bruissement provienne d'un sans-abri en train de faire un petit somme ! Espérons que ce ne soit pas autre chose de plus tordu !

Mary Ann finit par dire :

— Je voudrais m'occuper d'elle comme elle l'a fait si souvent avec moi dans le passé.

Un écureuil s'enfuit à notre approche, apparemment indifférent au faucon qui tourne autour de lui.

Je lâche :

— Je ne crois pas que Dena meure d'envie de se sentir maternée.

— Non, j'imagine.

Elle chasse une mèche rebelle de son front avant de poursuivre.

— Dena m'a parlé de votre conversation. Celle où tu lui as dit d'apprivoiser sa colère.

— Ah oui ?

Mary Ann dit d'un air pensif :

— En général, je ne suis pas très sujette à la colère.

— J'ai remarqué.

Je note aussi que le faucon est en train de piquer vers le sol. Si j'étais un écureuil, je paniquerais !

— Mais récemment, j'ai ressenti de la colère. Et je crois que, moi aussi, je veux l'apprivoiser.

Elle tape du poing sur la paume de sa main en s'exclamant :

— J'apprivoise ma colère.

— C'est super ! Vraiment. C'est bien pour toi.

Je laisse passer une trentaine de secondes avant de demander :

— Au fait, tu es en colère contre quoi, au juste ?

La réponse la plus évidente serait qu'elle est en colère contre l'agresseur de Dena. Mais quelque chose me dit qu'il n'y a pas que ça.

Mary Ann répond d'un air évasif :

— Des tas de choses. Je suis en colère qu'on ait fait du mal à Dena, mais aussi qu'elle refuse que je l'aide ! Ce matin, j'ai tenté de lui remonter le moral en lui parlant des préparatifs de mon mariage. Je lui ai dit que ça se passerait à Disneyland, et elle m'a pratiquement jetée dehors !

— C'est sans doute une des raisons pour lesquelles elle ne veut pas venir habiter chez vous dans l'immédiat. Il est difficile d'apprivoiser sa colère tout en discutant d'un mariage qui se tiendra dans « l'endroit le plus joyeux du monde ».

Mary Ann s'arrête.

— Je ne comprends pas ce slogan. Si Disneyland est l'endroit le plus joyeux du monde, que dire de Disney World ?

— Eh bien, euh…

— Et *quel* Disneyland est le plus joyeux ? Celui d'Anaheim, de Tokyo ? Ou celui de Paris ?

Je m'empresse de dire :

— Pas celui de Paris. Les Parisiens sont loin d'être les gens les plus joyeux du monde.

— O.K. Mais tu vois le problème…

Personnellement, je ne vois pas où est le problème… si ce n'est que nous sommes en train de débattre des slogans Disney.

— Je n'arrête pas de dire à Monty qu'ils devraient mettre la phrase au pluriel. Ou alors, ils pourraient faire une rotation. Par exemple : cette année, Disney World pourrait être l'endroit le plus joyeux du monde, et Disneyland quelque chose comme « le deuxième endroit vraiment sympa du monde ».

— Mmm…

— Mais Monty dit que je prends trop les choses au pied de la lettre.

— Tu crois ?

Un autre écureuil arrive sur le sentier. Il s'arrête un moment pour nous observer. Je suis quasi certaine qu'il a roulé des yeux avant de continuer son chemin.

— Oui ! Et il estime que le fait d'évoquer tout ça est un genre de… de RSI !

— Un genre de RSI ?

— Tu sais, comme lorsqu'on dit des choses méchantes sur la religion…

— Ah… tu veux dire « hérésie » ?

— Oui, c'est bien ce que j'ai dit, non ? Donc, il pense que je commets une RSI vis-à-vis de Mickey Mouse, mais c'est faux ! J'adore Mickey et le monde de Disney ! Et j'aspire de toute mon âme à devenir une princesse ! C'est juste qu'à mon avis, ils devraient mettre un s à la fin du mot « endroit » !

— Mary Ann, est-ce que Monty et toi avez des problèmes ?

Nerveuse, Mary Ann se mord la lèvre. Elle me dit doucement :

— Ça s'arrangera… Je crois que j'ai beaucoup de mal à intégrer toute cette colère, qui est nouvelle pour moi. Mais tout ira mieux lorsque je l'apprivoiserai totalement. Tu ne crois pas ?

Je ne suis pas du tout certaine que Mary Ann comprenne l'idée d'apprivoiser sa colère, mais mieux vaut ne pas poser de questions.

— Si on continuait à marcher ?

Nous nous remettons en route le long du sentier. Les arbres s'écartent pour laisser le soleil darder ses rayons sur nous. Je lève mon visage face au ciel pour mieux sentir la chaleur sur ma peau.

Mary Ann me demande :

— Tu crois toujours que c'est Chrissie qui a fait le coup ?

— Tout semble le prouver.

Je n'ai pas beaucoup de mal à suivre le fil de sa pensée même si notre conversation est plutôt décousue. Je lui raconte tout ce que j'ai appris au sujet de Chrissie et de ses vengeances à répétition.

Dès que j'ai fini de la mettre au parfum, Mary Ann s'exclame :

— Waouh ! Tout ce qu'elle fait est minutieusement préparé. Elle a dû passer des mois entiers à mettre sur pied le DMPA juste pour pouvoir embêter Dena et mettre son mari dans une situation embarrassante. Et ensuite, elle a attendu… combien de temps déjà ? Un mois ? Elle a attendu un mois pour trouver quelqu'un qui crève d'envie de lui taper dessus, et suffisamment fort pour avoir des bleus. Ce qui lui a permis de faire arrêter son mari.

Je regarde Mary Ann d'un drôle d'air.

— Mais qu'est-ce que tu me racontes ?

— C'est bien pour ça qu'elle ne lui a pas mis les flics sur le dos après cette histoire de soubrette ! Elle n'avait pas de bleus, elle s'est juste foulé la cheville en se prenant les pieds dans un sac de gym. Pour des violences conjugales, ce n'est pas très convaincant. Elle a donc attendu de trouver quelqu'un dans ton genre.

— Quelqu'un dans mon genre ?

— Ben oui, quoi ! Quelqu'un qu'elle puisse rendre folle de rage et qui soit capable de lui taper dessus de bon cœur ! Et elle s'est enfin retrouvée avec des bleus, comme elle l'espérait. Et quand la police a demandé à Tim s'il l'avait déjà frappée, difficile pour lui de dire non, pas vrai ?

Je me fige sur place en regardant Mary Ann. Au moment précis où je me disais qu'il ne devait pas lui rester un seul neurone, la voilà qui me fait une remarque astucieuse sur un aspect des choses que j'avais totalement occulté.

Mary Ann me lance d'un ton sans réplique :

— Je veux t'aider à coincer Chrissie. Comme ça, je pourrai à la fois aider Dena et apprivoiser ma colère.

— Mary Ann, je ne suis pas certaine que tu aies assez de colère à apprivoiser.

— Sophie, je te jure que je suis plus en colère que je ne l'ai jamais été.

Elle jette un regard sur les plantes qui bordent le chemin. Et alors, inexplicablement, la voilà qui sourit aux anges.

— Hé, regarde-moi ça ! Une coccinelle ! C'est tellement mignon !

Je m'adosse au tronc d'un gros arbre en soupirant pendant que Mary Ann s'agenouille pour contempler l'insecte d'un air béat. Quand on est en colère, on ne s'arrête pas pour admirer des coccinelles ! Ça, j'en suis sûre.

Soudain, on entend une sorte de petit bruit métallique aigu et étouffé. Je lève les yeux juste à temps pour voir ce qui ressemble à mon écureuil tomber d'un arbre avec un bruit sourd.

Je connais ce bruit. J'ai même fait de nombreux cauchemars à cause de lui. C'est le bruit que fait un revolver équipé d'un silencieux. Celui que j'ai entendu juste avant le bruit sourd du corps de Dena heurtant le sol.

Aussitôt, j'attrape Mary Ann et, d'un coup sec, je la remets debout. Puis je l'attire derrière l'arbre avec moi en lui murmurant :

— Ne bouge pas !

Elle a plus l'air inquiète de mon changement de ton que du bruit de l'arme à feu.

— Que se passe-t-il ?

— Mary Ann, tu as reconnu ce bruit ?

Elle plisse le front, perplexe.

— Tu parles du…

— Chut !

Je lui serre le poignet si fort que j'empêche peut-être son sang de circuler. Mais c'est la seule solution que j'ai trouvée pour empêcher ma main de trembler aussi fort que tout le reste de mon corps.

Nous sommes sur une colline, et j'ai l'impression que le coup de feu venait d'en haut. D'où exactement, impossible à dire. Il y a bien trop d'arbres et beaucoup trop de feuillage. Si le tireur reste là-haut, notre arbre peut sûrement nous servir de bouclier suffisamment efficace, mais il faudra bien finir par bouger d'ici. Notre agresseur potentiel a tous les avantages d'un tireur embusqué sur un toit, et je ne sais vraiment pas quoi faire. Je sens le goût acide de la bile remonter dans ma gorge. Je vais peut-être mourir ici, à quelques mètres à peine de l'endroit où j'ai vu une fille pratiquer une fellation sur un mec de cent cinquante kilos. Ça ne se passera pas comme ça!

— Sophie, si tu me disais ce qu'il y a?

Je lui murmure d'un ton sec :

— La ferme!

Je n'ai pas le temps de me lancer dans des explications. Il me faut utiliser toute mon énergie mentale pour mettre au point un plan d'évacuation d'urgence. J'ai bien mon téléphone portable sur moi, mais ça pose un problème. Le parc Buena Vista n'a certes pas la taille du Golden Gate Park, mais avec un peu moins de vingt hectares, on ne peut pas dire non plus qu'il soit petit. Si j'appelle la police, je serai incapable de leur dire avec précision où nous sommes. Et le temps qu'ils arrivent…

J'entends un bruit de pas, le bruit de quelqu'un en train de courir. Ça y est, le voilà! Tout en continuant à tenir fermement le poignet de Mary Ann, je l'entraîne dans les buissons et je la force à se baisser.

Les bruits de pas se rapprochent… Je commence à me demander s'il y a une personne ou plusieurs. Je regarde autour de moi : il n'y a rien que je puisse utiliser comme arme. Notre seul espoir, c'est rester cachées ou, si nécessaire, partir en courant.

Mary Ann a du mal à respirer. Elle commence seulement à avoir la trouille.

Les bruits de pas se rapprochent encore. Ce sont bien deux personnes qui viennent dans notre direction, et qui marchent ou courent exactement au même rythme.

Ils sont maintenant tout près. Mon Dieu ! Oh, mon Dieu !

C'est alors que je les vois. Les chaussures de tennis, les mollets musclés… les shorts fluo… ils n'ont pas l'air de chercher qui que ce soit ! Maintenant qu'ils sont là, je les entends échanger des propos sur… les Pilates ? Je rêve ou quoi ?

Les joggeurs passent près de nous sans même prendre la peine de s'arrêter. L'homme et la femme tournent brusquement la tête en entendant les buissons remuer. La femme s'écrie :

— Des voleurs !

Les voilà qui partent comme des fusées.

— Non, attendez ! Ce n'est pas ce que vous croyez !

Je donne l'ordre à Mary Ann de se joindre à moi pour les rattraper. J'ignore ce qui se passe exactement, mais ce dont je suis sûre, c'est que plus nous serons nombreux, plus nous serons en sécurité.

J'entends la femme crier :

— Jerry, ils courent après nous !

Ils accélèrent de nouveau. Je les suis tant bien que mal, le souffle court. Mary Ann, qui est plus mince et plus en forme que moi, me suit sans peine.

Elle me demande entre deux inspirations :

— Pourquoi courons-nous après eux ?

Je réponds en haletant :

— Pas le temps de t'expliquer. Il faut juste les rattraper !

L'homme s'écrie à son tour :

— Oh, mon Dieu ! Ils vont nous rattraper !

Et les voilà qui redoublent d'efforts. Bon sang, ces deux-là ne sont pas des joggers mais de véritables sprinters olympiques !

Je m'entête à les suivre. Je cours comme si ma vie en dépendait, car j'ai l'horrible pressentiment que c'est justement le cas. A présent, Mary Ann elle-même est à bout de souffle. Son visage est luisant de sueur, on dirait qu'elle vient de se faire appliquer un masque facial.

Et soudain, nous voilà sortis du parc. Nous nous retrouvons dans la rue. Ce n'est pas tout à fait l'itinéraire que j'avais prévu d'emprunter car la voiture de Mary Ann est garée à plusieurs pâtés de maisons d'ici. Je m'arrête un instant, ne sachant si nous sommes désormais en sécurité. Mary Ann se penche en avant, les mains sur les genoux.

C'est alors que j'aperçois la voiture de police. Une vague de soulagement m'envahit, et je lève la main pour faire signe aux policiers. Mais les joggers me prennent de vitesse. Ils foncent sur elle en faisant des moulinets avec les bras, comme s'ils étaient en train de guider un avion sur une piste d'aéroport.

La voiture ralentit et s'arrête. Un des policiers sort du véhicule et je lui souris. Mes genoux tremblent et ont à présent beaucoup de mal à supporter le poids de mon corps. Mais le flic ne me regarde pas, il écoute attentivement les joggers.

Lorsqu'il se décide à venir vers nous, il a l'air plus en colère que soucieux de nous venir en aide.

— Ce couple prétend que vous avez jailli des buissons et tenté de les agresser.

Mary Ann, qui contrairement à moi a repris son souffle, s'empresse d'intervenir.

— Pas du tout ! Nous n'avions aucune intention de les agresser ! Nous voulions juste les rattraper, n'est-ce pas, Sophie ?

Comme j'ai beaucoup de mal à respirer, je fais signe que non. Mary Ann me demande :

— Les poursuivre, alors ?

Elle sourit à l'agent de police comme pour s'excuser.

— Désolée, mais je ne sais pas vraiment ce qui se passe.

Elle se retourne vers moi.

— Ça a un rapport avec la coccinelle ?

Le souffle court, je réussis à dire :

— Pas du tout ! Quelqu'un nous a tiré dessus !

Contrairement à Mary Ann, je n'ai pas seulement le nez qui brille. Je suis carrément en eau ! Des gouttelettes de sueur naissent à la racine de mes cheveux et me dégoulinent dans les yeux.

L'agent demande d'un air sceptique :

— Ils vous ont tiré dessus ? Ces gens ici présents ?

Il fait un geste en direction des joggers qui se tiennent à bonne distance de nous. Naturellement, ils nient les faits.

— Nous n'avons tiré sur personne ! Nous étions en train de faire notre jogging. N'est-ce pas, Jerry ?

— C'est exact ! Voilà des années que j'écris à mes conseillers municipaux pour leur demander d'assurer la sécurité dans nos parcs, mais vous croyez qu'ils m'écoutent ? Pas du tout ! Et maintenant, voyez le résultat : nous avons été obligés d'accélérer l'allure pour distancer deux filles qui font sans doute partie d'une bande de délinquantes !

Je répète ces derniers mots tout haut. J'ai enfin récupéré ma voix... J'attrape le bas du débardeur style baby-doll de Mary Ann et je le fourre sous le nez de l'agent.

— Depuis quand les filles des bandes font-elles leurs emplettes chez Banana Republic ?

L'agent soupire.

— D'accord. Si on reprenait tout depuis le début ?

Ce qui provoque un concert de protestations, de notre part et de celle des deux joggers. Ces derniers s'en tiennent à leur version, à savoir qu'il s'agissait d'un guet-apens. Mary Ann raconte son histoire de coccinelle. Quant à moi, je m'égosille à parler d'un écureuil tombé d'un arbre.

En racontant de nouveau notre version de l'histoire, nous perdons tous notre crédibilité. L'agent de police finit par accepter d'envoyer son équipier sur les traces du rongeur assassiné, mais en vain. Il n'est plus là, or c'était la seule preuve que nous étions en danger. Pire encore, il devient hélas évident que Mary Ann et moi avons été à deux doigts de provoquer une crise cardiaque chez les deux joggers.

Alors je raconte à l'agent l'histoire de Dena et lui explique que le bruit de ce coup de feu m'a rappelé celui que j'avais entendu quelques jours plus tôt.

Le policier me dit :

— Apparemment, vous avez eu pas mal d'ennuis ces derniers temps. Quand nous sommes effrayés et traumatisés, notre cerveau nous joue des tours. Rien de plus normal.

J'insiste.

— Mon cerveau ne me joue aucun tour ! Je jure que c'était exactement le bruit que j'ai entendu lorsque quelqu'un a tiré sur mon amie avec une arme munie d'un silencieux !

Le policier m'observe attentivement avant de se tourner vers Mary Ann.

— Vous étiez présente le soir où le coup de feu a été tiré, n'est-ce pas ?

Elle hoche la tête. Elle a l'air incroyablement mal à l'aise.

— Pendant que vous marchiez sur ce sentier, avez-vous entendu un bruit qui ressemblait à celui de l'autre soir ?

Elle tente d'esquiver la question.

— J'ai entendu… quelque chose.

L'agent l'encourage à parler.

— Mais était-ce le même bruit ?

Le ciel s'assombrit… d'autant que les joggers paniqués ne le sont plus du tout. Maintenant, ils ont l'air furieux.

Mary Ann tente une fois de plus de botter en touche.

— Je ne peux pas vous dire si c'était le même bruit.

— Mais est-ce qu'il ressemblait à l'autre ?

Mary Ann me lance un regard presque désespéré.

— Je suis désolée, mais… je ne peux pas le dire non plus.

L'agent soupire.

— Ne vous faites pas de souci, ce n'est pas grave.

Puis il m'adresse un sourire de sympathie.

— Vous n'avez aucune raison de vous sentir mal à l'aise. Ceci étant, ça ne vous ferait pas de mal d'en parler à quelqu'un. Il existe des tas d'excellents psychiatres qui sont spécialisés dans le stress post-traumatique. Je suis sûr que les services de santé dont vous dépendez peuvent vous communiquer quelques noms.

Je secoue la tête. Si j'essaie de lui répondre, j'ai peur de finir par hurler…

L'agent nous informe que nous sommes libres de partir (au grand désespoir des joggers). Il va même jusqu'à nous reconduire à l'endroit où Mary Ann a garé sa voiture.

Mary Ann me ramene chez moi, puis je la fais entrer. Mais c'est seulement au bout de cinq bonnes minutes, après qu'elle s'est assise sur mon canapé et a commencé à jouer nerveusement avec ses doigts en me regardant avec un air inquiet et contrit que je réussis enfin à me ressaisir et à lui parler.

Je lui dis d'un ton sec :

— Comment as-tu pu oublier ce bruit ? Tu l'as entendu, oui ou non ? Cette sorte de cliquetis, juste après que tu t'es baissée pour regarder la coccinelle ?

— Comme je l'ai dit, j'ai entendu… quelque chose. Il est possible que ce soit ça, en effet.

— Mais en l'entendant, tu n'as pas eu l'impression que c'était le même bruit que le coup de feu tiré sur Dena ?

Mary Ann s'empresse de regarder ailleurs.

— Bon sang, Mary Ann, réponds-moi ! J'ai l'impression de devenir folle, avec toi !

Elle répond d'une voix étrangement calme :

— Je ne sais pas s'il ressemblait au coup de feu de l'autre soir. Je ne suis même pas certaine d'avoir entendu quelque chose le soir où l'on a tiré sur Dena. Sophie… ce n'est pas toi qui deviens folle. C'est moi. Je ne me rappelle absolument rien de ce soir-là.

J'arrête de faire les cent pas dans la pièce et je la fixe des yeux.

— Tu ne te souviens de rien ?

— Enfin, non, pas tout à fait. Je me souviens de vous avoir parlé de mes fiançailles et d'être allée dans ma chambre pour chercher les revues spécialisées dans le mariage. Mais après ça…

Elle ne finit pas sa phrase. Elle secoue la tête et se met à cligner des yeux à plusieurs reprises, comme si elle tentait de retenir ses larmes.

— Après, c'est le flou complet ! Je ne sais pas ce qui m'arrive !

Je m'assieds près d'elle en soupirant.

— C'était une soirée vraiment horrible, et tu étais dans tous tes états. Tu fais un blocage, tu refoules tes souvenirs, voilà tout. Il n'y a rien d'anormal à ça.

— Tu trouves normal que j'oublie ce qui s'est passé il y a trois jours ?

Je glisse mon bras sur son épaule et je la serre tendrement contre moi. C'est la toute première fois que Mary Ann se retrouvait dans ce genre de situation, quand la vie peut basculer en une seconde. La première fois qu'elle voyait un être humain blessé et allongé par terre, immobile, perdant son sang… Son incapacité à se souvenir des faits ne fait pas d'elle une folle ou un être faible. Elle lui permet de survivre. C'est la façon qu'a choisie son cerveau de surmonter son stress. Mon cerveau à moi réagit différemment dans ce genre de situation. Il le faut bien, car si j'oubliais chacun des grands traumatismes de ma vie, je serais incapable de me souvenir des meilleurs moments de ces quatre dernières années.

Je dis d'une voix calme :

— Mary Ann, tu ne dois pas t'en vouloir d'avoir tout oublié. Mais j'ai besoin que tu me fasses confiance si je dis que je suis quasiment certaine que quelqu'un nous a tiré dessus aujourd'hui.

Je porte soudain mes doigts à mes tempes.

— Mon Dieu ! Mais ça change tout !

— Comment ça ?

Elle sort un mouchoir en papier de son sac et se tamponne le nez avec.

Je m'efforce de parler d'une voix posée.

— Ça change tout, parce que maintenant nous savons que ce n'était pas forcément Dena qui était visée. La cible, c'était peut-être l'une de nous deux.

14

Changer d'avis est une des prérogatives de la femme. L'apanage des hommes serait plutôt de ne pas avoir d'avis du tout.

Fatalement vôtre

Dès que j'ai fini d'expliquer mon histoire pour la centième fois, Mary Ann me dit :

— Je ne comprends toujours pas ! Tu étais tellement sûre que Chrissie était la coupable. Et maintenant, tu as l'air aussi sûre du contraire !

— Je n'ai pas de certitude.

J'ai fait du thé à la demande de Mary Ann, mais je suis bien trop agitée pour en boire. Assise sur l'accoudoir de mon canapé, je laisse la vapeur de mon énorme mug dilater les pores de ma peau.

— Je ne suis sûre de rien. Mais à la réflexion, je me dis que cette histoire avec Chrissie ne colle pas vraiment.

— Ah bon ?

— Tu l'as dit toi-même, Chrissie est très forte pour planifier les choses, et pour attendre le bon moment. Par exemple, le lancement du DMPA dans le seul but de mettre Tim en porte-à-faux vis-à-vis de sa famille et de l'église… C'est machiavélique, c'est tordu, mais en même temps, c'est génial. C'est comme cette histoire de bleus, le fait d'attendre de trouver la bonne poire pour lui taper dessus et pouvoir accuser Tim de violences conjugales. Elle a réussi à exécuter son plan à la lettre ! Elle m'a provoquée sciemment, et moi j'ai mordu à l'hameçon !

Mary Ann compatit.

— Tu étais dans tous tes états…

— Justement ! C'était ça, son idée ! Elle a vu que j'étais à cran, et elle s'est servie de moi ! Elle savait que Tim ferait un excellent coupable car il est, disons, ultrasensible à tout ce qui touche les violences familiales. C'est sûrement lié à ses antécédents familiaux. Il a frappé Chrissie et il ne se l'est toujours pas pardonné, de sorte que lorsque la police a débarqué avec les menottes, il ne s'est même pas posé de question. Elle, elle savait ce qui se passerait ! C'est une superméchante, comme celles qu'on voit dans *Superman Returns* ou dans *le Chevalier noir*, avec Batman. Le genre de méchante pratiquement impossible à battre, car elle réfléchit beaucoup avant d'agir.

Tendue, Mary Ann fixe la fenêtre des yeux. Elle n'est pas convaincue à cent pour cent qu'on nous a tiré dessus, mais ne le serait-elle qu'à cinquante pour cent, cela suffit à la rendre nerveuse.

— Donc, cette fille est diabolique. Ce simple fait devrait nous inciter encore plus à la croire coupable, non ?

— N'importe quel crétin aurait pu dire à Chrissie que l'article qu'elle publiait ferait d'elle la première suspecte si quelque chose arrivait à Dena. Or Chrissie n'a rien d'une imbécile !

Mary Ann fait de son mieux pour rester calme.

— D'accord, elle est très futée.

— Exact. Alors pourquoi une femme qui attend toujours son heure pour agir et qui n'oublie jamais de surveiller ses arrières, pourquoi tirerait-elle sur sa rivale deux semaines après avoir publié un article faisant savoir au monde entier que Dena la gêne ? Et après, la voilà qui décide de nous tirer dessus dans un parc alors que n'importe quel randonneur peut la surprendre ! Ce n'est pas seulement stupide, c'est un acte impulsif. Or, si Chrissie est totalement cinglée, elle est loin d'être impulsive. Elle est tout sauf ça.

— Mais alors, qui ? Tu as dit que la cible n'était peut-être pas Dena, mais l'une de nous deux. Qui voudrait nous faire du mal ? Nous n'avons aucun ennemi.

Je me mets à rigoler, si fort que j'en renverse presque mon thé. Il me faut une bonne minute pour constater que Mary Ann est très sérieuse.

— Mary Ann, j'ai personnellement plus d'ennemis que Bernie Madoff ! Je suis responsable de l'arrestation d'au moins sept personnes. J'ai dévoilé les secrets de pas mal de gens, et au cas où tu ne l'aurais pas remarqué, on essaie de me tuer à peu près deux fois par an.

— Tu exagères !

— Pas tant que ça. En revanche, c'est vrai que toi, tu n'en as pas des masses, mis à part peut-être quelques ex…

Je jette un œil sur M. Katz. Il est assis près de la fenêtre, et les feuilles de l'arbre derrière les vitres dessinent sur le gris de son pelage luisant un jeu complexe d'ombres noires.

Tout à coup, malgré le thé qui était censé me réchauffer, j'ai l'impression d'avoir les mains qui se glacent.

— Sophie, ça va ?

Je murmure :

— Il est passé la voir le matin. Le matin !

— Sophie… ?

— Je n'y ai pas pensé avant, mais… Oh, mon Dieu ! Comment se fait-il que je n'y aie pas pensé !

— Sophie, je ne sais pas du tout de quoi tu parles…

— Rick est passé à l'hôpital tôt le matin, le lendemain du coup de feu.

— Je sais. Il n'aurait d'ailleurs jamais dû venir. Mais je ne vois pas ce qu'il y a de bizarre là-dedans.

Je repose lentement ma tasse de thé sur la table basse. M. Katz en remue la queue de plaisir anticipé.

— Mary Ann, la police n'a dévoilé le nom de Dena à la presse que l'après-midi. Même si Rick a entendu parler du coup de feu le soir même aux informations, il ne pouvait pas savoir que la victime était Dena. Sauf s'il était sur les lieux.

Mary Ann ne bouge pas. M. Katz lui-même prend des allures de statue.

Puis elle me dit, d'une voix à peine audible :

— Rick ne ferait jamais une chose pareille.

— Mary Ann, j'étais derrière un arbre ! Si c'était moi qui était visée, le tireur aurait au moins attendu que je réapparaisse dans sa ligne de mire. En plus, Rick avait la clé d'accès à ton immeuble.

— Il me l'a rendue !

— Oui, mais qui sait s'il n'a pas fait faire un double ?

— Il est incapable d'une chose pareille !

Elle saute sur ses pieds et me fusille du regard.

— Rick est un homme infidèle, mais ce n'est pas un assassin. Et même s'il l'était, jamais il ne m'assassinerait, *moi*. Je compte, pour lui !

J'y vais sur la pointe des pieds…

— C'est vrai, Mary Ann. Mais si Rick est vraiment dingue au point de se mettre à tirer sur des gens, ce n'est pas ça qui te protégera. Il ne se passe pas un jour sans qu'un assassin ne tire sur quelqu'un qui compte beaucoup pour lui !

— Mais Rick veut que nous nous remettions ensemble !

Mary Ann secoue la tête, et ses boucles voltigent autour de son visage, faisant ressortir ses grands yeux bruns. Nerveuse, elle parcourt toute la pièce du regard. On dirait un ange qui ne sait pas s'il est tombé sur terre ou en enfer.

— Comment veux-tu que je retourne avec lui s'il me tue ? Ça n'a vraiment aucun sens !

— Tu m'as dit que Rick t'avait appelée le soir de tes fiançailles. Lui as-tu dit que tu étais fiancée ?

Elle hoche la tête.

— C'était la veille de l'agression de Dena. Rick aurait dû se rendre compte que ce n'était pas toi, mais il ne s'attendait pas à voir quelqu'un d'autre dans ton appartement… Et puis, il était nerveux et il savait qu'il devait agir vite… il a très bien pu se planter.

Encore sceptique, Mary Ann ajoute :

— Mais même lorsque je lui ai annoncé mon mariage, il m'a dit qu'il ne renonçait pas à moi.

— Justement ! C'est ce qu'on appelle faire une fixation sur quelqu'un. Ce n'est pas bon signe. Et puis, ce qu'il dit ne correspond pas exactement à ce qu'il fait.

— Que veux-tu dire ?

— Il est venu à l'hôpital avec sa petite amie dans son sillage ! Celle avec qui il te trompait ! Si vraiment il avait une telle envie de rentrer dans tes bonnes grâces, tu ne crois pas qu'il aurait pu… je ne sais pas, moi… cesser de sortir avec Fawn ?

On entend dehors le bourdonnement saccadé d'un hélicoptère. C'est si rare qu'en d'autres circonstances, ça aurait pu devenir un nouveau sujet de conversation. Mais pas maintenant. Un astéroïde pourrait s'écraser sur mon plafond qu'aucune de nous deux n'y prêterait la moindre attention.

Mary Ann dit d'une toute petite voix :

— Rick n'aime pas être seul. Je ne pense pas qu'il soit vraiment attaché à elle.

— Il n'est peut-être attaché à personne. Il est possible qu'il soit incapable d'accepter d'être largué par quelqu'un, a fortiori une fille comme toi ! Il a peut-être un besoin obsessionnel de vengeance !

Mary Ann suggère, pleine d'espoir :

— A moins que ce ne soit elle ! Se pourrait-il qu'elle soit jalouse de moi ? Ce serait un bon mobile, non ?

Je jette un coup d'œil vers M. Katz. Il s'est roulé en boule, une boule de poils dont émerge la tête fourrée sous ses pattes de devant. Il est clair qu'il n'a aucune intention de prendre part à notre discussion.

Fawn est passée à l'hôpital le matin après l'agression. J'ai supposé que Rick lui avait expliqué ce qui s'était passé, et qu'en apprenant son intention de rendre visite à Dena, elle avait insisté pour le suivre. A sa place, j'aurais fait la même chose, surtout si j'étais persuadée que la vraie raison de la visite de mon petit ami était de tomber « par hasard » sur son ex. Naturellement, il est possible que ce soit Fawn qui ait annoncé à Rick qu'on avait tiré sur Dena. Dans quel but ? J'essaie de me souvenir de son comportement, ce matin-là. Le mot qui me vient immédiatement à l'esprit, c'est *normal*. Si je fais la même chose avec Rick, ce serait plutôt *anormal*. Lui se conduisait bizarrement.

Je risque une hypothèse.

— C'est vrai que Fawn avait un mobile pour te faire du mal…

— Ah, tu vois ? Et si Rick possédait un double de ma clé, elle aurait pu facilement la prendre.

— Possible, oui…

Elle insiste.

— Si quelqu'un en a après moi, c'est forcément Fawn ! Tout s'explique, d'ailleurs. Tu sais qu'elle écorche les animaux… Le sang et les tripes, elle connaît !

— Quand on écorche un animal lyophilisé, je doute qu'il y ait beaucoup de sang et de tripes !

— Mais les animaux sont morts ! Elle a choisi un boulot qui l'oblige à travailler en continu avec des créatures mortes. Elle aime tout ce qui est mort !

Je lève la main pour couper la parole à Mary Ann avant qu'elle ait fini de me faire sa démonstration par a + b (que je qualifierai de logique par pure charité).

— Mary Ann, j'admets que Fawn avait un mobile. Mais si elle voulait te tirer dessus, elle l'aurait sans doute fait avant tes fiançailles. C'est surtout à ce moment-là que tu constituais une menace pour elle.

— Alors tu t'es peut-être trompée sur ce qui s'est passé dans le parc… Peut-être que c'est bien Chrissie qui a tiré ce coup de feu, et que l'écureuil est tombé de l'arbre… parce qu'il avait le vertige.

— Le vertige ?

— Pourquoi pas ?

Elle se balance d'un pied sur l'autre en tirant nerveusement sur ses doigts.

— Non, ce n'est pas possible.

— Pourquoi ?

— Parce que c'est un écureuil ! Les écureuils grimpent aux arbres, ils n'en tombent pas ! Le fait de ne pas tomber est justement une de leurs caractéristiques.

M. Katz lève la tête et ronronne pour nous faire part de son approbation. Il le sait bien, lui ! Il a observé plus d'une fois des écureuils par la fenêtre, sans les quitter un instant des yeux.

— Mais peut-être que cet écureuil avait des problèmes…

— Je vois. Tu suggères que c'était un écureuil maladroit.

— Voilà, c'est ça !

— Mary Ann…

— Oui ?

— L'écureuil a reçu une balle.

Mary Ann détourne les yeux en se mordant nerveusement les lèvres.

— Ça ne peut pas être Rick ! Je ne peux pas être sortie avec quelqu'un capable d'une chose pareille. C'est impossible !

Mais sa voix a perdu de son assurance.

Je lui dis gentiment :

— Les hommes sont difficiles à cerner, tu sais. Ils disent qu'ils pensent à toi à chaque instant de la journée, mais dès qu'on leur parle de relation monogame, ils trouvent tout à coup que tu n'en vaux pas la peine ! Ou alors ils disent : « Je t'appelle » alors qu'ils n'ont aucune intention de te revoir. Ou encore : « Remettons-nous ensemble », alors que le fond de leur pensée, c'est : « J'envisage de te tirer une balle dans la tête. » C'est compliqué !

Mary Ann se laisse tomber sur le canapé.

— Mais ça voudrait dire que c'est ma faute ! Tout est ma faute.

— Mary Ann, pas question de rejeter la culpabilité sur toi pour ce…

— Mais c'est moi qui l'ai choisi ! Je n'ai pas choisi de faire entrer Fawn dans nos vies, et je n'ai jamais rencontré Chrissie, mais Rick, c'est *moi* qui l'ai choisi. Moi et personne d'autre ! Comment ai-je pu faire un choix qui fasse du mal à Dena ? Comment ai-je pu être aussi stupide ?

Elle se voûte sur son siège et appuie les mains sur son ventre comme si elle souffrait physiquement.

— Mary Ann, ce n'est pas ta faute.

— Si ! Bien sûr que si ! Comment peut-on être idiote à ce point ?

— Bon, ça suffit ! As-tu seulement une idée du nombre d'ennemis que j'ai pris pour des amis ? Bon sang ! J'ai quasiment passé ma vie à le faire…

Mais je crois qu'elle ne m'entend pas vraiment. Elle lance un nouveau regard apeuré vers la fenêtre et dit, pleine d'espoir :

— Il est possible que tu te trompes… Es-tu certaine à cent pour cent que ce que tu as entendu est un coup de feu, pas un pistolet à air comprimé ou un truc de ce genre ?

— Un pistolet à air comprimé ?

— Tu te souviens de ce sale gamin au lycée ? Je crois qu'il s'appelait… Andrew. Oui, c'est ça ! Il a eu des ennuis parce qu'il tirait sur des animaux avec des pistolets à air comprimé.

J'hésite. En fait, je n'ai encore jamais entendu le bruit que fait ce type d'arme. Font-elles du bruit, d'ailleurs ? Peut-être que l'Eventreur (de rongeurs) ne nous visait pas personnellement. Cette idée devrait me réconforter, mais ce n'est pas le cas. Pas seulement à cause de ce que cela révèle sur la noirceur de la nature humaine (sérieusement, il faut vraiment être un salaud pour tirer sur un écureuil, non ?), mais parce que cela brouille les cartes. Si le tireur visait Mary Ann, j'aurais une vision plus claire de la menace. Je saurais qui je dois protéger. Mais s'il y a un risque que je me trompe à propos du coup de feu… N'oublions pas que la police n'a rien trouvé ! Maintenant, je ne suis plus du tout certaine de l'identité du tueur, ni même de celle de la victime réellement visée. Je nage dans le doute.

— Sophie ?

— Le bruit que j'ai entendu ressemblait vraiment à celui que j'ai entendu le soir où Dena a été agressée. Mais j'imagine… enfin, je veux dire, il est possible que je me trompe.

Mary Ann reprend aussitôt du poil de la bête.

— C'est ça ! Parce que tu te plantes toujours sur ce genre d'affaire, bien sûr ! Comme la fois où…

— Pas la peine d'extrapoler.

— Pourquoi est-ce que j'aurais envie d'extrapoler maintenant ?

M. Katz repose sa tête sur sa patte.

— Ecoute, il se peut que j'aie tort, mais il se peut aussi que j'aie raison.

Mary Ann hoche la tête.

— Je suis terrifiée. J'ai la trouille de penser que c'est peut-être moi qui suis à l'origine de tout ça. Cela me terrifie qu'il puisse y avoir un tireur embusqué dehors et qui essaie de m'abattre.

Je dis, un peu hésitante :

— En ce qui concerne le troisième point, tes craintes sont peut-être fondées. Tu dois faire très attention. Finis les parcs isolés. Fais en sorte de ne jamais rester seule. Est-ce que Monty est rentré ?

Mary Ann regarde sa montre.

— Il devrait, oui. Il avait une réunion avec les Japonais, cet après-midi.

— Les Japonais ?

Mary Ann tente d'esquiver la question.

— Enfin, pas tous les Japonais. Juste quelques-uns.

— C'est en effet plus facile que de rencontrer toute une population !

Mary Ann hoche la tête d'un air distrait. Apparemment, elle n'a même pas relevé l'ironie de ma remarque.

— Ce sont des distributeurs, ou quelque chose comme ça. Monty a conçu un nouvel « animatronic », un animal robotisé. Il espère qu'ils le vendront dans leurs magasins. Il a baptisé ce robot « Catbot », et on croirait presque un vrai. Il ronronne, il s'étire, et si tu l'appelles par son nom, il t'ignore totalement. Exactement comme un vrai chat !

— Waouh ! C'est… géant !

Mary Ann cesse de jouer avec ses doigts.

— Tu sais, Monty a une grande puissance créatrice. Je meurs d'impatience de le rejoindre chez lui, mais…

Elle inspire longuement et se lance :

— Je sais que c'est beaucoup demander, mais je voudrais rentrer et j'ai peur d'y aller seule en voiture. Tu pourrais peut-être me suivre ? Je sais bien que c'est casse-pieds pour toi, mais…

Je balaie ses scrupules d'un revers de la main.

— Aucun problème ! Je te suis. Mais n'oublie pas qu'avant, nous n'étions pas sur nos gardes. Nous ne faisions pas attention à ce qui pouvait se passer autour de nous. Alors qu'aujourd'hui, nous savons que tu es peut-être en danger, et nous serons donc attentives. Tu seras moins vulnérable. Tu verras, ça va aller !

Tandis que je sors de chez moi derrière Mary Ann, je fais une courte prière silencieuse pour que ce que j'ai dit soit vrai. Mais je me sens impuissante. Aucune de nous n'est à l'abri du danger.

15

Pourquoi les robes de demoiselle d'honneur couleur pêche ne sont-elles pas proscrites par la Convention de Genève ?

Fatalement vôtre

Le trajet en voiture se déroule sans histoires, ce qui nous met du baume au cœur. Je colle la Coccinelle VW de Mary Ann. La tâche est aisée car, à l'inverse de ma sœur, Mary Ann est une conductrice prudente. Mon téléphone me fiche la paix, et aucun écureuil mort ne tombe du ciel. La musique des Black Eyed Peas est à fond la caisse, et pendant quelques instants, tout semble merveilleusement normal. J'ai l'impression d'être dans une bulle apaisante favorable à la méditation. Si cela ne tenait qu'à moi, je resterais ainsi jusqu'à la fin de mes jours.

Je n'ai malheureusement pas le choix. Nous arrivons devant la maison de Monty, et j'ai prévu au départ d'accompagner Mary Ann jusqu'à la porte puis de repartir, à condition bien sûr que Monty soit chez lui. Mais dès que j'aperçois la Volvo garée devant la maison, je comprends que ma visite sera moins brève que prévu. Je sors de ma voiture et me dirige vers le véhicule importun. J'aperçois sur la banquette arrière le siège pour bébé rempli de miettes de pain que je ne connais que trop bien.

Dès que Mary Ann s'extrait de sa VW, je la préviens.

— Ma sœur est ici.

— Ah… c'est bien ?

C'est aussi la question que je me pose.

Je lui demande :

— Tu as l'intention de raconter à Monty ce qui s'est passé dans le parc ?

— Je n'ai aucun secret pour lui. Mais si je lui parle de ça… il restera tout le temps collé à moi en pensant que je peux être en danger. Même quand j'irai travailler.

— Si ce n'est pas de l'amour… !

— C'est vrai. Mais il ne peut pas se permettre d'abandonner son boulot juste pour me protéger au cas où. C'est l'un des très rares fabricants de jouets qui continue de placer régulièrement ses peluches-robots auprès des magasins.

Le vent soulève ses cheveux et les chasse de son visage tandis que son regard devient absent sous le coup de l'émotion.

— Les enfants sont fous de ses jouets ! Ceux qui voudraient avoir un animal de compagnie mais qui ne le peuvent pas pour cause d'allergie, ou parce qu'ils ont la nausée quand on leur demande de ramasser les crottes ! Et Monty n'est pas seulement en train de lancer son Catbot. Il espère que les hommes d'affaires susceptibles d'être intéressés par ce jouet l'aideront aussi à financer ses travaux sur la création d'un ptérodactyle capable de préparer des Hokey Pokey ! Que deviendront tous ces gosses si Monty décide cette semaine d'ignorer ses réunions pour moi ?

Ma réponse est un peu hésitante.

— Les enfants aiment les animaux en peluche parce qu'ils veulent quelque chose de doux pour s'endormir. Ils n'ont pas besoin d'un nounours pour faire la chenille au son de la conga !

Le vent tombe, comme s'il était déçu par mon manque d'enthousiasme devant la situation désespérée du marché mondial des faux animaux de compagnie.

Mary Ann insiste :

— Tu te trompes ! Il ne s'agit pas seulement de faire des câlins ! Ça concerne aussi le… la…

— Tu veux dire que le seul vrai problème, c'est le Hokey Pokey ?

L'espace d'un instant, nous nous toisons du regard. Mary Ann serre les lèvres, de plus en plus fort… mais elle finit par craquer et elle éclate de rire. Le fou rire commence à me gagner, moi aussi. Et lorsque Mary Ann rit si fort qu'elle fait fuir un écureuil du haut d'un arbre, je pars à mon tour. Nous nous tenons par la main en tapant du pied sur le trottoir pour essayer – en vain – de venir à bout de notre accès d'hilarité. C'est la goutte d'eau ! Trop, c'est trop. Cette journée, toute cette semaine de cauchemar… nous n'en pouvions plus. L'idée que le Hokey Pokey puisse être la cause de tous nos problèmes est la chose la plus désopilante que nous ayons entendue…

J'ignore combien de temps il nous faut pour nous ressaisir. Quand on est dans cet état, il est aussi difficile d'évaluer le temps qui passe qu'au beau milieu d'un tremblement de terre ! On a l'impression que cela ne s'arrêtera jamais même si, selon toute logique, cela n'a sans doute pas duré plus de quinze secondes.

Mary Ann s'écarte de moi et s'essuie les yeux du revers de la main.

Elle me demande, mi-sérieuse mi-goguenarde :

— Tu crois que nous devenons folles ?

— Encore faudrait-il que nous ayons été saines d'esprit avant !

Elle approuve d'un hochement de tête.

— Je crois que je n'en parlerai pas tout de suite à Monty. Il faut d'abord que je réfléchisse à la manière d'aborder cette histoire… ça et tout le reste, en fait. Tout est si déroutant que je nage en pleine confusion. Si j'en parle à Monty, ça va l'inquiéter et il sera un peu perdu, lui aussi. En fin de compte, personne ne comprendra plus rien à rien, et je ne pense pas avoir envie de ça.

Je ne suis pas certaine de la suivre. Disons que je suis… perplexe, moi aussi. Mais une chose est claire : rester là debout sur le trottoir d'une paisible rue quelques heures à peine après une probable tentative d'assassinat n'est pas une bonne idée. Et puis j'aimerais savoir ce que Leah est venue faire ici…

Je passe mon bras sur l'épaule de Mary Ann et je la conduis en douceur vers la porte.

Monty et Leah sont assis sur le canapé. Il y a une demi-douzaine de classeurs posés sur la table basse, et Leah en a un autre ouvert sur ses genoux, un énorme classeur noir. Jack est debout près de la fenêtre, et il bondit vers moi dès qu'il m'aperçoit.

Il me hurle dans les oreilles :

— Ouais… tata Sophie ! Tu nous as trouvés… !

Après quoi il me balance une grande claque dans le tibia. Jack a quatre ans et, allez savoir pourquoi, il n'a pas encore maîtrisé la technique du « tape-m'en cinq ». Pour lui, à partir du moment où l'on tape sur quelqu'un la paume ouverte, peu importe que ce soit dans la main ou ailleurs !

— En plus, je ne savais même pas que je te cherchais !

J'essaie de refouler mon appréhension et je vais m'asseoir à côté de Leah. Le classeur qu'elle tient sur ses genoux est ouvert à une page qui propose un choix élaboré de menus.

Monty se lève pour donner un rapide baiser à Mary Ann. Puis il dit d'une voix douce :

— C'est sympa que Leah ait décidé de passer nous voir, non ?

Il a l'air dépassé par les événements, et un peu perdu. Une réaction somme toute assez normale après un entretien avec Leah.

Laquelle nous dit d'une toute petite voix :

— Je me suis dit qu'il fallait faire un saut chez vous pour

vous montrer quelques-uns des endroits les plus fabuleux pour l'organisation d'un mariage ici, à San Francisco. Sais-tu qu'on peut se marier au musée de la Légion d'honneur ? On peut même louer tout le musée !

Mary Ann demande, comme si ce concept était difficile à intégrer :

— Nous parlons de *mon* mariage, c'est bien ça ?

Monty lui prend le menton et lui sourit en plongeant les yeux dans les siens.

— Je sais à quel point c'est dur pour toi. Ta cousine est à l'hôpital et le monde est sens dessus dessous…

— Tu ne peux pas savoir à quel point ! C'est comme s'il avait pris un virage à trois cent soixante degrés !

Monty marque une pause pour réprimer un petit sourire.

— Oui, bon… C'est pour ça qu'il faut parler de notre mariage. Autour de nous, c'est la folie et le chaos, mais toi et moi… nous sommes au-dessus de tout ça. Notre mariage sera un vrai conte de fées, ce qui n'exclut pas, bien au contraire, une certaine sobriété. Je pense que nous avons tous besoin d'un peu de simplicité, en ce moment, y compris Dena.

Leah s'éclaircit la gorge, l'air résolu.

— Je suis tout à fait d'accord. Naturellement, Disneyland n'est pas ce qu'il y a de plus sobre.

Les yeux toujours rivés sur Mary Ann, Monty s'exclame :

— Les contes de fées de Disney sont très simples, vous savez. Ecoutez, je sais que les gens me trouvent un peu dingue. J'adore Cendrillon, et je rêve d'un grand mariage en blanc avec des carrosses et de la poudre de fée…

Leah gribouille quelque chose au dos de sa carte de visite et me la refile. Je lis le message :

« Tu es sûre qu'il est hétéro ? »

La question peut se poser, en effet. Jack s'approche du canapé et se roule en boule contre sa mère.

Monty poursuit.

— Mais je crois que nous avons besoin de ces contes de fées. Si nous y croyons, nous serons capables de nous dire que les moments difficiles ne dureront pas éternellement. Que ce sont juste… des obstacles purement « théoriques » mis sur notre chemin pour rendre notre victoire plus satisfaisante encore si nous parvenons à les surmonter.

Mary Ann s'exclame :

— Mais les contes de fées n'existent pas !

Sa voix est devenue si ténue que c'est à peine si j'arrive à l'entendre depuis le canapé.

— Monty, je veux un grand mariage, moi aussi. Mais Dena est toujours à l'hôpital et je… enfin, disons que j'ai beaucoup de mal à m'intéresser à quoi que ce soit en ce moment. Tout me semble si triste et… si effrayant.

Elle baisse la tête pour que ses cheveux dissimulent son visage.

— Je suis terrifiée !

Mais Monty insiste.

— Voilà une excellente raison de croire aux contes de fées. Mary Ann, je fabrique des jouets high tech. Je ne suis pas censé vivre de ce boulot, a fortiori en vivre superbien. Mais j'ai tenté ma chance en investissant le temps et l'argent nécessaires à la réalisation de ce rêve. Et maintenant, j'ai une maison à San Francisco et quelques millions de dollars à ma banque. Mais l'essentiel, c'est que j'adore ce que je fais ! Jamais je ne serais arrivé à ce résultat si je n'étais pas persuadé que les contes de fées peuvent se réaliser.

Mary Ann s'étouffe.

— Mais ça n'a rien à voir ! Dena est dans tous ses états et… et Sophie pense que sa colère la motivera pour aller mieux. Mais par moments elle a l'air si effrayé… Comme si elle était en train de se noyer !

Elle secoue frénétiquement la tête et ajoute :

— Monty, ça n'a rien à voir avec ce que tu as dit !

— Mais si, bien sûr que si ! Dena finira par triompher de ses problèmes grâce aux contes de fées. Si elle a besoin d'utiliser sa colère pour accélérer sa guérison, très bien. Ça fera juste partie de son histoire.

Il glisse un bras autour de la taille de Mary Ann.

— L'important, c'est que dans son histoire, elle se rétablisse de façon incroyable. Dena marchera jusqu'à l'autel, non… ce n'est pas le mot, elle planera dans sa magnifique robe pêche de demoiselle d'honneur, et sans autre soutien que le bras d'un garçon d'honneur. Voilà le conte de fées auquel nous devons croire, et si nous y croyons tous, il y a de fortes chances pour qu'il se réalise.

On dirait que Mary Ann va éclater en sanglots en sautant au cou de Monty. Je me tourne vers Leah et je lui agrippe la main.

— Il a bien dit « pêche » ?

— Je crois, oui.

Du coup, je bondis sur mes pieds.

— Monty ? Tu as bien dit que les robes des demoiselles d'honneur seront couleur pêche ?

Il se détache de Mary Ann et sourit. Un grand sourire faussement innocent.

— Le surnom de ma grand-mère est Pêche, et nous avons décidé qu'en son honneur nous déclinerions les différentes nuances de la couleur pêche le jour de notre mariage.

— Donc, nous serons toutes en robe couleur pêche ?

Je me tourne vers Leah, l'implorant en silence de dire quelque chose.

Elle se lance.

— Choisir comme thème la couleur pêche, c'est assez difficile à Disneyland. Leurs décors sont essentiellement faits de couleurs primaires.

Je me tourne aussitôt vers Monty et Mary Ann en agitant frénétiquement la tête.

— Bien sûr ! Il est très difficile de choisir cette couleur à Disneyland. Pour ne pas dire impossible.

Leah continue de feuilleter son classeur.

— En revanche, si vous regardez ces photos, vous verrez que la couleur pêche s'adapte très bien au cadre de la salle de bal du Saint Francis Hotel, ici, à San Francisco.

Jack applaudit.

— Tata Sophie, tu vas porter une robe pêche à San Francisco ! Tous tes amis te verront dans ta robe pêche, c'est super !

Monty sourit à mon diable de neveu.

— Jack, tu vas voir comme ta tante sera jolie dans sa robe pêche scintillante ! Tu verras.

— Scintillante ?

Ma voix a grimpé de trois octaves.

Bien qu'ayant l'air sceptique sur ce point, Mary Ann y va de son explication.

— Monty est d'avis qu'à notre mariage, tout doit briller de mille feux.

Monty confirme.

— C'est exact. Des paillettes et des sequins partout.

Leah sort une nouvelle carte de visite. Cette fois, elle gribouille : « Tu es sûre que ce n'est pas une *drag queen* ? »

Monty continue, comme pour s'excuser :

— Leah, le problème, c'est que nous tenons absolument à commencer notre nouvelle vie à Disneyland. Disney gagne chaque année des milliards de dollars en persuadant les gens que les contes de fées existent. Ils savent s'y prendre.

Mary Ann ajoute d'une voix douce :

— C'est aussi à Disneyland que j'ai pris conscience pour la première fois que je voulais vivre avec Monty. C'est une sorte de… de symbole de notre amour.

Leah lâche d'un ton sec :

— Arrête ! Rien n'est symbolique à Disneyland ! Donald Duck n'est pas une métaphore pour désigner toute la communauté aviaire, et Buzz l'Eclair n'est pas représentatif des astronautes de notre pays ! Disney passe un texte pré-enregistré pour ses spectacles de feux d'artifice, pour être sûr que lorsqu'on voit les couleurs exploser dans le ciel, on pense aussitôt que tout ça a un rapport avec cette fichue Blanche-Neige ! La fée Clochette n'a rien de réel, c'est un lutin qui habite à Pixie Hallow et qui a des tas d'amis lutins d'ethnies diverses, et ils danseront joyeusement pour vous si vous êtes d'accord pour débourser quatre-vingt-quinze dollars pour une lampe musicale déconseillée aux enfants de moins de trois ans ! C'est une approche commerciale au premier degré, et qui en met plein les yeux !

— Mais Disneyland, c'est super, maman !

— Disneyland, c'est nul, Jack !

A peine les mots sont-ils sortis de sa bouche qu'elle devient blême. Naturellement, Jack éclate en sanglots.

Elle l'attire tout contre elle.

— Jack, mon amour, maman n'a pas voulu dire ça. Disneyland… c'est fantastique. Maman adore Disney.

Jack lève les yeux sur sa mère pour avoir la confirmation de ses paroles apaisantes, et Leah affiche un sourire qui fait aussitôt reculer le bambin mort de peur.

Monty ajoute :

— Ta maman a raison, Jack. Disneyland est l'endroit le plus joyeux du monde !

Mary Ann ouvre la bouche pour protester, mais se ravise au dernier moment. Elle se dirige vers Leah, les yeux implorants, en quête d'un peu de compréhension.

— Leah, je sais que tu es une merveilleuse organisatrice d'événements, mais malheureusement, nous tenons beaucoup à notre conte de fées Disney.

Leah répond gentiment :

— Mais bien sûr, je comprends parfaitement.

Elle referme son classeur avec une telle violence qu'elle

infirme totalement les mots conciliants qu'elle vient de prononcer. Puis elle s'exclame :

— Jack, mon cœur, il est temps de partir.

Jack demande, plein d'espoir :

— On pourra aller au mariage de Disneyland ?

Mary Ann éclate de rire.

— Mais bien sûr, Jack ! Toi et ta maman, vous êtes les premiers sur la liste des invités.

Leah s'exclame :

— Quelle joie !

C'est un miracle si elle ne lance pas son classeur à la tête de Mary Ann. Elle se lève et commence à rassembler tout son matériel.

Monty demande :

— Vous êtes vraiment obligées de partir si tôt ? Nous serions heureux de vous avoir à dîner. J'ai quelques bières Dos Equis et nous pouvons commander des pizzas. Tenez, nous pourrions regarder ensemble le film *Il était une fois*. Je peux l'avoir à la carte !

Leah répond avec le minimum de politesse dont elle peut faire preuve.

— Non merci, vraiment.

Puis elle empile les classeurs en équilibre contre sa poitrine.

— Sophie, tu peux m'aider ?

Je me précipite pour me saisir d'un classeur, mais Leah secoue la tête.

— Aide-moi juste à emmener Jack jusqu'à la voiture.

Il aurait été tellement plus facile pour moi de prendre les classeurs ! Je donne la main à mon neveu à contrecœur. Il s'empresse de la saisir et se laisse tomber par terre, mouvement qui manque me déboîter l'épaule.

Il a l'air de se croire très drôle.

— Maman, j'ai failli faire tomber tata Sophie !

Leah rétorque :

— Cesse de torturer ta tante. Ce sont uniquement les grandes personnes qui ont le droit de le faire, dans la famille.

— Dis donc, c'est…

Mais je m'arrête au beau milieu de ma protestation. Leah a déjà été suffisamment claire.

Monty me demande :

— Et toi, Sophie ? Tu es partante pour la pizza et le film ?

— Désolée, mais je suis censée rejoindre Anatoly chez Yoshi. Et puis, Mary Ann et toi méritez bien de passer une soirée en tête à tête. Appelle-moi s'il se passe quelque chose.

Je lance à Mary Ann un regard entendu. Si elle a l'intention de raconter à Monty ce qui s'est passé cet après-midi, elle doit vraiment le faire vite.

Monty s'étonne.

— Que veux-tu qu'il arrive ? Tu parles de Dena ?

— Oui, bien sûr.

Je tire doucement sur le bras de Jack.

— Allez, Jack. En route ! Et surtout, pas de torture !

Jack dit d'un ton solennel :

— Parce que la torture, c'est pour les grandes personnes !

— Oui, enfin, disons que nous préférons la réserver aux gens suffisamment vieux pour sortir avec un garçon.

Leah hoche la tête. Puis avec une réticence évidente, elle ébauche un sourire à l'attention de Mary Ann.

— Dena s'en remettra. C'est une battante, et dès qu'elle saura contre qui elle se bat, elle trouvera la motivation nécessaire pour surmonter ses problèmes.

Mary Ann répond d'une voix à peine audible :

— Merci, Leah.

Après un dernier hochement de tête, Leah sort la première pour retrouver l'air frais du début de soirée. Elle stoppe net à quelques pas de la porte d'entrée.

— Dis-moi la vérité. Tu pensais à quoi quand tu lui as demandé de t'appeler s'il se passait quelque chose ?

— Euh… c'est-à-dire.

Je baisse les yeux sur Jack. Il ne m'arrache plus le bras, se contentant de lui imprimer un mouvement de balancier avec suffisamment de force pour me transformer en éolienne !

— Bon, d'accord. Mary Ann et moi étions en train de traverser le Buena Vista Park, et il semblerait que quelqu'un ait tiré sur un écureuil qui était dans un arbre avec une arme à silencieux.

— Un écureuil… ?

— Oui, mais je ne suis pas certaine que c'était lui la cible. Ce n'était pas le genre d'écureuil à avoir des tas d'ennemis.

— Tu crois que c'est toi qui étais visée ?

Je réponds franchement.

— Non.

Quelque part sur ma droite, j'entends un corbeau coasser. C'est tout juste si je ne m'attends pas à ce qu'il dise « jamais de la vie ».

Leah me regarde froidement.

— Mais tu as tout vu. Une fois de plus, tu as été témoin d'un coup de feu.

— Oui. Contre un écureuil.

— Et l'écureuil est mort ?

— Je crois que oui. C'était un homicide.

Leah soupire en secouant la tête.

— Nous avons des vies de merde ! Les gens n'arrêtent pas de tirer des coups de feu autour de toi. Quant à moi, je n'arrive pas à convaincre Mary Ann et Monty de me laisser organiser leur mariage !

— Tu parles sérieusement, là ? Ne me dis pas que tu compares ton incapacité à décrocher un job d'organisatrice de mariage au fait qu'on m'a tiré dessus ?

— Tu viens de dire que personne ne t'avait tiré dessus. On tire *autour* de toi. Et puis, ne sous-estime pas ma détresse !

Tu m'as dit que tu m'aiderais à convaincre Mary Ann de m'embaucher, mais tu n'as rien fait !

— Leah, que veux-tu que je fasse ? Tu les as entendus, ils veulent Disneyland et rien d'autre.

— Eh bien, ils ne l'auront pas !

— Apparemment, Mickey dit que si, et c'est lui le patron.

Jack a beaucoup de mal à suivre. Il demande :

— C'est Mickey Mouse le patron ?

— Non, mon cœur. Les souris ne peuvent pas être des patrons, elles ne sont pas très douées pour organiser des mariages.

— Tu sais, Leah, ce mariage pourrait nous faire passer un bon moment… sauf cette histoire de robes scintillantes couleur pêche. Ça, il faut vraiment que ça change ! Mais à part ça, tout devrait être hyperdrôle. Disneyland sans la foule… Comment veux-tu faire le poids ?

Elle grommelle :

— C'est tout à fait possible !

Puis elle se retourne et se dirige vers la voiture avec Jack et moi sur les talons.

J'installe Jack dans son siège et je dépose les classeurs dans le coffre. Elle ouvre la portière côté conducteur et marque un temps d'arrêt.

— Je me demande ce que Dena pensera de ces robes scintillantes couleur pêche…

J'en frissonne.

— Ça va poser un problème.

Un sourire mystérieux passe sur les lèvres de Leah.

— Bien. Je ne te retiens pas. Contente de t'avoir vue. Et s'il te plaît, évite de rester dans la ligne de tir.

— O.K., je vais tenter le coup. Oh, tu as entendu ? Je viens de faire un jeu de mots ! Un coup… comme dans « coup de feu »… tu as compris ?

Leah me jette un regard méprisant avant de monter dans sa voiture et de partir. Je souris intérieurement. Cette histoire de torture marche dans les deux sens.

16

Bien communiquer est essentiel dans un rapport de couple sain. Je veux dire par là que mon partenaire ne devrait me raconter que les bonnes choses. Celles que j'ai envie d'entendre.

Fatalement vôtre

Sur la route du Yoshi, je n'arrête pas de jeter des coups d'œil dans mon rétroviseur. Le soleil est bas dans le ciel, mais il ne fait pas encore noir. Monty a un super-système d'alarme, Mary Ann devrait donc être en sécurité. J'ai bien dit « devrait »... Mon Dieu, ce n'est pas rassurant du tout ! Mais il faut bien que j'arrive à me convaincre que tout se passera bien. En m'accrochant à une vision de la vie type conte de fées, j'ai l'impression de jouer les Monty ! Mais même s'il s'agit d'un conte de fées, il me paraît clair que la princesse, c'est Mary Ann. Alors quel est mon rôle, là-dedans ? Celui de l'amie qui meurt dans des circonstances tragiques en tentant de la protéger ?

J'appuie sur le champignon. Plus vite je quitterai les rues sombres de ce quartier, mieux ce sera.

J'arrive la première au Yoshi. Je m'installe à une table et j'essaie de me détendre tout en observant la porte. C'est quand même dingue de se retrouver dans un restaurant avec des billets pour un spectacle quelques heures à peine après avoir essuyé un coup de feu, non ?

Mais que faire d'autre ? Rester toute seule chez moi ? Ça ne me semble pas très malin.

Je regarde les lanternes en papier de riz accrochées au plafond. L'ensemble de la décoration est à la fois festif et théâtral. Il y a peut-être quelque chose à fêter, ici. Pour commencer, je vais jouer franc-jeu avec Anatoly, concernant les événements de l'après-midi. Ces derniers temps, j'ai eu le sentiment qu'il y avait bien trop de secrets dans les recoins de notre couple, et c'est en partie ma faute. Je lui ai dissimulé bien trop de choses, surtout lorsque c'était une question de vie ou de mort. Tout bien réfléchi, c'est exactement le genre de situations dans lesquelles il est impératif de dialoguer avec son partenaire.

Le fait que je sois disposée à parler devrait renforcer notre couple. Dommage qu'il ait fallu l'intervention d'un tireur pour en arriver là. Mais franchement, tout ne peut pas être parfait, pas vrai ?

Anatoly fait son entrée dans le bar. Les plafonds ont beau être à plus de dix mètres de haut, lorsque Anatoly entre dans la salle, allez savoir pourquoi, l'atmosphère devient plus intime. Contrairement aux autres clients, il n'a pas besoin de balayer la salle du regard en entrant. Il me repère aussitôt et se dirige tout droit vers ma table. J'adore…

Il me dit en s'asseyant face à moi :

— J'ai reçu ton message.

— Quel message ?

— A propos d'Amelia.

J'en reste bouche bée. Ce n'est pas parce que je suis sidérée qu'Anatoly ait pris le temps d'écouter sa boîte vocale, mais parce qu'il me paraît impossible d'avoir laissé ce message il y a moins de six heures ! Depuis, j'ai changé totalement d'opinion sur l'ensemble de la situation.

— En ce moment, ce n'est pas pour Amelia que je suis inquiète.

— Moi si !

Je secoue la tête. C'est comme si nous parlions de la détresse des pandas en Chine juste après avoir survécu à un tremblement de terre de force 7 à San Francisco… Il n'y a aucun rapport entre les deux. Et même si l'on peut objecter que le premier sujet est important, ça n'a réellement aucune commune mesure avec l'urgence du second.

— Si tu continues à penser que c'est elle qui a tiré sur Dena, je te le dis tout net : tu as tort.

Je prends mon courage à deux mains, car le moment est venu de lui raconter mon histoire du Buena Vista Park. Mais avant que j'aie le temps de lever le petit doigt, Anatoly se lance dans une conversation qui n'a rien à voir avec mes préoccupations du moment.

— Aujourd'hui, je suis allé voir Jason.

— Ah bon ?

La serveuse arrive pour prendre la commande. Anatoly n'a pas encore consulté la carte, mais nous la connaissons par cœur tous les deux. Notre choix se porte sur un *sashimi* et un *nigiri nana*, et je m'empresse de rajouter un *saketini* car quelque chose me dit que j'en aurai bien besoin.

Dès que notre serveuse a le dos tourné, il se lance.

— Je ne lui ai pas parlé de mes soupçons. Mais je lui ai parlé d'Amelia et de leur relation.

Oubliant momentanément que je suis censée changer de sujet, je demande :

— Et il t'a dit quoi ?

— D'après lui, depuis quelque temps, Amelia est agressive, presque maladivement instable. Et ça ne lui ressemble pas. Je l'ai aussi aidé à retrouver la trace de Kim.

— Tu plaisantes ou quoi ?

— Pas du tout. Jason savait quelles villes Amelia et Kim avaient projeté de visiter au départ. Il avait juste quelques problèmes pour retrouver le nom des hôtels. J'ai passé une bonne partie de l'après-midi à téléphoner pour rien, mais j'ai fini par trouver l'auberge de jeunesse où il est descendu.

— Comment t'y es-tu pris ? Tu ne parles même pas l'espagnol.

Anatoly hésite. La musique change de style, passant du jazz instrumental à Ella Fitzgerald.

— Je parle un peu espagnol.

— Quoi ?

— Sophie, ce que j'essaie de te dire, c'est que j'ai parlé à Kim. Il prétend qu'Amelia était très en colère la dernière fois qu'il l'a vue. C'était un jour seulement avant le coup de feu.

Ella Fitzgerald est en train de reprocher à un mec de l'avoir quittée. Le niveau sonore augmente dans la salle avec l'arrivée incessante de clients qui se précipitent pour profiter de l'*happy hour*. Mais à mes oreilles, tous ces bruits se fondent en un bourdonnement sinistre et aviné.

Je me penche vers Anatoly.

— Tu parles espagnol… ?

— Pour l'instant, ce n'est pas le problème. Donc, Kim était bouleversé – à juste titre – lorsque je lui ai dit ce qui était arrivé à Dena. Il reviendra d'ailleurs dès qu'il pourra rejoindre une ville dotée d'un aéroport. Mais avant qu'il raccroche, j'ai réussi à le faire parler de sa dernière conversation avec Amelia. Elle a accusé Dena d'avoir jeté un sort à Kim et à Jason. Elle a dit qu'elle allait la tuer, Sophie !

Je ferme les yeux. Ces informations envahissent mon cerveau et pèsent sur mon cœur comme un bloc de ciment.

Je murmure :

— Je ne peux pas le croire. Ça fait des années que nous sortons ensemble, et tu ne m'as jamais dit que tu parlais espagnol.

J'ouvre les yeux au moment même où Anatoly donne un grand coup sur la table pour évacuer sa frustration.

— Pourquoi voulais-tu que je t'en parle ? Tu ne parles pas

l'espagnol et nous ne connaissons personne qui le parle au quotidien. Nous n'avions aucune raison d'aborder le sujet.

— Ne me dis pas que tu es sérieux, là ? C'est ce que tous les couples font, Anatoly ! Ils parlent de choses sans intérêt ! Pas des trucs du genre « Qu'éprouves-tu vraiment pour moi ? », comme dans les émissions du Dr Drew. Nous sommes censés échanger jusqu'à nos histoires de gosses. Tu devrais avoir envie de me faire part de ton expérience de l'école en Russie. Et me raconter ce qu'on éprouve en émigrant vers Israël, puis vers les Etats-Unis. Tu devrais avoir envie que je connaisse le nombre exact de langues que tu parles : pas une, ni deux, ni trois mais *quatre* langues ! Tu te rends compte, l'espagnol... ! C'est comme si tu refusais que je sache qui tu es réellement.

Je lève les mains pour lui montrer que tout ça me dépasse.

— Sophie ! Je crois que c'est Amelia qui a tiré sur Dena.

— Encore ? Pas question de parler de ça pour l'instant.

— Très bien. Mais sache que j'en parlerai demain à la police.

Notre serveuse revient avec les boissons. Ma main se crispe sur le pied de mon verre de Martini comme s'il s'agissait d'un manche de couteau. Dès qu'elle s'éloigne, je balance à Anatoly :

— Attends un peu, qu'est-ce que tu me racontes ? Je te rappelle que nous avons conclu un accord, Anatoly.

— Notre accord stipulait que je devais attendre d'avoir découvert de nouvelles raisons de la soupçonner.

— Et tu appelles ça une raison valable ? Le fait qu'elle ait déclaré qu'elle voulait tuer Dena ? C'est juste une façon de parler ! Personnellement, je n'arrête pas de le dire. Maintenant, par exemple, j'adorerais te tordre le cou. Est-ce que ça fait de moi pour autant la version californienne de l'Etrangleur de Boston ?

Mon Martini déborde de son verre, et j'attrape une serviette pour essuyer le liquide poisseux qui colle à ma main.

— Tu as raison, c'est une expression courante. Mais n'oublie pas qu'elle considérait clairement Dena comme une menace dans ses relations avec les hommes de sa vie, et qu'au moment où on a tiré sur Dena, elle a fait croire à tout le monde qu'elle était à l'étranger.

Anatoly hausse les épaules et avale une goulée de Michelob.

— La police doit enquêter sur elle, Sophie, et dans ce genre de cas, le temps joue un rôle essentiel.

— Mais elle n'a jamais fait croire aux gens qu'elle était à l'étranger ! Elle est allée travailler !

— Justement ! C'est le deuxième point que je voulais aborder. J'ai discuté avec la patronne d'Amelia.

— Tu as quoi ?

J'ai parlé plus fort que je ne le pensais. La femme de la table d'à côté regarde dans notre direction et s'empresse de chuchoter quelques mots à l'oreille de sa compagne, laquelle nous observe discrètement (du moins le croit-elle).

— Après qu'elle a décidé de rester aux Etats-Unis, Amelia n'a pas demandé à ce que son nom soit ajouté à la liste du personnel présent.

Anatoly a adopté un ton et un comportement très détachés, si bien que les femmes de la table d'à côté ne font plus du tout attention à nous.

Il poursuit.

— Amelia et sa patronne, Brooke, sont amies. Aussi lorsque Brooke est arrivée dimanche dernier devant l'appartement d'Amelia, sur le coup de 23 heures, et qu'elle a vu que la lumière était allumée, elle a naturellement fait sa petite enquête. Elle a découvert qu'Amelia n'était jamais partie pour le Nicaragua. Si Amelia a accepté de venir travailler le lendemain, c'était uniquement pour apaiser Brooke qui se sentait blessée de n'avoir pas été mise dans la confidence.

— Tu parles d'une affaire ! Elle n'avait pas envie d'aller bosser. Ça s'appelle passer des vacances pantouflardes chez soi !

Anatoly fronce les sourcils car un homme vient de passer

près de notre table en laissant une forte odeur d'eau de Cologne dans son sillage. C'est fou ! Il a dû se laver avec.

— Le problème, c'est quand on commence à additionner toutes ces petites choses. Et puis d'après Brooke, Amelia avait l'air très calme, très maîtresse d'elle-même ce soir-là.

— En quoi est-ce un problème… ?

— Amelia t'a bien dit qu'elle avait reçu les messages de Jason, non ? Elle savait donc ce qui était arrivé à Dena, et malgré ça, elle était calme… Elle n'a même pas pris la peine de passer à l'hôpital.

— Si elle était calme, c'est parce qu'elle avait fumé et qu'elle était complètement défoncée. Anatoly, si je te dis qu'elle n'a pas tiré sur Dena, il va falloir me croire sur parole. D'accord ?

— Non, Sophie. Je ne te croirai pas sur parole sur ce coup-là, car c'est exactement le genre de choses pour lesquelles tu as pris l'habitude de me mentir.

— Pardon ?

— Tu sais très bien de quoi je parle. Tu décides d'aborder une enquête à ta façon, et ensuite tu essaies de trouver le moyen de me cacher des choses pour pouvoir les gérer toute seule.

Je lève le doigt d'un air menaçant.

— Pas du tout, ce n'est pas comme ça que ça marche. Ne commence pas à me parler de toutes les fois où j'ai essayé de t'induire en erreur ou de te cacher des choses. Si on parlait plutôt de toi ? C'est bien toi qui es capable de commander un *chilaquiles* à Mission Viejo sans l'aide d'un interprète ! Et tu as gardé l'info pour toi !

— Serais-tu en train de me dire que les deux choses ont la même importance ? Le fait que j'ai omis de te dire que je parlais l'espagnol, et le fait que tu me caches que tu envisageais de t'introduire en douce chez un assassin potentiel ?

— Oh, ça va ! Ça fait des années que je n'ai pas pénétré chez quelqu'un par effraction, et je n'ai aucune intention de recommencer. Mon seul objectif, c'est de retrouver celui ou celle qui a tiré sur Dena. Si je pensais qu'il y avait la moindre chance pour qu'Amelia soit coupable, je te le dirais.

Je reprends mon souffle avant de continuer.

— Mais pour répondre à ta question, conformément à notre accord, le fait de dissimuler tes talents linguistiques est comparable à mes tentatives de te cacher des initiatives malheureuses qui auraient pu effectivement me coûter la vie !

Anatoly se contente de m'observer.

— Ecoute, tu sais que si quelque chose arrive, je fourrerai mon nez un peu partout sans forcément t'en parler. Je suis faite comme ça, tu sais que ça peut arriver parce que tu me connais bien. Mais moi, que suis-je en droit d'attendre de toi ? Rien ? S'il te plaît, éclaire ma lanterne, je meurs d'envie de le savoir.

Anatoly soupire bruyamment et avale une nouvelle gorgée de bière.

— Cette conversation ne nous mènera nulle part. Si on se mettait d'accord pour cesser de parler d'Amelia et d'espagnol, de tout ce qui a trait à cette affaire et à mes talents linguistiques pour prendre le temps de savourer nos *sushis* ?

— Ça me va... si tu n'appelles pas la police au sujet d'Amelia.

— Sophie...

— C'était peut-être Kim !

— Il était à l'étranger. J'ai vérifié. Les archives de la compagnie aérienne prouvent qu'il a embarqué à bord de l'avion un jour avant le coup de feu.

— Comment as-tu fait pour mettre les pattes sur les archives de la compagnie ?

Anatoly hésite.

— J'ai... quelques relations illicites mais assez haut placées...

— Mais qu'est-ce que c'est que cette façon de parler ? Qui es-tu donc ? Un membre de la mafia russe ?

— Ce n'est pas drôle, Sophie.

— Peut-être. Mais ce n'est pas drôle non plus d'accuser

une femme innocente de tentative de meurtre. En plus, voilà qu'à cause de toi, sa patronne a des doutes sur elle ! Tu sais très bien que le calme d'Amelia n'est pas une preuve ! Ça s'appelle être en état de choc, Anatoly. Je te rappelle que tu m'as promis de me laisser une semaine, c'est d'ailleurs le moins que tu puisses faire pour moi !

Anatoly plisse les yeux.

— Et tu ne feras rien d'imprudent pendant cette semaine ? J'ai du mal à le croire, alors que tu viens de me dire que fourrer son nez dans ce qui ne nous regarde pas est un trait de personnalité profondément ancré chez les gens.

J'en ai le souffle coupé. Ça ne se passe pas du tout comme je le voulais. Je dis prudemment :

— Faisons un nouveau pacte : je promets de ne plus remettre sur le tapis tes dons pour la langue espagnole si tu me promets de me faire confiance lorsque je te dis que je n'envisage pas d'entrer chez qui que ce soit par effraction. Tu ne peux pas passer ton temps à vérifier ce que je fais ! Il faut juste me croire.

— Je n'aime pas ce pacte.

— Peu m'importe que tu l'aimes ou pas. Contente-toi de l'observer.

Je sais qu'Anatoly ne marchera pas. S'il avait le choix entre parler de cette histoire d'espagnol et fermer les yeux sur un de mes plans à la Nancy Drew, nous ferions probablement une virée en Amérique du Sud d'ici ce soir. Mais c'est justement là le problème : je n'ai pas vraiment de plan à la Nancy Drew dans l'immédiat, alors peu importe s'il essaie d'en découvrir un. De mon côté, je meurs d'envie de parler de ses connaissances en espagnol. J'ai envie de parler de lui et des raisons qui le poussent à m'empêcher de mieux le connaître.

Il s'exclame :

— D'accord. Marché conclu !

— Pardon ?

Ça ne m'arrange pas, mais alors pas du tout.

— J'accepte le pacte.

La serveuse revient avec nos plateaux de *sushis*. Anatoly bloque adroitement un *maguro roll* entre ses baguettes avant de le dévorer.

Soudain, je décide de ne rien lui dire. Je dois bien sûr lui parler de mes nouveaux soupçons concernant Fawn et Rick avant la fin de la soirée, car cela pourrait m'aider à lui faire lâcher un peu Amelia. Mais je ne suis pas du tout certaine d'avoir envie de lui raconter ce qui s'est passé à Buena Vista Park. Je sais bien que c'est une décision stupide et potentiellement dangereuse, une décision purement affective, sans la moindre logique. Mais je suis fatiguée qu'Anatoly me reproche de lui cacher des choses alors que lui se montre si secret.

Nous commençons à manger nos *sushis*, nous parlons politique et musique. Puis nous allons écouter le groupe de jazz en faisant semblant de nous faire mutuellement confiance.

Mon couple bat de l'aile.

Mais ce n'est qu'après avoir décidé d'un commun accord de partir après le premier morceau du groupe que les choses tournent réellement au vinaigre.

La musique est bonne, mais aucun de nous deux ne s'en soucie. Il est peu probable que nous soyons capables, ce soir, de nous intéresser à quelque chose de plus joyeux qu'un single de Nine Inch Nails. Nous sortons donc, et le vent chasse mes cheveux de mes épaules. Ma voiture est garée à trois ou quatre pâtés de maisons d'ici, dans un quartier résidentiel, et ça me rend nerveuse. Il y a peu de gens dans la rue, et même si je sais pertinemment que c'est Mary Ann qu'on visait cet après-midi (je lui ai d'ailleurs envoyé des textos pendant toute la soirée pour m'assurer que tout allait bien), l'idée d'être une cible idéale ne me plaît guère. Même si Anatoly m'accompagne jusqu'à ma voiture, comment peut-il me protéger d'un coup de feu ?

Nous avons encore deux pâtés de maisons à traverser lorsque Anatoly passe le bras autour de ma taille en disant :

— Je suis inquiet pour ta sécurité…

Je me raidis imperceptiblement. Est-il au courant ? Et si oui, comment l'a-t-il appris ?

Il termine sa phrase.

— … que le tireur soit Chrissie, Tim ou Amelia.

— Ce n'est pas Amelia.

— Qui que ce soit, il ou elle court toujours les rues.

— Oui.

J'enjambe délicatement ce que je fais semblant de prendre pour une flaque de bière, malgré la forte odeur d'urine.

— Je me disais que… nous ne savons pas vraiment si c'était Dena qui était visée.

Le portable d'Anatoly sonne. Il l'extrait de sa poche en me disant :

— Comment ça ?

— Tu es vraiment obligé de prendre l'appel ?

Anatoly jette un coup d'œil sur l'écran de son téléphone.

— Non, ça peut attendre.

Il remet le portable dans sa poche.

— Que me disais-tu, déjà ?

— Je disais que le coup de feu a été tiré dans l'appartement de Mary Ann le lendemain du jour où elle a annoncé à Rick qu'elle était fiancée à un autre. Rick était peut-être en colère. Il a pu se rendre chez Mary Ann pour… tu vois ce que je veux dire. Pour se venger, du style « si tu ne peux être à moi, personne d'autre ne t'aura ».

— C'est une théorie intéressante, mais je pense que Rick n'aurait eu aucun mal à se rendre compte que la personne qui se trouvait dans le salon était Dena et non Mary Ann. Je vais faire ma petite enquête sur Rick, mais nous devons partir du principe que Dena était la cible la plus probable.

Si elle s'installe chez nous, nous devons prendre davantage de précautions.

— Je suis heureuse de constater que tu n'es pas borné au point de rejeter d'emblée mon hypothèse.

— Sophie…

Je rétorque d'un ton sec :

— Ferme-la et écoute-moi une seconde ! Rick et Fawn se sont pointés à l'hôpital dans la chambre de Dena le matin qui a suivi le coup de feu. Or la presse n'a dévoilé le nom de Dena que l'après-midi.

Anatoly s'arrête net. Je lui dis avec un petit sourire suffisant :

— Eh oui. J'attends ton explication, Sherlock !

Anatoly baisse les yeux, et c'est tout juste si je ne vois pas ses neurones passer en mode accéléré. Puis il s'exclame :

— Ils ont montré son appartement !

— Pardon ?

— Les médias. Ils ont fait un reportage juste devant l'appartement de Mary Ann. Ils ont même dit qu'une femme avait été tuée alors qu'elle fêtait les fiançailles de sa cousine. Si Rick savait que Mary Ann venait de se fiancer, il n'était pas difficile pour lui de comprendre que c'était Dena qui avait été touchée.

Il y a des gens qui adorent la discussion, mais je n'en fais pas partie. Ce que j'adore, moi, c'est avoir raison. Et en une poignée de secondes, Anatoly vient de me prouver que je pouvais avoir tort. Ça m'horripile au plus haut point.

Alors je m'entête.

— Il a dit qu'il avait appris la nouvelle au JT. Il n'a jamais dit qu'il l'avait trouvé tout seul.

— C'est très louche, en effet, mais pas vraiment concluant. Nous ne devons pas exclure la possibilité qu'une des chaînes ait mentionné le nom de Mary Ann. C'est d'ailleurs facile à vérifier. Je vais enquêter pour savoir si Rick a un alibi.

— C'est tout ? Tu vas juste t'informer ?

— A ce stade, je ne vois pas ce que je pourrais faire d'autre, Sophie.

Je serre les dents. Je sais qu'il a raison, mais je m'attendais à ce qu'il réagisse davantage.

Il pose la main dans le creux de mes reins, et nous reprenons notre marche. J'envisage de nouveau de lui parler du Buena Vista Park, mais je me demande si cela risque de renforcer ou d'affaiblir mon argumentation.

Anatoly continue à me faire part de sa réflexion.

— Pour l'instant, je travaille sur deux affaires qui me prennent un temps fou. Et puis je veux être sûr d'avoir le temps d'enquêter sur toutes les autres pistes…

Dès qu'il capte mon regard, il s'empresse d'ajouter :

— … et pas seulement celle d'Amelia. Mais si Dena est en danger, tu vas être dans la ligne de tir. Il ne me sera pas toujours possible d'être près de vous pour vous protéger toutes les deux.

— Peut-être que Dena et moi pouvons nous protéger mutuellement.

— Je me sentirais mieux s'il y avait un autre homme dans la maison.

C'est à moi de me figer sur place.

— Pardon ?

— A mon avis, nous devons envisager de demander à Jason de rester à la maison tant que Dena y sera.

J'éclate de rire. Je me dis que c'est une blague. Mais comme lui reste sérieux comme un pape, une alarme se déclenche dans ma tête.

— Tu parles bien du Jason de *Vendredi 13* ? Car j'aimerais encore mieux offrir un lit à ce lascar qu'à Jason Beck, le petit ami de Dena.

— Je ne vois pas où est le problème.

— Anatoly, il croit aux vampires !

— Il n'en sera que plus vigilant pour détecter la présence d'éventuels rôdeurs la nuit.

Pour la seconde fois de la soirée, je reste bouche bée. Dès que j'ai repris mes esprits, je lui lance :

— Il n'en est pas question.

— C'est juste une précaution, Sophie. Une précaution nécessaire. Jason m'a dit qu'il servait au bar le lundi, le mercredi et le jeudi soirs plus le dimanche après-midi. Je peux m'arranger pour être là quand il ne sera pas…

Je lève la main pour l'empêcher de continuer.

— Je n'ai pas besoin d'un homme pour me protéger.

— Nous ne sommes pas en train de parler féminisme. C'est un problème de vie ou de mort.

— Si tu penses que deux femmes ne sont pas capables de se protéger toutes seules, c'est un problème féministe.

— Je te rappelle qu'une de ces deux femmes est actuellement dans un fauteuil roulant.

— Tu fais une discrimination à l'encontre des handicapés, maintenant ? Sache qu'il y a des amputés qui participent à des concours de triathlon !

— Est-ce le cas de Dena ? Dans la négative, ta remarque n'est pas pertinente.

— Bon sang ! As-tu seulement idée du nombre de fois où je me suis retrouvée en danger de mort, ces quatre dernières années ? Et tu sais quoi ? Je suis toujours là, et ce n'est pas uniquement une question de chance.

— Sophie, il y avait presque toujours quelqu'un dans le coin pour t'aider.

— Oui, des femmes pour la plupart ! A propos, sais-tu que dans *un cas* au moins, j'ai repoussé l'assaut d'un meurtrier toute seule comme une grande ?

— Pas tout à fait. Si ton chat n'avait pas été là, tu serais morte à l'heure qu'il est.

— Puisque tu en parles, sache que M. Katz est toujours

près de moi. Nous serons donc quatre : moi, toi, Dena et mon superchaton ninja.

— Sophie…

— Kim peut rester chez nous à son retour. Je ne le connais pas aussi bien que Jason, mais il a l'air un peu plus normal… je veux dire, si tu es sûr que ce n'est pas lui qui a tiré sur Dena. Je ne laisse pas les aspirants meurtriers pioncer sur mon canapé. Ça fait partie du règlement intérieur, chez moi.

— Kim va devoir voyager en bus pendant deux jours rien que pour rejoindre un aéroport, et encore, en espérant que les problèmes d'estomac auxquels il a fait allusion par téléphone soient dus à une consommation excessive de vodka et non de l'eau du pays. Nous ne pouvons pas attendre Kim.

— Pas question que Jason vienne vivre chez nous, Anatoly.

— Je paie ma part de l'emprunt logement, Sophie. Tu n'es pas la seule à prendre la décision.

A présent, le vent se fait plus insistant. On l'entend gémir doucement en fouettant les rues de la ville.

— Nous ne sommes pas à égalité, Anatoly. Et ce n'est pas à cause de mon histoire avec cette maison ni parce que c'est moi qui ai réglé l'acompte, ni même parce que c'est mon nom qui figure sur le contrat. C'est parce que tu insistes pour garder le secret sur ta vie passée… et aussi à cause de ton fichu appartement ! Tu ne l'as même pas mis en location ! Il se contente de t'attendre au cas où tu déciderais de partir.

— Sophie…

— Dena viendra vivre chez nous, mais pas Jason. Ça ne te plaît pas ? Eh bien, renonce à ton appartement et dis-moi quand, comment et pourquoi tu as appris l'espagnol. Dis-moi qui est la nana du 212, et surtout épargne-moi ton petit couplet sur la confidentialité ! Raconte-moi à quoi ressemblait ta vie d'avant à New York, en Israël, et en Russie. Parle-moi des événements qui ont fait de toi ce que tu es, et tu auras voix au chapitre au même titre que moi.

Anatoly lève les yeux sur les toits des maisons victoriennes retapées qui bordent la rue. Il finit par poser le regard sur moi.

— Ce ne sont pas des sujets que j'ai l'intention d'aborder avec toi.

Sa réponse me fait l'effet d'un coup de poing dans l'estomac. Je recule, les mains en l'air, comme pour tenter d'esquiver le prochain coup.

— Tu devrais rester dans ton appartement vide, ce soir. Pour t'assurer que tu m'as donné la bonne réponse. Réfléchis bien…

Je lui tourne le dos sans même l'avoir décidé, comme un robot. Je m'éloigne de l'homme que j'aime en pilotage automatique. Il ne me suit pas, mais en franchissant les derniers mètres qui me séparent de ma voiture, je sens son regard posé sur moi. Ça n'a rien de réconfortant, mais avec la journée que je viens de passer, ce n'est jamais qu'un pavé de plus dans la mare. C'est peut-être la façon idéale d'en finir.

Je parle de la journée. La façon idéale de finir la journée. Je ne suis pas du tout certaine de vouloir mettre un terme à ma liaison avec Anatoly.

Mais à ce stade, tout est possible.

17

Mon ex-copine estime qu'on ne doit pas faire à autrui ce qu'on ne voudrait pas qu'autrui nous fasse. Malheureusement, elle est maso…

Fatalement vôtre

Lorsque je rentre chez moi, je traverse la maison pour ressortir par la porte de derrière et retrouver ma minuscule parcelle de gazon à laquelle j'ose donner le nom de jardin. J'ôte ma veste et la lance sur mon banc en fer forgé. La fraîcheur de la brume me pénètre, je commence à avoir la chair de poule. Mais j'aimerais qu'il fasse plus froid encore. Suffisamment froid pour me focaliser sur cette sensation désagréable et oublier ainsi le mal que m'a fait Anatoly. Je fouille dans mon sac à la recherche de mon portable, et je compose le numéro de Dena. Il est tard, mais j'ai absolument besoin de lui parler, même si je n'ai pas l'intention de l'ennuyer avec mes problèmes personnels. Elle en a déjà suffisamment comme ça !

Elle répond à la deuxième sonnerie.

— Quoi de neuf ?

Je suis soulagée.

— Apparemment, tu ne dormais pas.

— Sophie ! A l'hôpital, les gens ne dorment pas. Le mieux qu'on puisse espérer, c'est faire un petit somme entre deux visites de l'infirmière, puis piquer du nez à cause de tous les antidouleurs. Piquer du nez, ce n'est pas la même chose que s'endormir !

Je lève la tête vers le ciel sans étoiles en ravalant ma jalousie. J'aurais bien besoin de médicaments, ce soir !

Elle ajoute :

— Je sais que ça va te sembler bizarre, mais je dois te poser une question.

— Je t'écoute.

— Anatoly a-t-il appelé Kim au Nicaragua ?

J'entends au loin le bruit d'une sirène, tandis que j'essaie désespérément de choisir ce qu'il faut lui dire ou pas.

J'opte finalement pour la simplicité.

— Oui, il l'a appelé.

— Pourquoi ?

Alors là, impossible de m'en sortir sans un minimum d'explications.

Mais elle n'en a pas encore fini.

— Comprends-moi bien, je suis contente qu'il l'ait fait. Kim avait besoin d'en savoir plus sur ce qui se passait, et je n'avais vraiment pas envie que ce soit à moi de le mettre au parfum. Il m'a dit qu'il reviendrait le plus vite possible, mais il est loin de l'aéroport le plus proche, et en plus, il a des problèmes d'estomac.

— Je sais, Anatoly m'en a parlé.

Je chasse de la main un papillon de nuit et je me laisse tomber sur le banc.

— Cet idiot a dû boire de l'eau du robinet…

Je pouffe. C'est marrant de voir à quel point ma meilleure amie et mon petit ami pensent la même chose. Je devrais plutôt dire : Dena et Anatoly pensent la même chose… car j'ignore à ce stade si Anatoly est toujours mon petit ami. Rien que d'y penser, ce qui me restait de bonne humeur s'envole.

Je murmure :

— Mon Dieu… !

— Sophie, ça va ?

— Oui, je… Oh mon Dieu !

J'ai poussé un cri car mes arroseurs automatiques viennent de se mettre en marche. Je saute sur mes pieds et je cours nous mettre à l'abri, moi et ma veste en cuir, dans la cuisine.

— Sophie, que se passe-t-il ? Sophie… ?

La panique qui transparaît dans la voix de Dena m'arrête net. Je m'empresse de lui répondre.

— Rien. J'étais dehors et les arroseurs se sont mis en marche. Je suis toute mouillée. Rassure-toi, tout va bien.

Long silence au bout de la ligne. J'ai l'impression d'avoir entendu un sanglot étouffé.

— Dena…

Elle me coupe aussitôt la parole, mais d'une voix tremblante.

— Ça va, ne t'inquiète pas. C'est vraiment dingue ! Chaque fois que quelqu'un pousse une exclamation ou que j'entends du bruit, j'ai l'impression qu'il se fait agresser. Avoue que ça ne me ressemble pas !

Je pose le front contre le miroir biseauté de la porte qui mène au jardin.

— Tout redeviendra normal lorsque la personne qui t'a tiré dessus sera derrière les barreaux.

Dena me demande d'un ton presque sarcastique :

— Dans combien de temps ?

— Bientôt.

— Sophie, arrête un peu ! En ce bas monde, beaucoup de gens font des trucs pas très chouettes et s'en sortent impunément. Qui te dit que mon agresseur ne s'en tirera pas, lui aussi ?

— Il ne s'en sortira pas. Je m'en charge.

— Je vois. Tu te prends pour Dieu, maintenant ?

— Non, mais ce n'est pas ça qui m'empêchera d'envoyer ce salopard en enfer !

J'espérais que ces mots lui remonteraient le moral, mais elle se contente de soupirer.

— Je suis fatiguée, Sophie. Je vais essayer de dormir un peu.

— Mais… tu m'as dit qu'à l'hôpital, les gens…

— Je sais ce que j'ai dit. Mais je vais quand même essayer.

— Bon, d'accord. Je t'aime, Dena.

Elle rit doucement.

— Arrête de me materner. Je ne suis pas déprimée à ce point.

Je souris intérieurement. Elle tiendra le coup parce qu'elle n'a pas le choix. Nous devons tous trouver le moyen de faire comme elle… Naturellement, ce sera plus facile pour elle si nous mettons la main sur son agresseur.

Ce n'est qu'en grimpant l'escalier menant à ma chambre que je prends conscience d'avoir évité de donner à Dena les raisons qui ont poussé Anatoly à téléphoner à Kim. Ce n'est pas plus mal. Elle a suffisamment de soucis comme ça sans avoir à s'inquiéter de voir Amelia être accusée à tort, ou pire encore, de savoir que la vie de Mary Ann est peut-être en danger.

Un bon moment après m'être mise au lit, j'entends la Harley d'Anatoly s'engager dans l'allée, puis s'arrêter. Apparemment, il a renoncé à rester dans son appartement. J'écoute le bruit de ses pas qui montent le long escalier et je sens sa présence dès qu'il pénètre dans notre chambre. Il se penche au-dessus du lit pour me regarder, mais je fais semblant de dormir. Lorsqu'il me caresse doucement les cheveux, je ne bronche pas. Ce n'est que lorsque je l'entends faire demi-tour et se diriger vers la porte de la chambre que j'ose jeter un coup d'œil. Mais tout ce que j'ai le temps de voir, c'est son dos !

Cette nuit, il a dormi dans la chambre d'amis du premier. Ce n'est pas très difficile à deviner car, ce matin, je constate que le lit n'est pas défait. S'il y a encore des zones d'ombre chez

Anatoly, il y a une chose que je connais parfaitement : son incapacité à ranger ses affaires. Et aussi sa façon de cuisiner. Une odeur capiteuse, à la fois douce et entêtante, s'échappe de la cuisine. Quand je pénètre dans la pièce, j'aperçois des scones à la noix de pécan et au chocolat étalés sur une plaque à biscuits. Mais pas de trace d'Anatoly. Il n'y a sans doute pas longtemps qu'il est parti car les scones sont encore un peu tièdes.

Je m'adosse à la table de travail et je brise un bout de scone que je glisse dans ma bouche. C'est délicieux. Mais si c'est pour se faire pardonner, c'est un peu court…

Au moment où j'ingurgite une deuxième bouchée de scone, la sonnette de la porte d'entrée retentit. Je vais dans le salon pour regarder par la fenêtre, et j'aperçois Marcus avec une énorme valise à la main. Un grand sourire éclaire aussitôt mon visage.

Je me précipite pour ouvrir la porte.

— Il t'a demandé de t'installer ici, c'est ça ?

Surpris, Marcus hausse le sourcil.

— Plaît-il ?

— Anatoly t'a appelé pour te demander de t'installer ici ! Ça explique la valise !

Ça me semblait impossible et pourtant… les sourcils de Marcus montent encore d'un cran.

— Anatoly cherche un nouveau coloc pour pimenter sa vie ? Est-ce purement platonique ou attend-on de moi de copuler avec le patron ?

— Attends une minute, tu n'es pas venu pour t'installer ici ?

— Trésor, ce sont les affaires de Dena. Tu n'as pas eu mon message ?

— Euh…

Je me tourne vers le portemanteau où j'ai accroché mon sac et je le fouille pour chercher mon portable. J'aurai au moins un nouveau message sur mon répondeur.

Marcus me bouscule en passant.

— C'est Dena qui m'a demandé de lui préparer quelques affaires et de te les apporter. Apparemment, notre petite FireStarter pourrait sortir de l'hôpital dès demain !

Je réponds avec un peu moins d'enthousiasme que je le devrais.

— Oui, je sais.

Marcus me regarde d'un drôle d'air.

— Cela nous poserait-il un problème ?

— Ma vie est un vrai désastre.

— Mais bien sûr, mon cœur. Comme toujours.

— Merci beaucoup.

— Ce que tu peux être susceptible ! Les vies bordéliques sont *très* tendance en ce moment. Demande aux Real Housewives of New Jersey.

— On ne peut pas dire qu'elles soient très tendance…

— Peut-être pas, mais chacune de ces petites briseuses de ménage qui se shootent au Ritalin a son fan-club et fait la couverture de *OK! Magazine*.

Il change sa valise de main.

— Je suppose que tu veux te confier à quelqu'un ?

— Si tu as le temps.

Il fait un geste vers le gâteau entamé que j'ai toujours à la main.

— Il te reste un peu de scones ?

— J'en ai toute une fournée. Ils sont de ce matin !

— Avec ça et une tasse de café, tu auras droit à une saison entière sur mon canapé. C'est une métaphore, bien sûr…

Vingt minutes plus tard, Marcus se retrouve devant un scone et un café, et il écoute tout ce qui s'est passé depuis notre dernière rencontre. Je lui raconte même l'incident que j'ai caché à Anatoly. Puis je lui parle des prises de bec que nous avons eues, Anatoly et moi. Et pour finir, de l'idée d'Anatoly concernant Jason.

Je murmure, en avalant une gorgée de mon breuvage :

— Jason ! Tu te rends compte ? Je peux passer un moment avec lui à condition que ça ne dure pas trop longtemps, mais l'avoir plusieurs nuits ici, c'est hors de question.

Marcus me dit d'un air songeur :

— Il n'est pas si mal que ça. Le côté marrant de l'histoire, c'est que si tu avais raconté à Anatoly ce qui s'est passé au Buena Vista Park, il serait conforté dans l'idée d'avoir un autre homme à la maison.

— Je n'ai pas besoin d'un homme pour me protéger !

— Tu ne vas pas te remettre à jouer les Gloria Steinem avec moi. L'union fait la force, tu le sais très bien.

— D'accord. Alors qu'est-ce que tu attends pour emménager ici ?

M. Katz entre dans la pièce et plisse les yeux en direction de Marcus, indiquant par là qu'il approuve l'invitation.

— Impossible, trésor. Je dois prendre soin d'un autre foldingue.

— Qui ça ?

— Zach, mon ado gothique qui n'assume pas son homosexualité. Il est en conflit avec son cher papa. Demain, j'irai le chercher au lycée C'est toujours mieux que le voir fuguer une nouvelle fois.

— Ah, d'accord.

Je m'adosse aux coussins du canapé. Depuis presque deux ans, Marcus joue avec Zach le rôle du grand frère attentionné. Bien que le père de Zach n'ait jamais pris la peine de remercier Marcus pour son investissement dans la vie de son fils, il est évident pour tous que Marcus est la seule chose qui retient Zach de prendre le prochain Greyhound en direction du labo d'amphétamines le plus proche. J'aimerais bien que Marcus reste avec nous, mais il ne fait aucun doute que Zach en a plus besoin que moi.

Marcus se tortille sur son siège pour se retrouver face à moi.

— Tu crois vraiment que quelqu'un a essayé de te tirer dessus hier ?

— Oui, même si je suis quasi certaine que c'était Mary Ann qui était visée.

— Et bien entendu, la police ne te croit pas.

Je réponds d'un ton amer :

— Non. Même après leur avoir parlé de l'écureuil.

— D'un autre côté, difficile d'imaginer que ton histoire d'écureuil qui tombe puisse déclencher une battue générale.

— Seigneur ! Pourquoi faut-il que tout le monde considère la chute d'un écureuil comme une broutille ? A-t-on déjà vu un écureuil tomber d'un arbre ? En plus, je l'ai vu tomber moins d'une seconde après le petit bruit étouffé.

— Es-tu certaine qu'à cette distance, il est possible d'entendre une balle tirée avec une arme munie d'un silencieux ? L'entendre dans le calme d'un appartement est une chose, mais dans un parc boisé ouvert au public ? Je ne sais pas.

J'avale une grande gorgée de café. Moi non plus, je n'en sais rien.

— Ceci dit, tu ne peux pas ignorer la possibilité qu'on t'ait tiré dessus. Et si c'est le cas, il faut agir. Aux grands maux les grands remèdes !

— A savoir ?

— Nous ne pouvons pas rester assis à ne rien faire ! Surtout maintenant que la vilaine Chrissie n'est plus en tête de la liste des suspects.

Il glisse son dernier morceau de scone dans sa bouche et le mâche d'un air songeur.

Je pose ma tasse de café et je passe les bras autour de mes genoux.

— J'ai promis à Anatoly que je ne me mettrais plus jamais sciemment en situation dangereuse lorsque je fais mes petites enquêtes.

— Et il t'a crue ? Quel être exquis !

Je lui lance un regard noir, mais avant que j'aie le temps de lui balancer une réponse bien sentie comme j'en ai le secret, mon portable se met à sonner. C'est un texto de Mary Ann.

« Viens immédiatement chez Monty ! Ai besoin de toi ! »

— Oh, zut !

— Un problème ?

— Je ne sais pas exactement, mais je crois que Mary Ann a des ennuis.

Marcus se lève.

— Où est-elle ? Tu conduis ou c'est moi ?

Finalement, nous prenons ma voiture, juste au cas où il faudrait balancer Mary Ann sur la banquette arrière et nous enfuir. C'est quand même une meilleure solution que de la jeter dans le coffre de la Miata de Marcus.

Dès que nous arrivons chez Monty, je comprends la gravité de la situation. Car la voiture garée juste devant l'entrée m'est familière, et sa présence troublante. Une Mercedes 2001 bleu foncé avec un vieil autocollant de Ron Paul sur le pare-chocs arrière.

Je me tourne vers Marcus, la gorge serrée.

— C'est la voiture de Rick Wilkes.

Marcus accuse le coup.

— Allons-y.

Nous bondissons hors de la voiture que nous laissons de l'autre côté de la rue. Je me mets à secouer comme une folle la poignée de la porte fermée à clé sans même avoir l'idée de frapper. Comme la porte ne s'ouvre pas, Marcus laisse quasiment son doigt appuyé sur la sonnette. Moins d'une minute plus tard, Mary Ann apparaît.

D'une voix stridente et à peine audible, elle nous dit en franchissant le seuil de la porte :

— Ils viennent d'arriver ! J'étais dans la salle de bains, et lorsque j'en suis sortie, Monty les conduisait vers la salle à manger !

J'échange un regard avec Marcus.

— Qui ça, ils ? Est-ce que Rick… je sais, j'ose à peine te poser la question, mais… est-ce que Fawn est avec lui ?

— Oui ! Ils ont apporté des doughnuts ! Rick veut que Monty et moi mangions des doughnuts avec lui et la femme avec qui il m'a trompée !

Nouvel échange de regards entre Marcus et moi. Marcus dit calmement :

— Bon, d'accord. Je t'annonce que je suis en train de passer de la panique à l'écœurement.

Il se tourne vers Mary Ann.

— J'imagine qu'aucun d'eux n'a tenté de vous tuer depuis leur arrivée ?

— Non, pas encore.

— Es-tu certaine que les doughnuts ne sont pas empoisonnés ? Je veux dire, en plus des graisses saturées, car elles aussi tuent les gens. Mais ça met plus de temps…

Mary Ann réfléchit à cette éventualité avant de répondre.

— Je ne pense pas que les doughnuts soient empoisonnés. Rick et Fawn en mangent tous les deux. Monty n'en a pas pris. Ce n'est pas un grand amateur de beignets. Quant à moi, je n'en ai pas mangé un seul parce que… parce qu'ils sont mauvais !

— Je suppose que tu parles de Fawn et de Rick ? Ou sommes-nous encore en train de parler des doughnuts ?

— De Fawn et de Rick ! Sophie, il se peut que l'un d'eux ait essayé de me tuer hier ! Ce n'est pas en offrant un doughnut qu'on se rachète !

Marcus tousse pour cacher son envie de rire.

— Mary Ann, est-ce que tout va bien ?

C'est à peine si je reconnais la voix de Monty. Je ne l'ai jamais senti aussi nerveux.

— Ça va, mon chéri. Nous avons encore de la visite !

Mary Ann fait de grands gestes pour nous inviter, Marcus et moi, à la suivre jusqu'à la salle à manger. Je ne suis pas vraiment certaine que ce soit une bonne idée. Monty a laissé Rick et Fawn entrer chez lui, qu'il se débrouille avec eux ! Comme ça, nous pourrons battre en retraite jusqu'au Starbucks le plus proche. Nous y serons en sécurité.

Mais il est clair que Mary Ann a d'autres projets. Elle nous fait entrer dans la salle à manger. Monty est assis en face de Rick et de Fawn. Rick semble un peu gêné, quant à Fawn, elle a le regard scotché sur l'assiette vieillotte couleur crème posée devant elle avec un beignet entamé. Monty a l'air stressé, et tous sont en train de siroter un café dans des mugs représentant le chat souriant d'*Alice au pays des merveilles*, ce qui est plutôt mal venu compte tenu de l'ambiance qui règne ici, avec un petit côté champignon hallucinogène.

Monty s'empresse de se lever.

— Vous voyez, c'est une opération « portes ouvertes » permanente, ici. C'est génial, non ?

Il est évident que le mot « génial » n'est dans sa bouche qu'un doux euphémisme pour parler de « supplice ». Monty tire la chaise de Mary Ann qui s'assied lentement. C'est drôle, car hier je doutais que Mary Ann soit capable d'apprivoiser sa colère. Mais quand je vois sa façon de regarder Fawn, il est clair que j'avais tort.

Rick nous salue chaleureusement. Il se lève et me prend dans ses bras. De mon côté, je garde prudemment les mains le long du corps. Puis il me dit tout en s'efforçant de tendre la main vers Marcus :

— Je suis content de vous revoir.

Marcus plisse le nez comme s'il réagissait à une odeur nauséabonde, puis demande prudemment :

— Que se passe-t-il donc ici ? Serait-ce une nouvelle formule de téléréalité ? On met dans une pièce deux couples qui se détestent et on les regarde tenter de survivre jusqu'à ce que le plus vachard gagne ?

Rick se force à rire.

— Personne ne déteste personne ici, n'est-ce pas ?

Tout le monde s'empresse de détourner le regard. Puis Fawn dit d'une voix tranquille :

— Rick s'est dit qu'il fallait mettre les choses à plat. Avec tout ce qui est arrivé à Dena… il… nous avons estimé qu'il était temps d'essayer de trouver un moyen d'oublier le passé et d'être… d'être amis.

Elle regarde Mary Ann pour que cette dernière confirme. Mais Mary Ann restant muette, Fawn s'empresse de retomber dans la contemplation de son assiette.

Rick laisse échapper un nouveau rire nerveux et me donne une petite tape dans le dos.

— J'imagine que tu n'en demandais pas tant…

Je jette un regard vide sur lui. J'ignore totalement le genre d'infos que je voulais entendre, et j'ignore ce qui se passe dans cette maison. Suis-je confrontée à un meurtrier potentiel ou à un simple crétin ?

Monty prend un ton exagérément guilleret, ce qui laisse à penser qu'il est à deux doigts de se mettre à hurler.

— Asseyez-vous ! Que diriez-vous d'un doughnut ? Nous en avons d'autres.

Je secoue la tête.

— Non, merci.

Marcus balaie la proposition de Monty d'un simple mouvement du poignet.

Nous prenons place à côté de Mary Ann. Nous nous retrouvons tous les trois face à Rick et Fawn. Monty, lui, est resté debout. Il semble perplexe et inquiet.

Fawn dit d'un ton très calme :

— Je sais que c'est une situation embarrassante…

J'émets un vague grognement. Je ne me connaissais pas

ce talent, mais apparemment, lorsque je suis confrontée à un énorme euphémisme à la limite du ridicule, je grogne.

Fawn insiste.

— Mais elle ne devrait pas l'être. Ce que Rick et moi avons fait… je veux dire, la première fois que nous nous sommes vus… je savais que c'était inopportun.

Mary Ann s'exclame avec un mordant dont elle n'avait jamais fait preuve jusqu'ici :

— C'est bizarre, ce n'est pas le mot que j'emploierais.

Rick lui dit doucement :

— Mary Ann…

— Personnellement, j'aurais dit que ce que vous avez fait avec mon petit ami était malhonnête et… dégueulasse !

Son regard noir se pose sur Rick.

— Tu m'as trompée avec quelqu'un qui empaille des animaux morts avant de les exposer ! Tu te rends compte, Rick, elle les expose ! J'ai beau essayer de ne pas porter de jugement, je trouve ça franchement écœurant !

Fawn répond, avec un brin d'impatience cette fois.

— Ce n'est pas ainsi que je procède. Je me contente de lyophiliser l'animal, de l'écorcher puis de coller la peau sur des mannequins particulièrement réalistes. Ça n'a vraiment rien de choquant. C'est à la fois de la science et de l'art. Un jour, vous verrez mes œuvres dans quelques-uns des plus fameux musées du monde ! J'en suis totalement convaincue.

Mary Ann fronce les sourcils et se penche par-dessus la table.

— Beurk ! Ce que vous faites est écœurant !

Fawn rétorque aimablement :

— Que voulez-vous, tout le monde ne peut pas être artiste maquilleuse…

Je fais la grimace en entendant la chaise de Mary Ann grincer sur le plancher. Elle saute sur ses pieds et pointe un doigt accusateur vers ses visiteurs.

— Est-ce pour me tirer dessus que vous êtes venus ?

Fawn et Rick semblent un peu perplexes. Ils se regardent comme s'ils espéraient quelques éclaircissements.

Monty dit d'une voix neutre :

— Mary Ann, de quoi parles-tu ?

— Tu ne trouves pas bizarre qu'ils se soient pointés ici comme si nous étions de vieux copains ?

Elle fait un geste de colère en direction des beignets.

— Ils sont peut-être empoisonnés ! Comment savoir ?

Fawn penche la tête et s'exclame :

— Je suis désolée. N'êtes-vous pas un peu déprimée ?

Monty pose la main sur la taille de Mary Ann.

— Princesse, je pense que tu es bouleversée à cause de ce qui s'est passé ces derniers jours. Même si la visite impromptue de Fawn et Rick est surprenante, je pense qu'ils sont venus ici sans arrière-pensée, juste pour essayer de faire la paix. J'ajouterai qu'à mon avis, nous devons saisir le rameau d'olivier qu'ils nous tendent.

Monty sourit à Rick, un sourire pour la première fois détendu. Je dirais même suffisant.

— Nous devons essayer de leur pardonner. Après tout, Rick et toi n'étiez pas faits l'un pour l'autre, et s'il n'avait pas rencontré Fawn, je ne t'aurais peut-être jamais rencontrée ! Tout bien réfléchi, nous devrions leur dire merci !

Rick rougit et tire une tête de trois pieds de long.

Marcus me murmure à l'oreille :

— On s'en fout, des doughnuts ! On se croirait au cinéma.

Mary Ann pousse un grand soupir et se presse contre Monty.

— J'adore cette façon que tu as de toujours voir le bon côté des choses. Tu es le mec le plus incroyable que je connaisse.

Elle lui caresse doucement la joue du revers de la main.

Puis elle ajoute :

— Ceci étant, je refuse de leur pardonner. Et de les remercier. Tout ce que je veux, c'est qu'ils prennent la porte !

Soudain, le silence se fait dans la pièce. Fawn a l'air en

rogne, et Rick dans une colère noire. Monty s'écarte de Mary Ann et fait un pas vers Rick.

Ce dernier se lève et lui dit d'un ton glacial :

— Vous n'aurez pas à vous donner cette peine. Tu as raison, Mary Ann. Ce que j'ai fait est impardonnable, mais… si jamais tu sens que notre… amitié te manque, et si tu as envie de parler… de Dena ou de quoi que ce soit, je suis là.

Monty répond, avec son éternel sourire forcé :

— Mary Ann et moi sommes toujours prêts à renouer d'anciennes amitiés lorsque cela en vaut la peine. Malheureusement, je crains que ce ne soit pas le cas aujourd'hui.

Rick fait un petit pas en avant, en focalisant son regard sur Mary Ann.

— Je suis vraiment contrarié pour Dena. Quand j'ai entendu la nouvelle, j'ai même failli vomir. Et puis j'ai pensé… que je pourrais peut-être t'apporter un peu de réconfort. Que nous pourrions être amis.

— Non. Franchement, ça me paraît impossible.

Je tente d'attirer l'attention de Rick.

— Attends ! Quand dis-tu avoir appris la nouvelle ?

— Aux infos, le soir où on a tiré sur elle.

— Oui, mais…

Marcus me flanque discrètement un grand coup de pied dans le tibia. Je vais avoir un de ces bleus ! Je me mords les lèvres pour ne pas hurler de douleur. Rick n'a rien vu et reporte toute son attention sur Mary Ann.

Fawn prend Rick par le bras et le pousse gentiment vers la porte.

— Allez, viens ! Il faut partir.

Tandis que le couple quitte la pièce, personne ne dit un mot. J'entends la porte d'entrée s'ouvrir et se refermer derrière eux. Mary Ann s'approche de la fenêtre et les suit du regard dans la rue.

— Ils sont venus à deux voitures, je me demande pourquoi. Je me demande surtout pourquoi ils sont venus !

Monty dit d'un air songeur :

— Je croyais qu'ils allaient s'expliquer, c'est la raison pour laquelle je leur ai dit d'entrer. Le fait de débarquer comme ça, c'était vraiment bizarre. Mais je devais leur laisser une chance de me donner des infos.

Hésitant, il regarde Mary Ann.

— Princesse, tu n'es pas en colère contre moi parce que je ne leur ai pas claqué la porte au nez, j'espère ?

— Non. Plus maintenant.

Marcus croise les doigts avant d'étirer ses bras devant lui.

— J'ai noté – et je le déplore – que personne ne prenait la peine de me demander mon avis. Ceci dit, je pense que les avoir fait entrer était une bonne idée. Cela nous a permis d'avoir un aperçu de la façon étonnante dont leur couple fonctionne. Ils ne s'entendent pas, c'est clair. Monty, toutes ces remarques sournoises que vous leur avez lancées, c'était bien joué, mon cher. Bravo !

Mary Ann s'exclame, tout en continuant à regarder dans la rue :

— Pourtant, quand ils sont arrivés, tu ne leur as rien dit d'insultant. Comme si tu attendais de moi que je leur pardonne.

Les pouces dans les passants de sa ceinture, Monty fixe le plancher.

— J'ai décidé de changer de ton lorsque j'ai compris que tu étais toujours en rogne, mais…

Il marque une courte pause, puis secoue lentement la tête en poussant un soupir à fendre l'âme.

Mary Ann se détourne enfin de la fenêtre et lui lance :

— Mais quoi ?

Monty la regarde dans les yeux.

— Nous n'avons plus aucune raison d'être en colère, si ?

Mary Ann jette un coup d'œil furtif vers moi, puis revient sur Monty.

— Qu'entends-tu par là ?

— Ce que je veux dire, c'est que tu m'aimes. Et que tout le reste, c'est de l'histoire ancienne.

— Ah, je vois… Bien joué !

Monty poursuit.

— Nous pouvons tous redevenir amis, comme dans le film *Il était une fois*. Vous vous souvenez ? Quand Patrick Dempsey quitte la fille avec qui il sortait depuis cinq ans pour Amy Adams ? Mais tout finit par s'arranger quand la petite amie en question tombe amoureuse du prince ! Tu vois, je suis ton prince !

Marcus sort un stylo de la poche intérieure de sa veste et cherche une nappe en papier pour écrire dessus. Mais je le coiffe sur le poteau en lui subtilisant et le stylo et la nappe.

J'écris :

« Oui, je sais. Mais je t'assure qu'il est hétéro. »

Marcus sourit devant ma capacité à prévoir sa question. Mais il n'a pas l'air convaincu.

Monty jette un coup d'œil à sa montre. Il demande en hésitant un peu :

— Est-ce que je dois annuler mes réunions de la journée ? Devons-nous parler ?

On perçoit de la peur dans sa voix, et il prononce le mot « parler » comme s'il s'agissait d'une affaire d'Etat !

Mais Mary Ann secoue la tête et lui passe les bras autour du cou.

— Non, tu peux aller à tes réunions. Nous n'avons pas besoin de parler.

— Tu en es sûre ?

— Oui. Je ne pense pas que Rick et Fawn feraient de bons amis, c'est tout.

Elle l'embrasse sur la joue, puis dépose un baiser léger sur sa bouche.

— De toute façon, c'est toi mon meilleur ami. Et aussi le meilleur petit ami que je pouvais souhaiter. Et tu seras le meilleur des maris. Je meurs d'impatience de devenir ta femme. Ta princesse… !

Rayonnant, Monty la presse contre lui avant d'échanger un rapide au revoir avec Marcus et moi. Puis il s'en va.

Exaspéré, Marcus claque la langue.

— Mon Dieu ! C'est un mix de *La Quatrième Dimension* et de *Desperate Housewives*.

Je lui demande sèchement :

— Pourquoi m'as-tu flanqué un coup de pied ?

— Parce que Rick ne sait pas qu'il a fait une gaffe, trésor. S'il doit parler à la police, il faut qu'il fasse la même erreur.

— D'accord, je vois. Ça tient debout.

Je regarde Mary Ann.

— Ça va ?

— Je me refuse toujours à croire que Rick ait pu faire une chose pareille.

Elle se laisse de nouveau tomber sur sa chaise et ajoute :

— Je ne pourrai jamais me le pardonner, Sophie ! Jamais !

Marcus est intrigué.

— Mais de quoi parles-tu ?

— Mary Ann pense que si c'est Rick qui a tiré, c'est elle qui est responsable de la situation dans laquelle se trouve Dena.

— On peut savoir pourquoi tu en es venue à cette conclusion ?

— S'il s'avère que c'est lui qui a tiré sur Dena, c'est parce que j'étais sa petite amie. C'est moi qui l'ai fait entrer dans nos vies !

— Mon chou, ta mémoire te joue des tours. Tu n'aurais même jamais rencontré Rick si Sophie ne t'avait pas traînée aux petites funérailles morbides d'un homme qu'elle connaissait à peine. Si tu veux vraiment faire porter le chapeau à quelqu'un, c'est à elle !

Je dis sèchement :

— Merci.

Mais Marcus continue sur sa lancée en m'ignorant complètement.

— Ceci dit, je comprends tout à fait ce que tu ressens.

Mary Ann bondit.

— C'est faux ! Personne ne peut me comprendre ! Je sais bien que je ne suis pas aussi intelligente que vous, mais comment ai-je pu être stupide à ce point ?

Il répond d'un ton énergique.

— Mon chou, en matière d'hommes, nous sommes tous stupides. Tu te souviens peut-être de l'un de mes hommes-objets qui a été condamné à la prison à perpétuité et qui est en train de purger sa peine…

Ne voulant pas être en reste, je m'empresse d'ajouter :

— Et moi, j'ai épousé un escroc. Scott m'a pratiquement piqué tout ce que je possédais.

— Sois réaliste, trésor. Les seules transgressions de Scott pendant le peu de temps qu'a duré ton mariage ont été l'infidélité et une addiction au jeu irresponsable. Tout ça est d'un cliché… Quel ennui !

Il se penche vers Mary Ann et lui donne une petite tape sur le genou pour la rassurer.

— Toi et moi, nous avons au moins choisi des canailles plus intéressantes. Nous avons eu la chance de combattre le mal dans notre propre chambre.

Le coin de la lèvre de Mary Ann est agité d'un tic nerveux.

— Ce n'est pas drôle !

— Bien sûr que non, Mary Ann. C'est supergrave. Ceci dit, si tu essaies de trouver le moyen de te rendre responsable de tout ça… sache que c'est ridicule ! Tu es sortie avec un mec qui n'en valait pas la peine. Point barre.

Mary Ann demande, tout en se tamponnant les yeux avec une serviette de table :

— Mais ça pourrait être Fawn, non ? Nous ne sommes pas certains qu'il s'agisse de Rick.

Je dis, l'air grave :

— A ce stade, tout est possible. Mais ce n'est pas Fawn qui a prétendu avoir entendu le nom de Dena aux infos avant même que les medias ne répandent la nouvelle.

Marcus tambourine des doigts sur la table.

— C'est vrai. Malgré tout, je suis d'accord avec Mary Ann sur ce point. Cette Fawn est une fille bizarre.

— Comment ça, bizarre ? Je trouve que, tout à l'heure, elle avait un comportement beaucoup plus normal que celui de Rick.

— Tu crois ?

Marcus fait tourner un des mugs de café pour que le chat d'Alice fasse son grand sourire spécialement pour moi.

— Ce monsieur Rick, qui est prêt à sauter sur tout ce qui bouge, était pratiquement en train de saliver devant Mary Ann sous le nez de Fawn ! Nous aurions pu assister à un grand moment de crêpage de chignons, mais Fawn n'a pas bougé le petit doigt avant que Mary Ann ne se moque de son art. C'est à ce moment-là seulement qu'elle a réagi. Ce n'est pas normal.

— Oh… mon Dieu, tu as raison.

Nous observons un moment de silence pour réfléchir.

Puis Mary Ann s'exclame :

— Elle aime peut-être plus les animaux morts que Rick ?

Je lui dis :

— Si elle ne sortait pas avec lui, ça voudrait dire qu'elle a ses priorités… Mais Fawn couche avec Rick, et jusqu'à preuve du contraire, elle ne dort pas avec les bestioles qui passent sous les roues des voitures.

Marcus pouffe, mais Mary Ann a l'air un peu dégoûté.

Je demande :

— Au fait, pourquoi était-elle là ? Est-ce Rick qui lui a demandé de venir ? Ou bien a-t-elle découvert que Rick allait venir sans elle, auquel cas elle aurait insisté pour l'accompagner afin de l'avoir à l'œil ?

Nous observons un nouveau moment de silence pour envisager ce cas de figure. On n'entend dans la pièce que les doigts de Marcus qui continuent de pianoter doucement sur la nappe blanche. Il y a tellement de suspects que je ne sais vraiment pas comment en réduire la liste. Que faire ?

Marcus demande :

— Tu m'as bien dit que Leah connaissait Chrissie dans le cadre du comité de collecte de fonds pour l'opéra ?

— Pour l'orchestre symphonique.

— C'est bonnet blanc et blanc bonnet, Sophie chérie.

Il sort son iPhone de la poche de sa veste.

Tout en se tordant le cou pour essayer, en vain, de voir ce qu'il écrit, Mary Ann demande :

— C'est quoi, cette histoire de bonnets ?

Marcus lui explique, tout en essayant de rester concentré pour taper un message sur son téléphone.

— Quand on compare deux choses très différentes, on dit « C'est le jour et la nuit. » Mais pour l'opéra et l'orchestre symphonique, on dit « C'est bonnet blanc et blanc bonnet »...

— Ça y est, j'ai compris ! « Bonnet blanc et blanc bonnet », ça veut dire que c'est pratiquement la même chose.

Mary Ann est toujours rassurée lorsqu'elle comprend un truc sans qu'on soit obligé de l'expliquer par le menu.

Marcus ajoute, les yeux toujours rivés sur son portable :

— Voilà, c'est ça. Ah... je le savais ! Si j'en crois le dieu Google, Chrissie la démoniaque est membre de plusieurs comités et conseils d'administration dans le domaine culturel. Il semblerait même qu'elle fasse partie du conseil d'administration de l'académie des Sciences.

Mary Ann hausse les épaules. C'est sa façon à elle de

mettre en doute la pertinence de l'info. Mais, curieusement, je commence à entrevoir où Marcus veut en venir.

Un plan commence à s'élaborer dans le chaos de mon esprit. Je dis lentement :

— Nous savons tous ce que nous pensons de Chrissie.

Marcus s'écrie :

— Je la déteste !

— Mais si elle est innocente de ce crime, personne d'autre ne serait plus motivée qu'elle pour découvrir le vrai coupable.

Mary Ann hausse de nouveau les épaules, mais Marcus sourit. Nous sommes sur la même longueur d'onde.

— Et si c'est Fawn qui a tiré sur Dena…

Marcus précise :

— Fawn la taxidermiste…

Mary Ann ajoute d'un air buté :

— Fawn l'empailleuse de bestioles écrasées…

Je continue mon raisonnement.

— Fawn, qui rêve de voir son travail exposé dans un grand musée… ne serait sans doute pas mécontente de recevoir la visite de quelqu'un qui connaît bien l'académie des Sciences de San Francisco.

Marcus ajoute en souriant :

— Parce qu'à l'académie des Sciences, il y a toujours un spécimen d'animal exotique qui a besoin de se faire empailler.

Mary Ann semble perplexe, ce qui pour une fois est parfaitement justifié. Marcus et moi donnons l'impression de dire n'importe quoi… et pourtant, je sais exactement de quoi nous parlons. Je m'accroche à ma lucidité retrouvée comme à une bouée de sauvetage.

— Chrissie sait qu'elle est la principale suspecte. Elle doit absolument chercher quelqu'un d'autre à qui faire porter le chapeau. Je pense exprimer l'opinion générale en disant qu'elle a intérêt à diriger les soupçons sur la vraie coupable.

Marcus dit :

— Nous allons donc lui donner les noms de Rick et de Fawn. Et nous lui parlerons des aspirations professionnelles de Fawn. Si Chrissie est aussi rusée que vous le pensez, les filles, ce sera un jeu d'enfant pour elle de l'utiliser à son avantage. Elle mènera l'enquête pour nous, et nous, nous resterons bien tranquillement sur notre chaise, en sécurité, et nous siroterons des Martini grenade en regardant l'émission « Projet haute couture ».

Je fais une objection.

— Nous n'allons quand même pas rester assis et lui laisser faire tout le boulot.

Je suis toujours convaincue que Marcus et moi sommes sur la même longueur d'onde, mais notre conclusion est légèrement différente.

Je précise ma pensée.

— Nous ne pouvons pas nous contenter de donner des munitions à Chrissie, puis de lui lâcher la bride.

— Bien sûr que si. Pourquoi essayer de faire obstacle au mal ? Mieux vaut le canaliser dans la bonne direction.

Je m'agite sur ma chaise, un peu mal à l'aise.

— Je pense que nous pourrions au moins essayer de contenir le mal, non ?

Marcus hausse le sourcil. J'explique mon point de vue.

— Chrissie a prouvé qu'elle était une sorte de génie dans l'art de la vengeance, d'accord ? Mais elle a tendance à en faire trop.

— Essayer, par exemple, de pousser quelqu'un à la frapper pour qu'elle puisse faire arrêter son mari sur la base de fausses accusations de violences conjugales ?

— Oui, ce genre de chose. Et si jamais quelqu'un se retrouve sous un tir croisé, elle s'en fiche totalement. Chrissie m'a utilisée alors que j'étais en colère.

— Mon chou, elle t'a donné l'occasion de lui flanquer

un coup de poing. Elle ne t'a pas utilisée, elle est juste un tantinet maso…

— D'accord. Malgré tout… ce n'était pas cool. Et puis, il y a tous ces gens qui ont cru bien faire en rejoignant le DMPA. Elle utilise leurs convictions pour servir sa propre cause. C'est délirant ! Il y a aussi la mère de Tim que l'on n'autorise pas à voir son fils si le père de Tim le déshérite. Ça ne dérange pas du tout Chrissie.

Marcus soupire et se cale un peu plus sur sa chaise.

— Tu veux dire que Chrissie est le genre de fille pour qui la fin justifie les moyens. S'il est plus commode de coller ce crime sur le dos de Fawn que sur celui de Rick… même si c'est Rick qui a tiré…

Mary Ann intervient.

— … ce qui est probablement faux…

— … elle le mettra sur le compte de miss Bambi. A l'inverse, s'il est plus simple d'accuser Rick, elle le fera.

Mary Ann écarquille les yeux.

— C'est vraiment dingue !

Marcus termine son exposé.

— Si nous avons tort, si c'est bel et bien Chrissie qui a tiré, nous savons qu'elle peut faire des choses épouvantables.

Il fait de nouveau pivoter la tasse de café pour plonger son regard dans les pupilles noires du chat de la tasse.

Mary Ann demande :

— Mais alors, que faut-il faire ?

Marcus soupire.

— Nous fournirons à Chrissie les munitions et nous ne la lâcherons pas d'une semelle pour nous assurer qu'elle n'en fait pas un usage immodéré.

Mary Ann hésite encore.

— D'une certaine façon, nous jouerons les nounous, c'est bien ça ?

— D'après ce que j'ai appris sur Chrissie, ce serait plutôt pour jouer les gardiens de démon ! Mais c'est l'idée, oui.

Je dis d'une voix très calme :

— Vous vous rendez compte que ce n'est pas gagné d'avance, j'espère ? Chrissie pourrait très bien refuser de nous parler.

Marcus brandit son téléphone.

— Ça, nous n'allons pas tarder à le savoir. Si nous appelions notre petite Mata Hari ?

18

J'aime mes ennemis… façon veuve noire avec son partenaire.

Fatalement vôtre

Nous n'avons aucun mal à joindre Chrissie. Et cette fois encore, elle ne voit aucun inconvénient à nous rencontrer. Aujourd'hui, nous avons choisi de nous rencontrer au Starbucks. J'espère que la présence des gens autour de nous m'empêchera de lui flanquer un coup de poing et la dissuadera, elle, de tirer sur qui que ce soit. De toute façon, au cas où j'aurais oublié de le préciser, nous ne serons pas seules, elle et moi.

Lorsqu'elle arrive, je suis assise à une table tandis que Mary Ann et Marcus attendent nos consommations près du bar. Chrissie me repère aussitôt et regarde fixement les trois chaises vides, ainsi que le manteau de Marcus plié sur l'une d'elles. Elle s'approche, ses clés de voiture toujours à la main, des lunettes de soleil sur le nez.

— Si vous êtes en train de me tendre un piège, ça risque de mal se passer.

Je soupire.

— Il n'y a aucun piège. Je suis venue avec des amis, Mary Ann et Marcus. Si je vous ai demandé de me voir, c'est parce que… comment dire… je commence à croire que vous n'avez pas tiré sur Dena.

— Pourquoi ? Vous ne m'en croyez plus capable ?

— Ce n'est pas ça, pas du tout. Je suis pratiquement sûre que vous êtes capable de tuer quelqu'un si vous en tirez un quelconque avantage. Mais je pense que, dans ce cas précis, vous auriez procédé autrement. Vous auriez fait en sorte de maquiller le crime en accident, ou à la rigueur en imitant quelqu'un d'autre. Je ne pense pas que vous tireriez sur quelqu'un sachant que vous seriez le principal suspect.

— Si je comprends bien, vous ne me prenez pas pour une demeurée…

— En fait, je crois que vous êtes très futée…

Je m'empresse d'ajouter :

— … et aussi méchante. Vous êtes une femme futée et méchante, et je crois que nous pouvons nous aider mutuellement.

— Vous avez un micro sur vous ?

— Non. Pourquoi, je devrais ? Auriez-vous l'intention d'avouer un quelconque crime ?

— Non.

— Alors, quelle importance si je porte ou non un micro ? Mais juste pour mémoire, je n'en porte pas.

— Pourquoi parler de mémoire si vous n'enregistrez rien ?

Je lâche d'un ton sec :

— Bon sang ! Quand allez-vous vous décider à vous asseoir ?

Chrissie hésite une fraction de seconde, puis elle prend place sur une chaise et ôte ses lunettes. Son œil n'a pas l'air aussi amoché que je m'y attendais, même si les couches épaisses d'anticernes et de fond de teint y sont pour beaucoup.

Elle demande :

— Alors, par quoi commençons-nous ? Par des formules de politesse idiotes ?

Je me recule imperceptiblement. Il faut dire que tout me déplaît chez cette femme.

— Comment va Tim ?

Le coin de sa bouche tressaute, comme si elle se retenait de rire.

— Ça, on ne peut pas dire que ce soit une formule de politesse ! Ce serait plutôt une pique… ce qui est bien sûr beaucoup plus approprié compte tenu des rapports que nous entretenons. A moi de jouer, maintenant ! Vous permettez ?

Elle se penche vers moi.

— Comment va Dena ?

Je me rends compte que je serre les poings.

— Ne me dites pas que vous essayez encore de me pousser à vous frapper !

Chrissie baisse les yeux sur ses ongles parfaitement manucurés.

— Je ne vois pas de quoi vous parlez.

Marcus s'approche de la table, Mary Ann sur les talons.

— On dirait que toute la bande est au complet !

Puis il fait brièvement les présentations avant de me tendre mon Frappuccino.

Tandis qu'ils prennent place sur leur chaise, il demande :

— Ai-je raté quelque chose de croustillant ?

Chrissie observe Marcus un moment. Le bruit du mixer occulte un instant le bourdonnement des conversations.

— Vous êtes gay ?

Marcus répond en souriant :

— Vous m'offensez, très chère. Le fait même que vous ayez à poser la question prouve que je suis devenu bien trop viril. Il va falloir que je me remette à porter des boas et à utiliser des cosmétiques pour hommes…

Un bref accès de fou rire nerveux s'empare de Mary Ann. Chrissie plisse les yeux. On dirait deux petites fentes.

Je tente de remettre la conversation sur les rails.

— Chrissie, nous avons discuté tous les trois. Nous pensons que Dena n'était peut-être pas la cible prévue au départ.

— D'après la police, Dena était la seule personne présente

dans le salon au moment de l'agression. Qui d'autre aurait pu être visé ?

Mary Ann lève la main.

— Peut-être moi.

J'explique le topo.

— On a tiré sur Dena dans l'appartement de Mary Ann. Si le tireur était nerveux et ne s'attendait pas à ce que Mary Ann ait de la compagnie, il ou elle peut avoir fait feu sans bien regarder sur qui il ou elle tirait.

J'explique brièvement à Chrissie qui est Mary Ann, qui sont Rick et Fawn, et je lui donne toutes les raisons qui nous poussent à les soupçonner.

— Donc, vous pensez qu'il y a eu erreur sur la personne. Que le tireur était émotif au point de se tromper de femme.

— C'est une hypothèse. L'émotion peut empêcher les gens de se concentrer.

Chrissie dit d'un ton tranquille :

— Vous croyez ?

Elle pose les mains sur ses genoux et, pendant un moment, elle reste là, le regard absent.

Puis elle dit :

— Je n'aurais pas dû écrire cet article stupide. Tout ce que je voulais, c'était mettre Tim mal à l'aise. Je voulais qu'il sache que s'il me quittait pour cette garce, tout le pays serait au courant. J'étais prête à mettre en ligne sur YouTube une vidéo où l'on parlerait en détail de tous ses défauts et de son penchant pour le port de lingerie féminine.

Mary Ann réagit avec un temps de retard.

— Tu as bien dit que…

Mais je l'interromps du regard. Je n'ai aucune envie que Chrissie perde, à cause d'une diversion, le fil de sa pensée.

Elle poursuit.

— J'aurais fait un truc très chouette. Ma vidéo aurait créé le buzz, et l'humiliation de Tim aurait été totale.

Marcus glousse.

— Eh bien, dites-moi… ! Vous avez un petit côté Denise Richards, c'est indéniable.

Chrissie part d'un petit rire amer.

— Je suis la méchante de service, c'est ça ? Vous savez, pendant tout ce temps, je croyais que le problème venait de Dena ! Je suis sûre que Dena ne bougerait pas un cil si son mari enfilait un costume de soubrette à la française et lui demandait de lui pincer les tétons ! Les femmes comme elle sont plutôt rares, et pour un homme tel que Tim, il est difficile de lui résister. A ses yeux, elle personnifiait la tentation. Je me suis imaginé qu'en l'atteignant, je pourrais garder mon mari.

Elle détourne la tête. Elle se passe la main dans les cheveux, et l'on distingue à peine son profil à travers les fines mèches. Nous observons un moment de silence en essayant de comprendre la portée de cet aveu presque émouvant.

Marcus s'exclame :

— Donc… notre petit Tim adore se déguiser en soubrette ?

Chrissie darde son regard bleu et froid sur Marcus, puis se tourne de nouveau vers moi.

— J'ai menti à la police sur l'endroit où j'étais le soir où l'on a tiré sur Dena. Et maintenant, ils le savent.

Aussitôt, mon estomac se noue tandis que le sang se retire du visage de Mary Ann. Après tout, il est possible que Chrissie ne soit qu'une présumée meurtrière…

Je demande d'une voix qui tremble un peu :

— Quelle est la vérité alors ?

Je me donnerais des gifles de laisser transparaître ma nervosité devant elle !

— J'ai dit que j'étais restée seule chez moi toute la soirée, mais c'est faux. Ce soir-là, Tim m'a appelée pour me dire qu'il resterait tard au travail. Mais quand j'ai appelé son bureau, il n'y avait personne. Alors je me suis rendue à la boutique de Dena, Plaisirs coupables. Et lorsque j'ai vu Dena en sortir seule, je l'ai suivie.

Mary Ann murmure :

— Oh mon Dieu ! Vous l'avez suivie jusque chez moi ?

Chrissie hausse les épaules.

— Je l'ai suivie jusqu'à un appartement de Lake Street. Dès qu'elle est entrée, j'ai fait le tour du pâté de maisons pour voir si la voiture de Tim était là, mais je n'ai rien vu. J'ai donc attendu un moment pour voir s'il se pointerait là-bas.

Elle hausse de nouveau les épaules.

— Naturellement, il n'est pas venu. Alors je suis rentrée chez moi. Il n'y avait pas un chat dans les rues. Aussi, lorsque la police est passée me voir, je me suis dit que je pouvais assurer sans craindre quoi que ce soit que j'avais passé la soirée au lit avec un bouquin.

Je demande :

— Mais la police a su que vous aviez menti ?

Chrissie répond en détournant les yeux :

— Mon voisin m'a vue rentrer. Il en a parlé aux flics.

— Aïe ! Vous êtes fichue.

— C'est ce que m'a dit mon avocat.

Elle recommence à se passer la main dans les cheveux. Un simple tic dû au stress. Mais son visage reste impassible.

— Chrissie, vous vous êtes arrangée pour que je vous frappe, c'est bien ça ?

L'espace d'une seconde, j'ai l'impression qu'elle ne m'a pas entendue. Elle change de position sur sa chaise et regarde sa montre d'un air détaché.

— Je vous ai demandé…

— Redites-moi que n'avez pas de micro sur vous.

— Vous voulez que je me déshabille dans les toilettes pour dames pour que vous puissiez vérifier ?

Chrissie m'observe, puis finit par se lancer.

— Ce n'est pas nécessaire. Vous avez raison, Sophie, je vous ai sciemment incitée à me frapper.

Triomphante, je donne un grand coup de poing sur la table.

— Je le savais !

— Je n'avais pas le choix. Je savais que j'étais sur le point de devenir le principal suspect. Je savais aussi qu'il serait facile de dénoncer la fixation que faisait Tim sur Dena. Tout ce que j'avais à faire, c'était amener la police à croire que Tim était un homme capable de violence, ce qui faisait de lui un suspect plus plausible à leurs yeux.

Mary Ann dit d'une toute petite voix :

— Tu crois que c'est ton mari qui a tiré sur Dena ?

Chrissie rétorque aussitôt :

— Tout ce que je peux vous dire, c'est que ce n'est pas moi. Comprenez-moi, je ne veux pas que Tim me quitte pour une autre femme. Mais si je dois le perdre en le faisant mettre en prison pour que je puisse, moi, rester libre, je ferai ce qu'il faut.

Marcus éclate de rire devant le culot monstre de cette déclaration. Mais Chrissie l'ignore.

Tout en me forçant à ravaler mon dégoût, je lui demande :

— Ça a marché ?

— Pas longtemps. Alors que la lumière était faite sur mes déplacements, Tim, lui, s'est trouvé un alibi de poids.

Marcus demande :

— Qui ça ?

Chrissie répond d'une voix fielleuse :

— Sa maîtresse, bien sûr ! En ce moment, il couche avec une étudiante ! Apparemment, Dena n'est pas la seule femme avec qui il aime s'acoquiner ! En d'autres termes, j'ai un problème bien plus important que je ne le pensais.

Mary Ann tente de parler.

— Alors, Tim…

Mais Chrissie lui coupe la parole.

— Il est pitoyable ! Mais c'est là le problème. Je pensais

avoir épousé un homme suffisamment minable pour m'être reconnaissant d'être à ses côtés. Mais je ne suis même pas capable de retenir l'attention de cet abruti ! Le problème, ce n'est pas Dena. C'est moi qui ai un problème, moi et les choix que j'ai faits. Mon problème, c'est lui.

J'interviens prudemment.

— Oui, c'est un problème.

Mary Ann ajoute avec précaution :

— Euh… oui, c'est vraiment terrible, je veux dire l'infidélité de Tim et tout ça. Mais tu as essayé de le faire accuser d'un crime dans le seul but de t'en tirer. Alors… je ne sais pas, mais… ça me paraît bien plus grave.

Chrissie répond calmement.

— Un homme doit protéger sa femme quoi qu'il arrive. Je n'ai fait que l'aider à remplir ses devoirs d'époux.

Mary Ann et Marcus en restent bouche bée. Je me contente de secouer la tête.

— Vous n'avez pas beaucoup de… comment dire… de compassion envers votre prochain. Vous en êtes même pratiquement dépourvue.

Chrissie me répond d'une voix douce :

— C'est faux. Mais je refoule mes émotions. Si on leur laisse libre cours, ça donne des rides.

Elle se redresse un peu sur sa chaise.

— Bref… Vous êtes là, en train de me reprocher ma tactique, alors que la seule raison pour laquelle vous m'avez demandé de venir ici, c'est précisément de me pousser à utiliser la même tactique sur quelqu'un d'autre ?

Nous échangeons tous les trois des regards coupables.

— Vous voulez que je voie si je peux faire un bouc émissaire de cette… c'est quoi son nom, déjà ? Fawn ? Vous pensez que si je fais miroiter devant elle les liens que j'ai avec l'académie des Sciences, je pourrai l'embobiner.

— C'est vrai, c'était l'idée en gros. A condition qu'elle soit coupable.

— Je verrai si je peux faire d'elle une suspecte. Mais Rick me semble un candidat plus plausible.

Mary Ann s'exclame :

— Rick est peut-être un peu bête, mais je ne pense pas qu'il me tirerait dessus.

Je fais négligemment des ronds dans ma crème Chantilly avec ma paille. Je me demande s'il arrive à d'autres gens que nous de discuter ainsi avec leurs amis, pour savoir lequel d'entre eux tirerait sur l'autre. Le fait d'avoir déjà eu pas mal de conversations de ce genre est pour moi la preuve indéniable que ma vie ne tourne pas rond. D'un autre côté, ce n'est pas dénué d'intérêt si l'on aime se faire peur…

Chrissie répond à Mary Ann d'un ton exaspéré :

— Bien sûr que non ! A moins que ton ex ne soit aveugle ou aussi stupide que toi, jamais il n'aurait pu te confondre avec Dena, même s'il était très nerveux ou très pressé. Mais si Rick voulait te faire payer, il n'aurait ni besoin ni envie de t'abattre.

Mary Ann me lance un regard désespéré dans l'espoir que je lui explique à quoi Chrissie veut en venir, mais cette fois, je suis aussi perdue qu'elle.

Marcus soupire et croise les jambes, la cheville sur son genou.

— Chrissie… vous ne voyez pas d'inconvénient à ce que je vous appelle ainsi ? Ou préférez-vous Miss Vipère ?

Chrissie lui jette un regard furieux et attend la suite.

— Génial ! Utilisons donc le second, d'accord ? Miss Vipère, vous admettez que lorsqu'un mec armé d'un revolver pénètre dans l'appartement de son ex-petite amie, c'est en général parce qu'il a décidé de l'abattre ?

Chrissie répond en faisant des efforts notables pour dompter son impatience.

— Ne vous faites pas plus bête que vous l'êtes. Il veut se

venger. Œil pour œil, dent pour dent ! C'est dans la Bible. Avez-vous lu la Bible, ou l'avez-vous brûlée juste après le passage où les sodomites sont anéantis ?

— S'il vous plaît, chérie, inutile de jouer l'indignation vertueuse avec moi ! Il y a des satanistes qui sont meilleurs chrétiens que vous. Eux croient au moins en quelque chose d'autre qu'eux-mêmes.

Chrissie ouvre la bouche pour répondre. C'est tout juste si je ne m'attends pas à voir apparaître des crocs ! Elle parle d'une voix à peine audible, nous forçant tous à nous pencher vers elle.

— Mary Ann a fait souffrir Rick, et il a voulu qu'elle souffre autant que lui. La mort n'est pas synonyme de souffrance, du moins pas pour la personne qui meurt. Mais s'il tuait, ou infligeait une blessure grave à la personne la plus proche d'elle ?

Chrissie sourit avant d'ajouter :

— Il est clair que Mary Ann en souffrirait.

Je suis suffoquée. Je n'avais pas pensé à ça. Je n'aurais sans doute jamais pensé à ça, et c'est d'ailleurs la raison pour laquelle nous avons fait appel à Chrissie. Ce qui est pratiquement inconcevable pour la plupart des gens est parfaitement évident pour quelqu'un d'aussi tordu et sinistre qu'elle.

Elle se tourne vers Mary Ann.

— Ta vie est en danger, la mienne aussi. Mais c'est toi qui as le pouvoir de nous sauver, pas moi. Et pour ce faire, tu vas devoir prendre tous les risques.

J'interviens.

— Attendez une minute ! Qu'entendez-vous exactement par « prendre tous les risques » ?

— Elle doit affronter Rick, bien sûr. L'embobiner et lui donner ce dont il a besoin pour parvenir à s'autodétruire.

— Je vois… mais cette idée ne me plaît pas beaucoup. Pourquoi ne pas commencer par Fawn ?

— Je me doute que vous adoreriez commencer par elle.

Après tout, c'est moi qui peux l'approcher au plus près, et c'est donc moi qui serai en danger. Ce serait mieux pour vous que si c'était Mary Ann qui se mettait en danger, pas vrai ?

Marcus et moi répondons d'une seule voix.

— Beaucoup mieux.

— Je vais contacter Fawn, mais ça ne vous avancera à rien. Vous n'obtiendrez pas le résultat escompté.

Elle se tourne de nouveau vers Mary Ann.

— Appelle Rick. Présente-lui des excuses pour la façon dont tu l'as traité la dernière fois que tu l'as vu. Dis-lui que tu t'es montrée impolie pour calmer Monty, ou quelque chose d'approchant. Dis-lui que tu as besoin de lui. C'est ça qu'il a envie d'entendre.

Mary Ann demande :

— Comment sais-tu ce que Rick a envie d'entendre ?

— C'est ce que tous les hommes ont envie d'entendre. Demande à le rencontrer seul chez lui.

Marcus décroise les jambes et pose ses fesses sur le bord de sa chaise.

— Vous dites ? Autant la jeter dans l'arène avec un lion mangeur d'hommes, ce sera plus simple !

Mais Chrissie continue en ignorant totalement l'intervention de Marcus.

— Une fois sur place, après t'être assurée qu'il te fait confiance, demande-lui un service. Dis-lui que tu veux parler à la police. Que tu étais si bouleversée le soir de l'agression que tu n'es pas certaine de leur avoir donné un compte rendu fidèle des faits, et que tu souhaites savoir où ils en sont dans leur enquête. Dis à Rick que tu aimerais qu'il soit là pour te tenir la main pendant toute l'audition.

Je l'interromps.

— Et vous croyez que Rick n'aura pas la puce à l'oreille ? Qu'il ne se doutera de rien ?

Naturellement, ce n'est pas la question que j'aurais dû lui

poser. J'aurais dû demander : « C'est quoi, cette plaisanterie ? » Car il est hors de question que Mary Ann se rende seule chez Rick.

— Si elle joue bien le jeu, il ne devrait pas y avoir de problème. Il a tellement envie de la croire ! Et s'il est coupable, il préférera certainement être près d'elle quand elle ira trouver les flics. Pour pouvoir influer sur son récit.

Mary Ann demande :

— Mais je dois vraiment parler à la police ?

— Absolument. Une fois en présence d'un policier, tu inciteras Rick à déclarer qu'il a entendu parler de l'agression de Dena le soir même du crime. Assure-toi qu'il dise très clairement qu'il a entendu le nom de Dena. C'est une preuve accablante, ça comptera beaucoup.

Je m'impatiente.

— Nous y avions déjà pensé…

Elle rétorque en se levant :

— Ah oui ? C'est bien de savoir que vous n'êtes pas totalement idiote. En attendant, j'aurais besoin de vous deux pour me trouver le nom de quelqu'un susceptible de faire l'éloge des travaux de Fawn. J'en ai besoin pour lui lâcher ce nom au téléphone.

Je dis sèchement :

— C'est tout ? Votre plan se limite à ça ?

— Pas du tout. Je vous ai simplement indiqué par où commencer, ce qui va d'ailleurs bien au-delà de ce que vous avez pu imaginer de votre côté. Lorsque le moment sera venu d'aborder l'étape suivante, je vous donnerai plus d'explications. Mais inutile de mettre la pression sur le peu de neurones qu'il vous reste ! Appelez-moi quand vous serez à même de me donner une référence crédible pour Fawn. Mary Ann… ?

Elle baisse les yeux sur ma copine, et pour la première fois, il me semble déceler un soupçon de peur dans son regard.

— Mary Ann, tout repose sur toi, à présent. Courage !

Elle nous tourne le dos et s'en va. J'échange un regard avec Marcus. S'il est vrai que tout repose sur Mary Ann, Dieu lui-même est sans doute impuissant à nous aider. Car ni Marcus ni moi n'avons l'intention de laisser Mary Ann ne serait-ce qu'une seconde seule avec Rick.

19

Que crient les athées lorsqu'ils atteignent l'orgasme ?

Fatalement vôtre

Après le départ de Chrissie, Marcus, Mary Ann et moi restons encore une bonne heure dans le café. Nous passons pratiquement tout notre temps à nous disputer. Mary Ann veut y voit plus clair dans le plan de Chrissie. Elle ne croit pas vraiment que Rick soit coupable, mais au cas où il le serait, elle pense qu'elle doit essayer. Marcus et moi voyons les choses autrement. Marcus a le sentiment que nous devons retourner voir la police pour leur confier que Rick prétend avoir entendu parler de Dena aux infos. Il est aussi d'avis qu'il faut trouver un autre interlocuteur pour évoquer l'incident du Buena Vista Park. D'après lui, si nous sommes catégoriques, quelqu'un finira bien par nous croire.

Naturellement, mon expérience de la police me fait voir les choses différemment. A mon avis, si nous voulons vraiment avoir la preuve de la culpabilité de Rick et de Fawn, il nous faut nous débrouiller tout seuls. En d'autres termes, entrer chez eux par effraction. Je suis habituée à cette façon de faire, et bien que je l'aie échappé belle à plusieurs reprises, l'expérience s'est toujours révélée instructive. En fait, si je devais rassembler quelques éléments pour créer une brochure un peu tordue et me faire l'avocate d'une vie de criminelle auprès des ados, je mettrais en première page « Pourquoi vous contenter de vous mettre à la place de quelqu'un quand vous pouvez entrer chez lui par effraction ? »

Marcus et Mary Ann estiment que c'est irresponsable, ou un truc du même tonneau. Au bout d'un moment, nous ramenons Mary Ann chez Monty et nous restons auprès d'elle jusqu'au soir, refusant de partir avant le retour de son fiancé. Dès qu'il arrive, nous nous empressons de déguerpir. Mary Ann caresse l'idée de lui dire la vérité sur ses soupçons et sur l'histoire du parc. Naturellement, je lui ai dit que je respecterais sa décision mais que je ne lui conseillais plus de le faire compte tenu des choix que j'ai faits vis-à-vis de mon partenaire.

Quand on parle du loup… Lorsque je rentre chez moi, je constate que mon partenaire m'attend. Marcus pointe le doigt vers la Harley dans l'allée, et je me gare juste derrière.

Marcus demande :

— Vous en êtes où, tous les deux ?

Je ne réponds pas. Je regarde les ombres projetées par la lueur irisée de la lanterne de la véranda.

— Ne me dis pas que vous vous êtes encore bagarrés !

Je lui murmure :

— Cette fois, c'est pire. Il refuse de me parler de sa vie avant notre rencontre. Maintenant, je sais qui il est, mais j'ignore tout de son histoire. Je dors avec un mec sans rien savoir ou presque de lui. Tu sais à quoi ça me fait penser ?

Marcus me jette un regard méprisant.

— Oui, trésor. A tous les samedis soir que je passe depuis cinq ans…

— Pour moi, il ne s'agit pas de samedi soir, mais de tous les jours de la semaine ! C'est de ma vie qu'il s'agit ! Je suis censée faire quoi, ici ? Partager mon existence avec ce mec… sauf que lui ne veut pas partager ! Comment veux-tu que ça marche ?

Marcus soupire et fait courir ses doigts fuselés sur le tableau de bord.

— Es-tu certaine de bien percevoir la personne qu'il est devenu ? Y a-t-il un risque qu'il te cache des choses sur l'homme qu'il est, là, maintenant ?

— Je ne le crois pas, non. Je suis même catégorique sur ce point : il ne me joue pas la comédie. Ce que je dis ne concerne que son passé, c'est tout.

— Mais tu voudrais inviter le passé dans le présent. Libre à toi d'insister, de lui lancer tout ça à la figure et d'en faire toute une histoire, voire une cause de rupture. Mais sois prête à en assumer les conséquences.

— Tu veux dire, prête à envisager son départ s'il refuse toujours de me parler ?

— Non, mon chou. Ça, ce serait la plus simple des deux options. Là où tu peux commencer à avoir peur, c'est s'il commence à parler. Parce que les gens qui ne disent rien de leur vie passée ont des secrets. Des secrets de taille, hideux, dangereux qui peuvent surgir et te revenir en pleine figure façon boomerang, comme une invasion de punaises qui te mordront et t'empêcheront de faire de beaux rêves. Tu connais les punaises, quand on sait qu'elles sont là, on ne pense plus qu'à ça. Aucun somnifère aussi puissant soit-il ne pourra te faire oublier ces bestioles…

— Tu veux dire qu'il peut y avoir des punaises, mais qu'il vaut mieux faire comme s'il n'y en avait pas ?

— C'est ça. Mais pour l'instant, le seul qui soit vraiment mordu (admire la métaphore !), c'est ton jouet russe. Si tu n'arrêtes pas d'asticoter ton petit soldat pour le faire parler, les punaises viendront aussi ramper dans ton côté du lit.

— Donc, d'après toi, je devrais cesser de demander à Anatoly de me parler de sa vie ?

— Pas forcément. Je pense simplement qu'il faut que tu

sois sûre d'être prête à accueillir ces petites bêtes encombrantes dans ta vie.

— Super ! C'est vraiment génial.

Un homme promène son chien près de la maison. Je regarde un rien écœurée le chien déféquer sur le trottoir.

Marcus, lui, est carrément dégoûté.

— Je suis sûr qu'il y a aussi une métaphore derrière ça. Mais une chose est sûre et certaine, je n'ai aucune envie de m'appesantir sur le sujet… Tu devrais rentrer et affronter ton problème de punaises. De mon côté, je dois mettre un peu d'ordre chez moi pour Zach.

— On se voit demain ?

— Appelle-moi dès que tu sauras à quelle heure Dena sera là, je verrai si je peux venir pour faire partie du comité d'accueil.

J'embrasse Marcus sur la joue, et nous sortons tous les deux de voiture. Il se dirige vers sa Miata toujours garée dans la rue.

J'entre dans la maison pour affronter Anatoly.

Il m'attendait dans le vestibule. Il ferme tranquillement la porte derrière moi et me débarrasse de mon manteau. Pour une fois, il le pend soigneusement au portemanteau au lieu de le jeter de loin vers un des crochets.

Je lui dis gentiment :

— Je n'étais pas sûre que tu serais là.

— Je ne compte pas rester dans mon appart.

— Très bien.

Nous nous dirigeons ensemble vers le salon. Je me baisse pour accueillir M. Katz qui était roulé en boule sur la chaise près de la fenêtre. Anatoly se contente de rester debout au milieu de la pièce, les bras ballants. Il regarde en direction de la bibliothèque intégrée en acajou. Elle déborde de livres. Presque tous m'appartiennent, mais j'ai quand même quelques livres à lui. C'est Sophie, tout Sophie, rien que Sophie… avec une touche d'Anatoly. Ça reflète parfaitement la façon dont la maison est organisée. Il a bien apporté quelques affaires personnelles pour affirmer sa présence, mais pas assez pour faire croire qu'il avait vraiment trouvé sa place dans la maison.

Il me dit très calmement :

— Je suis désolé pour l'espagnol. Je reconnais que c'était… utile à savoir.

— C'est vrai.

— Je vais nous préparer quelque chose à boire.

— D'accord.

Je m'assieds près de M. Katz alors qu'Anatoly disparaît dans la salle à manger, puis en principe dans la cuisine. J'ai la vague impression qu'on ne va pas tarder à lâcher les punaises.

Anatoly revient avec un Melontini pour moi et un Jack Daniels *on the rocks* pour lui. C'est inhabituel. En général, Anatoly boit une bière. Je prends le verre et je commence à siroter timidement mon cocktail. Il faut dire que c'est corsé !

Anatoly s'assied à côté de moi sur le siège près de la fenêtre.

— J'étais dans l'armée russe.

— Je sais.

— J'ai été incorporé juste avant que le service ne soit aboli par la politique militaire de la Russie. L'Union soviétique était en cours de dissolution, et alors que le reste de la planète en faisait des gorges chaudes, le chaos régnait en Russie. L'antisémitisme, qu'on avait eu beaucoup de mal à garder entièrement sous contrôle sous le régime communiste, était de retour avec plus de force que jamais. Tous les boulots qui étaient chapeautés par l'Etat disparaissaient, et le secteur privé n'avait pas eu le temps de combler le vide. J'essayais tant bien que mal d'aider ma mère et mon frère… mais de toute évidence, ce n'était pas assez. Alors j'ai fait un peu de marché noir.

— Très bien.

J'avale une nouvelle gorgée de Melontini. Je vais m'efforcer de ne répondre que par monosyllabe le plus longtemps possible. Disons deux syllabes au grand maximum.

Il sourit.

— Justement pas. Ça n'avait rien de bien. Il m'est arrivé de faire des choses insensées, souvent dangereuses. J'étais désespéré et j'avais la trouille, ce qui m'a amené à prendre de gros risques.

Cette fois, je reste muette. Jamais encore je n'ai entendu Anatoly me dire qu'il avait la trouille. Le mot même me semble en contradiction avec sa personnalité. Rien ne peut le déstabiliser. Alors l'imaginer en ado terrifié et désespéré… c'est presque impossible à concevoir pour moi.

Tandis que je caresse doucement mon chat, Anatoly avale une longue gorgée de son Jack Daniels, et j'entends le bruit léger des glaçons qui heurtent le verre.

Il finit par ajouter :

— Le fait de taire mon passé était une question de survie.

— Ah bon ?

M. Katz lève vers moi ses yeux en amande comme pour me pousser à aller à l'essentiel.

— Anatoly, tu sais très bien que San Francisco ne fait pas partie de l'Union soviétique, que ce soit le nouveau ou l'ancien modèle. Alors à moins que tu ne continues à prendre des risques inconsidérés et contraires à la loi…

— Bien sûr que non !

— … eh bien, tu n'es pas obligé de tout garder pour toi. Tu peux parler, tu peux même parler sans réfléchir. C'est en quelque sorte notre façon de vivre, en Amérique. Non seulement nous ne pratiquons pas l'autocensure, mais nous allons jusqu'à intégrer les échanges verbaux les plus banals et les plus déjantés à des émissions de téléréalité qui passent dans le monde entier sur NH1.

Anatoly dit avec un sourire :

— Je l'avais remarqué. Je vais essayer d'être moins cachottier avec toi. Mais tu me demandes de changer une vieille habitude, Sophie. Pas seulement une habitude, une stratégie de survie. Ça va prendre un peu de temps…

— Je t'en laisserai. Tant que tu feras des efforts tangibles, ça me va !

Je me force à croiser son regard.

— Jusqu'à ce soir, tu n'as fait aucun effort.

— Je sais.

L'espace d'une minute, nous nous contentons de rester là à nous regarder l'un l'autre, avec pour seul bruit de fond le ronronnement de mon chat. Et puis voilà qu'en trois mots, juste trois mots, Anatoly brise le mur invisible qui s'était construit peu à peu entre nous.

— Je suis désolé.

Il tend la main vers moi, et je le laisse s'emparer de la mienne. J'aperçois derrière lui la lumière de la véranda qui forme comme un halo insolite autour de lui alors qu'elle n'est censée éclairer que les marches qui donnent accès à la porte d'entrée…

Les marches… Non mais quelle idiote ! Je saute sur mes pieds.

Surpris, Anatoly hausse les sourcils.

— Un problème ?

— Je me suis plantée ! J'ai eu tellement de choses à faire que j'avais l'esprit ailleurs. Du coup, j'ai totalement fait l'impasse sur l'aménagement de la maison pour le fauteuil roulant de Dena. Et elle emménage demain !

— Sophie, tout va bien…

— Mais non, pas du tout ! C'est la cata ! Je ne pourrai même pas lui faire accéder à la porte d'entrée ! Et comment veux-tu qu'elle puisse prendre une douche ? Anatoly, je suis nulle de chez nul !

— Ne t'inquiète pas, c'est arrangé.

— Pardon ?

— J'ai tout commandé aujourd'hui. La rampe, la douche portative, tout. Le matériel sera livré demain matin.

— C'est toi qui t'es occupé de ça ? Pour Dena ?

— Oui. Il fallait bien le faire. Et aussi parce que j'aime bien Dena et que tu l'adores. Et que moi, je t'adore.

Beaucoup d'hommes ont essayé de me faire la cour en m'offrant des fleurs, des dîners romantiques, voire des bijoux. Combien ? Le calcul serait trop long à faire. Je me suis toujours sentie flattée ou touchée par leur geste. Il est même arrivé une fois ou deux que cela m'ait fait tourner la tête… Mais ce geste de la part d'Anatoly est une telle preuve d'amour que… j'en reste sans voix.

Je me rassieds près de lui et je m'agrippe à lui, à moins que ce ne soit lui qui m'attire contre lui exactement au même instant, et avec la même fougue. Sa bouche se pose sur mes lèvres et nous nous serrons un peu plus encore l'un contre l'autre, encore qu'à ce stade, cela semble impossible. Mes mains courent sur son T-shirt noir, et je sens le tissu en coton se soulever. Je continue de plaquer Anatoly contre moi, pour être plus proche encore de lui, pour ne faire qu'un avec lui.

M. Katz s'empresse de filer. Il ne se sent pas concerné par ce qui se passe. Je sens les mains d'Anatoly se faufiler le long de ma cuisse pour atteindre le bouton de mon jean. Puis il glisse ses doigts dessous et me caresse.

— Je veux te donner du plaisir…

Je laisse échapper un gémissement et ma tête part en arrière contre la fenêtre, faisant vibrer le verre au rythme de mon corps. Anatoly me prend dans ses bras, et avant que je puisse dire un mot, il gravit l'escalier qui nous sépare de notre chambre.

J'ai bien dit *notre* chambre. Ce n'est pas la mienne, c'est la nôtre. Et cette seule pensée fait naître en moi une nouvelle onde de plaisir.

Anatoly me dépose sur le lit. Il m'ôte mon jean et mon

corsage, et je lui arrache fébrilement sa chemise. Je sens soudain tout le poids de son corps sur le mien et je le guide en moi.

Marcus avait tort. Il n'y a pas de punaises dans ce lit. Rien que ce besoin impérieux l'un de l'autre, cette alchimie érotique qui a toujours été pour nous une évidence.

Dès le premier coup de reins, un long gémissement s'échappe de ma bouche. Puis je laisse mon corps épouser le rythme du sien. Notre danse amoureuse passe à une autre phase. Les mains d'Anatoly sont partout, et je n'en ai jamais assez. J'adore voir la sueur briller sur sa peau claire, j'aime la façon qu'il a de bouger ses muscles. J'aime la douceur de sa poitrine et la rudesse de ses mains. Je l'aime.

C'est ce que je lui dis lorsqu'il finit par me faire atteindre l'explosion finale. Je lui crie que je l'aime… enfin, je crois. Peut-être qu'à ce stade, je n'ai pu mettre des mots sur ce que je ressentais et que j'étais trop bouleversée pour en prendre conscience.

Ce dont je suis sûre en revanche, c'est qu'en venant en moi, il a prononcé mon nom. Une raison de plus de l'aimer.

20

Je suis du matin. Entendez par là qu'il m'arrive fréquemment de veiller jusqu'aux premières lueurs de l'aube. Ce qui me pose problème, c'est après, entre 5 heures et 10 heures du matin.

Fatalement vôtre

Le lendemain matin, je me réveille juste après 10 heures. Je serais peut-être toujours en train de dormir si le téléphone ne s'était pas mis à sonner.

Je jette un coup d'œil sur le cadran. C'est un texto d'Amelia qui me demande de la rappeler. Je le ferai… mais plus tard. Pour l'instant, j'ai envie de me laisser aller, de revivre en pensée les merveilleux moments de la veille. Je suis heureuse… juste un peu endolorie, mais heureuse !

Anatoly n'est plus au lit, mais je l'entends s'affairer en bas. Les bras au-dessus de la tête, je m'étire longuement et j'appuie délicatement mon pied contre la boule de poils pelotonnée sur ma couette et qui ronronne de plaisir.

Je me glisse hors du lit en douceur et j'enfile un des grands T-shirts d'Anatoly pour couvrir ma nudité. Je reste un instant sans bouger pour essayer de deviner ce qu'Anatoly est en train de trafiquer en bas. J'entends comme un martellement continu et régulier… oui, c'est bien un bruit de marteau. J'esquisse un petit sourire. Anatoly est en train de préparer la maison pour Dena.

Lorsque je descends, je ne le vois pas tout de suite, bien que sa tasse de café trône au beau milieu de la table basse… sans dessous-de-verre.

En fait, il y a deux tasses de café sur la table… et deux assiettes. L'une ne contient que quelques miettes, et l'autre un bagel entamé. Il y a aussi un grand sac de marin tout rapiécé posé par terre, près du canapé.

— Salut, Sophie ! Quoi de neuf ?

Je sens mes épaules se contracter en reconnaissant la voix de Jason. Je tire bêtement sur l'ourlet du T-shirt d'Anatoly pour avoir l'air moins nue, et je me retourne face à lui.

Debout sur le seuil de la chambre d'amis, il porte un T-shirt blanc avec un dessin représentant un énorme Afro-Américain des années 1970, des écouteurs de B.D. sur les oreilles. Jason a le bon goût de garder les yeux rivés sur la partie haute de ma personne, au-dessus du cou.

— J'étais juste en train de ranger mes affaires. Anatoly est dans la salle de bains pour installer la douche portative.

On entend soudain un grand fracas. Cela vient de la salle de bains.

Jason a un petit sourire ironique.

— Quelque chose me dit que je devrais lui donner un coup de main !

Tandis qu'il fait un pas vers la salle de bains, je lui crie :

— Une minute ! Où t'installes-tu, exactement ?

C'est une question stupide, je sais, mais j'ai besoin de croire qu'il y a un malentendu. Sinon, il va falloir que je trucide Anatoly, et la dernière chose dont j'ai envie, c'est bien de tuer l'homme que j'aime avant d'avoir fini ma première tasse de café.

Jason tourne la tête, et je vois ses sourcils se rejoindre comme s'il avait beaucoup de mal à décrypter ma dernière question.

— Je m'installe dans la chambre d'amis. C'est bien là que tu voulais qu'on soit, non ? Tu ne veux quand même pas qu'on s'envoie en l'air sur le canapé convertible, si ?

— On ? Tu parles de Dena et de toi ?

— Sophie, enfin ! De quoi voulais-tu que je parle ? du *US Weekly* ?

On entend un nouveau choc, puis Anatoly émerge de la salle de bains, échevelé et un brin déconfit.

— J'aurais dû prendre le supplément pour que les gars qui ont livré le matériel assurent eux-mêmes l'installation.

Jason donne une tape fraternelle sur le bras d'Anatoly.

— Mais non, pas la peine ! Je suis bricoleur, je vous fais ça en moins de deux.

Il bouscule Anatoly pour se diriger vers la salle de bains, puis marque une pause et tourne légèrement la tête en gardant cette fois les yeux rivés sur le plancher.

— Sophie, je ne voudrais pas passer pour un minable puritain, mais pourrais-tu t'habiller un peu plus quand tu te balades dans la maison ? Je fais des efforts insensés pour éviter de lorgner là où il ne faut pas, mais je pourrais déraper. Alors à moins qu'Anatoly et toi soyez adeptes de…

Jason laisse sa phrase en suspens. Anatoly rigole. Moi pas.

— Qu'attends-tu pour installer la douche portative, ce que mon petit ami est apparemment incapable de faire ?

Jason jette un coup d'œil vers Anatoly, puis vers moi. Cette fois, malheureusement, ses yeux s'égarent sur mes jambes, et il vire au rouge tomate. Quant à moi, ça me hérisse un peu plus le poil. Jason s'empresse de disparaître dans la salle bains sans rien ajouter.

Aussitôt, Anatoly me glisse :

— Sophie, avant de commencer à…

— Nous nous sommes mis d'accord pour que Dena *seule* s'installe ici.

Anatoly demande avec une curiosité apparemment sincère :

— Quand sommes-nous tombés d'accord là-dessus ?

— Quand tu m'as portée jusqu'au lit ! C'était un accord tacite !

Anatoly hausse le sourcil.

— Ah oui ? Si je comprends bien, lorsque je te caressais la cuisse du bout des doigts, tu as pris cela pour une sorte de message implicite sur l'endroit où Jason irait s'installer ?

— Tu savais que je ne coucherais pas avec toi si j'apprenais que tu avais invité Jason à rester ici sans mon consentement !

Anatoly rétorque :

— Ça, ça reste à prouver.

Je lève la main pour lui flanquer une gifle, mais il m'agrippe le poignet avant que je puisse faire quoi que ce soit. Naturellement, je savais qu'il m'empêcherait d'agir, tout comme lui savait que je le menacerais physiquement et qu'il lui faudrait prévenir l'attaque. Il regarde mon poignet toujours prisonnier de sa main, puis il pousse un soupir d'épuisement avant de me lâcher le bras, comme pour dire « A quoi bon tout ça ? »

— Sophie, loin de moi l'idée de te mettre en colère…

— Ah non ? Tu as fait ça sans même m'en parler !

— Si, je t'en ai parlé. Tu as commencé à hurler et nous sommes partis furieux chacun de notre côté. Ce n'était peut-être pas une conversation digne de ce nom, mais elle a bel et bien eu lieu. J'ai tenu compte de ton opinion sur Jason. J'ai même envisagé de demander à Leah de s'installer ici avec Jack…

— Ça alors ! Et tu prétends vouloir me protéger ?

Mes mains se crispent. Je dois faire un effort surhumain pour les empêcher de s'en prendre de nouveau au visage d'Anatoly.

— J'ai vécu des semaines avec Leah et mon neveu juste après la mort de son mari. Jack a essayé de laver mon chat avec du Clorox et j'ai bien failli devenir folle ! C'était comme une nouvelle forme de torture particulièrement horrible ! C'est ça que tu veux ? Que ta petite amie sombre dans la folie en pleurant la perte de son petit chat blanchi à l'eau de javel ?

Anatoly répond d'un ton grincheux :

— Non. Ce que je veux, c'est te rendre heureuse et faire

en sorte que Dena se sente à l'aise et heureuse elle aussi. Si tu m'écoutais, tu saurais que je n'ai pas…

— Ça y est, la douche fonctionne !

Jason sort de la salle de bains, une clé à molette à la main.

— Tu as fait vite.

— Je te l'avais dit, je suis adroit de mes mains.

Anatoly me lance un bref regard, l'air de dire « Tu vois qu'il peut nous être utile ! », mais je l'ignore.

— Jason, Anatoly ne m'a pas dit que tu t'installerais chez moi.

Anatoly secoue la tête en grognant. J'entends des petits oiseaux piailler derrière la fenêtre… C'est sans doute une prise de bec aviaire pour savoir lesquels de leurs amis sont autorisés à visiter leur nid !

Jason a l'air décontenancé.

— J'ai supposé que Dena t'en avait parlé.

— Non. Attends une minute… Tu as supposé que Dena m'en avait parlé ?

— Oui, quand elle m'a demandé si j'étais partant pour m'inviter chez toi une semaine, elle m'a dit qu'elle allait t'en toucher un mot d'abord. Alors quand Anatoly a appelé, je me suis dit que le problème était réglé.

Anatoly dit d'une voix douce :

— J'ai appelé depuis la chambre d'hôpital de Dena, juste après que Dena m'a dit ce qu'elle voulait.

Je fixe Anatoly, puis je me tourne de nouveau vers Jason.

— Est-ce que Dena t'a demandé de rester ici ?

— Non, pas vraiment. Elle a juste fait une allusion. Elle flippe à mort à l'idée que vous l'aidiez à aller aux toilettes et tout ça…

— Mais je suis sa meilleure amie ! Ce que je ferais pour elle, elle le ferait pour moi !

— Sophie, arrête ! Quand vous êtes ensemble, vous taillez des bavettes, vous faites du lèche-vitrines, vous prenez un pot…

Mais quand je suis avec Dena, elle me dit toujours ce que je dois faire et je le fais. C'est comme ça que ça marche entre nous, et moi, ça me va. Réagir au moindre de ses caprices… pour moi, c'est la routine.

Naturellement, ce n'est pas tout à fait vrai. Avant, lorsque Dena lui commandait, elle était en position de force. Alors qu'aujourd'hui, elle est en position d'infériorité. Les rôles sont totalement inversés.

Il n'en demeure pas moins que c'est Dena qui a souhaité sa présence ici, et Anatoly n'y est pour rien.

— Il faut que tu utilises un dessous-de-verre avant de poser ta tasse sur la table basse.

Anatoly s'empresse de regarder ailleurs. Je sais qu'il a un petit sourire aux lèvres, et le fait qu'il ait la courtoisie de me le cacher ne le rend pas moins détestable.

— Un dessous-de-verre, j'ai compris !

Il se dirige vers la table basse et prend sa tasse.

— Je sais qu'il ne m'appartient pas de remettre en cause le règlement intérieur de la maison, mais il n'y a pas grand-chose que tu puisses faire pour cette table. Le bois est déjà flingué, difficile de faire pire.

— Pardon ?

— Réfléchis une minute. Quelqu'un a tué un arbre, il l'a débité comme un boucher, lui a fait prendre des bains de produits chimiques pour le rendre brillant. Et humiliation suprême, il lui a collé un prix pour qu'une nana des classes moyennes rêvant de jouer les aristos puisse poser dessus des bouquins surdimensionnés et des tasses à café en porcelaine fabriquées dans des ateliers chinois où l'on exploite le personnel. Ta table a été vivante, mais maintenant, elle est morte. Alors qu'il y ait dessus la marque d'une tasse ou deux, cela ne va pas changer grand-chose !

Le sourire d'Anatoly disparaît. Il n'a pas passé beaucoup de temps avec Jason et a dû oublier à quel point ce dernier peut être spécial. La préoccupation soudaine d'Anatoly m'insuffle un sentiment de vengeance et une tolérance que je ne me connaissais pas pour les coups de folie de Jason.

Je dis d'une voix douce :

— Jason, je n'aime pas les marques circulaires sur ma table morte. Ça fait partie de mon stupide petit côté bourgeois... Et tant que tu seras ici, tu n'auras pas le choix : il va falloir devenir un peu bourgeois, toi aussi. Tu crois en être capable ?

Jason éclate de rire.

— Je vais essayer. Tu veux que je te montre ce que je sais faire pour l'installation de la rampe ?

Je regarde autour de moi, mais ne vois aucune rampe par terre qui attende d'être installée.

Anatoly intervient.

— Elle est dans la véranda. Et pour répondre à ta question, Jason, oui. Ce serait super !

Jason lève le pouce en direction d'Anatoly et ouvre la porte d'entrée pour aller faire son boulot de colocataire bricoleur.

— Bon, d'accord. C'est Dena et pas toi qui a eu l'idée de le faire venir ici. Mais tu aurais quand même pu m'en parler.

— J'avais l'intention de le faire juste après t'avoir dit que j'avais commandé le matériel nécessaire pour Dena. Mais si tu t'en souviens, nous avons été... distraits.

Je baisse les yeux sur la table basse.

— Exact. Je suis désolée de t'avoir critiqué.

— J'ai l'habitude.

Je ne peux m'empêcher de sourire.

— J'aurais pu te parler un peu de Jason, mais j'ai supposé que Dena t'en avait parlé lorsque tu es allée la voir.

— Je ne suis pas allée la voir hier.

— Et pourquoi ça ?

Du bout du pied, je trace un cercle dans la poussière qui s'est amassée sur mon plancher de bois de feuillus. J'ai pris du retard sur mon planning ménager, ainsi que du côté des visites à l'hôpital. Pourquoi ne suis-je pas allée voir Dena hier ? Est-ce parce que j'ai couru dans tous les sens, sous le coup de la panique, pour essayer de répondre à ses attentes : trouver son agresseur ? C'est en partie vrai. Ou parce qu'il était trop dur pour moi de la voir dans ce lit, impuissante ? C'est incontestable. Mais il y avait une autre raison : Mary Ann. Si elle est réellement en danger, je dois faire en sorte d'être toujours auprès d'elle lorsque Monty n'est pas là. Ce qui est arrivé à Dena… aurait été impensable il y a moins d'une semaine. Mais si jamais ce sont *deux* de mes copines qui devaient subir le même sort, eh bien, ce serait carrément insupportable pour moi.

Anatoly lit dans mes pensées.

— Tu étais avec Mary Ann, c'est ça ?

Je confirme d'un hochement de tête. J'entends un vacarme pas possible dehors, et Jason est en train de siffloter un air que je ne connais pas. Enfin, je ne crois pas.

Anatoly me dit :

— J'ai mené ma petite enquête. Apparemment, aucune des chaînes de télé nationales ou locales n'a fait état du nom de Mary Ann ou de qui que ce soit avant le lendemain du drame. Mais je te rappelle qu'elles ont filmé l'immeuble de Mary Ann et donné suffisamment d'infos pour que tous ceux qui les connaissent bien comprennent de qui il s'agissait.

Je suis un peu sceptique.

— C'est vrai, mais s'il l'a trouvé tout seul, tu ne crois pas qu'il l'aurait dit ? C'est le genre de chose que la plupart des gens ne gardent pas pour eux. Ils ont même tendance à en rajouter…

— Je suis d'accord. C'est d'ailleurs pour ça qu'aujourd'hui, je vais rencontrer de nouveau mon contact dans la police pour relayer l'info.

J'agrippe le bras d'Anatoly.

— Vraiment ? Oh merci. Si seulement ils pouvaient te prendre au sérieux !

Anatoly sourit.

— En général, c'est ce que font les gens. Je pense également qu'il est encore trop tôt pour exclure le nom d'Amelia des suspects potentiels.

— S'il te plaît, ne recommence pas avec ça !

— Sophie…

Il s'arrête, interrompu de nouveau par la sonnerie de son portable. C'est ça le problème avec la technologie moderne. Il y a des tas de façons possibles d'être interrompu. Grâce à l'accès à l'internet mobile, on peut très bien interrompre une conversation par un e-mail !

Anatoly regarde autour de lui pour voir d'où vient la sonnerie. Il a posé son téléphone sur une des étagères de la bibliothèque, et s'empresse de le récupérer. Dès qu'il regarde l'écran, il pousse un soupir. Puis il décroche.

— Oui ?

Il reste un moment sans parler pour écouter son correspondant, et je ne peux m'empêcher de remarquer que son visage est tendu.

— Nous pouvons en discuter. Mais n'oubliez pas que je suis détective privé, pas magicien.

Il fait une nouvelle pause, puis secoue la tête et raccroche.

Je m'informe.

— Un client difficile ?

Il répond d'un air songeur :

— Le plus difficile que j'aie jamais eu.

— Waouh ! En effet… Et quel tour de magie veut-il que tu accomplisses ?

Anatoly ne répond pas. Il se dirige vers le fauteuil où sa veste est posée.

— Je t'en parlerai plus tard.

En voyant la tête que je fais, il sourit.

— Je te promets que je te dirai tout, mais il faut vraiment que je file tout de suite pour calmer ce cinglé.

— J'imagine que c'est pour ça qu'on te paie, non ?

— Exact.

Dehors, le bruit a encore monté d'un cran. Anatoly jette un coup d'œil vers la porte en enfilant sa veste.

— J'ai appelé l'hôpital ce matin. Ils ont dit que Dena sortirait juste après sa séance de rééducation.

— A quelle heure finit-elle ?

— Vers 15 heures. J'essaierai de faire une pause pour être ici lorsqu'elle arrivera, mais si c'est impossible, je devrais rentrer au plus tard en début de soirée.

Il s'approche de moi et fait courir ses mains dans mes cheveux.

— Je sais qu'il y a d'autres sujets que nous devons aborder tous les deux. Je ne suis pas en train de me défiler…

Je souris. Il cherche ma bouche, et je me penche vers lui. Comment ai-je pu croire un instant que mon couple était en danger ? Tout est parfait… si ce n'est qu'il y a un meurtrier en liberté, lequel, apparemment, adore tirer des coups de feu lorsque je suis dans le coin. Que ma meilleure amie doit apprendre à faire face à son handicap. Et que je viens d'hériter d'un nouveau colocataire qui prend un ton moralisateur pour parler des tables basses.

Mais à part ça, la vie est magnifique.

21

Il est vrai que certaines femmes sont plus jolies que d'autres, mais les robes des demoiselles d'honneur se chargent de tout remettre à niveau. Aucune femme n'est suffisamment belle pour se permettre de porter du taffetas.

Fatalement vôtre

Dena se pointe à la maison à 14 h 45. Jason et Mary Ann sont passés la prendre à l'hôpital. Tout est prêt. Jason s'est chargé de la douche et de la rampe, et je me suis assurée que Dena pouvait avoir accès aux choses dont elle avait besoin en position assise. Naturellement, elle ne pourra pas monter au premier, mais il n'y a là-haut qu'une ou deux chambres et salles de bains de plus. Si je pouvais découvrir qui a tiré sur Dena aussi facilement que j'ai rendu ma maison accessible aux fauteuils roulants, je n'aurais aucun problème. Pourquoi faut-il que la vie complique toujours tout ?

Je suis plongée dans mes pensées lorsque Mary Ann franchit la porte en poussant le fauteuil de Dena. Jason est juste derrière. Il brandit des deux mains un grand truc couleur argent en s'écriant :

Regarde-moi ça !

— Qu'est-ce que c'est ?

Je tente de concentrer mon regard sur les barres gris métallisé reliées entre elles, ce qui n'est pas facile avec les moulinets que Jason est en train de faire.

Il sourit à pleines dents en dépliant la chose et en la posant devant lui. C'est un déambulateur. Je le regarde fixement, puis je fais la même chose avec Dena. Elle a l'air perplexe.

Je lui demande, presque effrayée de poser la question car cela me paraît trop beau pour être vrai :

— Tu es capable de t'en servir ?

Dena me répond, sans afficher le moindre plaisir ou presque :

— C'est déjà fait. Je viens de faire trois pas avec, pendant ma séance de rééducation.

Jason lève le poing, tel un membre particulièrement pâlichon des Black Panthers.

— Génial, non ?

— Si je comprends bien…

Ma voix se brise. Je dois une fois de plus lutter pour trouver le courage de prononcer certains mots.

— Sophie, je t'ai pourtant dit qu'en me faisant aider, je remarcherais bientôt.

— Mais si vite…

Cette fois, Dena sourit.

— Eh oui ! Tu sais bien que je suis têtue !

— Mais tu devrais être plus enthousiaste ! Pourquoi ne lèves-tu pas le poing ?

Dena se penche en avant dans son fauteuil roulant.

— Quand je pense à ces fichues robes scintillantes couleur pêche !

Je lève les yeux sur Mary Ann. Pour la première fois, je note qu'elle a l'air un peu fumasse. Elle marmonne :

— Si seulement Leah ne t'en avait pas parlé la première ! C'était à moi de le faire.

Dena rétorque aussi sec :

— Pourquoi ? Tu voulais amortir le coup ? Mais un coup pareil, ça ne s'amortit pas, Mary Ann. Comme si la douleur causée par la blessure de balle ne suffisait pas, il a fallu que tu en rajoutes en me sapant le moral.

— C'est faux !

— Oh, ça va ! La couleur pêche est déprimante et devrait être réservée exclusivement aux fruits et aux poupées Barbie ! Et même pour eux, elle ne doit en aucun cas être faite de tissu qui brille ! Mon Dieu, quand je pense que tu as bossé chez Neiman Marcus !

— Des tas de stylistes renommés utilisent cette couleur.

— Tu peux me donner un nom ?

— James Clifford Black.

— C'est qui, celui-là ?

— Il est spécialisé dans les robes de mariée…

— Alors ça ne compte pas !

Si Dena pouvait marcher, il est évident qu'elle aurait déjà bondi hors de son fauteuil roulant pour secouer Mary Ann comme un prunier.

Mais elle n'en a pas fini.

— Son métier, c'est attirer des femmes par ailleurs très sensées dans l'institution du mariage qui préconise de porter des couleurs de ce genre ! Mais en toute sincérité, je te croyais capable de refuser ce rôle. Neiman Marcus !

M. Katz entre dans la pièce. Il jette un coup d'œil à Dena qui serre les dents, puis il fait demi-tour et ressort aussitôt en se pavanant.

Mary Ann proteste.

— Je te dis qu'il y a des modèles couleur pêche chez Neiman !

— Pas dans leur magasin de San Francisco !

Je lève les mains en m'interposant.

— Bon, ça va. Je crois qu'on perd un peu de vue l'essentiel. Dena, aujourd'hui, tu as marché !

Dena hausse les épaules et baisse les yeux sur ses jambes à demi couvertes d'une jupe de crêpe grise. Elles sont totalement immobiles. On les croirait dénuées de toute l'énergie requise pour se mettre en mouvement.

— J'ai pourtant travaillé dur, mais je n'ai fait que trois pas.

Jason est tellement débordant d'enthousiasme qu'il passe complètement à côté de la détresse de Dena. Il s'écrie :

— Oui, trois pas ! Ça fait moins d'une semaine qu'on t'a tiré dessus et tu as déjà fait trois pas. C'est génial !

Il se tourne vers moi :

— Si tu l'avais vue ! Elle ressemblait à cet ange gothique se frayant un chemin à travers les déjections d'attentes déçues !

Dena lève la tête vers lui, totalement déconcertée.

— Quoi ? Qu'est-ce que tu racontes ?

— Ça signifie que tes fichus médecins formés sur la côte Ouest t'ont dit que tu ne serais pas sur pied avant des mois, mais tu as refusé de gober leurs conneries. Tu ressembles à Lestat dans *Entretien avec un vampire*. Louis et Claudia pensent l'avoir tué, mais, naturellement, il n'est pas vraiment mort. Il est immortel ! Alors pendant qu'ils le croient en train de pourrir, il se nourrit – entre autres – de ces putains de lézards et finit par revenir. Son visage est complètement ravagé, mais c'est bien lui, Lestat, qui revient pour passer à l'attaque !

— Jason, personne ne me croit morte, mon visage n'est pas ravagé et je ne suis pas un vampire, alors…

— Ou alors un bourdon !

Jason se penche, les genoux serrés comme si c'était la seule chose à faire pour résister à l'envie de sauter en l'air.

— Tu es un sacré bourdon ! Quand des savants à l'esprit étroit ont étudié le corps du bourdon, ils se sont rendu compte qu'il était impossible que cet insecte vole, compte tenu des lois de l'aérodynamique. Mais les abeilles se fichent royalement de nos lois stupides sur l'aérodynamique, et elles volent un peu partout ! Toi, tu es comme ça ! Un splendide bourdon doublé d'un ange gothique.

Dena n'apprécie pas.

— Ce n'est pas le moment de me contrarier.

Mary Ann ne peut s'empêcher de pouffer.

Dena tourne brusquement la tête vers elle.

— Tu trouves ça drôle, toi ? Il a beau dire ou beau faire, rien ne me contrariera plus que cette nouvelle sur ces fichues robes. Couleur pêche ! Franchement…

Je m'éclaircis bruyamment la gorge.

— Jason, tu devrais emmener Dena voir sa chambre ainsi que la salle de bains provisoirement réagencée. Montre-lui aussi la cuisine. Je l'ai réaménagée pour vous.

Jason me lance un sourire radieux et pousse le fauteuil de Dena vers la chambre. Je me tourne vers Mary Ann.

— Est-ce que Leah l'a appelée ?

— Elle était là ! Elle est arrivée en début de matinée, avant la séance de rééducation de Dena, et elle lui a parlé de mes projets de mariage ! Dena est devenu folle ! Son kiné dit que c'est grâce à ça qu'elle a fait ses tout premiers pas. Elle lui a d'ailleurs dit qu'elle allait se remettre à marcher pour pouvoir piétiner sa robe de demoiselle d'honneur !

— Finalement… c'est une bonne chose, non ?

Leah savait ce qui se passerait. Elle s'est arrangée pour programmer son annonce juste avant la séance de Dena. J'éprouve soudain l'envie irrésistible de foncer chez ma sœur pour l'embrasser. Même si elle ne l'a pas fait uniquement pour Dena, car ses arrière-pensées sont plus qu'évidentes.

Mary Ann dit d'un air dubitatif :

— Je suis contente qu'elle soit motivée. Mais tu ne trouves pas sa réaction exagérée ? Nous essayons juste de rendre hommage à la grand-mère de Monty. Ce n'est quand même pas une affaire !

Jason ressort avec Dena de la chambre d'amis. Dena hurle « Putain de robe ! » tandis que Jason s'empresse de traverser le salon avec elle pour lui faire les honneurs de la salle à manger.

Je dis :

— C'est vrai qu'elle en fait un peu trop. Mais pas tant que ça.

La sonnette de la porte d'entrée retentit. Mary Ann et moi échangeons des regards inquiets. Dena et Jason sont déjà là, et Anatoly a une clé. Compte tenu des récents événements, les visiteurs surprise nous rendent toutes les deux mal à l'aise.

Mais c'est Marcus, lequel me crie de l'autre côté de la lourde porte en chêne :

— Je sais que tu es là. S'il te plaît, ne me fais pas jouer le rôle du grand méchant loup. Je peux souffler de toutes mes forces, ça ne me dérange pas. Mais je n'ai pas suffisamment d'énergie pour renverser quoi que ce soit de plus lourd qu'un mannequin Versace mâle.

Mary Ann pousse un soupir de soulagement. Je lui presse la main pour la rassurer avant de me diriger vers la porte. Marcus est toujours aussi séduisant avec son T-shirt Royal Underground, son jean William Rast et son sac de coursier en toile noire. Il m'embrasse sur la joue et s'avance pour saluer Dena que Jason vient de ramener dans l'entrée.

Il se penche en avant pour effleurer sa joue d'un baiser et demande :

— Dena chérie, comment vas-tu ? J'aurais dû me douter que tu te mettrais à courir avec ce que j'ai crié haut et fort derrière cette porte !

Jason s'exclame d'un ton joyeux :

— Vous rêvez ! Dena n'a pas de temps à consacrer à une bande de jolis garçons un peu trop gâtés ! Elle est bien trop occupée à marcher !

Je pousse doucement la porte que je referme à clé.

Marcus se retourne vers Dena.

— Ai-je bien entendu ?

Elle répond calmement :

— J'ai juste fait trois pas.

Naturellement, Jason en rajoute en reprenant la pose Black Panther.

— Trois *putains* de pas !

Dena lui décoche un regard agacé.

— Tu ne devais pas aller au magasin chercher de quoi préparer un Red Devil ?

Tout en ôtant son gilet et en l'envoyant valser en direction de mon portemanteau, Mary Ann demande distraitement :

— C'est quoi, un Red Devil ?

Je lui réponds avant de précéder mes invités dans le salon :

— C'est un cocktail. Jus de grenade, vodka au pamplemousse, jus d'orange et sirop de cannelle.

Je souris à Dena en guise d'excuse.

— Désolée, j'aurais dû penser à faire des provisions d'avance ! Je sais très bien que c'est ta boisson préférée.

Mais Dena balaie mes excuses d'un simple geste. Elle commence à avoir l'air fatigué… En fait, fatigué n'est pas le bon mot, je dirais plutôt épuisé.

— Pas de problème, Jason sera ravi d'aller faire tes courses.

Elle tend la main vers Jason et l'agrippe par le bras.

— S'il leur manque des choses, contente-toi du jus de grenade. On fera avec.

Jason libère son bras d'une secousse.

— Certainement pas ! Après ce que tu as fait aujourd'hui, tu as bien mérité ton cocktail favori. Je fonce au magasin.

Il se penche pour donner à Dena un baiser nettement moins innocent que celui de Marcus et répète en quittant la maison :

— Mon splendide ange gothique, mon bourdon bien-aimé !

Alors que je reviens dans l'entrée pour refermer la porte à clé, Marcus s'informe :

— Qu'est-ce qu'il a dit ?

Dena grogne :

— Ne me demande surtout pas ça. Il a perdu l'esprit.

Marcus réagit à retardement.

— Trésor, ça, c'est déjà de l'histoire ancienne !

Mary Ann approuve.

— C'est vrai. Mais maintenant, il a l'air un peu obsédé par les bourdons…

Marcus dit d'un air songeur en se laissant tomber sur le canapé :

— Avant, il était plutôt obsédé par les vampires. Les bourdons ont au moins le mérite d'exister. C'est un progrès.

Dena secoue la tête.

— Il s'intéresse toujours aux vampires. Les bourdons, c'est en plus !

— Je vois. Il n'y a aucun progrès, donc. Mais c'est bon de le voir se mélanger un peu les pinceaux. Ça l'entretient, non ? Il n'y a rien de pire qu'un cinglé *ennuyeux* à mourir !

Il sourit et regarde autour de lui. Il repère le déambulateur.

— C'est bien ce que je crois ?

— Oui, absolument. Je passerai bientôt du stade d'infirme à celui de vieille dame.

Marcus ne dit rien. Puis il plonge tranquillement la main dans son sac de coursier.

— Je t'ai apporté quelque chose.

— Si ce sont des antidouleurs, j'ai déjà ce qu'il faut.

— Alors on partagera les deux.

Il sort deux DVD de son sac.

— On se fait une soirée cinéma ?

— Pas moi. Ce soir, je suis avec Zach. Mais que mon absence ne change rien ! J'ai pris *Sailor et Lula* et *Grindhouse.*

Dena dresse immédiatement l'oreille.

— David Lynch et Tarantino ?

Marcus répond en examinant la jaquette de *Sailor et Lula*.

— Je sais que ce sont tes chouchous. Je sais aussi que ces films mettent en scène deux des plus grands personnages de femmes sexy jamais conçus…

Dena fait la grimace pour montrer ce qu'elle pense de cet avis et ajoute :

— Tu parles de Laura Dern ?

— Quelle sottise ! Encore que j'aie beaucoup aimé cette façon de jouer avec ses cheveux.

Il fait tourner ses mains autour de sa tête comme s'il tirait sur de longues mèches de cheveux. Puis il psalmodie d'une voix de fausset avec un accent du sud :

— « *This whole world is wild at heart and weird on top* »…

Puis il reprend sa voix normale.

— Dans ce film, c'est Isabella Rossellini la femme sexy.

Dena claque soudain des doigts car la mémoire lui revient.

— Avec les cheveux blonds et les sourcils épais. Oui, elle a fait un malheur dans ce rôle !

— Exact. Tous les petits hétéros pervers quittaient la salle de cinéma en rêvant d'elle, et tous les petits gays pervers voulaient lui ressembler. Et tu sais ce qui la rendait aussi sexy ?

— Je ne sais pas moi… son attitude ?

— Sa canne.

— Ah oui… ? Je ne m'en souvenais pas.

— Moi si.

Cette fois, il brandit *Grindhouse*. Sur la jaquette, on voit une femme dont une des jambes a été remplacée par une mitrailleuse.

Dena s'exclame :

— Bon, ça va comme ça. Lâche-moi un peu ! Il a remplacé la prothèse qui lui servait de jambe par une arme semi-automatique. Ce n'est pas tout à fait la même chose que faire trois pas par-ci, trois pas par-là avec un déambulateur !

— Trésor, cette femme aurait pu être sexy même avec un concombre géant en guise de prothèse. Tout en elle nous ramène au sexe, un peu comme toi. C'est d'enfer !

Dena retient un sourire.

— Tu es en train de me dire que je suis une bombe sexuelle ?

— Tout droit sortie d'un volcan ! Tu es née pour conduire les hommes sur les chemins de la tentation et de la perdition, mon chou. Et maintenant, grâce à ce léger boitillement, ils vont tous tomber à genoux devant toi.

— Tu as bien dit « grâce à » ? A t'entendre, ce qui m'arrive est un cadeau !

— Seulement si tu le prends comme un cadeau.

Il se penche en avant, en appui sur les avant-bras.

— D'après moi, tu es le genre de fille qui vit en donnant à tout ce qui est bizarre une connotation sexuelle. Les canards vibrants en latex, le sex-toy FlexiFelix, tous ces trucs ne devraient pas être particulièrement sexy. Et pourtant, quand tes clients quittent ta boutique, ils partent tous avec leur petit Flexi et/ou leur canard pour assouvir leurs fantasmes. Je meurs d'impatience de voir ce que tu vas faire de ton déambulateur !

Les joues de Mary Ann ont viré au cramoisi. Elle se retourne pour tenter de les cacher. Mais Dena ne fait pas attention à elle. Elle a le regard rivé sur les DVD comme s'il s'agissait d'une sorte de trésor venu d'ailleurs et qu'on vient seulement de découvrir. Puis elle lève les yeux et capte mon regard.

— Tu as quelque chose à voir là-dedans ?

— Non. J'aurais bien voulu, mais c'est une idée de Marcus, et lui seul.

Dena baisse de nouveau les yeux et dit :

— Je suis totalement d'accord avec ça. Je veux me sentir de nouveau sexy. Ma sexualité… fait partie de ma personnalité. Sans elle, je ne suis pas entièrement moi, tu comprends ?

Mary Ann s'exclame :

— Dena, tu seras toujours sexy !

Dena fronce les sourcils, façon Sicilienne.

— Vraiment ? De la bouche d'une femme qui essaie de me forcer à porter une robe couleur pêche, c'est amusant !

Marcus avale une goulée d'air et porte sa main à son cœur d'un geste théâtral.

— Non, mon chou, non ! Pas vraiment.

Il se penche en avant et jette un regard implorant en direction de Mary Ann, laquelle affirme avec un zeste d'agacement dans la voix :

— Pêche est le surnom de la grand-mère de Monty. C'est notre façon de lui rendre hommage.

Marcus répond :

— Dans ce cas, pourquoi ne pas acheter un bout de forêt tropicale en son nom ? Ou alors servir du saumon cru à la réception… ça se rapproche de la couleur pêche. Mais ne force pas tes demoiselles d'honneur à porter cette couleur. Je crois savoir que les punitions cruelles et inhabituelles sont toujours illégales, non ?

Mary Ann tape du pied sur mon plancher de bois de feuillu.

— Ce que vous pouvez être méchants ! Après tout, il s'agit de mon mariage et si j'ai envie d'avoir le carrosse de Cendrillon, une robe de princesse, des roses blanches parsemées de paillettes et quelques personnages de Disney pour conduire les invités vers la piste de danse, je les aurai ! Zut, alors ! C'est quand même *ma* journée, non ?

Nous échangeons des regards. Marcus s'adosse lentement à ses coussins.

— Chérie, tu viens de nous faire vivre un sacré moment ! Les exigences d'une future mariée… Continue sur ta lancée et nous pourrons faire une fabuleuse émission de téléréalité sur ta vie.

Dena amorce un sourire avant de reporter son attention sur la jaquette des DVD.

— Isabella s'est vraiment servie de cette canne ?

— Absolument.

Le sourire de Dena s'élargit.

— Je suis plus sexy qu'Isabella.

— Mon chou, ce n'est pas une bougie qu'elle tient.

M. Katz entre de nouveau dans la pièce et observe Dena.

Apparemment, il se dit qu'elle n'a plus rien d'une prédatrice, et cette fois, il ne prend pas la poudre d'escampette.

Marcus consulte sa montre d'un air nonchalant.

— Jason ne devrait pas tarder à rentrer. Et si tu regardes dans ta valise, tu verras que j'y ai mis ta nuisette et ton déshabillé de cuir.

Je suis surprise. J'essaie d'imaginer à quoi ça peut ressembler, mais je ne vois pas trop.

Le sourire de Dena fait à présent concurrence à celui du chat d'Alice.

— Tu veux m'aider à me changer, Marcus ? Jason va se donner un mal fou pour m'apporter mon… euh… mon Red Devil, et je tiens à l'accueillir comme il se doit à son retour.

Je prends une grande inspiration.

— Mary Ann, que dirais-tu de sortir pour un déjeuner un peu tardif ?

Mary Ann s'empresse d'acquiescer.

— Oui. On peut partir tout de suite, si tu veux.

Je saute sur mes pieds.

— Marcus, tu restes jusqu'à l'arrivée de Jason ?

— Mais bien sûr.

Il tire paresseusement sur une de ses dreadlocks impeccablement entretenues.

— Je suis censé passer chercher Zach dès qu'il aura fini de pleurnicher à sa séance de thérapie hebdomadaire. Ça me laisse une heure devant moi. D'ici là, Jason sera rentré et… avec Dena.

— Waouh ! Tu en fais des bonnes actions, aujourd'hui !

— Que veux-tu, j'adore donner aux autres.

J'éclate de rire et je passe dans la salle à manger où j'ai laissé mon sac. Si les circonstances étaient normales, je ne considérerais pas le fait de convaincre une femme d'enfiler une nuisette en cuir comme une bonne action. Mais dans ce cas précis, c'en est une.

Mary Ann et moi décidons d'aller dans un petit café à quelques pâtés de maisons de chez moi. Nous nous asseyons en terrasse et Mary Ann maintient le haut de son gilet autour de son cou comme si elle avait froid, alors qu'elle n'a même pas pris la peine de le boutonner.

Dès que la serveuse est partie avec notre commande, Mary Ann me demande :

— Tu crois que les paroles de Marcus lui ont fait du bien ? Est-ce que Dena l'a vraiment entendu ?

— Absolument.

Je suis certaine de dire la vérité, même si ce n'est pas nécessairement toute la vérité. Ma crainte est que, même si Dena a entendu le message de Marcus, l'impact de ses paroles s'estompera quand elle affrontera les épreuves qui l'attendent. Que se passera-t-il au retour de Jason si jamais Dena se rend compte que ses efforts de séduction sont plus maladroits, moins efficaces, voire moins satisfaisants qu'avant ? Si faire l'amour ne répond pas à ses attentes ? Cet échec pourrait avoir une influence désastreuse sur elle. Elle pourrait perdre sa motivation, non seulement pour le sexe, mais pour marcher et pour… pour tout, finalement.

Je bois une gorgée d'eau, et la table vacille un peu lorsque je repose mon verre. Il faut dire que le sol n'est pas entièrement plan et que la table n'est pas calée. D'ailleurs, rien dans ma vie ne me paraît stable, par les temps qui courent.

Mary Ann se sert de sa main libre pour jouer avec la paille qui dépasse de son verre de Pepsi.

— Tu crois que le fait d'avoir Kim à la maison l'aidera ? Elle lui a encore parlé ce matin, et il dit qu'il sera de retour d'ici demain soir.

— Peut-être que…

— Excusez-moi !

Je lève la tête. Un homme aux cheveux blonds et aux racines brunes se tient près de notre table.

— Je voulais juste vous demander… on ne vous a jamais dit que vous ressemblez à Alicia Keys ?

Je feins la surprise.

— Non. Qu'est-ce qui vous rappelle Alicia, chez moi ?

Il me répond, en me dévoilant deux rangées de dents manifestement blanchies.

— Eh bien… vous êtes extrêmement sexy toutes les deux.

— Que *c'est gentil* !

Je me tourne vers Mary Ann.

— C'est gentil, non ?

Mary Ann me regarde d'un drôle d'air. Elle sait que je joue les idiotes avec ce mec, mais elle ignore où je veux en venir.

Je continue de faire joujou avec mon admirateur.

— Mais il y a des tas de femmes célèbres qui sont sexy. Pourquoi ne m'avez-vous pas dit que je vous rappelais Keri Russell ou Minnie Driver ? Leurs cheveux ressemblent un peu plus aux miens que ceux d'Alicia.

— Euh…

— A moins que ce ne soit pas les cheveux… Serait-ce la silhouette ? Non, c'est impossible, nous avons des corps totalement différents. Alors c'est peut-être les traits du visage ? Mais bien sûr ! Nos visages sont totalement différents, non ?

Un nuage passe sur le soleil… Notre visiteur jette autour de lui des regards anxieux. Il n'aspire plus qu'à une chose : battre en retraite.

Je gazouille :

— Alors, si vous me disiez très exactement ce qui vous rappelle Alicia Keys, chez moi ? Peut-être que dans votre hâte à me draguer, vous avez choisi de me comparer à la première Black célèbre à la peau claire qui vous est passée par la tête ?

— Je crois… il faut que je parte.

Il se retourne et se fraye un chemin entre les tables pour foncer vers la sortie.

Mary Ann glousse.

— Ce que tu peux être vache !

— Je commence à en avoir marre d'être comparée à n'importe quelle nana célèbre qui a la même couleur de peau que moi.

— Tu sais, Kim a le même problème. Il dit qu'avant ses vingt et un ans, il n'avait qu'à emprunter le permis de n'importe quel Eurasien pour être admis dans tous les clubs. D'après lui, les gens estiment que les Eurasiens se ressemblent tous, même s'ils sont totalement différents.

Je confirme d'un hochement de tête, tout en chassant une mouche qui essaie d'atterrir sur ma fourchette.

— J'ai fait la même chose à son âge. Du moment que la photo du permis de conduire était celle d'une Black à la peau claire ou d'une fille originaire d'Amérique latine, personne ne se posait de questions Pas même les flics ! Je suis sûre et certaine que j'aurais pu berner les mecs de l'aéroport de la même façon…

Je ne termine pas ma phrase. S'il le voulait, Kim pourrait sans doute tromper les gens de l'aéroport, lui aussi. Donner son billet à n'importe quel type ayant une vague ressemblance avec lui. Les services de sécurité mettraient-ils en doute son identité ? Je parierais que non. Et d'ailleurs, qui ressemble à la photo de son permis de conduire, aujourd'hui ?

Je rapproche ma chaise de la table.

— Mary Ann, est-ce que tout se passe bien entre Dena et Kim ?

— Je crois que oui.

Mary Ann marque une pause pendant qu'un aide-serveur nous apporte une corbeille de pain. Puis elle reprend :

— Il trouve que Dena est la meilleure et elle… euh… bon d'accord, elle ne l'aime pas vraiment d'amour. Pas de la façon dont elle aime Jason, en tout cas. Mais elle a l'air de l'aimer beaucoup.

Je répète :

— Elle l'aime beaucoup…

Je me rendais bien compte que Dena tenait plus à Jason qu'à Kim, mais je n'ai jamais vraiment réfléchi à cela. Il faut dire qu'en plus, Kim n'a jamais été très doué pour comprendre les subtilités des rapports affectifs. A-t-il seulement *compris* quelle place hiérarchique il occupe ? Et si oui, éprouve-t-il de la colère ?

— Dena dit qu'il a… comment dire… un très gros… enfin, tu vois ce que je veux dire.

Mary Ann pique un fard tout en brisant un bout de baguette moelleuse à souhait.

— Kim sait-il que Dena aime Jason plus que lui ?

— Je ne crois pas. Je ne pense pas qu'il soit très futé.

Venant de Mary Ann, c'est une véritable insulte. Mais j'ai connu des tas de gens qui jouaient les idiots de façon tout à fait convaincante pour servir leurs intérêts. Kim est-il de ceux-là ? Peut-être pas. Quelles sont les chances que Kim ait trouvé un Eurasien qui accepte d'échanger son identité avec lui ? Car c'est exactement ce qui aurait dû se passer. Il aurait fallu que quelqu'un utilise le passeport de Kim pour prendre l'avion avant le coup de feu, et que Kim se serve du passeport de cet homme pour prendre l'avion *après* le coup de feu. Cela doublait le risque. Quand quelqu'un se fait prendre en jouant à ce petit jeu, il faut savoir que l'aventure peut finir dans un de nos célèbres pénitenciers, s'il a de la chance, ou dans une prison nicaraguayenne, s'il n'en a pas. A mes yeux, Kim n'a rien d'un aventurier. Non, il ne prendrait jamais un risque pareil. Il est tout aussi innocent qu'Amelia. Enfin, j'espère.

Je reprends la parole.

— Je n'ai pas passé autant de temps avec Kim qu'avec Amelia et Jason. Mais il a l'air gentil. Toi aussi, tu le trouves gentil, non ?

Je lève les yeux en espérant trouver une confirmation de mes propos dans son regard. Mais ce que j'y vois, c'est un début de panique. Elle ne me regarde pas, son regard ne fait que me frôler. Je me retourne pour voir de quoi il retourne.

C'est Rick Wilkes qui s'approche de notre table. Il porte un de ses nombreux costumes, mais il est tellement froissé que je ne serais pas étonnée d'apprendre qu'il s'est couché avec. Sa cravate est de travers, ses cheveux hirsutes.

Il a l'air d'un fou.

Dès qu'il nous rejoint, il offre sa main à Mary Ann avec un sourire de dément, puis hurle plus qu'il ne dit :

— Quelle coïncidence !

Les personnes assises aux tables voisines lèvent les yeux vers nous. La voix de Rick est trop forte, sa gaieté surjouée. Mary Ann fixe sa main comme s'il s'agissait de la bouche d'un cobra.

Je répète :

— Une coïncidence ? Tu essaies de nous faire croire que tu es entré dans ce café par hasard moins de vingt minutes après notre arrivée ? Un café qui est d'ailleurs très loin de chez toi… Dis plutôt que ça t'arrangeait bien de nous trouver là !

Rick se tourne vers moi sans cesser de sourire, mais son regard est dur.

— Tu es d'une nature soupçonneuse. Mais tu as peut-être raison. Mettons que ce ne soit pas du tout une coïncidence. C'est peut-être le destin.

Il se tourne vers Mary Ann.

— Tu crois que c'est le destin ?

Mary Ann répond d'une petite voix tremblante :

— Non, je ne pense pas que ce soit le destin. Et je… ce n'est pas une coïncidence non plus. N'est-ce pas, Rick ? Tu m'as suivie… Pourrais-tu me dire pourquoi ?

Pour la première fois, le sourire de Rick semble vaciller. Il tend ses deux mains vers Mary Ann en une prière silencieuse, puis comme s'il se rendait compte du côté mélo de son geste, il s'empresse de fourrer ses poings dans les poches de son pantalon.

Il dit d'un ton tranquille :

— Il fallait que je te présente mes excuses.

Mary Ann s'écrie :

— Mais tu l'as déjà fait !

Un serveur s'approche de nous avec une carafe d'eau, mais dès qu'il est suffisamment près pour percevoir l'énergie négative qui émane de notre table, il tourne les talons.

Mary Ann poursuit.

— Tu n'arrêtes pas de dire que tu es désolé, tu le répètes sans arrêt, mais tu ne pars pas ! Et maintenant, tu me suis et tu es… une vraie loque ! Tu sais bien que les gens négligés me mettent mal à l'aise, Rick !

Rick a du mal à respirer.

— Chérie, non ! S'il te plaît… surtout ne sois pas effrayée parce que mon costume est froissé. S'il te plaît ! Je viens de faire un long trajet en voiture et ce tissu… disons qu'il est cher mais très léger. J'aurais peut-être dû porter quelque chose à base de polyester, mais ça ne m'est pas venu à l'esprit.

J'incline la tête.

— Tu crois vraiment que le problème vient de là ? Que tu as choisi des fibres naturelles pour la traquer ?

— Je ne la traque pas !

Il jette un coup d'œil à droite et à gauche pour s'assurer que personne n'a entendu mon accusation, puis il ajoute :

— Très bien. C'est vrai que je t'ai suivie, Mary Ann, mais c'est uniquement parce que je sais à quel point ma dernière visite chez toi était déplacée. Je tenais à m'expliquer. Laisse-moi dire ce que j'ai à dire, et je m'en irai aussitôt après. Mary Ann, tu veux bien ?

C'est moi qui réponds.

— Que ce soit bien clair. Tu l'as suivie depuis la maison de son fiancé jusqu'à l'hôpital, puis jusque chez moi, et maintenant jusqu'à ce café. Tout ça pour trouver le moyen de justifier ton intrusion. Tu ne comprends pas à quel point tout cela est dérisoire ?

— Non ! Jamais je ne ferais une chose pareille !

Il refuse de me regarder. Il n'y en a que pour Mary Ann.

— Aujourd'hui, j'étais très loin de la maison de Monty ! Je suis allé à l'hôpital en espérant te trouver là-bas, et lorsque je t'ai vue partir avec Dena, je t'ai suivie jusque chez Sophie, puis jusqu'à ce café. De là à dire que je te traque ! Non ! D'autant que ce n'était pas prémédité ! Je te le jure.

Il tend de nouveau la main vers Mary Ann, mais elle recule si vite qu'elle fait tomber sans le faire exprès son couteau à beurre par terre. Il heurte le pavé avec un bruit métallique aigu.

Rick recule d'un pas en disant :

— Je te fais peur, c'est ça ? Ce n'était pas dans mes intentions. Je… je suis désolé.

Il se penche pour ramasser le couteau de Mary Ann et le pose en bout de table.

— Je ne t'embêterai plus, je te le promets.

Il fait demi-tour et commence à s'éloigner. Mary Ann pose les doigts sur le couteau.

— Rick, attends !

Elle a parlé d'une voix si faible que j'aurais juré qu'il ne pouvait pas l'entendre. Mais il s'arrête, se retourne lentement, puis revient vers nous. A présent, c'est lui qui semble mal à l'aise. Mal à l'aise et terriblement triste.

Mary Ann lui demande :

— Qu'est-ce que tu étais venu nous dire ?

Il la fixe un instant, puis répond à voix basse et d'un air peiné :

— Je n'aurais jamais dû venir chez Monty avec Fawn. C'était un manque de tact. Et je n'aurais pas dû te demander d'être mon amie car je ne le mérite pas.

Je marmonne :

— Ça, c'est bien vrai.

Mais Mary Ann me lance un regard implorant et je pince la bouche pour me forcer au silence.

— Depuis presque un an, je vis dans l'espoir que tu puises au fond de ton cœur le courage de me pardonner et de revenir à moi. Mais je suis bien trop faible, si faible que je ne suis même pas prêt à me séparer de Fawn ! Je ne peux pas rester seul avec ce sentiment de culpabilité. Je ne veux pas rester seul parce que je sais très bien que j'aurai alors tout le temps de réfléchir à ce que j'ai perdu en te trompant.

— Rick…

Il lève la main pour lui intimer le silence.

— Si j'étais vraiment prêt à me repentir, je me serais autorisé à souffrir seul. C'est à travers cette solitude que je suis censé faire pénitence. Mais je ne suis pas assez fort pour l'accepter.

Mary Ann détourne la tête.

— Je veux que tu saches que j'ai rompu avec Fawn. Tout est fini entre elle et moi.

Mary Ann tente de parler, mais Rick l'interrompt une nouvelle fois.

— Inutile de le dire, je sais que tu ne reviendras jamais à moi. Je sais parfaitement que tu… tu es amoureuse d'un autre homme.

Il porte la main à sa gorge, comme si le fait de prononcer ces mots lui causait une douleur physique.

— Je voulais juste que tu saches que c'est maintenant que ma pénitence commence. Et même si je n'ai pas de seconde chance, je peux au moins te promettre… et *me* promettre… que jamais plus je ne me conduirai avec une telle désinvolture et une telle cruauté en amour.

Cette fois, Mary Ann n'essaie même pas de parler. J'attends un moment, puis je m'accoude à la table, les mains sous le menton en disant :

— Waouh ! Combien de temps as-tu répété avant de prononcer ce discours ?

Mary Ann intervient :

— Sophie…

Je la regarde, perplexe. Puis la perplexité laisse place à la surprise, et pour finir à la colère. Elle ne va quand même pas gober ça ! Il l'a quand même harcelée, et il est tout à fait possible qu'il ait tiré sur elle et sur sa cousine ! Maintenant, le voilà qui rapplique avec des excuses bidons, et nous sommes tous censés être gentils avec lui ? C'est hors de question !

Je change de position sur ma chaise pour lui faire face.

— C'était un très beau discours, et il est clair que Mary Ann est émue. Mais avec moi, ça ne marche pas. Je ne pense pas que tu sois désolé, ni que tu aies une quelconque intention de faire amende honorable. Ce que je crois, c'est que ton objectif est de faire du mal à tous ceux qui t'ont blessé.

Le visage de Rick reste impassible. Il a toujours les mains le long du corps, mais il commence à frapper le sol en ciment du pied droit, d'un rythme lent mais qui s'accélère peu à peu.

Je continue de dire ce que j'ai sur le cœur.

— Tu es un ex qui n'accepte pas d'avoir été rejeté et qui fait une fixation. Tu es ce qu'on appelle un admirateur obsessionnel… et peut-être pire encore.

— Pire ?

La voix de Rick est ferme, mais son pied continue de frapper le sol, de plus en plus vite.

— Oui. Nous savons tous que tu as trompé Mary Ann, mais je doute sérieusement que ce soit la pire chose que tu aies faite.

Rick ne me regarde plus dans les yeux.

— Je ne sais vraiment pas de quoi tu parles. Si tu crois qu'il y a eu d'autres femmes que Fawn…

Mary Ann s'écrie :

— Rick…

Je me lève. A présent, il y a environ quinze centimètres qui me séparent de Rick et je suis obligée d'étirer le cou pour le regarder dans les yeux. Mais il ne me fait pas peur. Le fait qu'il tape du pied et que des perles de sueur se forment à la racine de ses cheveux prouve que c'est moi qui ai l'avantage.

— Tu paieras pour ce que tu as fait, mais ce ne sera pas volontaire. Nous savons à présent qui tu es et de quoi tu es capable. Alors tu as vraiment intérêt à *dégager vite fait*!

Les gens assis autour de nous recommencent à nous regarder. J'entends des conversations animées à voix basse, et mon cœur bat la chamade au même rythme que la chaussure de Rick qui fait des claquettes sur le ciment. Tous les vagues soupçons que je nourrissais à son endroit sont devenus clairs et nets. Du coin de l'œil, je vois Mary Ann pleurer dans sa serviette, mais je n'ai pas le temps de m'occuper d'elle dans l'immédiat. Car si je bouge, ne serait-ce que pour lever la main, Rick est bon pour recevoir un coup de poing. Je le frapperai plus fort que je l'ai fait avec Chrissie, et en plus, je serai incapable de m'arrêter. Mon Dieu, faites que je réussisse au moins à rester totalement immobile jusqu'à ce que Rick batte en retraite… et à m'abstenir de le frapper dans ce restaurant bourré de clients… !

Rick finit par se décider à affronter mon regard. Il doit y voir la haine qu'il m'inspire. Il jette ensuite un coup d'œil vers une Mary Ann en pleurs, puis il recule et nous tourne le dos pour sortir du restaurant au moment précis où le directeur de l'établissement arrive en courant pour voir d'où vient tout ce brouhaha.

Tandis que Mary Ann se retourne pour voir Rick s'éloigner, le directeur me demande :

— Tout va bien ?

Je réponds d'une voix beaucoup plus calme que je ne l'aurais cru :

— Ça va, oui. C'était un ex-petit ami qui voulait créer des problèmes, mais il ne reviendra pas.

Je sens mes pulsions violentes se dissiper. Je m'approche

de Mary Ann et je lui caresse doucement les cheveux. Puis je m'adresse au directeur.

— Son nom est Rick Wilkes. Nous pensons qu'il pourrait se remettre à harceler mon amie. S'il faut aller jusqu'à obtenir une mesure d'éloignement, nous pourrions avoir besoin de votre témoignage pour prouver qu'il est arrivé ici après nous et qu'il a provoqué un incident. Pouvons-nous compter sur vous ?

Le directeur hoche la tête, et les sanglots de Mary Ann redoublent.

22

Il a été prouvé que les femmes qui ont régulièrement des orgasmes ont plus d'énergie et sont moins sujettes aux maladies. Si je pousse le raisonnement jusqu'au bout, je devrais facturer tous mes vibromasseurs à la Croix-Bleue.

Fatalement vôtre

Nous rentrons chez moi sans parler. Je me gare dans l'allée et je récupère ma clé de contact, mais ni l'une ni l'autre ne tend la main vers la portière pour sortir.

Mary Ann dit d'une voix douce :

— Je continue à croire qu'il n'est pas coupable.

Je la regarde fixement, ma frustration prenant provisoirement le pas sur la compassion que j'ai pour elle.

— Je trouve ça dingue !

— Mais il m'aime. Il m'aime plus que je l'ai jamais aimé. C'est sans doute pour cela qu'il m'a trompée, mais… il ne veut pas me tuer. S'il me tuait, ça le tuerait aussi.

Je griffe nerveusement la gaine en cuir du volant.

— Et si Chrissie avait raison ? Peut-être n'a-t-il pas envie de te tuer, mais de te faire du mal en tuant Dena…

— Mais ça m'aurait tuée de toute façon… différemment, bien sûr.

Elle me regarde, et comme je ne réponds pas, elle hausse les épaules.

— Personne ne peut faire une chose pareille à quelqu'un qu'il aime. Et Rick m'aime vraiment.

— Mary Ann… et si tu te trompais ?

Elle ouvre la bouche pour protester, puis elle hésite. Elle finit par baisser la tête, ses boucles me cachent son visage.

Elle murmure :

— Il est possible que je me trompe, mais j'espère de tout cœur que ce n'est pas le cas.

— Mary Ann…

Je m'arrête. Je ne sais vraiment pas quoi dire.

Mary Ann relève la tête. Elle a encore les yeux rougis par les larmes qu'elle a versées au restaurant, mais elle a cessé de pleurer.

— Tu as un Advil ?

— Je…

Avant que j'aie le temps de répondre, mon portable sonne. Le nom de Leah s'inscrit sur l'écran. Je lève la main pour faire patienter Mary Ann tandis que je décroche.

— Salut, Leah. Le moment est mal choisi pour…

— Dommage, parce que Jack est depuis très exactement une heure avec sa nounou et je viens chez toi pour voir Dena.

— Euh… d'accord. Dans combien de temps seras-tu ici ?

— Dans deux minutes environ. Je suis à moins de deux kilomètres.

— Ah bon. Je suis contente que tu m'aies appelée avant. Comme je le dis toujours, une fille a besoin d'au moins cent vingt secondes pour se préparer à recevoir de la visite.

Je raccroche et je souris à Mary Ann qui semble plus affligée qu'avant ma conversation téléphonique.

— Tu voulais un Advil, je crois ?

Elle hoche la tête et ajoute :

— Leah ne va pas tarder à arriver, c'est bien ça ?

— Exact.

— A ton avis, est-ce qu'elle va essayer de me reparler de mon mariage ?

— Ça me semble évident.

— D'accord…

Mary Ann se tord les mains avant d'ajouter :

— Tu crois que je pourrais prendre trois comprimés d'Advil ?

Fidèle à sa parole, Leah arrive avant même que j'aie le temps de mettre ma clé dans la serrure de la porte d'entrée. Nous la regardons garer sa Volvo derrière mon Audi et descendre de voiture. Comme toujours, elle a relevé ses cheveux en queue-de-cheval, avec une bonne dose de laque pour qu'aucun cheveu ne bouge. Elle porte un gilet court en laine bleu foncé style Chanel et une jupe droite noire. Au lieu de monter les marches jusqu'à nous comme je m'y attendais, elle ouvre la portière arrière de sa voiture pour prendre un sac Barneys qu'elle enfile à son bras. Puis elle se penche en avant pour se saisir d'une grande corbeille, remplie celle-là de fruits et non de produits de remise en forme.

Puis Leah se décide enfin à gravir les marches. Mary Ann s'extasie sur la corbeille et tend la main pour la toucher. Elle est remplie de raisins, de pommes vertes brillantes et surtout de pêches qui vous mettent l'eau à la bouche… Des rubans en organza pendent de l'anse de la longue corbeille ovale et leurs extrémités frôlent comme une caresse le haut de cet assortiment luxueux et superbement décoré.

— Dena aime les fruits, non ?

Leah jette un regard éloquent sur mes clés. Je souris en lui ouvrant la porte. Leah entre la première, suivie de Mary Ann qui continue de s'extasier.

— Comme c'est joli… !

Nous nous dirigeons vers le salon. Je ne peux m'empêcher de noter qu'il y a deux cocktails à moitié bus sur la table basse, et pas de Dena en vue… Ni personne d'autre, d'ailleurs. Mais ça n'a pas l'air d'inquiéter Mary Ann outre mesure, elle ne s'intéresse qu'aux fruits. Elle tend de nouveau la main pour les toucher.

— Ça vous paraît étrange si je dis que je trouve cette composition… romantique ? Ça doit faire *vraiment* bizarre, non ?

Leah répond :

— Mais pas du tout.

Elle dépose la corbeille près des verres, puis fait un pas en arrière pour l'admirer.

— Lorsqu'elles sont préparées avec goût, les corbeilles de fruits peuvent être très romantiques. Voilà qui ferait une ravissante décoration de table.

— Une décoration de table ?

— Oui, pour un mariage… Je ne parle pas du *tien*, bien sûr. On intègre la pêche dans les festivités en la faisant porter par les demoiselles d'honneur. Tu ne voudrais quand même pas en rajouter avec une décoration de table à base de pêches ! C'est ta journée, pas celle de ta grand-mère.

Mary Ann hésite, puis lui dit gentiment :

— Je n'aurais jamais pensé à ça. Des pêches en décoration de table à la place des fleurs. En tout cas, c'est une excellente idée !

— Tu peux même avoir les deux. Nous pouvons introduire des petites fleurs dans la composition. Ce serait super. Mais qu'est-ce que je dis ? Il n'y a pas de *nous*, ce n'est pas moi qui suis chargée de l'organisation. Oublie ce que j'ai dit.

— Mais…

Mary Ann regarde Leah, puis se tourne vers moi. Pas question pour moi de croiser son regard. Je garde les yeux rivés sur mes mains en faisant des efforts insensés pour ne pas éclater de rire. Ce n'est pas seulement le culot de Leah qui me fait mourir de rire. Il y a moins de cinq minutes, nous avions une grande discussion sur le thème : Rick le harceleur est-il vraiment Rick le meurtrier présumé ? Et voilà que maintenant, Mary Ann a l'air d'avoir tout oublié, à cause d'une simple corbeille de fruits. On dirait un petit enfant qui oublie son écorchure au genou en voyant briller un morceau de papier alu !

Mary Ann ne s'arrête pas en si bon chemin.

— Il faudrait que les fleurs soient assorties aux pêches.

— Naturellement. Nous pourrions… ça y est, voilà que je recommence ! Quelqu'un pourrait-il m'arrêter avant que je me ridiculise ?

Je marmonne entre mes dents :

— Trop tard !

Mary Ann s'agenouille près de la corbeille et touche le ruban. Puis elle murmure :

— C'est une idée géniale…

Je me mords les lèvres. Apparemment, Mary Ann a une idée un peu floue de la signification du mot « génial ».

J'entends un bruit derrière la porte fermée de la chambre d'amis, puis le petit rire reconnaissable entre tous de Dena et celui de Jason. Je la croyais partie, mais apparemment, elle s'amuse…

Mary Ann jette un coup d'œil vers la chambre, puis elle rougit et s'empresse de recentrer son attention sur ma sœur.

— Leah, Monty et moi tenons absolument à démarrer notre vie de couple marié à Disneyland.

Leah répond, sans même prendre la peine cette fois de feindre la joie :

— C'est sympa.

— Je suis désolée. S'ils n'avaient pas déjà leurs organisateurs de mariages…

— Tu n'as qu'à m'embaucher en tant que consultante en mariages.

Mary Ann la regarde d'un œil bovin, puis reporte son attention sur les fruits.

— Les organisateurs et les consultants, c'est un peu la même chose, non ?

— Pas du tout. Je t'aiderai à trouver le moyen de conserver le thème du conte de fées sans te mettre à dos tous tes amis de San Francisco et en évitant l'infarctus à Dena.

— Mais…

Leah insiste.

— Les gens de chez Disney ne connaissent pas tes amis aussi bien que moi. Ils ne sauront pas trouver des compromis. Par exemple, si vous envisagez de permettre aux demoiselles d'honneur de porter du noir, mieux vaut créer des bouquets raffinés composés d'arums et de roses pêche. Comme ça, tout le monde sera satisfait.

— En noir ? Cela fait-il partie du thème « conte de fées » ?

Leah raccroche son sac à provisions à son bras.

— Les fleurs seront là pour le côté « conte de fées », et nous mettrons aussi des fleurs dans les cheveux de toutes les femmes.

— Ah, très bonne idée !

Leah pose son sac Barneys sur le canapé et en sort une robe.

— Les demoiselles d'honneur peuvent porter un modèle de ce genre.

Ce qu'elle nous montre n'est pas seulement une robe : c'est une véritable œuvre d'art. Une robe noire courte, avec une épaule dénudée, garnie d'un ruché, avec un drapé de mousseline asymétrique sur un crêpe de satin.

Je m'approche pour mieux la voir.

— Oh mon Dieu ! Tu es géniale…

Mary Ann pousse un petit cri aigu.

— C'est tellement féminin !

Leah dit d'un ton respectueux :

— C'est un modèle de Marc Bouwer Glamit ! Un peu cher, mais je suis sûre que tes demoiselles d'honneur seront ravies de se l'offrir. Elles pourront la porter après le mariage, et c'est pour la bonne cause.

Elle me regarde ostensiblement en prononçant ces derniers mots.

J'approuve énergiquement.

— Cette robe, je me l'offre ! Même si je ne devais pas la porter pour un mariage, je la prendrais quand même. Sérieusement, Leah, tu as fait du bon boulot.

Mary Ann tâte le tissu.

— C'est beau, Leah. Mais je ne voudrais pas que les demoiselles d'honneur et la première demoiselle d'honneur portent la même tenue. Nous devons donc dénicher une autre robe noire qui corresponde au thème choisi. Et les organisateurs de Disney font déjà beaucoup de choses. Je me demande vraiment si j'ai besoin d'autres personnes dans l'équipe pour bosser sur mon mariage…

La porte de la chambre d'amis s'ouvre. Jason pousse devant lui une Dena fin prête et un poil songeuse. Si elle a fait l'amour, c'était il y a déjà un petit moment. Jason est lui aussi fin prêt : T-shirt et jean, mais il n'a pas sa ceinture et il est pieds nus. Il a l'air exubérant. Quant à Dena, elle a l'air… disons qu'en voyant la petite lueur coquine qui illumine son regard, je sens mon cœur se gonfler de joie. Pour la première fois depuis le coup de feu, Dena a l'air heureuse.

Leah se tourne vers elle en tenant toujours la robe en l'air.

— Rebonjour ! Dena, tu as une mine superbe.

Dena lui lance un sourire avenant.

— Merci. J'ai eu un orgasme il y a un peu plus d'une demi-heure et ça m'a fait un bien fou.

Jason enfonce les pouces dans les passants de sa ceinture et dit fièrement :

— J'y suis pour quelque chose.

Leah roule les yeux, incrédule. Quant à Mary Ann, elle

s'empresse de détourner son regard, mais j'ai quand même eu le temps d'apercevoir un sourire de soulagement sur ses lèvres.

Je lance à Dena un regard interrogateur. Est-ce que tout est bien rentré dans l'ordre ?

Dena lit la question au fond de mes yeux.

— C'était différent. Mais ce que j'avais oublié depuis un bon moment, c'est que le sexe ne se résume pas à un acte purement charnel.

— Non, sûrement pas.

Je suis d'accord avec elle, même si j'ai connu dans le passé un ou deux très bons amants avec qui je n'avais aucun ou très peu de liens affectifs... Dena, elle, a dû avoir environ quatre cents amants de ce style !

— Dans mon cas, le facteur psychologique a toujours été déterminant. Je peux être excitée rien qu'en menottant un mec sexy aux barreaux du lit. C'est psychologique.

Leah marmonne entre ses dents :

— Dieu du ciel !

— C'est une question d'état d'esprit, je l'ai prouvé aujourd'hui. Lorsque je suis dans de bonnes dispositions, je peux avoir un orgasme, que mes jambes le veuillent ou pas. C'est quand même sacrément chouette.

Je pousse un petit cri en sautant sur mes pieds.

— « Chouette » ? Tu veux dire que c'est *génial*, oui !

Elle baisse de nouveau les yeux sur ses jambes.

— C'est vrai. Je me disais que j'avais peut-être perdu... tout perdu. Mais ce n'est pas le cas... Les choses sont différentes, mais je n'ai rien perdu, et je ferai en sorte que ça n'arrive pas. Je serai toujours moi et j'aurai toujours des orgasmes.

Debout, les pieds légèrement en dedans, Jason regarde Dena d'un air radieux et ajoute :

— En plus, elle m'a dit qu'elle n'avait pas eu mal ! Pas du tout. Enfin, en ce qui me concerne, elle m'a un peu fait mal en en me griffant le dos, mais j'aime ça. Ce genre de douleur permet de rester en prise avec le réel. Elle fait partie intégrante de la passion humaine.

Leah appuie la paume de main droite contre son front dans un geste de frustration un brin théâtral.

— Pour l'amour du ciel ! Pourrions-nous aborder d'autres sujets moins torrides ? Comment s'est passée ta séance de rééducation, ce matin ?

Jason rugit :

— Sacrément bien ! Elle a fait trois pas !

C'est au tour de Leah de sourire en regardant ailleurs. Je jurerais l'entendre dire dans sa barbe : « Je le savais. »

Dena demande :

— Quoi de neuf pour la robe ?

Cette fois, Leah est tout sourires.

— Je me suis dit que ceci pouvait faire une jolie robe de demoiselle d'honneur.

Dena hausse le sourcil et porte illico toute son attention sur le modèle.

— Très bien ! On progresse. Ce n'est pas tout à fait mon style, mais au moins, elle est noire ! Si on pouvait trouver autre chose de noir… pas forcément une robe. Personnellement, je suis assez branchée sur les tailleurs-pantalons chic ! Encore que… Theory fait de fantastiques robes de cuir à hauteur du genou…

Mary Ann s'écrie :

— C'est impossible !

M. Katz fait son entrée dans la pièce et vient se frotter contre mes jambes en fixant le visage de Mary Ann qui vire au rouge tomate. Apparemment, il trouve que ses bredouillements de colère sont une forme de distraction comme une autre.

Mary Ann inspire longuement avant de poursuivre.

— J'ai promis à Monty que le mariage aurait lieu à Disneyland…

Leah claque des doigts.

— Et voilà ! Organiser le mariage à Disneyland, c'était l'idée de Monty ! Je le savais !

Mary Ann rétorque :

— Peu importe qui en a eu l'idée ! Je suis d'accord ! Je veux un mariage de conte de fées, et comme c'est Disney qui écrit les contes de fées, le choix me paraît logique, non ?

Tout en me penchant pour prendre mon amour de chat dans mes bras, je rectifie.

— En fait, chez Disney, on n'écrit pas vraiment les contes de fées. On les adapte…

Jason proteste.

— Mais pas du tout ! Ce ne sont pas des adaptations, mais de véritables exécutions ! Ils en font de la guimauve, voilà ce qu'ils font ! Les contes de fées sont censés être cruels avec les gens. On les traîne dans les rues, et les méchantes demi-sœurs se mutilent les orteils pour faire en sorte que leur pied entre dans une chaussure ! Et encore, c'est la version éditée ! Savez-vous que dans la version originale de Raiponce, le prince met Raiponce en cloque au cours de ses petites visites dans la tour ? Raiponce est un phénomène de foire !

Mary Ann se met littéralement à sautiller sur place en criant : « Je m'en fiche ! Ça m'est égal ! Ça m'est bien égal ! ». M. Katz se tortille dans mes bras en continuant de regarder Mary Ann de son regard amusé de chat.

— Je me fiche des originaux et je me fiche totalement de votre sale histoire de Raiponce que personne ne connaît !

Sa respiration est saccadée, à tel point qu'elle a du mal à reprendre son souffle. Mais elle s'entête.

— Monty veut un mariage à la Disney, et je suis tout à fait d'accord ! Je veux de jolies robes très féminines pour mes demoiselles d'honneur *et* ma première demoiselle d'honneur ! Leah, c'est bien d'avoir déniché une jolie robe noire qui correspond à un tel événement, mais il n'est absolument pas question de trouver une autre robe noire qui plaira à Dena ! Comme je sais qu'elle n'aimera *rien* de ce que je pourrai lui proposer, autant lui demander de porter une robe pêche. Comme ça, nous pourrons honorer la stupide grand-mère de Monty !

Dès que ces mots s'échappent de la bouche de Mary Ann, cette dernière émet une sorte de hoquet en plaquant sa main sur ses lèvres.

Nous la regardons tous en silence. Leah a l'air pensive, Jason est perplexe. Quant à Dena, elle semble hésiter entre l'agacement et l'effarement.

En ce qui me concerne… eh bien, j'ignore ce que je ressens. Décidément, le monde est fou. Si j'en doutais encore, ce n'est plus le cas. Le sujet de notre conversation est totalement saugrenu. Dena n'est pas en train de pleurer sur son sort, ni de fêter ses récents progrès. Quant à Mary Ann, elle ne réfléchit pas aux éventuelles pulsions meurtrières de l'homme qui l'a suivie toute la journée. Non, au lieu de ça, nous nous querellons au sujet de robes en cuir de chez Theory, de mariages à Disneyland, et nous évoquons les sombres secrets de Raiponce. Nous parlons de pêches ! Nos vies sont en danger et nous nous discutons de la valeur et de la signification de la couleur pêche !

Je me laisse tomber lourdement sur les coussins moelleux de mon fauteuil en ignorant les griffes de mon chat. Je suis fatiguée. Tout marche à l'envers, cela me donne le vertige.

Leah dépose délicatement la robe sur le dos du canapé.

— Je trouverai une solution.

Mary Ann intervient :

— Oh, Leah…

Mais l'expression du visage de ma sœur l'arrête.

— Si d'ici demain soir, je suis capable de trouver une robe sur laquelle vous serez d'accord, Dena et toi, m'engageras-tu comme consultante pour l'organisation de ton mariage ?

Mary Ann tire nerveusement sur ses boucles qui lui tombent à présent sur les épaules. Elle est adorable.

— C'est impossible. Et tu le sais.

Leah passe la main dans ses cheveux impeccablement coiffés.

— Rien n'est impossible. Pas pour moi. M'embaucheras-tu si je trouve la robe ?

Mary Ann hésite, lançant des regards en tous sens comme pour gagner du temps.

Dena hurle :

— OUI ! Dis OUI, Mary Ann !

— Je ne sais pas.

— Je vous emmène toutes les deux faire du shopping demain après-midi. Si je n'ai pas trouvé *la* robe à l'heure de la fermeture des magasins, je cesserai de t'embêter avec ton mariage. Mais si vraiment je trouve la tenue parfaite, tu dois faire appel à mes services.

Mary Ann dit prudemment :

— Dena et moi devons aimer la robe toutes les deux. Sinon, l'accord est rompu.

Leah sourit.

— C'est évident.

— Alors d'accord ! Nous irons faire les boutiques… demain.

Dena s'exclame, la main sur le cœur :

— Merci, mon Dieu !

— En fait, mon nom est Leah. Mais que ça ne t'empêche surtout pas d'être en adoration devant moi.

Dena rigole.

— Leah, je regrette de t'avoir si souvent traitée de femme soumise.

Leah répond du tac au tac :

— Et moi de t'avoir si souvent traitée de personne amorale. Je pense à un truc dans la veine d'un Robert Rodriguez. *Sexy, flirty fun*.

Le sourire de Dena s'élargit.

— Leah, je jure devant Dieu que si j'étais un mec, je m'occuperais de toi sur-le-champ, là, sur ton sac Barneys !

Jason murmure :

— Très sexy !

Leah se dandine d'un pied sur l'autre.

— Mary Ann, je voulais… euh… disons j'aimerais que tu consignes cet accord par écrit. Ça t'ennuie qu'on mette ça au point ?

— N'oublie pas qu'il y a une condition sine qua non : que tu déniches la robe parfaite. D'accord ?

Leah répond en jetant un coup d'œil dans ma direction :

— Naturellement. Ce sera l'une des clauses du contrat.

Puis elle attrape Mary Ann par la main et sort en disant :

— Nous allons dans la salle à manger.

Dena fait signe à Jason d'approcher son fauteuil roulant plus près de la robe restée sur le canapé. Jason s'exécute, puis se penche par-dessus le fauteuil jusqu'à ce que ses lèvres ne soient plus qu'à quelques centimètres des cheveux de Dena.

— Même dans un sac poubelle, tu serais sexy !

Dena soupire.

— Oui, eh bien, j'aimerais encore mieux m'habiller avec des sacs poubelle que porter une robe scintillante couleur pêche !

Elle retourne l'étiquette prix qui pend de la robe et fait la grimace.

Tandis que M. Katz se décide enfin à se libérer de moi pour retrouver son coin à lui sur le siège près de la fenêtre, je m'exclame :

— Tu sais, Mary Ann ne sera jamais d'accord pour que tu portes une robe en cuir à son mariage Disney…

Dena me répond en souriant :

— Je le sais bien. On appelle ça marchander… Je lui demande ce que je ne pourrai jamais avoir, et comme elle doit trouver un compromis, elle me donnera son accord pour la robe « raisonnable » dont j'ai envie.

Tout en retirant quelques poils de chat de mon pull, je demande :

— Tu peux me dire ce qu'une femme de caractère comme toi juge raisonnable ?

Elle répond sans prendre une seule seconde pour réfléchir :

— Raisonnable, pour moi, c'est obtenir exactement ce que je veux.

Elle lâche l'étiquette prix et passe sa langue sur son rouge à lèvres.

— Aujourd'hui, je voulais marcher et aussi avoir un orgasme, et c'est ce que j'ai fait. Pour demain, je veux une petite robe noire. C'est très raisonnable, non ?

Le plus curieux de tout ça, c'est que je suis d'accord avec elle. A cet instant précis, ça me paraît même la chose la plus raisonnable que j'aie entendue aujourd'hui.

23

La frontière entre nutritionnistes et sadomasochistes est devenue irrémédiablement floue à la minute même où les nutritionnistes ont commencé à inciter les gens à adopter pour boisson le jus d'herbe de blé.

Fatalement vôtre

Leah ne s'éternise pas, et Mary Ann part dès que Monty l'appelle pour lui dire qu'il est à la maison. Dena et Jason sont tous deux épuisés par les orgasmes qu'ils se sont mutuellement offerts en début d'après-midi, ils décident donc de se retirer pour faire une petite sieste de début de soirée. Moi aussi, je suis épuisée, mais impossible de me reposer. Je décide de surfer sur le Net pour vérifier les antécédents de Rick Wilkes. Comme je ne trouve rien qui cloche, je prends ma voiture pour faire un tour du côté de chez lui. Ça fait au moins un an et demi que je ne suis pas venue ici. Je me revois debout entre Leah et Dena chanter en chœur *Joyeux Anniversaire* à Mary Ann avec tous ceux qui avaient adressé la parole ne serait-ce qu'une seule fois à l'héroïne du jour. Nous étions tous entassés dans la minuscule maison de Rick à Hayes Valley où il avait tenu à nous inviter personnellement. Je me souviens qu'à l'époque il m'impressionnait, notamment par les efforts qu'il déployait pour la femme qu'il aimait.

Je me demande aujourd'hui si sa motivation était bien l'amour. Peut-être plutôt la culpabilité ? Mais cela n'a plus d'importance. Tout est fini entre Mary Ann et lui. A présent, la question qui se pose, c'est : pourquoi lui en veut-il ? La voiture de Rick est garée devant son garage. Tout l'espace habitable est situé au-dessus de ce garage, et j'aperçois des lumières vaciller derrière les stores. Rick a connu ses heures de gloire. Des hommes politiques du parti républicain n'ont pas hésité à le payer grassement pour ses services de consultant. Et puis un jour, il a eu une illumination, et il est devenu libertaire. A dater de ce jour, il a connu des revers de fortune. De quoi est capable un homme qui n'a plus rien à perdre ?

Pour faire court, la réponse est : de tout.

Je me gare de l'autre côté de la rue, puis je regarde et j'attends. Tentera-t-il de nouveau de harceler Mary Ann ? Si oui, que dois-je faire ?

Mon téléphone sonne juste au moment où le ciel est suffisamment noir pour nous permettre d'admirer les étoiles.

C'est Anatoly.

— Où es-tu ?

Je me contente de dire :

— Devant chez Rick. Il a suivi Mary Ann aujourd'hui. Je sais qu'il est coupable.

Silence radio au bout du fil. Puis Anatoly finit par lâcher :

— Sophie, rentre à la maison !

Je proteste.

— Je dois observer ce qui se passe. Il faut bien que *quelqu'un* le fasse.

— Sophie, je ne pense pas qu'il soit coupable. Figure-toi qu'Amelia…

Je raccroche et je laisse tomber mon portable sur le siège passager. Pourquoi fait-il une fixation sur Amelia ? Pourquoi ignore-t-il toutes les preuves ?

Anatoly me rappelle, mais cette fois, je laisse le téléphone sonner quatre fois avant de décrocher. Il continue sa phrase comme si de rien n'était.

— Elle a fait un achat d'un montant de 292 dollars à la Reed's Sport Shop de San Jose une semaine et demie avant qu'on ait tiré sur Dena.

Je rétorque :

— Elle allait faire du camping au Nicaragua. Il n'est pas anormal d'avoir besoin de quelques articles de sport, il me semble.

Les phares d'une voiture qui passe m'éclairent l'espace d'un instant, et je fais la grimace en découvrant mon visage fatigué dans le rétroviseur.

— Sophie, la ville de San Francisco regorge de magasins de sports. Amelia est allée en banlieue dans un magasin connu pour proposer un grand choix d'armes à feu.

Je jette un coup d'œil sur la maison de Rick. Une ombre passe derrière les stores.

— Elle devait l'ignorer… Elle s'est sans doute retrouvée à San Jose, elle a vu l'enseigne et elle a décidé d'acheter une tente ou un truc de ce genre.

— Sophie, comment aurait-elle pu l'ignorer ? Il y a un stand de tir dans une annexe du bâtiment principal.

Je retiens mon souffle.

— La semaine dernière, Rick s'est pointé à l'hôpital, puis chez le petit ami de Mary Ann, et dernièrement au restaurant où elle déjeunait avec moi. Il savait que Dena avait essuyé un coup de feu avant même que la presse ne divulgue son nom. Tu ne trouves pas ça louche, toi ? Plus louche que tout ce qu'Amelia a pu faire ?

— C'est vrai, mais trois des voisins de Rick jurent qu'ils l'ont vu rentrer chez lui moins d'une heure avant le coup de feu. Il est possible qu'ils cherchent à le couvrir, il est même possible qu'ils ne l'aient pas vu ressortir, mais il lui aurait fallu faire très vite ! Et puis rien ne prouve que Rick soit suffisamment bien avec ses voisins pour inspirer une telle loyauté ! Je ne doute pas que Rick harcèle Mary Ann, nous pouvons d'ailleurs tenter de le coincer pour ça. Mais ça ne fait pas de lui l'auteur du coup de feu tiré sur Dena.

Je laisse aller ma tête en arrière sur le siège de cuir. Si je comprends bien, il a vérifié que Rick n'était pas coupable. Il n'a pas du tout ignoré mon inquiétude, et cela devrait probablement m'aider à me sentir mieux. Mais curieusement, ce n'est pas le cas.

Je lui demande :

— As-tu la preuve qu'Amelia a acheté une arme à feu ?

— Non. J'ai trouvé le montant sur un reçu jauni de carte de crédit que j'ai déniché dans sa poubelle de tri. Si vraiment nous prouvons son innocence, tu devras lui parler des dangers de l'usurpation d'identité.

— Oui, je vais m'en occuper tout de suite.

Je l'entends presque sourire.

— Sophie, j'envisage d'aller dès demain au magasin Reed's avec une photo d'Amelia en espérant qu'ils se souviendront d'elle. Je n'en parlerai pas à la police avant, mais franchement, les choses se présentent plutôt mal.

— Mais tu attendras au moins d'avoir parlé aux employés du magasin ?

Voilà, je recommence à gagner du temps. Demain, je me mettrai en quête d'Amelia pour lui poser des questions sur cette facture. Anatoly a raison sur un point : ce n'est pas parce que Rick était chez lui une heure avant le coup de feu qu'il y est resté. Je repense à sa cravate de travers et à son costume froissé, cet après-midi. Il est tellement obsédé par Mary Ann. Je suis prête à parier une fortune que c'est lui le coupable, lui qui a tiré sur ma meilleure amie.

Anatoly insiste :

— Rentre à la maison ! Si tu as raison concernant Rick, tu n'es pas en sécurité là-bas. Si tu as tort, il n'est pas raisonnable de rester assise toute seule dans ta voiture, dans une rue sombre.

— Elle est bien bonne, celle-là ! Vu le nombre de guêpiers dans lesquels je me suis fourrée, tu crois que c'est une vulgaire planque qui va me faire peur ?

Je l'entends jurer à voix basse en russe. Puis il finit par dire :

— Bon, très bien. Si je suis d'accord pour rester en planque là-bas cette nuit… toute la nuit, est-ce que tu rentreras à la maison ?

Je surveille la rue tandis qu'une nouvelle voiture passe près de moi.

— Tu parles sérieusement ? Tu as besoin de sommeil, non ?

— Ce dont j'ai surtout besoin, c'est de te savoir en sécurité. Sinon, je serai incapable de dormir.

Je l'adore. Sans aucune réserve… Cet homme est mon prince, dans le bon sens du terme. Pas du genre à mettre en cloque les femmes désespérées aux longs cheveux, enfermées à clé dans une tour…

Je dis, presque en m'excusant :

— Tu n'es pas obligé de rester ici toute la nuit. Attends simplement d'être sûr qu'il est endormi. Naturellement, ce n'est pas parce qu'il éteindra la lumière qu'il ira directement se coucher. Mieux vaudrait attendre, disons une demi-heure après que la maison sera plongée dans le noir et…

— Je suis détective privé. Je connais la chanson.

— Très bien. Tu te souviens de l'adresse, au moins ? Tu n'es pas revenu ici depuis que Rick a organisé une fête pour l'anniversaire de Mary Ann.

— Oui, je m'en souviens.

— Bon, d'accord. Ça t'ennuie si je reste ici en attendant que tu viennes ? Comme ça, la surveillance ne sera pas interrompue. Je peux même rester avec toi ! Nous pourrions transformer la planque en rendez-vous galant !

— Non, tu dois absolument rester chez toi avec Dena et Jason. En revanche, tu peux attendre que j'arrive pour t'en aller.

Je me redresse un peu sur mon siège.

— Je suis ravie d'avoir ta bénédiction sur ce point…

— Je viens de renoncer à une nuit entière de sommeil pour toi, Sophie. Ne me cherche pas !

Là, il marque un point. Je me détends un peu.

— Désolée…

— C'est bon.

— Je t'aime.

— Moi aussi. Je serai là-bas dans une vingtaine de minutes.

Je souris en raccrochant. Oui, c'est vraiment un seigneur !

Puis je me dis que si je ne me dépêche pas de trouver le moyen de mettre définitivement Amelia hors de cause, elle ne trouvera pas Anatoly si merveilleux que ça ! Il sera à ses yeux l'homme qui a transformé sa vie en un véritable cauchemar.

Cette nuit, j'ai du mal à dormir. Je n'arrête pas de penser à Anatoly assis dans sa voiture devant la maison de Rick… Il doit avoir froid, être fatigué, et il se force à surveiller un mec dont il est persuadé, en l'occurrence, qu'il est innocent. Tout ça pour moi…

Il a pris la voiture de Jason car il est difficile de surveiller quelqu'un avec une Harley. Jason ne lui a pas demandé pourquoi il lui fallait renoncer toute la nuit à sa voiture. Ça lui donnait une raison de plus de rester auprès de Dena.

Lorsque je me réveille, le matin suivant, j'entends Dena et Jason s'affairer dans la cuisine. Anatoly n'est toujours pas rentré. Le seul mec qui est dans mon lit, c'est mon fidèle matou.

Je descends l'escalier tant bien que mal, vêtue d'un pantalon de survêtement et d'un débardeur à bretelles spaghetti, M. Katz sur mes talons.

Mes invités sont occupés à charger mon lave-vaisselle. Dès que je les vois, je leur lance :

— Café !

Lorsque je comprends enfin qu'ils sont en train de bosser, je leur dis :

— Ce n'est pas à vous de faire ça!

Il faut dire qu'avant d'avoir pris mon petit café du matin, je suis plutôt lente à réagir!

Tandis que Jason tend à Dena une nouvelle assiette fraîchement rincée dans l'évier, ma copine me lance :

— Je peux atteindre le lave-vaisselle, tu sais! C'est peut-être la seule corvée que je puisse faire sans problèmes.

— D'ac!

Je suis bien trop lessivée pour me disputer avec elle. Je sors quelques croquettes du placard et je remplis l'écuelle de M. Katz à ras bord. Il me jette un coup d'œil perplexe avant de se jeter sur son petit déjeuner.

Jason dit, en passant une poignée d'ustensiles de cuisine sous l'eau du robinet :

— C'est son second petit déjeuner. Anatoly lui a donné à manger avant de partir, ce matin.

Le sac de croquettes toujours à la main, je hasarde :

— Mais il n'est pas encore rentré…

Dena éclate de rire.

— Si, il est rentré. Je l'ai entendu arriver sur le coup de 3 h 30. Juste avant de repartir, il m'a dit qu'il avait dormi dans la chambre du haut pour ne pas te réveiller.

— Mais où est-il allé?

— Je crois qu'il devait se rendre à San Jose. C'est bien ça, Jason?

Jason confirme.

— Tu rates des tas de choses quand tu fais la grasse matinée. « Car si jamais je me transforme en vampire, je manquerai tout ce qu'on peut faire le jour. Mais il me restera le clair de lune, la chasse et David Letterman. »

Je regarde la pendule au-dessus de sa tête. Il est déjà 10 h 30. Ce n'est pas étonnant, vu que je ne me suis pas vraiment endormie avant 3 heures. Si j'étais restée debout ne serait-ce qu'une demi-heure de plus, j'aurais pu discuter avec Anatoly.

Tout en rangeant le sac de croquettes, je demande :

— A-t-il dit comment s'est passée la planque ?

Inutile de priver mon chat de son second petit déjeuner. M. Katz est un animal très doux, mais si l'on essaie de lui enlever son casse-croûte, il se met en colère et ce n'est pas beau à voir ! M. Katz est l'Incroyable Hulk de la gent féline.

C'est Jason qui répond à ma question tout en tendant à Dena de nouveaux ustensiles destinés au lave-vaisselle.

— Sans histoires ! C'est l'expression qu'il a utilisée. A propos, pourrais-tu me dire qui il surveillait ? Aurait-il été chargé par une quelconque dame chaste et puritaine de suivre les faits et gestes de son petit ami ?

— Non. Il... c'est une longue histoire. Euh... il faut absolument que je l'appelle... après avoir bu mon café.

Dena hoche la tête.

— Pour info, l'avion de Kim atterrit à l'aéroport international de San Francisco ce soir à 22 h 15.

— Ah oui ?

Je m'approche du frigo et j'en sors des grains de café non moulu.

— Tu veux que je t'emmène à l'aéroport pour l'accueillir ?

— En fait, j'aimerais bien aller le chercher avec toi, Jason... et Amelia.

Jason change de tête. Il n'a plus son air débonnaire.

— Je ne veux pas la voir.

— Jason, ne sois pas stupide.

— Elle n'était pas là pour toi, Dena !

Dena inspire longuement en regardant ses mains.

— Oui, bon... Mais avons-nous jamais été là pour elle ? Elle fait partie de la famille, Jason, et il serait temps que nous commencions à lui montrer que nous l'aimons. Sinon, elle va nous laisser tomber. Et ça, nous n'en voulons pas, en tout cas *pas moi*.

La détresse de Jason le fait rougir. Il dit calmement :

— Tu l'aimes…

Dena répète :

— Elle fait partie de la famille.

Pour elle, ça signifie beaucoup sur le plan affectif. Elle se penche en avant pour changer un verre de place dans le lave-vaisselle.

— Et puis de toute façon, je n'ai aucune envie d'avoir la responsabilité de deux petits amis. Vous les mecs, vous avez toujours besoin qu'on s'occupe de vous. Amelia, elle, maintient l'équilibre entre nous. Le poly-amour ne marche pas sans elle.

L'eau du robinet continue de couler à fond, bien que Jason ait cessé de rincer la vaisselle. Sans un mot, je ferme le robinet et je jette quelques grains de café dans mon moulin.

Les yeux rivés sur les plats qui restent dans l'évier, Jason s'exclame :

— Nous ne sommes pas obligés d'être poly-amoureux si tu n'en as pas envie.

Dena lui cloue aussitôt le bec.

— Ça suffit ! N'essaie surtout pas de jouer les amoureux transis avec moi ! Tu veux me rogner les ailes au moment même où j'entre de nouveau dans la danse ?

Jason secoue violemment la tête.

— Pas du tout ! Je n'ai aucune envie de me plier aux règles imposées par la société, je te le jure ! Mais Amelia…

— Elle viendra avec nous ce soir, Jason. Point barre.

Je mouds mes grains de café, et après les avoir mis dans la cafetière avec une bonne dose d'eau, je m'éclipse de la cuisine pour prendre mon portable qui est en haut, dans ma chambre.

Mais le numéro que je compose n'est pas celui d'Anatoly. C'est celui d'Amelia.

— Allô ?

On sent une tension dans sa voix. Elle est au bord des larmes.

— Amelia, c'est Sophie. Je ne te dérange pas ?

Elle me dit dans un souffle :

— Non.

Je m'assieds sur mon lit. Je crois que je me suis trompée. Amelia n'a pas une voix pleurnicharde. Elle est juste morte de trouille.

Je demande prudemment :

— Que se passe-t-il ?

Amelia marque une longue pause au bout du fil. Puis elle finit par demander :

— Dena est là ?

— Oui.

— Jason aussi ?

— Oui. Ils sont en train de faire la vaisselle.

— La vaisselle…

Elle répète le mot comme si elle ne l'avait encore jamais entendu.

— Bon. Sérieusement, Amelia, que se passe-t-il ?

— Rien du tout… enfin, non, c'est faux… J'ai… j'ai besoin d'une amie, Sophie, et j'ai l'impression que le monde entier m'a abandonnée ! Mon horoscope disait que les journées d'hier et d'aujourd'hui seraient pleines de bonnes occasions à saisir, mais je ne vois que des menaces ! Je ne comprends pas comment c'est possible ! Comment mon horoscope peut-il être à ce point à côté de la plaque ? Tu crois qu'ils interprètent mal ce que disent les étoiles ?

— Amelia, tu veux passer chez moi ?

— Non, ah ça non ! Je ne veux pas voir Jason… mais j'ai vraiment besoin d'une amie. Nous pourrions nous retrouver ailleurs ? Je n'abuserai pas de ton temps.

Je réponds aussitôt :

— Aucun problème !

Je pose la main du côté du lit où Anatoly a l'habitude de dormir. Il n'y a pas un pli. Il n'y a manifestement pas touché.

— Laisse-moi le temps de prendre mon café et de m'habiller. Tu es chez toi, là ?

— Non ! Il fallait que je parte de chez moi. Je suis à Crissy Fields, en train de regarder les cerfs-volants et les adeptes du tai chi. En général, ça me calme, mais…

Sa phrase reste en suspens. Je l'entends respirer par saccades.

— Bon, maintenant dis-moi ce qui se passe !

— Non, tu n'as pas encore bu ton café et tu m'as dit à quel point c'est difficile pour toi de parler de choses sérieuses avant. Nous pourrions peut-être nous donner rendez-vous près de l'étang, à côté du Palace of Fine Arts ? Comme ça, je pourrai donner à manger aux canards… J'adore nouer des liens avec la faune de San Francisco. Peut-être que ça m'aidera à me calmer… je dis bien peut-être. Tu crois que donner à manger à des canards affamés peut être considéré comme « une bonne occasion à saisir » ? C'est à cela que l'astrologue faisait allusion ?

Je pousse un énorme soupir.

— Va pour le Palace of Fine Arts. J'y serai dans une heure environ.

Très exactement une heure et quinze minutes plus tard, je retrouve Amelia au bord de l'étang. Elle porte une de ses robes teintes façon hippie. Ses boucles flottent au vent. Elle a dans la main un quignon de pain sans farine aux germes de blé et aux graines de lin qu'elle brise en morceaux pour les jeter à une bande de canards qui semblent manifester pour ce repas un dédain salutaire.

Mais Amelia n'est pas comme d'habitude. Même en jetant les bouts de pain aux colverts, elle a l'air emprunté. Ses épaules sont raides et elle ouvre de grands yeux effrayés.

— Amelia, que se passe-t-il ?

— Jason a dit à la police que j'ai tiré sur Dena.

— Quoi ?

Elle gémit.

— Ça ne m'étonne pas de lui, il est tellement remonté

contre moi ! Mais… comment a-t-il pu mentir à mon sujet ? Mon Dieu… ! Tu n'imagines pas les ennuis que j'ai.

— Je crois que si.

— Les flics se sont pointés devant ma porte et m'ont demandé de les laisser entrer, mais je ne pouvais pas faire ça, bien sûr. J'ai insisté pour leur parler dehors. Il faut dire que j'ai chez moi quelque chose comme cinq plantes en pot. Si jamais ils trouvaient les champignons ? S'ils me demandaient de goûter un de mes brownies ? Le problème, c'est que comme j'ai refusé de les laisser entrer, ils sont encore plus soupçonneux ! Seigneur ! Je suis vraiment mal !

Elle jette un morceau de pain particulièrement gros, que les canards contournent avant de s'éloigner.

— Que voulait savoir la police ?

— Tout ! Ils voulaient savoir où j'étais lorsqu'on a tiré sur Dena, connaître la nature de mes relations avec elle, Jason et Kim. Ils voulaient aussi savoir pourquoi je n'étais pas partie au Nicaragua avec Kim et… enfin, la totale !

On entend au loin le rire joyeux d'un enfant, mais le visage d'Amelia reste de marbre.

— Jason me déteste. Je savais qu'il ne m'aimait pas, mais… Sophie, il me déteste !

— D'accord. Mais qui te dit que c'est Jason qui t'a mis la police aux trousses ? C'est peut-être quelqu'un d'autre.

Quelqu'un comme ce salaud de Russe avec lequel je vis.

J'insiste.

— Ecoute-moi ! A part la drogue, y a-t-il autre chose que tu veuilles cacher ?

Elle me regarde d'un œil bovin.

— Comme quoi ?

— Eh bien… Amelia, tu n'aurais pas acheté une arme à feu, récemment ?

— Une arme à feu ? Grands dieux, non ! Je déteste les

armes, ce sont des objets de destruction. Le seul fait d'en détenir une peut porter sérieusement atteinte au *qi* !

— O.K. As-tu… euh… fait récemment des achats dans une boutique où l'on vend des armes ?

Amelia fait une grimace de dégoût.

— Oui. Il y a quelques semaines, je suis allée à San Jose voir un ami, et il y a un endroit qui s'appelle… zut, je ne m'en souviens plus… Un nom comme Red's, ou Rod's… ?

— Reed's ?

Mon Dieu, faites qu'elle me donne une explication qui ne soit pas bidon. S'il vous plaît, je vous en supplie !

— C'est ça ! Reed's !

Elle rompt un nouveau morceau de pain qu'elle jette dans l'étang.

— Ils vendent une montre vraiment très sympa que Kim voulait s'acheter. Une Suntoo. Elle fait aussi office de baromètre, d'altimètre, de boussole, de bulletin météo et de tas d'autres trucs astucieux. J'en voulais une pour fêter son anniversaire avec un peu d'avance… avant notre périple, je veux dire.

— Une montre ? C'est ce que tu as acheté chez Reed's ?

— C'est quelqu'un à qui il m'arrive de vendre de l'herbe qui m'a dit qu'on pouvait trouver cette montre là-bas. Il avait raison, mais lorsque je suis entrée… figure-toi qu'ils ont un stand de tir ! Je te jure que si je ne m'étais pas mis dans la tête d'offrir cette montre à Kim, ils n'auraient jamais vu la couleur de mon argent.

Son visage s'assombrit.

— Je n'ai pas trouvé le temps de lui offrir la montre. Peut-être que tout ce qui m'arrive est une punition pour avoir apporté mon soutien à un marchand d'armes. C'est notre mère la Terre qui me punit, et je le mérite ! Mais j'aimerais tellement que ce châtiment ne vienne pas de Jason ! Et je sais que c'est lui. Tu sais, il m'a appelée hier.

— Ah oui ?

Je croyais qu'il était bien trop occupé à encourager Dena et à lui offrir des orgasmes pour s'occuper d'Amelia. Mais je m'abstiens de le dire. Un peu de tact ne nuit pas…

— Oui. Je suppose qu'il a parlé à Kim, et j'imagine que Kim lui a confié que j'avais déclaré vouloir tuer Dena ! Mais je jure que je n'ai jamais dit une chose pareille.

— Qu'as-tu dit, exactement ?

— J'ai dit que je pouvais détruire le lien qui l'unit à Dena ! Dena est plus fan de Jason que de Kim. Elle aime bien Kim, mais si je ne suis pas dans le coup, elle finira par l'échanger contre quelqu'un d'autre. S'il est resté aussi longtemps, c'est uniquement parce que je l'aime bien et que Jason m'aime bien… je devrais plutôt dire m'*aimait* bien.

— Donc, Kim a déformé tes propos, c'est bien ça ?

— Bien sûr ! Crois-moi, jamais je ne pourrais dire que je vais tuer un être vivant ! Pas même un insecte ! Qui suis-je pour m'arroger le droit de tuer une fourmi ? Pourquoi aurais-je davantage le droit de vivre qu'un cafard ?

— Je ne sais pas, moi. Il est probable que tu as quelques droits de plus qu'un cafard.

— Eh bien, je ne devrais pas ! Aux yeux de la nature, nous sommes tous égaux. Tous les êtres vivants devraient avoir les mêmes droits, que nous les aimions ou pas ! Et moi j'aime bien Dena ! Je l'aime !

Amelia arrache un bout de pain, les yeux embués de larmes. Les canards sont tous partis dévorer les morceaux de Wonder Bread que leur distribue un gamin de six ans quelques mètres plus loin. Mais Amelia ne semble pas avoir remarqué leur désertion. C'est sûrement une bonne chose. Car à en juger son amour pour les cafards, j'imagine ce qu'elle pourrait ressentir si elle se voyait rejetée par un canard !

— Amelia, dis la vérité à la police et débarrasse-toi de tes plantes en pot et du reste ! Si tu as vraiment besoin de planer, va chercher un peu d'herbe dans un dispensaire de cannabis à usage médical.

— Mais ça fait une éternité que je cultive ces plantes ! Elles font pour ainsi dire partie de la famille.

— Euh… en fait, pas du tout. Ce sont des plantes. Débarrasse-toi aussi des champignons et de tout le reste. En revanche, tu peux peut-être garder les brownies…

— Pour augmenter mes revenus, il m'arrive…

Je finis la phrase pour elle.

— … de vendre de l'herbe aux amis, je sais. C'est peut-être rentable, mais compte tenu des ennuis que ça peut t'apporter sur le plan juridique, tu as intérêt à te débarrasser de tout ça.

Amelia hoche la tête.

— Je le ferai dès demain matin.

— Non, c'est trop tard. Il faut rentrer chez toi et le faire tout de suite.

Elle murmure :

— D'accord.

Puis elle me tend ce qui lui reste de pain.

— Dena sait que je ne lui ferais jamais de mal. Elle est maligne, tu sais. Elle peut lire en nous.

— Mmm…

Je regarde une mouette atterrir près d'une miette de pain sans farine. Elle l'engloutit, émet une sorte de cri de détresse et s'éloigne en titubant. Je me demande si on la reprendra à manger des restes non identifiés…

— Mais Jason… je ne le croyais pas capable de faire ça. Il prône l'anarchie, et ensuite, il va me balancer aux flics par pure méchanceté. Comment un homme qui a si bon cœur peut-il être cruel à ce point avec moi ?

— Amelia, je ne suis pas du tout certaine que Jason ait parlé de toi à la police. Pour l'instant, j'aimerais que tu lui accordes le bénéfice du doute et que tu rentres chez toi te débarrasser de la drogue. Sérieusement ! Le temps presse.

Amelia hoche de nouveau la tête. Elle me serre vite fait dans ses bras, puis elle part en courant jusqu'à l'arrêt du bus.

Je sors mon portable de mon sac et je compose le numéro d'Anatoly.

— Sophie, salut ! Ça va ?

Je hurle :

— Espèce d'enfoiré !

L'enfant qui était en train de rire à quelques pas de moi s'arrête brusquement, regarde dans ma direction et se met à sangloter tandis que sa mère s'empresse de venir le consoler.

Anatoly marque une pause.

— C'est ta nouvelle façon de dire bonjour, ou est-ce exceptionnel ?

— Tu as dit à ton contact chez les flics que tu soupçonnais Amelia.

— Ah, c'est pour ça que tu es en colère… Non, ce n'était pas moi.

— Mon œil ! Ça fait des jours que tu avais envie de lâcher les chiens sur Amelia ! Tu n'as pas pu attendre plus longtemps, c'est bien ça ?

Je lance le pain par terre. Il atterrit avec un bruit sourd qui me fait chaud au cœur.

— Sophie, Dena pratique le poly-amour. Il est assez fréquent qu'il y ait des réactions de jalousie entre les différents partenaires. Il se peut que les flics aient été amenés à soupçonner Amelia d'eux-mêmes.

— Sauf que ça ne s'est pas passé comme ça, n'est-ce pas ?

Je me mets à marcher le long de l'étang. L'air est imprégné des senteurs mêlées d'herbe, d'eau salée et de terreau.

— Mon contact chez les flics m'a laissé entendre qu'ils avaient un tuyau. Mais il ne m'a pas dit qui était l'informateur.

— Et tu ne m'en as pas parlé…

— Lorsque j'ai dit que je commencerais à être plus franc

avec toi, je parlais de ma vie, pas des enquêtes de police dans lesquelles tu pouvais être tentée de t'immiscer.

— Salaud !

Je raccroche. Dans ma tête, une petite voix essaie de me rappeler qu'il a renoncé à une nuit de sommeil pour m'aider, mais ma frustration est la plus forte. Il a passé une nuit blanche ? La belle affaire... Pour Amelia, c'est son avenir qui se joue !

J'appelle chez moi. C'est Mary Ann qui décroche. Avant même qu'elle finisse de me demander qui est à l'appareil, je lui dis :

— Je ne savais pas que tu étais là. Est-ce que Dena et Jason sont avec toi ?

— Non. Leah est venue les chercher pour les emmener voir une robe chez Neiman Marcus. Je m'apprêtais justement à te laisser un message avant de les rejoindre. Quelque chose ne va pas ?

— Mon petit ami, voilà ce qui ne va pas ! Il pense que c'est Amelia qui a tiré sur Dena.

— Quoi ? Mais... elle a l'air si gentille !

— Elle *est* gentille ! Un peu accro à la drogue, mais totalement inoffensive. Seulement voilà, Anatoly vient de faire part de ses soupçons à la police... à moins que ce ne soit quelqu'un d'autre, mais... c'est sûrement lui. Bref, le problème, c'est que maintenant la police traite Amelia comme une suspecte. S'ils se mettent à enquêter sérieusement sur son cas, ils risquent de l'inculper pour infraction à la législation sur les stupéfiants.

— Mince alors ! J'avais oublié ce qu'elle faisait.

— Malheureusement, c'est la vérité. Elle ne devrait pas, c'est évident, mais si jamais elle se fait prendre maintenant alors que tout va mal dans sa vie... c'est injuste !

— Pas du tout. Pas si elle est innocente.

— Je suis tellement furieuse en ce moment que j'ai des envies de hurler.

— Je vais chez Rick.

Un autre gosse se met à crier lorsque je passe près de lui.

— Maman, regarde ! La dame est en colère.

Sa mère l'attire tout contre elle.

— Sophie, tout ça va trop loin. Et si c'était bien Rick qui avait tiré ? J'ai réfléchi à ça toute la nuit. Il m'a suivie et… et si Chrissie avait raison sur la façon dont je dois gérer ce problème ? Le seul fait de penser que je suis réellement en danger, c'est déjà moche, mais voilà qu'en plus des innocents ont des ennuis. Pas seulement des gens comme Chrissie, mais des personnes gentilles ! Si je peux arrêter ça, il faut que je le fasse, pas vrai ?

— Non. Tu n'as pas à le faire.

— Je crois que si.

Sur ces mots, elle raccroche.

Je fixe mon téléphone du regard, puis je tourne les yeux vers le bâtiment à coupole qui s'élève dans le ciel de l'autre côté de l'étang.

Je murmure *in petto* :

— C'est grave. C'est très grave.

Puis je tourne les talons et je me mets à courir vers ma voiture. Il faut absolument que j'arrive chez Rick avant Mary Ann. C'est peut-être une question de vie ou de mort.

24

Peu de choses en ce bas monde m'effraient autant qu'une palette de couleurs pastel.

Fatalement vôtre

C'est très joli de vouloir arriver chez Rick avant Mary Ann, mais le problème, c'est que c'est impossible. Rick habite dans Hayes Valley, c'est-à-dire bien plus près de chez moi que le musée des Arts plastiques. Naturellement, si Mary Ann avait suivi à la lettre le plan de Chrissie en appelant Rick pour le voir juste avant la police, il n'y aurait aucun problème. Mais Mary Ann ne se souvient jamais des détails de ce genre. La stratégie n'est pas son point fort, même si la seule chose qu'on lui demande, c'est de se rappeler la stratégie d'un tiers ! Pire encore, elle n'est pas du genre manipulateur. Rick flairera le piège. Il n'acceptera jamais de l'accompagner au commissariat (qui n'attend pas leur visite, d'ailleurs). S'il est vraiment capable de tuer quelqu'un, ce sera l'occasion rêvée.

Je fais tout mon possible pour rouler vite, mais il y a énormément de circulation. Lorsque mon téléphone sonne, je suis pratiquement en larmes.

C'est Leah. Elle me dit d'un ton sec :

— Je n'arrive pas à joindre Mary Ann. Elle était censée nous retrouver ici, chez Neiman. J'ai la robe parfaite pour

Dena, mais elle doit absolument approuver mon choix si je veux avoir ce boulot de consultante!

Tout en klaxonnant à l'attention de l'imbécile qui est juste devant moi, je rétorque :

— Pour l'instant, nous avons des problèmes autrement plus sérieux que cette histoire de robe!

Le feu est vert depuis au moins cinq secondes. Quand va-t-il se décider à avancer, ce crétin?

— C'est quand même son mariage! Rien n'est plus important!

— Leah, elle est chez Rick!

— Non...?

— Si. J'ai essayé de l'en dissuader, mais elle n'a même pas voulu m'écouter.

— Elle est retournée vivre avec Rick?

— Quoi? Mais pas du tout. Tu ne comprends pas...

— Ça, c'est bien vrai! Je suis sur le point d'être recrutée pour le plus grand mariage de l'année, et voilà que la fiancée se prépare à plaquer son fiancé pour renouer avec son ex, un mec infidèle... Comment peut-elle me faire un coup pareil?

— Leah, il faut vraiment que je te laisse.

— Moi aussi!

Elle raccroche. Je balance mon portable sur le siège passager avant de le reprendre aussi sec pour composer le numéro d'Anatoly. Naturellement, je tombe directement sur son répondeur. Forcément! Il est en rogne contre moi parce que je l'ai traité de salaud... une fois de plus.

Je laisse un message.

— Je sais que tu es en colère, mais c'est très important. Il faut absolument que tu me rappelles sur-le-champ!

Je raccroche en m'arrêtant à un nouveau feu rouge.

Que vais-je faire lorsque j'arriverai chez Rick? Il a peut-être un flingue... Il faudrait que j'arrive là-bas avant que ça ne tourne au vinaigre et que je me contente d'entraîner Mary

Ann loin de cette maison. C'est peut-être jouable. De toute façon, il faut que ça marche.

Il me faut plus d'une demi-heure pour arriver chez Rick. Je considère chaque stop et chaque feu rouge comme un affront personnel et je hurle après les conducteurs qui se traînent sur la route en m'empêchant de passer. Je n'arrête pas de penser à cette nuit de cauchemar où l'on a tiré sur Dena. Je n'étais pas dans la pièce pour l'aider… je ne suis même pas sortie à temps pour identifier le tireur. Ça ne se reproduira pas. Je vais sortir Mary Ann de ce mauvais pas et Rick ira en prison. Quant à Amelia, elle sera innocentée et tout finira bien.

Du moins, je l'espère !

Lorsque j'arrive enfin devant chez Rick, je repère aussitôt la voiture de Mary Ann. Je me gare dans l'allée, je respire un bon coup et je gravis quatre à quatre les marches du long escalier qui mène à la porte d'entrée. La porte n'étant pas fermée à clé, j'entre en trombe dans la pièce.

Je hurle :

— Mary Ann ! Où es-tu ?

Quelques pas me suffisent pour les trouver. Ils sont dans le salon. Fawn et Mary Ann sont agenouillées sur le parquet près de Rick. De toute évidence, il a perdu connaissance.

Mon regard fait le tour de la pièce. Tout a l'air calme, rien ne semble anormal… pourtant Rick est là, étendu par terre. Il ne bouge pas.

— Mon Dieu ! Que s'est-il passé ?

Mary Ann quitte Rick des yeux. Je constate qu'elle lui a donné des claques sur les joues.

— Nous ne le savons pas ! Je l'ai appelé tout de suite après avoir parlé avec toi, et il allait bien ! Mais lorsque je suis arrivée ici, je l'ai trouvé comme ça ! Sophie, je ne sais pas ce qui se passe !

Je regarde Fawn qui est en train de caresser les cheveux de Rick.

— Il faut appeler une ambulance. Viens avec moi, Mary Ann. Nous appellerons de l'extérieur et nous pourrons leur faire signe dès qu'ils arriveront.

Fawn dit entre deux sanglots :

— Je les ai déjà appelés. Je suis arrivée quelques minutes avant Mary Ann. Naturellement, quand je l'ai vu étendu par terre, j'ai appelé aussitôt le 911 !

— Et ils ne sont pas restés en ligne ?

Fawn lève la tête. Ses yeux sont rougis par les larmes, elle est toute décoiffée.

— Pourquoi auraient-ils dû rester en ligne ?

Je suggère prudemment :

— Parce que… c'est ce qu'ils font toujours. Mary Ann, sortons d'ici pour voir si une ambulance arrive. Nous lui montrerons le chemin. Comme Fawn les a appelés, ils ne devraient pas tarder.

A présent, Fawn me fixe des yeux. Je tends la main vers mon portable.

Elle se lève aussitôt en disant :

— Ne faites pas ça !

Mary Ann s'écrie :

— Sophie ! Je crois qu'il a de plus en plus de mal à respirer !

— Je crois que c'est mal barré pour lui, mais nous devons absolument partir !

La voix durcie par l'émotion, Fawn s'exclame :

— Non !

En un éclair, elle repousse un coussin beige et s'empare de l'arme cachée dessous.

C'est un pistolet muni d'un silencieux. Elle le pointe sur la nuque de Mary Ann.

Mary Ann ne lève pas les yeux. Il se passe quelque chose lorsque vous avez un pistolet pointé sur vous à bout portant. Même s'il n'est pas dans votre ligne de mire, vous sentez sa présence.

Elle cesse de gifler Rick et reste immobile, sans dire un mot.

Je dis d'une voix posée :

— Fawn, nous savons toutes quel genre de mec est Rick, et il nous arrive à toutes d'avoir envie de tuer les salauds qui nous brisent le cœur. Qui de nous pourrait vous juger, hein ? Mary Ann n'a plus aucun sentiment pour lui, et si vous nous laissez partir, nous ne parlerons de tout ça à personne.

Fawn répond.

— Je suis peut-être sensible, mais je ne suis pas stupide. Pas aussi stupide qu'elle.

Elle a les yeux pleins de larmes, mais s'empresse de les chasser d'un clignement de paupière agacé.

Mary Ann fait la grimace, je serre les poings. Mais je réussis, en faisant un énorme effort sur moi-même, à ne pas manifester autrement ma colère.

— Une femme intelligente comme vous sait très bien que si elle tue trois personnes, il lui sera très difficile de s'en tirer. En plus, Rick n'est même pas mort. Quoi que vous lui ayez fait… je suis sûre qu'il s'en remettra. Nous pouvons toutes sortir de là vivantes, et libres.

Fawn secoue la tête en sanglotant.

— Je n'ai aucune envie que qui que ce soit s'en sorte. Je veux mourir. Je veux qu'il meure, et surtout qu'*elle* meure !

Merde alors ! Elle veut nous tuer et se suicider après. Qu'il y ait ou non un espoir de s'en sortir, elle s'en fiche royalement. Ce qui pose un énorme problème. Même si je peux lui expliquer très facilement que tuer une poignée de personnes lui vaudra la prison à perpétuité, il sera bien plus difficile de la convaincre que la vie vaut la peine d'être vécue.

Mon portable sonne. Je regarde Fawn. Je meurs d'envie de m'en emparer, mais je n'ose pas. Le pistolet est toujours là, pointé sur Mary Ann.

D'un geste, Fawn me fait comprendre de me rapprocher d'elle et de Mary Ann.

J'avance prudemment vers ma copine tandis que mon téléphone continue de sonner dans mon sac.

Je lance à Fawn :

— Vous êtes à deux doigts d'obtenir tout ce que vous voulez.

— Donnez-moi votre sac.

Je m'exécute.

— Mary Ann va se marier. Rick sera bien obligé de renoncer à elle et il sera tout à vous.

Fawn éclate de rire. Un rire suraigu et dérangeant.

— Il a rompu avec moi ! Il m'a dit qu'il en avait marre que je le suive partout, à l'hôpital, chez Monty. Il a dit que c'était du harcèlement ! Mais c'est faux, Sophie, c'était juste de l'amour ! Je l'aimais !

Mary Ann demande :

— Il ne vous a pas demandé de vous accompagner pour venir nous voir, Monty et moi ? Vous l'avez suivi contre son gré ?

— Ferme-la, espèce de salope !

Mary Ann murmure :

— Désolée.

Sa main posée sur le cœur de Rick se soulève légèrement au rythme de sa respiration. C'est une bonne nouvelle. Personne n'est mort. Enfin, pas encore.

Fawn extrait le portable de mon sac et regarde l'écran.

— Ah, Anatoly Darinski ! Vous êtes persuadée qu'il ne pense qu'à vous, n'est-ce pas ? Que vous êtes l'unique femme de sa vie ? Les hommes ne sont pas comme ça, Sophie.

Elle lève la tête vers moi. Ses yeux sont comme deux plaies ouvertes.

Puis elle dit :

— Mary Ann, debout !

Mary Ann se lève tant bien que mal, le souffle court. L'arme reste braquée sur sa tête.

Fawn dit en regardant Rick étendu par terre :

— Je l'ai assommé, puis je l'ai chloroformé avant qu'il puisse revenir à lui.

Mary Ann demande, pleine d'espoir :

— Alors il ne va pas mourir… ?

— Si, il mourra. Mais pas avant que j'appuie sur la détente.

Je m'exclame :

— Fawn ! Vous ne pouvez pas vous tuer sur le corps de Rick ! Ce mec n'est qu'un loser ! Il a trompé Mary Ann, il vous a traitée comme une souillon et il n'a même plus de boulot digne de ce nom ! C'est un conseiller politique du parti républicain qui est devenu conseiller politique du parti libertaire. Savez-vous combien d'hommes politiques libertaires ont suffisamment de poids pour embaucher leur propre consultant ? Il doit y en avoir cinq à tout casser. Et à ma connaissance, aucun n'a embauché Rick !

Fawn se remet à sangloter.

— Qu'il ait un job ou pas, je m'en fiche ! Il était gentil et correct avec moi ! Qu'il ait trompé Mary Ann avec moi, peu importe. Si elle l'avait récupéré, ça n'aurait jamais été pour lui qu'une simple aventure. Les hommes ont besoin de ça ! Le cœur de Rick était à elle et elle l'a brisé ! Je le sais parce que j'étais là pour le réconforter quand il souffrait ! Je suis tombée amoureuse de lui pendant qu'il pleurait dans mes bras !

Mary Ann se met à trembler.

— Fawn, si vous saviez combien…

— Je t'ai dit de la fermer ! Il s'en voulait tellement de t'avoir fait du mal, mais en réalité que peut-on lui reprocher ? A-t-il dévalisé une banque ? T'a-t-il frappée ? Non, il s'est juste comporté en homme, c'est pour ça que tu n'as pas pu lui pardonner ! Moi, je lui aurais pardonné ! Il aurait pu coucher avec toutes les femmes de la terre, tant que son cœur m'appartenait, j'aurais fait semblant de ne rien voir ! C'est tout ce que je voulais, son cœur ! Mais il n'était pris que par TOI !

Elle appuie le pistolet sur le crâne de Mary Ann.

— Et toi, tu n'as pas arrêté de jouer avec lui. Tu m'écœures.

Je murmure :

— Fawn, s'il vous plaît… Vous n'avez rien fait de grave jusqu'à maintenant. Vous savez que Dena est sortie de l'hôpital ? Elle a déjà fait quelques pas.

— Je suis désolée pour Dena. J'étais en colère, et j'ignorais que Mary Ann avait de la compagnie. Dès que j'ai tiré, j'ai compris mon erreur. *C'était toi qui étais visée.*

Elle appuie violemment le pistolet sur la tête de Mary Ann. Je vois son visage changer sous le coup de la douleur.

Et soudain, Fawn recule. Elle fait plusieurs pas en arrière, le dos à la porte. Elle tient toujours son pistolet, mais il n'est plus braqué sur une seule personne. Il est pointé sur nous. Fawn a bel et bien décidé que nous devions mourir.

— Avez-vous confié à Rick ce que vous aviez fait ?

J'essaie de gagner du temps, mais à quoi bon ? Personne ne viendra ici pour nous sauver. Aucune ambulance n'est en route et Anatoly ne sait même pas où me trouver, car écervelée comme je suis, je n'ai pas laissé la moindre info sur son répondeur. Quelle idiote !

Mary Ann murmure :

— Je ne peux pas mourir comme ça.

J'ai la gorge sèche. D'un simple regard, je tente de persuader Mary Ann de rester tranquille. Mais apparemment, elle ne comprend pas le message.

— Je suis chez mon ex-petit ami et… et je vais me faire descendre par une taxidermiste !

J'insiste, d'un ton sec :

— Mary Ann !

— Oh, mon Dieu ! Sophie… on va se faire empailler ! On ne peut pas la laisser faire ça ! Seigneur, je ne veux pas être empaillée ! Nous allons mourir, et elle va nous empailler avant même que nous ayons le temps de donner nos organes à la science !

— S'il te plaît, *boucle-la*!

Fawn arme son pistolet, et aussitôt Mary Ann se mure dans le silence. Elle est terrorisée.

Fawn continue de débiter son histoire, en regardant cette fois dans ma direction.

— Je n'ai rien dit à Rick, bien sûr. Mais je suis allée le voir. Je lui ai dit que ma grand-mère avait eu une attaque, ce qui expliquait pourquoi j'étais aussi bouleversée. Il m'a réconfortée.

La voix de Fawn s'enroue, le pistolet tremble dans sa main.

— Il m'a fait asseoir devant la télé et il est allé me préparer une tasse de chocolat chaud… C'est gentil, non ?

Je confirme.

— Très gentil. A quoi bon le tuer ?

— Après, c'était l'heure des infos. J'ai vu le reportage qui parlait d'une personne blessée par balle dans Lake Street. Lorsqu'ils ont dit qu'il s'agissait de la cousine de la locataire de l'appartement, j'ai su que ça ne pouvait être que Dena Lopiano. Alors, j'ai crié son nom…

Les larmes coulent de plus belle sur ses joues.

— Je savais que c'était le nom de la femme sur laquelle j'avais tiré.

Je sens de nouveau mes poings se serrer.

— Mais vous ne l'avez pas fait exprès. Les accidents sont si vite arrivés. Si seulement vous pouviez vous pardonner au lieu de faire un carnage, tout irait bien.

Mais Fawn poursuit son récit.

— Rick m'a entendue. Il m'a demandé pourquoi j'avais crié ce nom et… et alors je lui ai tout raconté. Je lui ai dit qu'on avait tiré sur elle et il est revenu en courant dans le salon pour voir les dernières minutes du reportage. Rick s'intéresse aux gens. Il s'intéressait à moi, autrefois.

Mary Ann demande doucement :

— Vous voulez que je vous supplie de me laisser la vie

sauve ? Si je le fais, abaisserez-vous votre arme ? Ça ne vous suffirait pas de me voir vous supplier ?

— Non, ça ne suffirait pas. Tu dois mourir.

J'ouvre la bouche pour protester lorsque je m'aperçois tout à coup qu'il y a quelqu'un derrière Fawn. C'est ma sœur, un sac Neiman Marcus à la main. Elle ouvre de grands yeux dès qu'elle comprend ce qui se passe.

Mary Ann émet un hoquet, mais Fawn croit que c'est une réaction à ce qu'elle vient de lui dire. Pour elle, les seules personnes présentes dans la pièce sont celles sur lesquelles elle pointe son arme.

Elle continue sur sa lancée.

— Et tu sais quoi ? C'est toi que je vais abattre en premier.

En entendant ces mots, Leah s'empresse de sortir de son sac une robe noire moulante. Fawn sursaute en entendant du bruit et tente de se retourner, mais Leah est la plus rapide. Elle bondit en avant avec un grognement digne d'une maman ourse. Un coup de feu part, et une lampe vole en éclats. A présent, Leah agrippe le poignet de Fawn pour tenter de dévier la trajectoire du pistolet… et de son autre main, elle enroule la robe autour du cou de Fawn, façon nœud coulant.

Aussitôt Mary Ann et moi bondissons d'un même élan sur le bras qui tient le pistolet. J'entends au loin un bruit de pas, mais je n'ai pas le temps d'y prêter attention. Le pistolet oscille de droite à gauche. Comment une femme aussi maigre peut-elle déployer autant de force ? Fawn se débat comme un beau diable pour reprendre le contrôle de la situation, et un nouveau coup de feu retentit.

— C'est quoi, ce bordel !

C'est Dena qui est derrière moi. Du coin de l'œil, je l'aperçois dans les bras tremblants de Jason, sur le seuil de la porte.

Je hurle :

— Reculez !

Jason fait un bond en arrière tandis que Dena se met à crier le nom de Mary Ann puis le mien.

Fawn a toujours l'air aussi décidé, bien qu'elle commence à manquer d'air. Mais comme nous avons réussi à lui neutraliser le bras, Leah peut se servir comme elle l'entend de ses deux mains pour tirer sur la robe. Le visage de Fawn vire au rouge tomate. Elle essaie de repousser la robe avec sa main libre, mais Mary Ann la voit venir et l'empêche de chercher à se libérer.

Lorsque le visage de Fawn passe du rouge à l'écarlate, Mary Ann relâche son étreinte, et je m'empare de l'arme.

Fawn tombe à genoux au moment même où Jason franchit de nouveau le seuil de la pièce en titubant, Dena dans ses bras. Il a le visage ruisselant de sueur après avoir fait l'effort de grimper tout un étage avec elle.

— Bon sang, mais qu'est-ce qui se passe ici ?

Il regarde le pistolet que je tiens pointé sur Fawn tandis que Leah cesse de tirer sur la robe toujours enroulée autour du cou de Fawn.

Il murmure :

— Ça alors ! C'est dingue…

Dena, qui est toujours dans les bras de Jason, jette un regard vers moi, puis vers Mary Ann, Fawn et pour finir vers Leah. Elle ouvre la bouche pour parler, mais aucun son n'en sort.

Leah contemple la robe qu'elle tient toujours à la main d'un air abasourdi.

— Je viens d'étrangler quelqu'un avec un modèle de Helmut Lang !

Jason lui demande d'un air sceptique :

— C'est ta robe parfaite pour la première demoiselle d'honneur ? Celle que tu croyais pouvoir utiliser comme argument pour convaincre Mary Ann de rester avec son fiancé ?

Leah, qui commence à reprendre ses esprits, lui répond :

— Absolument. En fin de compte, c'est un argument très convaincant, non ?

Elle baisse les yeux sur Fawn qui essaie toujours de reprendre son souffle.

— Dire que vous vous apprêtiez à descendre Mary Ann avant même que je puisse lui servir de consultante pour son mariage ! Mais quel monstre êtes-vous donc ?

Mary Ann est par terre, elle aussi. Elle dit d'une voix haletante :

— Leah ?

— Oui ?

— J'adore cette robe. Si tu veux te charger de l'organisation de mon mariage, je crois que… euh… que tu as fait tes preuves.

Dena, qui n'a toujours pas compris ce qui vient de se passer, me demande des explications. Je les lui donne.

— C'est elle la coupable. C'est Fawn qui a tiré sur toi. Elle t'a prise pour Mary Ann.

Pendant ce temps, Leah sort son portable de son sac pour composer le 911.

Dena regarde fixement Fawn qui n'a toujours pas récupéré pour pouvoir articuler quoi que ce soit.

— Jason, je veux descendre. Pose-moi là, sur cette chaise.

Rien qu'au son de sa voix, on sent qu'elle n'est plus effrayée. Elle est salement en rogne.

Jason ne se le fait pas dire deux fois. Il est clair qu'il était à deux doigts de la laisser tomber. Il l'installe sur la chaise la plus proche de Fawn pour qu'elle puisse la regarder de haut.

Dena dit alors à Fawn d'un ton glacial :

— Lorsque je serai appelée à la barre des témoins pour vous envoyer en prison, vous comprendrez que la seule personne à qui vous avez réussi à faire du mal, c'est vous. Vous avez fichu votre vie en l'air.

Le regard de Fawn s'arrête sur l'homme qui gît sur le plancher. Elle dit d'une voix faible :

— Rick…

Puis elle ferme les yeux.

25

Je ne mens qu'aux gens dont l'opinion a de l'importance pour moi. Alors estimez-vous heureux, voire honorés, de mes mensonges.

Fatalement vôtre

La police ne tarde pas à arriver, mais il nous faut plus d'une heure pour leur expliquer ce qui est arrivé. Fawn n'essaie même pas de nier les faits. Elle semble au bord de la catatonie. Ça me rappelle un peu le silence dans lequel Dena s'est enfermée après avoir reçu le coup de feu. Mais le silence de Dena était terrifiant, alors que celui de Fawn est incroyablement jouissif.

Rick est conduit à l'hôpital. Il est possible qu'il souffre d'une légère commotion, mais il est difficile de faire un diagnostic avant que les effets du chloroforme ne se dissipent et qu'on puisse lui faire des radios. Mary Ann appelle Monty, qui s'empresse d'accourir. La police lui refuse l'accès à la maison, mais dès que Mary Ann est libre de ses mouvements, elle dévale les marches de l'escalier à toute allure pour se jeter dans ses bras. Moi qui ne suis pas très loin d'eux, je sais que cette fois, c'est lui qui pleure en s'agrippant à elle de toutes ses forces. Quant à Leah, dès qu'elle est libre de sortir, elle tombe pratiquement à ses pieds, éperdue de reconnaissance.

J'appelle Anatoly, mais en lui demandant de me retrouver chez moi. Il accepte à contrecœur. Avant de remonter dans ma voiture, je repère l'inspecteur Hoffman, celui qui m'a interrogée un bon moment avant de discuter avec Mary Ann, Jason et Dena. Je me calme un peu et je m'approche de lui.

— Inspecteur Hoffman, vous permettez... ?

Il se retourne et me sourit.

— Mademoiselle Katz... Puis-je vous aider ?

— Oui... euh... j'espère ne pas être indiscrète, mais... on m'a dit que vous aviez ajouté le nom d'Amelia Curtis à votre liste de suspects après avoir eu un tuyau...

— C'est exact. Mais à présent, elle est rayée de la liste. Il semble que Fawn soit disposée à avouer.

— Super ! Mais... euh... pourriez-vous me dire qui vous a donné ce tuyau ?

— Non.

— Pouvez-vous me préciser s'il s'agit d'Anatoly Darinsky ou... euh... de ce type là-bas ?

Je tends le doigt vers Jason qui, avec amour, aide Dena à se rasseoir dans la voiture de Leah.

L'inspecteur Hoffman hésite.

— Je ne devrais pas vous le dire, mais la réponse est non. Ce n'est ni l'un ni l'autre. Le tuyau venait en fait d'un autre suspect.

— Un autre... Oh mon Dieu ! Chrissie...

L'inspecteur Hoffman sourit.

— Je ne peux rien affirmer. La seule chose que je sois autorisé à vous dire, c'est que Chrissie a naturellement fait sa petite enquête dans l'espoir de trouver le tireur. Jusqu'ici, tout porte à croire que Chrissie n'a rien fait de mal... ou du moins rien d'illégal. J'en resterai là.

Est-ce à cause de moi que Chrissie s'est mis dans la tête de trouver d'autres suspects ? Aurais-je mentionné le nom d'Amelia en sa présence ?

En fin de compte, cela n'a aucune importance. Primo, parce qu'à sa place, j'aurais sans doute agi de la même façon.

Secundo, ce qui est plus important, parce qu'Amelia n'est plus sur la sellette. Et tertio, parce qu'Anatoly a tenu parole.

Je lui dois des excuses.

J'arrive chez moi pratiquement en même temps que Dena, Jason et Leah. Dena et Jason ne disent rien. Ils n'ont l'air ni malheureux ni effrayés… ils sont simplement songeurs.

Leah, elle, ne cache pas sa joie. En sortant de sa voiture, garée derrière la mienne dans l'allée, elle me confie :

— Monty et Mary Ann m'ont dit qu'ils ne veulent plus se marier à Disneyland ! Monty m'a expliqué qu'ils voulaient se marier dans la ville où Mary Ann a pris un nouveau départ. Et que c'est la femme qui lui a permis de le faire qui sera chargée d'organiser leur mariage ! Cette femme, c'est moi ! Tu te rends compte ? Je vais organiser un mariage à San Francisco !

Je lui réponds d'un air distrait en attendant que Jason aide Dena à s'asseoir dans son fauteuil roulant :

— Ils avaient pourtant jeté leur dévolu sur Disneyland !

— Ils y passeront leur lune de miel. Je pense d'ailleurs que nous pourrions participer aux frais. Ce serait notre cadeau de mariage. On pourrait par exemple décorer leur chambre avec des pétales de rose ou un truc de ce genre. Les gens de Disney sont très forts pour l'organisation d'événements spéciaux, et je suis certaine qu'ils auront des idées fabuleuses à leur soumettre.

Je regarde Leah d'un drôle d'air. Mais je décide de ne pas attirer son attention sur le côté ironique de son commentaire. L'important, c'est qu'elle se voit confier l'organisation d'un mariage de conte de fées grandiose ! Elle l'a amplement mérité, personne ne peut le contester.

Une fois installée dans son fauteuil, Dena s'exclame :

— Bon ! Finalement, nous ne nous en sortons pas trop mal.

— Pas trop, non.

Elle regarde ses jambes. Je sais très bien ce qu'elle pense. Même si elle n'est plus obligée désormais de passer son temps à jeter des coups d'œil par-dessus son épaule, le chemin de la guérison n'en reste pas moins difficile… Et le pire de tout, c'est qu'aucun de nous ne sait vraiment quel sera le pourcentage de récupération.

— N'oublie pas que tu as fait d'énormes progrès, Dena. Des progrès spectaculaires.

Jason répond en poussant le fauteuil le long de la rampe.

— Entièrement d'accord !

Avant même que j'atteigne le seuil de la porte, Anatoly est déjà là à m'attendre. Il m'entraîne dans un fougueux et interminable baiser. Malgré tout, je ne verrais aucun inconvénient à ce que ce baiser se prolonge…

Je perçois vaguement que Jason et Dena entrent dans la maison. Leah nous dit au revoir et bredouille quelque chose du style : « Je dois rentrer pour Jack », mais je suis dans l'incapacité de lui répondre. Ma bouche est occupée.

Je sens les mains d'Anatoly courir sur mon dos, se mêler à mes cheveux tandis que les miennes sont nouées autour de son cou. Sa façon de me caresser n'a rien d'apaisant. La pression de ses mains, de ses lèvres… tout me prouve à quel point il est heureux de me retrouver ici saine et sauve. C'est le genre de baiser qui fait qu'une fille se sent désirée.

Quand nos corps finissent par s'éloigner l'un de l'autre, je bredouille quelques mots d'excuses.

— Tu as attendu dehors toute la nuit à regarder un innocent dormir parce que je te l'avais demandé. Et à peine quelques heures plus tard, je t'ai accusé de ne pas avoir tenu ta promesse !

Anatoly secoue la tête. Apparemment il n'a aucune envie d'accuser réception de mes scrupules.

— Ces derniers temps, je n'ai pas toujours été très franc du collier. Je comprends que tu aies pu douter de moi.

Je souris. Son comportement n'a pas eu grand-chose à voir avec le mien, mais c'est sympa de l'entendre reconnaître des fautes qu'il niait il n'y a pas si longtemps. Décidément, cette journée est placée sous le signe de la victoire !

Lorsque j'entre dans la maison, Jason est assis près de Dena et lui tient la main. Dena est si calme… Rien à voir avec la Dena que je connais, même si elle n'a pas l'air déprimée. Elle est juste… différente.

Je lui demande :

— Tu te sens comment ?

Elle répond lentement :

— J'aimerais bien qu'on m'installe dans ma chambre.

Jason lui demande aussitôt :

— Tu veux un autre orgasme ?

Il n'a pas l'air particulièrement enthousiaste. En fait, il a l'air épuisé.

Elle répond du même ton tranquille :

— Non. J'ai envie que tu t'allonges près de moi et que tu me serres dans tes bras.

Jason la regarde, bouche bée.

— Tu… tu es d'accord pour que… tu veux dire que tu me laisseras te câliner ?

Elle rétorque aussitôt d'un ton qui rappelle la Dena que nous connaissons tous lorsqu'elle parle du mot qu'elle déteste le plus :

— N'utilise pas ce mot. Tu peux me serrer dans tes bras… mais je te jure que si tu prononces un seul mot qui commence par c et qui ne comporte pas trois lettres, je te fiche dehors.

Peu à peu Jason sourit. Je dirais même qu'il exulte.

— Génial !

Il saute sur ses pieds et, sans autre forme de procès, il pousse le fauteuil vers la chambre.

Anatoly tend la main pour repousser une mèche de cheveux derrière mon oreille.

— Si nous montions au premier ? Après tout, Dena n'est pas la seule femme de cette maison à avoir droit à un câlin !

Je me hausse sur la pointe des pieds pour l'embrasser sur le menton.

— Tout à fait d'accord ! Mais il faut d'abord que je passe un coup de fil à Amelia. Je ne suis pas certaine qu'elle sache ce qui s'est passé, ni même qu'elle soit hors de cause !

Il suit du doigt le contour de mon menton, puis descend le long de mon cou jusqu'au col de mon corsage.

— Appelle-la du premier. C'est moi qui le lui annoncerai. J'avais tort à son sujet, et elle mérite de l'entendre de ma bouche.

— Mais elle ne savait même pas que tu la soupçonnais ! A sa connaissance, tu n'as joué aucun rôle dans ce petit drame.

— J'aimerais quand même que ce soit moi qui le lui dise.

Il peut être très soucieux de l'éthique, quand il s'y met ! En tout cas, il est rare qu'il se dérobe à ses responsabilités. Et même quand je le repousse, il reste à mes côtés. Il se bat à mes côtés, il sait comment s'y prendre avec moi, il me réconforte et toujours, toujours… il est là pour m'aimer.

Je le laisse me prendre la main et me précéder dans l'escalier. A l'inverse de Dena, j'ai l'intention de ne pas me contenter de m'allonger pendant qu'il me prend dans ses bras pour une étreinte platonique un peu décevante. C'est mon prince, mais à l'inverse de Raiponce, je connais les méthodes de contrôle des naissances.

Épilogue

Leah s'exclame :

— On ne sert pas de gâteau aux carottes à un mariage !

Dena, Mary Ann, Marcus et moi sommes tous réunis autour de la petite table d'un salon de dégustation d'une élégante boulangerie appelée Rêve pâtissier. Il y a une douzaine – voire plus – de petites parts de gâteau devant nous. Mary Ann attaque le gâteau à l'orange que Leah a trouvé immonde.

Leah suit son idée.

— On sert un gâteau aux carottes lorsqu'on organise chez soi une réunion de parents d'élèves. Ou bien pour finir en beauté un brunch de Pâques. Pas après le saumon !

Marcus agite en l'air sa fourchette fichée dans un morceau de gâteau blanc au caramel.

— Elle a raison. Le gâteau aux carottes est destiné aux gens qui adorent faire semblant d'être attentifs à leur santé alors qu'ils sont en train de s'envoyer au bas mot quatre cents calories de sucre ! Si on veut tricher avec Jenny Craig, autant le faire avec quelque chose de délicieux. Celui-là, en revanche, devrait…

Il prend le temps de faire une pause pour mettre la fourchette dans sa bouche, et l'expression de son visage devient aussitôt extatique…

— … c'est tout simplement divin !

Dena proteste.

— Mais rien ne vaut le gâteau à la crème de banane garni de noix.

Avec une langueur incroyablement séduisante, elle lèche les restes de sucre glace accrochés à sa fourchette.

Mary Ann est fiancée depuis très exactement un an. Il reste quatre mois avant le mariage. Comme nous avions largement le temps de voir venir, nous pensions que l'organisation du mariage serait moins trépidante, mais ce n'est apparemment pas le cas. Je m'adosse à ma chaise et je songe à tout ce qui s'est passé depuis un an. Monty a déclaré son amour à Mary Ann en lui offrant un rubis, et le lendemain, on a tiré un coup de feu sur Dena. Beaucoup de choses ont changé, mais beaucoup aussi sont restées inchangées. Nous sommes toujours dans le chaos qui précède la célébration d'un mariage, mais je ne m'inquiète plus pour Dena. Plus du tout. Il y a quelques mois, elle s'est rendue au palais de justice pour témoigner contre Fawn. A l'époque, elle avait encore besoin de son déambulateur, mais elle a quand même réussi à marcher. Aujourd'hui, le déambulateur a disparu. Il lui reste en tout et pour tout une magnifique canne en racine de bruyère. Sur le pommeau en argent qui soutient Dena, on peut voir l'image d'Atlas portant le monde sur ses épaules. L'idée me plaît. Dena tient constamment le monde dans la paume de sa main.

Dena a changé, mais de façon tout à fait imprévisible. Elle est toujours aussi énergique et son appétit sexuel n'a pas diminué d'un iota. Elle a rompu avec Kim, mais se refuse toujours à vivre une relation monogame avec Jason. Ils sont donc sortis chacun de leur côté, se lançant à l'occasion dans un ménage à trois… lequel se composait toujours de Dena, Jason et d'un autre mec. Jamais d'une autre fille… Dena a eu beau tenter de découvrir la lesbienne qui dormait en elle, elle n'a jamais réussi. Elle a fini par admettre qu'elle était, selon l'expression de Marcus, une « hétérosexuelle flamboyante ». Je ne suis pas convaincue que Jason ait lui-même des tendances bisexuelles, mais il a une telle passion pour le non-conformisme que vous ne lui ferez jamais avouer être totalement hétéro. Et puis partager Dena avec d'autres ne lui pose pas de problèmes… enfin, pas trop. Du moment qu'il reste son petit ami numéro un (comme Holly est depuis des années le numéro un de Hef), il est heureux.

Non, la différence entre l'ancienne et la nouvelle Dena n'a rien à voir avec ses prouesses sexuelles. Ce qui a changé, c'est son niveau d'empathie. Elle est plus à l'écoute des autres. Elle s'est même portée volontaire pour consacrer du temps à de jeunes handicapées. Elle parle aussi de trouver un moyen de pardonner à sa mère… même si cela lui pose des problèmes, ce que l'on peut comprendre.

Elle est en train d'écrire un livre pour expliquer comment atteindre de nouveau l'orgasme après un accident de la colonne vertébrale. J'ai dans l'idée que les ventes de son livre pourraient bien éclipser celles du mien dès le premier mois après sa parution.

Dena s'exclame en se servant une nouvelle assiette de gâteau :

— Tu sais ce que je n'ai pas encore goûté ? Le gâteau à la crème de noix de coco avec les copeaux de noix de coco façon thai.

Leah dit d'un air entendu :

— S'il te faut quelque chose d'aussi exotique, assure-toi qu'il y aura au moins une couche de gâteau qui puisse satisfaire les moins audacieux. Avec un gâteau classique à la vanille fourré à la framboise bio, tu peux être sûre de contenter tout le monde.

Marcus intervient, la bouche pleine de fondant au chocolat :

— Mon chou, personne n'aura l'idée de partir aussi vite. Ils vont tous se rassembler autour de ton gâteau de mariage « impression fauve » et se battre pour en avoir une nouvelle part !

Mary Ann s'empresse de demander :

— Vous aimez ce type de gâteau ? Ce n'est pas un peu trop ?

Ses cheveux sont retenus en arrière par un bandeau rose pâle, et une fleur en tissu dont le cœur est constitué d'un morceau de cristal scintillant virevolte dans ses boucles brunes.

Nous répondons à l'unisson, dans un éclat de rire :

— Pas du tout !

Nous tendons tous la main pour goûter un nouveau morceau de gâteau. De toute façon, il est clair à ce stade que Monty et Mary Ann en font un peu beaucoup pour tout ce qui concerne leur mariage ! Mais allez savoir comment, Leah trouve toujours le moyen de présenter leurs choix outranciers comme fantasques et attrayants à tout le monde. Chaque couche de gâteau fera subtilement penser à un animal sans vraiment le représenter ouvertement. Ça colle parfaitement avec le thème du mariage puisque la cérémonie aura lieu au Zoo de San Francisco. Leah s'est débrouillée pour avoir des dresseurs d'animaux qui viendront avec des oiseaux et des lapins, et les invités auront même le droit de nourrir les girafes. L'idée, c'est que si Mary Ann ne joue pas les Cendrillon à Disneyland, elle devra absolument jouer les Blanche-Neige à San Francisco. Monty est d'accord à cent pour cent. Il veut apporter sa touche personnelle en faisant venir des camions pleins de robots-automates en forme de furets pour distraire les invités sur la piste de danse. A l'heure qu'il est, Leah essaie toujours de l'en dissuader.

Il a fallu un bon moment pour que Mary Ann se rétablisse totalement de son traumatisme, celui d'avoir été menacée d'un pistolet. Le processus de guérison n'a vraiment commencé que le jour où Fawn a été condamnée à vingt ans de prison. Rick a récupéré très vite de l'agression dont il a été l'objet, mais sur le plan affectif et psychologique, il est dans un sale état. Au début, Mary Ann lui a pardonné son harcèlement, la semaine qui a suivi le coup de feu, mais elle est vite revenue sur ce pardon lorsqu'elle l'a trouvé près de sa poubelle en train de renifler une paire de bottes à talons hauts qu'elle avait jetée plus tôt dans la journée. A présent, elle bénéficie d'une mesure d'éloignement, et elle a une histoire assez intéressante à raconter.

REMERCIEMENTS

Je voudrais avant toute chose remercier mon éditeur, Adam Wilson, un homme remarquable. C'est peut-être la seule personne sur terre avec qui les différentes phases du travail d'édition sont non seulement utiles, mais aussi un véritable « plaisir » (j'utilise une définition assez vague du mot « plaisir », mais peu importe).

Je voudrais également remercier le Dr Monica Gorassini, qui m'a aidée à comprendre les blessures de la colonne vertébrale et les processus de guérison. J'espère qu'elle me pardonnera d'avoir abusé de la licence poétique pour traiter de problèmes médicaux.

Et je remercie bien sûr mon fils Isaac, qui m'a fait énormément de suggestions très utiles. Isaac, je te promets de te payer la part de droits d'auteur qui te revient en dollars Disney.

DANS LA MÊME COLLECTION
par ordre alphabétique d'auteur

LAUREN BARATZ-LOGSTED	*Un très gros mensonge*
LAUREN BARATZ-LOGSTED	*Dans la peau d'une autre*
LAUREN BARATZ-LOGSTED	*Un très gros changement*
DEBORAH BLUMENTHAL	*Big Love*
DEBORAH BLUMENTHAL	*Mon meilleur ennemi*
BETSY BURKE	*Lucy, un peu... beaucoup... à la folie*
BETSY BURKE	*Journal d'une apprentie séductrice*
LAURA CALDWELL	*People attitude*
LAURA CALDWELL	*Méfiez-vous de vos vœux...*
YVONNE COLLINS & SANDY RIDEOUT	*Mariée, moi ?... Jamais !*
YVONNE COLLINS & SANDY RIDEOUT	*Promotion canapé*
LYNDA CURNYN	*Confessions d'une ex*
LYNDA CURNYN	*Opération bague au doigt*
LYNDA CURNYN	*Cherche prince charmant désespérément*
LYNDA CURNYN	*Petits meurtres en Bikini*
LYNDA CURNYN	*Les petits secrets de Carly*******
KYRA DAVIS	*Sexe, meurtres et cappuccino*
KYRA DAVIS	*Crimes, passion et talons aiguilles*
KYRA DAVIS	*Séduction, meurtres et chocolat noir*
KYRA DAVIS	*Rupture et conséquences*********
KYRA DAVIS	*Coups de foudre, crimes et rouge à lèvres*
KYRA DAVIS	*Sexe, mensonges et petite robe noire*
JODY GEHRMAN	*Vent de folie en Californie****
JODY GEHRMAN	*Bons baisers de Californie*****
KELLY HARTE	*Ma rivale et moi*
KELLY HARTE	*Coup de folie sur la City*
SUSAN HUBBARD	*Petites confidences entre amies*
SUSAN HUBBARD	*Miss London emménage*
HOLLY JACOBS	*Opération Cupidon****
HOLLY JACOBS	*Un scénario diabolique*****
BRENDA JANOWITZ	*Comment j'ai survécu au mariage de mon ex*

... / ...

DANS LA MÊME COLLECTION
par ordre alphabétique d'auteur

BRENDA JANOWITZ	*Mon fiancé, sa mère et moi*
MINDY KLASKY	*Comment je suis devenue irrésistible !*
MINDY KLASKY	*Comment trouver (rapidement !) l'homme idéal ?*
COURTNEY LITZ	*Ça n'arrive que dans les films !*
LIBBY MALIN	*Il m'aime… un peu… beaucoup ?*
WENDY MARKHAM	*Vous avez dit célibataires ?*
WENDY MARKHAM	*Ex in the City*
WENDY MARKHAM	*A quand le grand saut ?*
WENDY MARKHAM	*Moi & mon secret*
WENDY MARKHAM	*Mon fiancé, mon ex et moi*
WENDY MARKHAM	*Talons aiguilles et peinture fraîche*
LYNN MESSINA	*Fashion Victim*
LYNN MESSINA	*Made in New York*
LYNN MESSINA	*Héritière malgré moi*
SARAH MLYNOWSKI	*City Girl*
SARAH MLYNOWSKI	*Trois filles en folie*
SARAH MLYNOWSKI	*Télémania*
SARAH MLYNOWSKI	*Hommes, femmes : mode d'emploi*
SARAH MLYNOWSKI	*Moi & Moi, Vice Versa*
MELANIE MURRAY	*Miss Bubbles vole la vedette*
MELANIE MURRAY	*Un Noël (presque) parfait !***
LEE NICHOLS	*Eleanor débarque !*
LEE NICHOLS	*Un fiancé qui a du chien*
LEE NICHOLS	*Eleanor s'en mêle !*
LEE NICHOLS	*Drôle de tandem*
TYNE O'CONNELL	*Absolutely fantastic*
TYNE O'CONNELL	*Lola et ses ex*
ERICA ORLOFF	*Diva attitude**
ARIELLA PAPA	*Manhattan et moi*
ARIELLA PAPA	*Pas de répit pour Rebecca*******
ARIELLA PAPA	*Au secours, ma meilleure amie est enceinte !*
LEIGH RIKER	*Ce que veulent les filles…*
WENDY ROBERTS	*Crimes et cocktails en série*

… / …

DANS LA MÊME COLLECTION
par ordre alphabétique d'auteur

JACKIE ROSE	*Au secours, il m'aime !*
JACKIE ROSE	*Comment j'ai trouvé le prince charmant…*
ALLISON RUSHBY	*Apprentie fermière*
ALLISON RUSHBY	*Je hais la Saint-Valentin*
MELISSA SENATE	*Célibataire à New York*
MELISSA SENATE	*Trois sœurs à New York*
MELISSA SENATE	*J-30*
MELISSA SENATE	*4 amis à Manhattan*
MELISSA SENATE	*La revanche d'une brune*
MELISSA SENATE	*Quinze questions à se poser avant de l'épouser*******
MELISSA SENATE	*Miss Yorkville*********
POONAM SHARMA	*Bientôt 30 ans, toujours célibataire !*
POONAM SHARMA	*Une célibataire à Los Angeles*
JANE SIGALOFF	*Lizzie dans tous ses états*
JANE SIGALOFF	*Personnel et Confidentiel*
JANE SIGALOFF	*Pour le meilleur et pour le pire*
JANE SIGALOFF	*Telle mère, telle fille*
JANE SIGALOFF	*Chassé-croisé à Notting Hill*
JANE SIGALOFF	*Mister Mariage*********
JANE SIGALOFF	*Toute la vérité*********
P. JACQUELINE DE SOIGNÉE	*Princesse attitude**
JENNIFER STURMAN	*Le pacte*
JENNIFER STURMAN	*Miss Malchance mène l'enquête*
JENNIFER STURMAN	*Micmacs à Manhattan*
JENNIFER STURMAN	*Mystère à San Francisco*
KAREN TEMPLETON	*Moi, l'amour et autres catastrophes*
CATHY YARDLEY	*Aller simple pour Los Angeles*

* titres réunis dans un volume double
** titres réunis dans un volume double
*** titres réunis dans un volume double
**** titres réunis dans un volume double
***** titres réunis dans un volume double
****** titres réunis dans un volume de cinq nouvelles : *Cinq citadines branchées*

RED DRESS INK®

La collection des citadines branchées

2 titres à paraître le 1er juin 2011

Composé et édité par les
*éditions*Harlequin

Achevé d'imprimer en Allemagne
par GGP Media GmbH, Pößneck
en mars 2011

Dépôt légal en avril 2011